Titolo originale *What Is Missing*

Pubblicato in accordo con Farrar, Straus and Giroux, New York
e The Italian Literary Agency, Milano

www.einaudi.it

ISBN 978-88-06-24424-8

Michael Frank

Quello che manca

Traduzione di Federica Aceto

Einaudi

a JAS
e da lei

a LFF
e da loro

a CFF
eccoci qua

Quello che manca

Ovunque sia
io sono quello che manca.
MARK STRAND, *Tenere insieme le cose.*

La citazione in epigrafe è tratta da Mark Strand, *Tenere insieme le cose*, in Id., *Tutte le poesie*, trad. it. di Damiano Abeni con Moira Egan, Mondadori, Milano 2019.

Tutte le note a piè di pagina sono della traduttrice.

Pensavo di conoscerti. Poi ho capito che cosí non era. Pensavo di conoscere me stessa. Adesso so che ho ancora tanto da imparare.

Se cominciassi a parlare delle medicine, dell'alcol, della mia mente, del modo in cui le mie emozioni sono state scombussolate da tutto quello che ho scoperto nel cuore di quella notte brutale, cercherei di spiegare le mie motivazioni, e non posso farlo, non ora almeno.

Né posso vederti adesso, o parlarti. Devo andare via. Ti prego non venirmi a cercare. Ti prego.

Dieci mesi prima

Il cuore di Andrew Weissman batteva forte. Se lo sentiva pulsare, ruggire, nelle orecchie. Gli pareva quasi di avvertire il sangue che scorreva potente nel corpo e lo spingeva a proseguire. Quando Andrew si rese conto che gli restavano solo altri tre ponti prima di potersi lasciare il Lungarno alle spalle, fece un ultimo sforzo. Scavò dentro di sé, superando la stanchezza, superando la sete e il caldo, per vedere cosa riusciva a trovare. Scattò in avanti: un corpo che si scagliava attraverso il tempo, fendeva l'aria afosa, volava.

Dopo il secondo ponte cominciò a rallentare e il sudore uscí a fiotti. Quando si avvicinava alla fine di una corsa, in qualche modo il corpo sapeva sempre che poteva liberarsi, sciogliersi. All'altezza dell'ultimo ponte rallentò ulteriormente il ritmo, e quella corsetta rilassata lo portò direttamente nell'atrio di un palazzo, sul lato sinistro di via Tornabuoni. S'infilò in ascensore proprio mentre la porta stava per chiudersi.

All'interno, in un angolo, c'era una donna. Capelli dorati, lunghi e fluenti, e una pelle tanto diafana da somigliare a carta velina. Reggeva una grossa busta imbottita con il lembo strappato. Su di essa, la prima pagina di quello che sembrava uno spesso fascio di fogli dattiloscritti. Gli occhi della donna correvano da una parola all'altra a ritmo sostenuto, senza soluzione di continuità.

Andrew, camicia e pantaloncini zuppi, si appoggiò all'angolo opposto e la osservò. Lei non staccò gli occhi dal foglio nemmeno per un secondo, neanche quando la porta si aprí al suo piano. Continuò a leggere anche uscendo dall'ascensore.

Un foglio le sfuggí di mano e svolazzò a terra.

– Aspetta, – disse Andrew.

Lei si fermò e lo guardò assente, tornando piano piano in sé. Andrew raccolse il foglio e glielo porse.

– Grazie, – disse lei, incamminandosi poi verso la sua stanza che era dalla parte opposta rispetto a quella di Andrew. L'aria che lei aveva smosso tratteneva il suo profumo.

Andrew si fece la doccia, poi s'infilò un paio di jeans e una maglietta. Lanciò un'occhiata alla lista che suo padre aveva lasciato sul comodino tra i loro letti: una serie di suggerimenti sui posti che Andrew avrebbe potuto visitare quella mattina. Piegò in due il foglio e lo ripose nel cassetto, poi prese la macchina fotografica e si diresse verso il salottino che era diventato fin dall'inizio del soggiorno il suo rifugio privato lí alla Pensione Ricci.

La stanza, poco frequentata durante il giorno, disponeva di una notevole varietà di divani e comode poltrone. Una delle pareti era coperta da un arazzo scuro. Su altre due erano appesi grandi quadri di paesaggi immaginari dai colori vivaci. Sulla quarta parete, due lunghe finestre che davano su via Tornabuoni, cinque piani piú in basso.

Andrew si avvicinò alle finestre. La sua preferita era quella a sinistra, con la vista aperta da un capo all'altro della via. Aprí i battenti e li assicurò ai ganci sulla facciata dell'edificio. Poi si appoggiò al davanzale e cominciò a studiare l'inquadratura giusta per il primo scatto della giornata.

Soltanto in quell'istante si rese conto di non essere solo. Dall'altro lato della stanza c'era la donna dell'ascensore, seduta a una scrivania; sembrava ancora assorta nella lettura di quei fogli. Gli occhi continuavano a correre sulle parole e, come prima, non si rese conto che qualcuno la stava guardando.

Andrew amava fotografare soggetti assorti nella lettura. Gli piaceva osservare e cogliere – senza essere a sua volta osservato – quell'esperienza privata. Lentamente spostò la macchina fotografica in modo da angolarla verso di lei.

Senza alzare gli occhi dal foglio la donna disse: – Potevi almeno chiedermi di sorridere.

Andrew abbassò di colpo la macchina fotografica. Arrossí. – La gente di solito non sorride mentre legge.

– Io sí –. La donna alzò lo sguardo. – Se qualcosa mi diverte.

– Però adesso non sorridevi.

– No, – disse lei appoggiandosi allo schienale della poltrona. – Infatti.

– Ti chiedo scusa. Non volevo interromperti. E nemmeno… offenderti. È solo che… io faccio questo: fotografie.

Lei lo osservò attentamente per qualche istante. – Ti ho già visto qui dentro. Tutto preso a guardare fuori dalla finestra.

– Non guardo soltanto. Fotografo la strada. È parte di un progetto a cui sto lavorando. Mi piace individuare schemi, elementi che si ripetono. È il mio modo per conoscere meglio i posti nuovi.

– E passi le tue giornate cosí.

– Quando mio padre è fuori.

La donna sembrava volerne sapere di piú.

– A tenere conferenze. Sta partecipando a un congresso medico qui in città.

– Tuo padre non vuole che tu esca da solo?

– No, anzi… È che a volte mi stufo di vedere le cose che piacciono a lui.

– E quali sarebbero?

Andrew fece un elenco: il David, le Cappelle Medicee, gli Uffizi, le porte del Battistero, il Duomo. Non nominò nemmeno i vari luoghi d'interesse e le innumerevoli opere d'arte che aveva visto di corsa, perché aveva già dimenticato come si chiamavano.

– Hai fatto il bravo turista, insomma.

– A mio padre piace vedere tutto. Gli interessa tutto.

– Mentre a te no.

Andrew fece spallucce.

La donna inclinò la testa. – Cos'è che pensi quando guardi queste cose? Il David, le Cappelle Medicee e compagnia bella?

– Mi sento come se alla fine dovessi sostenere un esame.

– Che peccato. Quando si tratta di edifici o sculture quello che bisogna provare è… meraviglia. Altrimenti che senso ha andare a vederli?

– È per questo che non vado, se posso evitarlo.

Lei annuí, poi riprese a leggere. Andrew si chiese se per caso aveva detto qualcosa di stupido, o se semplicemente la conversazione si era esaurita prima di quanto gli sarebbe piaciuto. In ogni caso, aveva colto il messaggio. Guardò fuori dalla finestra e sollevò la macchina fotografica. Ma subito la riabbassò per guardare la donna, che adesso aveva ripreso a leggere ancora piú velocemente di prima. Gli occhi correvano sulla pagina con foga, con urgenza. Quell'espressione inquieta riusciva a renderla ancora piú bella.

Andrew si sforzò di concentrare l'attenzione sulla strada sottostante. Un tizio con un cappello di paglia che guardava un manichino in vetrina che indossava un cappello di paglia quasi uguale al suo. Andrew prese l'inquadratura e scattò.

– Ti andrebbe di fare una passeggiata? – propose lei. Stava sistemando i fogli battendoli sulla scrivania per pareggiarli.

– Ma non conosco neanche il tuo nome.

– Ti aiuterebbe a decidere?

– Mi sembra come minimo... opportuno.

La fronte di lei si corrucciò. – Mi chiamo Costanza.

– Io Andrew.

– Ecco. Adesso è tutto opportuno?

Aveva un cappello di paglia, come quello della vetrina. La fascia bianca si abbinava al vestito di lino; quando camminava le tirava leggermente sul seno. Andrew faceva fatica a staccare gli occhi da quelle forme.

– E cosí sei qui a Firenze da sola, – disse quando s'incamminarono su via Tornabuoni, a metà tra un'affermazione e una domanda.

– Cosa te lo fa pensare?

– Eri da sola in ascensore. E nel salottino.

– Il mio compagno potrebbe essere... impegnato in un congresso, come tuo padre.

– Magari si conoscono.

– Magari sono colleghi. Amici, addirittura.

– O nemici.

– Perché nemici?

– Molti colleghi di mio padre sono suoi nemici. Ha posizioni piuttosto nette su certi aspetti della sua professione. E la branca della medicina di cui si occupa è un campo molto competitivo.

– E come mai?

– Credo sia tutta una questione di soldi.
– Fammi indovinare. È un chirurgo plastico.
Andrew scosse la testa.
– È uno psichiatra che ha brevettato una pillola che rende le persone simpatiche e amichevoli.
– Non credo che questa pillola avrebbe molto successo a New York. La gente rischierebbe di perdere la propria identità insieme alla proverbiale grinta.
Lei rise. – Mi arrendo.
– Aiuta le donne mature a rimanere incinte.
Andrew notò un tic all'occhio destro di Costanza. Quanti anni poteva avere? Gli occhi erano incorniciati da un leggero reticolo di rughe, appena visibile. Ma niente di piú. Judith, sua madre, aveva rughe molto piú marcate e si tingeva i capelli come minimo da otto anni. Sua madre aveva quarantanove anni.
Si stavano dirigendo verso il grande mercato all'aperto, nei pressi della chiesa di San Lorenzo. Durante il fine settimana, mentre andava alle Cappelle Medicee insieme a suo padre, Andrew era passato per queste stesse strade. Allora il quartiere era immerso nell'atmosfera sonnacchiosa della domenica, mentre adesso era vivo e pieno di bancarelle che vendevano tovaglie, articoli in cuoio, foulard, cancelleria, magliette, cinture, orologi, collane di corallo, cornici di mosaico: un panorama ininterrotto di cose da lasciare storditi.
Dopo una quindicina di bancarelle, Costanza girò a destra e condusse Andrew verso un edificio con un grande tetto di vetro, alle spalle del mercato.
– Cos'è questo posto? – chiese lui mentre salivano le scale.
– Il Mercato Centrale. Non è sulla lista di tuo padre.
Da come pronunciò le parole «Mercato Centrale» si capí che conosceva l'italiano, o che era italiana. Eppure il suo inglese era perfetto, aveva solo una leggerissima inflessione straniera.
Andrew sarebbe rimasto a guardare quel posto per ore, anche solo gli espositori della carne, pieni di cose che conservavano le tracce delle creature vive che erano state fino a poco prima. Tagli di fesa di cinghiale ancora coperti di pelo umido e scintillante, teste di polli intatte, collegate a corpi

spennati e zampe flosce con tanto di artigli. Fagiani con ancora tutte le piume che, piú che morti, sembravano addormentati. Le mucche avevano ancora la testa, i maiali, il grugno. Lingue mollicce, intestini attorcigliati, fisarmoniche di costole, e spugnose cervella rosa. Andrew impugnò la macchina fotografica, ma non riuscí a intrufolarsi per immortalare quello che vedeva.

Costanza lo condusse tra i banchi di frutta e verdura. Anche qui i prodotti ci tenevano a fargli sapere come erano venuti al mondo. Le arance avevano ancora le foglie, l'aglio ancora il gambo. C'erano bacche che Andrew non conosceva: «frutti di bosco» li chiamò lei in italiano; erano piccoli, rossastri e coperti di bozzi e macchioline.

I funghi erano marroni e rugosi. Erano simili al cuoio, come la pelle di un vecchio, ed emanavano un odore forte e strano di fumo. – Quando ero piccola, – disse Costanza, – venivamo in Toscana per far visita al nonno. Poi lui è andato in pensione e ha comprato una piccola fattoria. Andava per funghi e li metteva a essiccare su dei vassoi speciali.

Si chinò sui funghi, chiuse gli occhi e ne inalò l'odore. Quel profumo chiaramente la trasportò in un posto piacevole, lontano.

Scambiò qualche parola con il venditore che prese diverse manciate di funghi e li mise sulla bilancia. – E tu ce l'hai un profumo che riesce a farti tornare indietro nel tempo? – chiese Costanza a Andrew.

Lui scrollò le spalle. – Non credo.

– È perché non hai ancora perso niente. Sei ancora troppo giovane.

Andrew non sapeva se considerarla un'offesa o una sfida. – Non sono piú un bambino. E ho perso varie cose.

– Ma quanti anni hai, Andrew? Diciotto?

– A febbraio.

– E ti va di dirmi cos'hai perso?

In realtà la domanda giusta sarebbe stata cosa *non* aveva perso. Aveva perso una famiglia unita, in seguito al divorzio dei suoi genitori. Aveva perso sua nonna, morta quando lui aveva nove anni. Aveva perso suo fratello, che era svanito dall'inizio dell'estate, anzi mesi, molti mesi prima. Aveva perso la sua ragazza, che lo aveva lasciato alla fine dell'anno scolastico. Ma tutte queste cose non gliele poteva dire e quindi optò per quella che gli parve la piú semplice. – Be', i miei genitori sono divorziati.

– L'avevo immaginato. E tu viaggi da solo con tuo padre. Infatti non mi davi l'idea di un ragazzo senza madre.

– E da cosa l'hai capito?

– È solo una sensazione. Io per esempio il padre non ce l'ho. È morto quando avevo quattordici anni.

– Come è morto?

Costanza esitò qualche istante, poi disse: – Si è suicidato.

Andrew non sapeva cosa dire.

– Non c'è problema se non dici niente. A volte è la scelta migliore.

E quindi Andrew rimase in silenzio. Finché non furono di nuovo nei pressi del banco della carne.

– Ma tu sei di qui o parli solo molto bene l'italiano?

– Sono italiana da parte di madre, americana da parte di padre. Il nonno che essiccava i funghi era il padre di mia madre. La casa che non c'è piú è quella dei miei nonni. Sono morti tutti, tranne mia madre che vive al nord, vicino a Genova. E, sí, sono a Firenze da sola –. Fece una breve pausa, e poi: – Ho previsto buona parte delle domande che volevi farmi?

– Direi di sí –. Gli occhi di Andrew si spostarono sulla fascia d'oro al dito di Costanza.

Quando tornarono di nuovo fuori tra la folla, Costanza diede un'occhiata all'orologio e disse a Andrew che aveva un appuntamento per pranzo ed era già in ritardo. Si rimise il cappello in testa e inforcò un paio di occhiali da sole. Andrew si chiese se la decisione di andarsene fosse in qualche modo legata alle troppe domande che le aveva fatto. Quando si salutarono lei disse: – Sai tornare a casa? – Lui annuí. «Casa»: quella parola gli parve una specie di dono che lei gli fece prima di scomparire.

Andrew scattò una serie di fotografie alla sagoma alta e bianca di Costanza che si allontanava. In mezzo al caos del mercato lei sembrava qualcosa a metà tra una dea e un fantasma.

L'appuntamento che Costanza aveva per pranzo era con suo marito, morto esattamente un anno prima. Aveva deciso che il modo migliore di affrontare Morton, risorto di recente, un anno dopo essere stato sepolto, era andare in un posto pubblico, in compagnia delle sue parole.

Andando verso la trattoria, che si trovava nei pressi del mercato, Costanza pensò a come gli ebrei gestivano il lutto: piangevano il morto per un anno e dopo mettevano la lapide. Questo gesto non significava certo lasciarsi tutto alle spalle. E lei comunque non sarebbe stata capace di lasciarsi tutto alle spalle. Non era quello il suo obiettivo. Aveva qualcos'altro in mente. Fare amicizia con quel ragazzo, invitarlo a fare una passeggiata, era tutto parte del suo piano: costringersi a fare ogni giorno qualcosa che non aveva assolutamente nulla a che vedere con Morton. Solo facendole, queste cose non le sembravano piú compiti da svolgere. Parlando con Andrew si era ricordata di quanto le piacesse parlare con gli sconosciuti.

Era una cosa che riguardava solo quel ragazzo, o sarebbe stato lo stesso con chiunque? Costanza non lo sapeva e non gliene importava. L'aveva fatto, era questo che contava.

Costanza ordinò un quartino di rosso e ne bevve avidamente diverse sorsate. Si accorse che aspettava l'anniversario con un'ansia maggiore rispetto a quanto avrebbe creduto. Aveva investito di significato la natura celebrativa di quella ricorrenza. E chiaramente lo stesso valeva per gli altri.

Gli altri: Morton e il fratello Howard. Morton e i suoi tirapiedi. Morton e il suo esercito di aiutanti: gli agenti, gli editor, gli avvocati, i produttori, i commercialisti, i consulenti finanziari, il suo assistente personale Ivan, e alla fine i medici, le infermiere, i fisioterapisti, gli agopuntori e i guaritori specializzati in medicine alternative, ognuno dei quali era entrato nella vita di Morton con un'idea ben precisa di come il Grande Scrittore avrebbe dovuto presentare il proprio lavoro, prendersi cura del proprio corpo, organizzare il proprio tempo, comprendere la propria psiche, salvaguardare la propria eredità letteraria, e – per ultimo – morire. Per essere una persona fondamentalmente molto riservata, negli ultimi anni Morton si era circondato di troppe persone che si erano immischiate troppo nei suoi affari.

A spedirle quel pacco era stato Howard, in quanto esecutore testamentario di Morton. Ma era impossibile sapere chi ci fosse dietro la comparsa dei diari a un anno dalla morte. Molto probabilmente c'era Morton stesso. Questo gesto portava la sua firma, la sua impronta. Era il colpo di scena di Morton, con un quarto atto pieno di sorprese, un epilogo. Una manciata di parole che l'autore pronunciava direttamente dall'aldilà.

Una manciata di parole? Il dattiloscritto consisteva di oltre cinquecento pagine. E copriva solo sei anni della vita di Morton: dal periodo appena prima che si conoscessero fino a un mese dalla morte. Howard aveva scritto che Nathan Wolf, l'agente di Morton, lo aveva già fatto vedere allo storico editor di Morton alla Magellan; secondo lei, e non era di certo la sola a pensarlo, nessuno tra gli scrittori americani piú importanti degli ultimi decenni, o forse di sempre, aveva mai scritto qualcosa di tanto schietto, intimo e sorprendente. La storia del ritorno di Morton Sarnoff nel vortice della vita, dopo oltre un decennio di esistenza ritirata in campagna: la cosa avrebbe fatto scalpore e riacceso l'interesse sui primi lavori di Morton, avrebbe fornito una nuova chiave di lettura per l'ultimo romanzo, e portato anche un bel po' di soldini.

Costanza non era rimasta particolarmente sorpresa quando Howard le aveva detto che Morton aveva lasciato a lui i diritti dei diari: era stata un'altra mossa intelligente da parte di Morton, perché sapeva che a suo fratello servivano soldi, e anche tanti, per liberarsi del suo infelice matrimonio. Quello che invece l'aveva sorpresa, e anche ferita, era stato scoprire che a loro non importava niente dei suoi sentimenti, né a Morton né a nessun altro: i diari le erano chiaramente stati spediti per pura cortesia, per permetterle di farsi una ragione (oppure no) di qualunque cosa ci fosse scritta prima che venissero pubblicati.

Howard naturalmente non l'aveva messa in questi termini. Le aveva semplicemente detto che era entusiasta all'idea di poter condividere con lei la notizia della loro pubblicazione. Sperava di ricevere un suo feedback, non vedeva l'ora di conoscere la sua opinione, e cosí via. Tutte frasi di circostanza dietro le quali lei intuiva chiaramente quanto Howard stesse gongolando: finalmente era lui a comandare.

Costanza non sapeva che Morton tenesse un diario; non lo aveva mai nemmeno sospettato. Credeva che ciò che lui scriveva su quei grossi libri dalla copertina rigida fossero appunti e idee, abbozzi per il romanzo che stava scrivendo (che a volte lui ironicamente diceva sarebbe stato l'ultimo). Cosí le aveva risposto lui quando lei glielo aveva chiesto, e lei gli aveva creduto.

Morton non le aveva esattamente mentito. Proprio come le aveva detto quel giorno, le prime pagine contenevano scene di vita varia completamente sconnesse le une dalle altre, abbozzi di possibili personaggi, citazioni da libri che stava leggendo. Ogni tanto ci inseriva appunti sulle visite dai medici: «Secondo Grubman il fatto che sono pieno di lividi dipende dal Coumadin». Consigli di Pam, la sua fisioterapista: «Tirare in dentro la pancia quando mi alzo la mattina: mi aiuta per il mal di schiena. Dormire sempre con un guanciale sotto le ginocchia. Fare stretching, fare stretching, fare stretching».

Dopo una ventina di pagine, era saltata fuori una frase di natura completamente diversa. «Tutti questi appunti e questi frammenti non fanno che confermare il mio senso di vuoto», cosí, di punto in bianco. «Scrivo qui per evitare di scrivere», e poi basta.

Prima, alla pensione, Costanza aveva letto le pagine risalenti a quando ancora non si conoscevano. Le sembrava di spiare Morton quando era alle prese con i suoi periodi neri, quando si chiedeva preoccupato se il ritorno in città non fosse stato un errore. Lei lo vedeva combattere con il suo blocco dello scrittore, lo vedeva litigare, per poi subito fare pace, con un vecchio amico editor, lo vedeva discutere con Howard, che continuava a spingerlo a uscire – senza successo – per fare un po' di vita mondana.

E poi aveva letto di quell'aprile:

> È successa una cosa straordinaria e incredibile: per una volta in vita sua Howard ha avuto ragione su qualcosa.
>
> L'ultima volta che è venuto in città, a quanto pare mio fratello ha notato sulla mia scrivania un invito a uno dei book party di Na-

than. Sono anni che non frequento questo genere di eventi. Howard – subdolo com'è – se l'è ricordato e si è presentato qui ieri pomeriggio alle cinque.

Costanza era arrivata fin qui. Adesso, dopo aver bevuto un altro sorso di vino, riprese a leggere:

Il party era nel Village, in quello spazio gestito dal dipartimento di Italianistica della NYU. Ci ero già stato in una vita precedente per seguire una conferenza su Moravia. C'era una tavola imbandita, Chianti e formaggi vari che mi sarebbe tanto piaciuto poter almeno assaggiare; e invece, ligio alle prescrizioni del nutrizionista, mi sono limitato a un bicchiere di acqua frizzante e qualche bastoncino di carota.

A un certo punto Nathan, quasi sicuramente incitato da Howard, è venuto da me e mi ha detto: «Sai, c'è qui una persona che potrebbe farti piacere conoscere».

«Ah, – ho fatto io. – E perché?»

«Perché è interessante».

Ha indicato in direzione del tavolo dei drink. «È laggiú».

Interessante non è la prima parola che avrei usato per descrivere questa donna. Personalmente avrei detto che è affascinante. Particolarmente affascinante. Lineamenti molto delicati, capelli dorati, occhi limpidi e attenti. Labbra chiarissime e leggermente screpolate, forse perché ha il vizio di mordicchiarsele. Un bel corpo, anche se questo l'ho dedotto io, dal momento che era nascosto da una gonna e un maglione larghissimi.

Particolare molto interessante: una donna cosí bella che nasconde la propria bellezza sotto metri di stoffa. L'esatto opposto della tipologia femminile del mondo editoriale, ragazze tutte gambe, rigorosamente vestite di nero.

«Costanza traduce dall'inglese in italiano, – ha detto Nathan. – Magari potremmo convincerla a lavorare sul tuo prossimo libro, – ha aggiunto, – che dovrebbe essere pronto per...?»

«Per quando sarà pronto», ha suggerito Costanza gentilmente.

La conversazione è proseguita in modo molto spontaneo. Ho scoperto che Costanza è per metà americana e per metà italiana. È cresciuta in Italia, non qui. Il padre americano è morto, la madre italiana, per citare le sue parole, è «viva e vegeta».

Padre americano, ma cognome italiano? «Dopo la morte di mio padre, – ha detto lei, – mia madre mi ha fatto prendere il suo cognome. Una cosa che può sembrare singolare se non si conosce la storia che c'è dietro».

Forse è stata la sua voce, con quella cadenza dolce, d'altri tempi. Quegli occhi verdi scintillanti. Quel suo portamento un po' rigido. Quella riservatezza cosí invitante. Fatto sta che non riuscivo a toglierle gli occhi di dosso.

Costanza rimase sconcertata da queste pagine. E le veniva in mente piú di un motivo. Scoprire che era stata osservata – studiata – in questo modo era inquietante. Poi sentire di nuovo la voce di Morton, cosa che lo faceva sembrare piú che mai vivo. E il fatto che quel diario le concedesse l'opportunità di tornare a ritroso nel tempo, ma portandosi dietro anche il peso di sapere tutto quello che sarebbe successo dopo. Non c'erano altre situazioni nella vita che le permettevano di fare una cosa del genere. Forse i sogni. Solo i sogni.

Costanza ricordava quella loro prima conversazione, anche se non in maniera cosí dettagliata. All'epoca si era appena trasferita a New York. L'aveva fatto assecondando uno dei suoi impulsi improvvisi, ma nel giro di poche settimane le erano state affidate ben due traduzioni, aveva preso in affitto un appartamento nell'East Village e aveva cominciato a uscire. Aveva intuito che Morton aveva qualcosa di magnetico; elegante, con quella folta chioma di capelli grigi, l'azzurro di quegli occhi che anche in occasione del loro primo incontro era ora glaciale ora scuro come inchiostro. In seguito, semplicemente notando un lieve cambiamento nei suoi occhi, avrebbe imparato a interpretare i suoi umori, a prevedere il ritorno imminente dei periodi bui di cui lui parlava nei suoi scritti, o della sua rabbia. Quando parlava comunicava un grande senso di sicurezza in se stesso, come se, una volta che decideva di concedere la sua attenzione, nessuno (donna o uomo che fosse) potesse restare indifferente. Eppure dal suo contegno si evinceva anche un grande rispetto. Una modestia. Nelle domande che le aveva fatto, Costanza aveva letto un sincero interesse per quello che lei aveva da dire. Non le capitava spesso di conoscere uomini cosí. Non tra i suoi coetanei, né italiani né americani. Le ricordava suo padre. Anche lui aveva quest'aura di decoro vecchio stampo. E un animo tormentato.

A un certo punto avrebbe appreso che il Morton di queste pagine era ancora sotto l'influsso della malattia e di una vita irregolare. Col tempo sarebbe venuto fuori un Morton piú dispotico, piú complicato, un Morton piú freddo e inflessibile.

Quando l'indomani mattina le aveva telefonato, Costanza era rimasta sorpresa. Solo dopo diversi minuti aveva cominciato a rendersi conto che l'interesse che Morton nutriva per lei era di quel genere lí. Cristina, la cugina di Costanza, le diceva sempre che non si rendeva conto dell'effetto che faceva sugli uomini.

25 aprile

Be', è stato piú difficile di quanto pensassi. Dopo aver cercato brevemente di temporeggiare ho preso e l'ho chiamata e l'ho invitata a uscire. E sai lei cosa mi ha risposto: Perché?

Perché? Non mi era saltato in mente di dover spiegare una cosa del genere (ed è strano, ma ormai, a parte Howard, sono circondato da persone che non osano farmi domande semplici come questa: Perché?) Perché ti trovo molto interessante, le ho detto. Perché ho riletto Natalia Ginzburg, come mi avevi consigliato, e molte delle cose che ho letto mi sono piaciute. Perché avevo pensato che noi due avremmo potuto, non so, forse... vederci. Ma suonava un po' impacciato: tentennavo come un diciassettenne.

All'altro capo del telefono: un lungo silenzio insopportabile.

Fare qualcosa del genere alla mia età. *Provare* qualcosa del genere.

Poi lei ha detto: Va bene.

Giovedí sono andato a prenderla a casa nell'East Village. Vecchi kilim, un divano coperto da un mezzaro genovese, una parete di disegni fissati con le puntine, citazioni scritte su cartoncini. «Ho esperienza nell'improvvisare spazi dove vivere, – ha detto. – È il lato oscuro degli spiriti vagabondi».

Pur essendo cresciuta vicino a Genova, da sempre trascorreva le vacanze estive in Toscana, dove il nonno un tempo aveva una vecchia fattoria. Le sue estati erano un miscuglio di campagna e città, Firenze, dove alloggiava in una pensione con il padre e trascorreva i fine settimana ad ammirare quadri e sculture.

Ha detto che ad attrarla erano soprattutto gli sfondi, le strade e le città fantastiche che aleggiavano in lontananza nei dipinti religiosi e in alcuni ritratti. Ha detto che molti credono che siano particolari aggiunti in un secondo momento, ma per lei sono l'attrattiva principale. Le ho chiesto se tutto questo non ha a che fare con il suo spirito vagabondo, e lei ha risposto di non aver mai fatto questo collegamento. «Ma è lampante», ho detto io.

La guardavo pensare, mi piaceva. Diventava, se possibile, ancora piú luminosa.

Ha detto che ogni volta che visita un posto degno di nota – rovine, monumenti – si gira sempre a controllare la vista secondaria. Nelle grandi case piú di tutto le piacciono le cucine e le soffitte. È affascinata dall'origine dei dipinti, dalle note a piè di pagina nelle biografie. La parte che preferisce nei menu sono i contorni; sul treno preferisce sedere nel senso inverso.

«Io invece preferisco il senso di marcia, – ho detto. – In questo modo posso fingere di credere a cosa sto andando incontro nella vita».

«Ah, ecco dove ho sbagliato allora in tutti questi anni!»

Io ho riso. Ha riso anche lei. Poi le ho chiesto se si vedeva con qualcuno.

«Non al momento. E tu?»

«Dipende». L'ho guardata negli occhi.

«Da cosa?»

«Da te».

Costanza sapeva che era meglio leggere poco per volta. Non si era portata dietro altre pagine, e ne era lieta.

Erano le tre passate quando finalmente Andrew riuscí a ritrovare la strada per la pensione; da quando lui e Henry erano a Firenze non era mai stato fuori da solo tanto a lungo. Non appena mise piede in via Tornabuoni, vide suo padre davanti al palazzo che guardava con impazienza da un capo all'altro della strada.

La caratteristica principale che padre e figlio condividevano erano i folti capelli: brizzolati ormai nel caso di Henry, mentre quelli di Andrew erano di un castano caldo. Per il resto non avevano praticamente niente in comune. Andrew era un ragazzo alto, con braccia e gambe secche e lunghe come zampe di ragno; la pelle imperfetta del viso ricopriva un'ossatura che lasciava presagire una futura bellezza – forse anche notevole – che sarebbe sbocciata di lí a qualche anno. Henry invece aveva la fronte ampia, due occhi acuti a cui non sfuggiva nulla, una folta barba sovrastata da un naso a becco che sembrava incompiuto, come se il creatore fosse stato distratto dall'urgenza di un altro lavoro. Non passava mai inosservato, soprattutto per via della sua sfrenata vitalità. Era come una pentola costantemente sul fuoco: a volte sobbolliva, altre volte traboccava. Alcuni trovavano contagiosa la sua vitalità, altri invece se ne sentivano oppressi, ma nessuno rimaneva indifferente.

Henry si era tolto il completo che aveva indossato per il congresso e ora portava pantaloni color cachi, una camicia blu e un paio di scarpe comode. Le sue scarpe da fretta, come le chiamava Andrew tra sé. Avere ai piedi le scarpe da fretta ed essere costretto a star fermo metteva Henry in uno stato di conflitto e agitazione. Spesso, anche solo a vedere quelle scarpe, lo stesso Andrew sentiva di doversi sbrigare. Ma non in quel frangente. In quel frangente Andrew decise di scattare una foto a suo padre. Con calma accese la macchina fotografica e zoomò sulla faccia di Henry. In mezzo a quella fitta barba si scorgeva un'espressione corrucciata. Andrew colse questa espressione – tre volte –, poi attraversò la strada e chiamò suo padre con un colpetto sulla spalla.

– Eccoti finalmente. Mi stavo preoccupando. Ti stai trasformando in tua madre, Andrew. Era perennemente in ritardo, soprattutto verso la fine.

La fine: come se fosse morta.

– Non fai che incoraggiarmi a uscire, – disse Andrew alzando le spalle, – e cosí sono uscito.

Henry aggrottò le sopracciglia. – Ogni giorno ti riempio di proposte, e ogni giorno tu vai a correre e poi te ne stai con le mani in mano nella pensione. Capisco che non sei esattamente un avventuriero, è piú una caratteristica di Justin.

Quasi ogni volta che saltava fuori il nome di Justin, Henry si scuriva in viso. Come se viaggiare senza Justin fosse come viaggiare senza un braccio.

Henry non gli chiese dov'era stato e Andrew ne fu felice.

– Hai mangiato?

Andrew annuí. – Ma posso farti compagnia.

– Angelo mi ha fatto un panino, – disse Henry sentendo scemare l'irritazione. – Tra pochi minuti riapre tutto e io sapevo che volevi tanto vedere gli affreschi del Beato Angelico nel convento di San Marco. Che ne dici di avviarci? E pensavo che dopo potremmo andare a vedere delle camicie per te. So quanto ci tieni alle tue camicie italiane.

Andrew non aveva mai detto di voler vedere gli affreschi del Beato Angelico nel convento di San Marco, non sapeva nemmeno cosa fossero. Ed era Justin quello a cui piacevano le camicie italiane, era Justin quello a cui piacevano *le cose.*

– Mi sembra una buona idea, – disse Andrew, perché certe volte era piú facile accontentarlo.

Per la seconda volta quel giorno Andrew percorse via Tornabuoni. Non camminò al fianco di suo padre, come aveva fatto con Costanza, ma un po' indietro. A Henry, con le sue scarpe da fretta, non interessava l'esperienza di andare a piedi da qualche parte. Non gli interessavano le vetrine dei negozi, il fermento delle strade, la luce, la lingua. Gli interessava soltanto raggiungere rapidamente la meta.

E gli interessava anche essere preparato prima di vedere qualcosa, e preparare Andrew. Era un divoratore di guide turistiche (ancora!) e di libri di viaggio, di storia, di architettura e di arte. Durante il tragitto verso San Marco fece una raffica di domande alle quali si rispose da solo, prima rivolte al vuoto attorno a lui e poi, quando si accorse che Andrew si attardava alle sue spalle, si girò e gli disse: – Mecenate? Cosimo il Vecchio. Architetto? Michelozzo. Periodo di trasformazione dell'edificio? Dal 1437 per quindici anni a seguire. Notizie d'interesse? È stato sede della prima biblioteca pubblica in Europa. Priore piú famoso? Savonarola, e sappiamo che fine ha fatto. Frati pittori piú famosi? Fra Bartolomeo e il Beato Angelico. Il migliore tra i due?

Vedendo che Andrew non rispondeva, Henry si girò di nuovo. – Be'?

– Mi sembra di stare a scuola, papà. Davvero vuoi farmi da insegnante? Non ti pare che ne abbia già a sufficienza?

– Ma io voglio fare lo studente. In realtà se potessi ricominciare tutto daccapo…

Andrew si fermò di scatto. E cosí fece Henry. Andrew guardò in faccia suo padre per vedere se stava parlando seriamente. – Non faresti piú il medico?

Henry scrollò le spalle. – Forse è questa città, – disse, indicando tutto intorno. – È cosí… infinita. È cosí… com'è che dice Justin? È cosí me. Ogni cosa che la riguarda. La storia. L'arte e l'architettura. Cosí tante cose sono cominciate qui, cosí tanto ingegno, cosí tante idee. Mi viene da pensare, non so, a tutte le possibilità nella vita…

Andrew era perplesso. – Non riesco a immaginarti se non come un medico.

– Sí, però sarei in grado di fare altro, – disse Henry. – Se avessi potuto fare di testa mia forse sarei diventato uno studioso di storia, o uno storico dell'arte. Oppure un musicista, chi può dirlo?

– Papà, ma se sei stonato.

– È qui che entra in scena Justin. Il suo talento musicale compensa le carenze di tutta la famiglia.

Padre e figlio ripresero a camminare, stavolta piú lentamente e in silenzio. Andrew si chiese se quella mattina per caso qualcosa era andato storto al convegno. Suo padre che non faceva il medico? E chi (o cosa) sarebbe mai potuto essere suo padre se non un medico?

Quando arrivarono a San Marco, Henry aprí la guida e consultò una piantina dell'edificio. – Ci conviene cominciare dagli affreschi del Beato Angelico al piano di sopra, – disse, riprendendo il suo solito modo di fare. – Sono l'attrazione principale, anche se non mi dispiacerebbe vedere il cilicio di Savonarola. Un indumento intimo di cinquecento anni fa. Pazzesco, no?

La piú grande *Annunciazione* del Beato Angelico li attendeva subito in cima alle scale. Sulla parte sinistra dell'affresco era raffigurato un angelo all'interno di una loggia, piegato in un leggero inchino, con le braccia elegantemente incrociate sul petto. Era chiaro che era appena arrivato: aveva un ginocchio flesso e le ali ancora aperte. Il Beato Angelico aveva scelto di dipingere il momento che precedeva l'annuncio dell'angelo a Maria, la quale era seduta su un robusto sgabello di legno a tre gambe, anche lei con le braccia incrociate sul petto, sulla sua semplice tunica, e con il viso meticolosamente ritratto di tre quarti.

– Ci pensi come dev'essere stato annunciare a quella donna che era incinta, e di che bambino, poi? – disse Henry. – È eccezionale il modo in cui questo affresco ci fa entrare nella mente dell'angelo.

A Andrew l'angelo sembrava inespressivo, impassibile. Poco piú che un semplice messaggero. Maria gli sembrava un personaggio piú complesso. Appariva allo stesso tempo preoccupata e curiosa, come se sapesse che stava per succederle qualcosa di molto importante.

Si spostarono nei dormitori e cominciarono a visitare le celle dei monaci, ognuna con il suo piccolo affresco. Oltre quaranta dipinti che sembravano aleggiare come proiezioni, o sogni, sulle pareti bianche. Andrew rimase molto colpito da quelle stanze. Non gli sarebbe dispiaciuto starsene in una cella da solo per un'oretta, o anche mezz'ora; ma Henry, guida alla mano, era già lí che snocciolava i soggetti e i presunti autori di ogni affresco, affrettando il passo freneticamente finché non arrivarono davanti a un'altra *Annunciazione*.

In questa versione Maria era in ginocchio, mentre l'angelo era in piedi e la guardava. Il dipinto emanava un forte senso di attesa. E costrinse Henry a rallentare. Poche cose riuscivano a far rallentare Henry.

Andrew osservava suo padre che osservava l'affresco. – Immagino ti c'immedesimi.

Henry lo guardò.

– Sei come quest'angelo. Tu vai dalle donne e annunci la loro gravidanza.

Henry guardò il dipinto e poi suo figlio. – Non solo annuncio la loro gravidanza. Ma sono io stesso a renderla possibile.

Andrew fece un lungo sospiro, quasi silenzioso, fra sé e sé.

Henry uscí lentamente dalla cella, e Andrew lo seguí a ruota. Piú avanti nel corridoio, in una delle celle dei monaci, c'era Costanza, tutta presa a osservare un affresco.

Andrew sentí il cuore saltargli nel petto. Con il suo vestito di lino, la pelle chiara e i capelli dorati, sembrava una versione moderna di una delle Marie degli affreschi. Henry camminava dritto verso di lei, ignaro di tutto; Andrew era diversi passi piú indietro. Proprio mentre Costanza stava per girarsi e proseguire, Andrew sganciò una delle funi di velluto rosso che impediva l'accesso alle celle e si infilò dentro.

All'improvviso Andrew sentí un tonfo. Henry doveva essere andato a sbatterle contro e qualcosa doveva essere rotolato per terra.

– Mi scusi. Non l'avevo vista. Ero…

– Di corsa, a quanto pare.

Andrew fece capolino da dietro il muro. Henry si era chinato a raccogliere un sacchetto che era caduto.

– Spero che non ci sia niente di rotto, – disse Henry.

– Nella mia spalla?

– Nel suo sacchetto –. Henry glielo porse. – Mi dica che non c'era niente di fragile, la prego.

– È un libro –. Costanza lo prese dal sacchetto e lo esaminò.

Henry diede un'occhiata al titolo: *Le vite*. – Sembra che

Vasari considerasse il Beato Angelico una specie di santo, dice che piangeva quando cominciava a dipingere una crocifissione. Riesce a tirare fuori il predicatore che era in lui. Del resto Vasari fa sempre tutti quei discorsi sui pittori che devono essere santi loro stessi se vogliono ritrarre soggetti sacri.

– Lei non è d'accordo? – gli chiese Costanza.

– Non sono né d'accordo né in disaccordo. È solo che non è quello che cerco in un dipinto. Cerco la tecnica, la psicologia, la drammaticità. Soggetti che travalichino le storie che descrivono. Credo che sia questo a fare di un dipinto un grande dipinto. L'universalità, l'adattabilità. La religione di per sé mi lascia indifferente.

Stava davvero dicendo tutte queste cose a lei, una persona che non conosceva?

Lei non sembrò per nulla turbata: – La religione in genere?

– Sí –. Rifletté un secondo. – Mi scusi se l'ho offesa.

– Non mi offendo tanto facilmente. Mi piacciono le persone che hanno le proprie opinioni.

Non si era nemmeno accorto dell'assenza di Andrew.

– Mi scusi, – disse lei, – ma ho come l'impressione di averla già vista.

– Be', sono a Firenze da quasi una settimana, – disse Henry, come se questo fosse sufficiente. – Alloggio alla Pensione Ricci.

– Questo spiega tutto, – disse lei infilando il libro sotto il braccio. – Bene, magari ci si vede a casa, allora.

Una «casa» anche per Henry?

– Quindi anche lei alloggia lí? Alla Pensione Ricci?

Costanza annuí.

– La terrazza è un bel posto per bere qualcosa, – disse Henry.

– Tra i piú belli di tutta Firenze.

– È particolarmente suggestiva verso le sette di sera.

– Sí, è vero.

– Allora magari le nostre strade s'incroceranno lí stasera.

– Magari, chissà.

Andrew si allontanò dalla soglia. Dopo qualche istante Costanza passò davanti all'entrata della cella in cui si era nascosto. Anche di profilo, la faccia di Costanza era visibilmente piena di luce. Una luce che apparentemente veniva dal breve incontro con Henry.

Andrew aspettò un attimo, poi raggiunse suo padre, che fissava il vuoto assorto nei suoi pensieri.

Henry alzò lo sguardo e sorrise. – È un bel pomeriggio. Andiamo fuori e godiamocelo un po'.

Henry e Andrew passarono velocemente davanti al Duomo e a Orsanmichele, poi per il Mercato Nuovo e attraversarono il Ponte Vecchio, le cui finestre piene d'oro catturavano e conferivano profondità alla luce del tardo pomeriggio, come tanti tizzoni di minuscoli fuochi che andavano spegnendosi lentamente. I loro fuochi si andavano spegnendo, forse, ma quello che bruciava dentro Henry cominciava invece a ravvivarsi. Erano già stati qui, o in un posto simile a questo. Henry, pieno di brio. Henry, animato da un'energia quasi frenetica, incontenibile, che aumentava sempre di piú, proprio come la pila di camicie che stava accumulando sul bancone del negozio in cui era voluto andare. Sei o otto di quelle camicie erano per Henry, poi un'altra pila uguale per Justin. Andrew ne aveva scelta una senza troppa convinzione. Celeste. Non gli serviva né la desiderava particolarmente, ma sapeva che gli conveniva stare al gioco.

Henry rimase deluso dalla scelta di Andrew. – Mio figlio ha bisogno di una stoffa con un po' di colore, – disse a un uomo piccolo e massiccio dai capelli grigi, il signor Zubarelli in persona. – Con qualche bella fantasia. Ha bisogno di *aiuto* –. Con la mano Henry indicò una camicia a scacchi blu e gialla. – Vediamo una di quelle lí –. Poi rivolto a Andrew: – Fammi contento. Metti via per un attimo la macchina fotografica e provala.

Nel camerino, mentre si provava la camicia, Andrew ebbe la fugace visione di come poteva apparire la sua vita agli occhi di un estraneo, qualcuno che non fosse sottoposto ai suoi stessi limiti: un ragazzo con un padre che gli mostrava il mondo perché voleva che il figlio vedesse, sperimentasse, e possedesse determinate cose, e a lui, al figlio, non restava che sbuffare per questo isolamento, sognando la fuga.

Ma vedere Andrew sotto questa luce equivaleva a non avere una vera idea di cosa significasse stare da soli con Henry per periodi tanto lunghi e ininterrotti. Essere soli con Henry significava... significava essere svegliati alle due di notte ogni volta che lui sentiva il bisogno di sfogarsi. Significava doversi sorbire per la millesima volta l'elenco dei difetti di tua madre – che perfetta non era – e dover ascoltare descrizioni in gran parte idealizzate del tuo fratello maggiore. Significava essere criticato per non avere un'opinione sugli affreschi religiosi del Quattrocento. Significava dover prevenire, e arginare, i suoi sbalzi di umore. Significava far piazza pulita della tua spontaneità quando Henry era su di giri e soffocare la tua indipendenza quando Henry era giú di morale. Significava vederlo trattare la tua ragazza (be', la tua ex ragazza) come una nullità. Significava sapere che lui ti voleva bene, sí, ma anche che il suo amore era logorante, egoistico ed egocentrico.

Andrew uscí dal camerino. – Mi sento come se indossassi una tovaglia. E le maniche sono troppo corte.

Henry tirò indietro il collo e guardò la taglia. – Sarebbe quindici e mezzo e trentacinque, secondo le misure americane, giusto? – Zubarelli annuí e Henry disse: – Le braccia non possono crescere di un'intera taglia nel giro di pochi mesi.

Zubarelli misurò le braccia di Andrew. A quanto pareva, invece, erano cresciute di una taglia.

Purtroppo, comunicò Zubarelli dopo aver controllato l'inventario, della taglia di Andrew in magazzino c'erano solo camicie azzurre e camicie bianche semplici; se Henry aveva un po' di pazienza, aggiunse, avrebbero potuto fargliene una su misura. Ma Henry non aveva pazienza.

– Papà, non ti preoccupare, – disse Andrew dal camerino. – Voglio solo quella azzurra.

– Ma una cosí la trovi anche da Bloomingdale's.

– Bloomingdale's ha il suo perché, – disse una voce all'altro capo della sala.

Mentre raggiungeva suo padre, Andrew vide a chi apparteneva la voce; un uomo alto che indossava un impeccabile completo estivo di lino, una camicia bianca di lino sorprendentemente linda per un tardo pomeriggio d'estate, e una cravatta di seta arancione con un motivo fine.

– Isaac, – disse Henry. – Cosa ci fai tu qui?

– La stessa cosa che ci fai tu, Henry.

– Ma tu come fai a conoscere Zubarelli?

– Zubarelli è conosciuto. E Zubarelli, – Isaac indicò col capo il proprietario, – mi veste da secoli.

Andrew guardò l'uomo prendere la pila di camicie di suo padre con un'occhiata veloce ma acuta. – Ma le mie naturalmente sono fatte su misura –. Isaac fece un gesto rivolto verso l'alto per indicare – o cosí sembrava – la sua altezza.

Nell'altra mano teneva un sacchetto. Conteneva due camicie. Una era azzurra, come quella di Andrew. L'altra era grigia a righe bianche.

Henry poggiò la mano sulla spalla di Andrew. – Ti presento mio figlio Andrew. Andrew, ti presento il mio... collega Isaac Schoenfeld.

Schoenfeld rivolse a Andrew un cenno del capo cosí principesco da sembrare un inchino. Ogni cosa che quell'uomo faceva appariva formale, regale quasi. Il suo abbigliamento, il suo modo di parlare, i lineamenti eleganti della sua faccia. – Questo è il secondo?

Henry annuí. – Justin è al college, segue un corso intensivo di composizione.

Schoenfeld studiò Andrew con uno sguardo lungo e attento. – Diciassette e mezzo, giusto?

– In realtà, diciassette e un terzo, – disse Andrew.

– Un vero matematico, – commentò secco Schoenfeld.

– La matematica è piú la specialità del fratello, – disse Henry. Poi: – Cosa ti porta qui a Firenze, Isaac? A parte le camicie.

– Io e Eileen stiamo andando a fare visita a degli amici che hanno una villa nelle Marche. Firenze è una buona tappa intermedia. E poi oggi al congresso ho avuto modo di ascoltare un intervento molto interessante.

– Davvero? Quale?

– Ma il tuo, naturalmente –. A Andrew Schoenfeld disse: – Tuo padre è un oratore eccezionale. Riesce a tenere sempre viva l'attenzione dell'uditorio. Io personalmente non sono mai stato molto bravo a parlare in pubblico. Sono troppo timido.

– Non ti sminuire, Isaac.

– La tua presentazione era davvero notevole, Henry. Anche senza quel vivace PowerPoint, persino un profano sarebbe riuscito a capire tutto –. Schoenfeld prese dal taschino un paio di occhiali scuri. – Per quanto tempo ancora restate in Italia?

– Il congresso finisce venerdí. Poi ci faremo un giro in macchina per la Toscana.

– Ah, una vacanza di lavoro. Immagino che ci siano degli angoli della Toscana che vale ancora la pena di esplorare, magari nei dintorni di Volterra, dove la natura è un po' piú selvaggia e impervia –. Schoenfeld si posò gli occhiali sul naso drittissimo. – È stato un piacere rivederti, – disse a Andrew. – Buono shopping, signori, – aggiunse e se ne andò.

Rivederti? Andrew guardò Henry in cerca di una spiegazione, ma Henry era impegnato a porgere la carta di credito a Zubarelli. Pareva aver dimenticato il fatto che Andrew avesse scelto una noiosa camicia in stile Bloomingdale's. In pensieroso silenzio attendeva lo scontrino.

Andrew rimase a osservare Schoenfeld al di là della vetrina. Quando lui si fermò all'angolo della strada per far passare un'auto, Andrew si avvicinò al vetro, prese la macchina fotografica, e puntò l'obiettivo. Mentre stava per scattare, Schoenfeld si girò e guardò verso di lui. Era come se sapesse che stava per essere fotografato. Allungò il busto già lunghissimo, come per mettersi in posa. Dopo che Andrew ebbe scattato la foto, Schoenfeld gli fece un cenno col capo e proseguí per la sua strada.

Andrew tornò da suo padre. – Perché rivedermi?

Henry ebbe un momento di esitazione. – Ti ha visto quando eri piccolo. Un tempo, io, Isaac e tua madre ci frequentavamo… piú spesso.

Henry non disse altro finché non furono in strada. – Non lo sopporto, quell'uomo. Le camicie su misura. Gli amici con la villa. Ma chi è che ci tiene a specificare la parola «villa»? E poi: vacanza di lavoro? Neanche fossi un commesso viaggiatore. Praticamente ha detto che sono un sempliciotto verboso che scodella banalità alla portata dei deficienti.

– A me è parso che dicesse che sei un «oratore eccezionale».

Henry rallentò il passo, si girò verso Andrew. – Apprezzo

il tuo sforzo di tirarmi su, Andrew. Davvero. Solo che… no. Schoenfeld è pretenzioso e paternalistico, almeno *con me*.

Il sole calante proiettava lunghe dita dorate che toccavano la superficie del fiume facendolo scintillare. – A quanto pare avremo un tramonto spettacolare, – continuò Henry. – Che ne dici di tornare alla pensione e bere qualcosa sulla terrazza? Magari Angelo ci porta una ciotola di quelle strane patatine, quelle che si incastrano tutte come le fiches del poker.

«Quelle che si incastrano tutte come le fiches del poker». Un minuscolo dettaglio che voleva essere allettante, quel genere di blandizie che si riservano per un bambino, come un leccalecca dopo una visita medica. Henry avrebbe benissimo potuto dire Pringles. Avevano già parlato di quanto fosse strano che venissero offerte in tutti i bar di Firenze.

– È cosí bello stare fuori, – disse Andrew. – Andiamo a sederci in una piazza.

– Ma la terrazza è molto in alto, sicuramente ci sarà un po' di brezza. E che vista.

Andrew insisté. – Santo Spirito non è qua vicino, quella costruzione senza la facciata? Non avevi detto che era la tua chiesa preferita? Mi piacerebbe molto fare delle foto lí, vedere l'effetto della luce al tramonto.

Lo sguardo di Henry indugiò sul sole che tramontava, sul cielo che si andava colorando.

– E vada per Santo Spirito, – disse con un sospiro.

La mattina dopo, quando Andrew comparve sulla soglia del salottino, Costanza era di nuovo seduta alla scrivania, sempre impegnata nella lettura di quelle pagine dattiloscritte. Aveva un'espressione meno preoccupata – leggermente meno preoccupata – rispetto al giorno prima.

Andrew fece un passo sul parquet. Il pavimento scricchiolò. Fece un altro passo, producendo un altro scricchiolio.

Tenendo il segno con un dito, Costanza guardò i capelli bagnati del ragazzo. – Sei andato a correre?

Lui scosse la testa. – Solo una doccia in tarda mattinata. Non ho dormito molto bene.

– L'insonnia è una brutta bestia.

– Non si tratta della mia insonnia. Ma di quella di mio padre. Si sveglia nel cuore della notte e ha voglia di parlare.

– Non sembra il massimo della vita, – disse Costanza.

Andrew andò verso la finestra. Sollevò la macchina fotografica, poi la riabbassò.

In strada non c'era niente che attirasse la sua attenzione.

Piú o meno ogni minuto Costanza girava pagina. Di solito il fruscio della carta che veniva spostata era un rumore che comunicava un senso di calma. Ma l'espressione di Costanza era tutt'altro che calma. Quello che stava leggendo le faceva corrucciare la fronte. Lesse qualche altra pagina, poi si appoggiò allo schienale della poltrona e si massaggiò il collo.

– A che ora finisce tuo padre oggi?

– Dopo le quattro, mi pare. Ma poi si ferma per rispondere alle domande.

– Quindi sei libero per un po'?

Andrew annuí.

– Hai visto l'altro David?

– L'altro David?

– Di Donatello. È al Bargello.

Stavolta Costanza indossava un vestito verde pallido, e portava i capelli raccolti in una morbida coda di cavallo che le ricadeva in mezzo alla schiena. Il cappello era lo stesso, come anche gli occhiali scuri dalla montatura ovale, e la calda luce del sole esaltava la fragranza floreale del suo profumo che si spandeva nell'aria a ogni movimento.

Raggiunsero la stretta e ombrosa via Condotta, camminando tutto il tempo in silenzio. Dal momento che sul marciapiede si poteva procedere solo in fila indiana, Andrew seguí Costanza e la osservò da dietro. Notò il modo in cui camminava mentre si faceva largo nella strada affollata, e notò come i suoi fianchi ondeggianti facevano oscillare dolcemente il suo corpo avanti e indietro su un asse invisibile. Notò anche che appariva lontana, quasi rinchiusa in se stessa.

Scese dal marciapiede per poterle camminare a fianco e le disse: – Sei silenziosa stamattina.

Dopo un istante di esitazione lei gli disse: – È che mi sto

chiedendo perché ti sei nascosto quando mi hai visto ieri a San Marco.

Andrew arrossí.

– Ti ho visto con la coda dell'occhio mentre uscivo, dopo che ho parlato con tuo padre. Avevi un'aria... tormentata.

Andrew affondò le mani nelle tasche. – Come fai a sapere che era mio padre?

– Ha parlato della pensione. E c'era qualcosa di lui che mi ha fatto pensare a te.

E dire che Andrew faceva di tutto per essere diverso da Henry.

– Non volevo nascondermi da te.

Costanza abbassò gli occhiali da sole.

Il viso era ora rossissimo, paonazzo, in fiamme. Com'era possibile che la pelle si comportasse come se avesse una volontà tutta sua?

– Il fatto è, – disse Andrew, – che ero cosí felice... ero cosí felice di avere una cosa... che fosse solo mia.

Costanza tirò su gli occhiali da sole. – Lo capisco, – disse.

Al piano superiore del Bargello c'erano ben due David scolpiti da Donatello: la prima statua era di marmo, rigida e con gli occhi stranamente vuoti, l'altra di bronzo. Il David che Costanza gli voleva far vedere era quello di bronzo. Il David di Donatello era molto diverso da quello di Michelangelo, attorno al quale si assiepavano anche i turisti piú pigri. Non effondeva potenza, ma grazia e delicatezza, era di una bellezza quasi femminea. Teneva la mano sinistra sul fianco, proteso verso l'esterno. Questo David non era sul punto di uccidere: aveva già ucciso. Nonostante tenesse il piede sinistro ben saldo sulla testa tagliata di Golia, appariva giovane e vulnerabile. Aveva un cappello floscio e calzature di cuoio, ma per il resto era nudo; dal cappello uscivano dei boccoli che gli ricadevano sulle spalle. Da dietro non si capiva se fosse un uomo, una donna o la fusione di entrambi. La statua era di bronzo, certo, ma quel corpo sembrava flessibile, vivo seppure fermo, e sommessamente sensuale. Un giovane eroe del Vecchio Testamento ritratto come un ragazzo dalla sessualità ambigua? Sembrava assurdo, e tutto questo provocò in Andrew una serie di sensazioni confuse e perturbanti. Del resto molto di quello che provava quando era con Costanza lo lasciava confuso e perturbato.

– La prima cosa che di solito si dice a proposito di questa statua è che segna il ritorno del nudo classico, – disse Costanza. – Ma non è a questo che penso quando la vedo. Quello che penso è che, quando finalmente hai ucciso il tuo demone, dovresti avere un aspetto un po' piú… un po' piú scosso, come minimo.

– Mentre lui appare calmissimo.

Costanza si avvicinò alla scultura. – Forse perché è molto giovane e non capisce che, anche dopo che li hai fatti fuori, i tuoi demoni continuano a vivere dentro di te.

– Non c'è bisogno di essere vecchi per capirlo, – disse Andrew.

Costanza girò attorno alla statua. – Ti va di parlarmi di lei?

Lui la guardò perplesso.

– Una semplice ipotesi, la mia.

Gli andava di parlargliene? Non ne era sicuro. – Si chiama Charlotte, – disse con circospezione. – Come Charlotte Brontë. A scuola è un anno avanti a me. I suoi genitori insegnano letteratura inglese all'università, abitano nell'Upper West Side.

Costanza annuí. Fu come se quel cenno del capo avesse aperto una diga. Andrew era un fiume in piena. Parlò della sorella, che si chiamava Emily. Del cane, Branwell, e di Anne, l'uccello, un pappagallo che tenevano in una gabbia di ottone. Dei libri, che erano ovunque. Quattro o cinquemila volumi, probabilmente: sugli scaffali, sui tavoli, in sala da pranzo, nel corridoio, in soggiorno. Il soggiorno e quel suo strano arredamento, sei comode poltrone in cerchio: quattro per la famiglia, due per gli ospiti. Ci vivevano, su quelle poltrone. Ci mangiavano, ci si appisolavano, ma soprattutto leggevano. E fu ciò che lui e Charlotte avevano fatto in occasione di quella che si poteva definire la prima uscita. Dopo averci pensato per mesi, finalmente le aveva chiesto se le andava di vedere un film insieme. Lei aveva risposto che i film non le piacevano tanto. Lui allora le aveva chiesto se le andava di fare una passeggiata. E lei aveva detto che le bastava l'esercizio fisico che faceva in piscina, dove si erano conosciuti. E cosí lei gli aveva proposto di vedersi a casa sua per leggere insieme.

– Che cosa romantica, – disse Costanza.

– Be', no, all'epoca non lo era.

– No, dico sul serio. I libri. Il pappagallo –. Gli occhi le brillavano per l'interesse.

– Non credo che nessuno abbia detto piú di tre parole quella sera. Ah, sua madre mi ha offerto un biscotto. Sembrava cemento. Anne, il pappagallo, ha detto: «Non mangiare biscotto! Non mangiare biscotto!» Dopo Charlotte mi ha chiesto se volevo vedere la sua stanza. I suoi genitori non hanno nemmeno sollevato gli occhi dai libri. Ci siamo alzati, abbiamo attraversato un corridoio stretto e lungo, siamo andati in camera sua e abbiamo... chiacchierato.

Costanza spalancò gli occhi. Andrew però non continuò a raccontare, arrossí e basta.

– E questo è quanto?

Andrew sospirò. – Per nove mesi, quasi dieci, tutto è andato bene tra noi, anzi alla grande. Almeno dal mio punto di vista. Poi la settimana scorsa, poco prima della mia partenza, siamo andati a fare una passeggiata a Central Park, lei mi ha detto che non poteva piú continuare a stare con me visto che sarebbe andata al college. Anche se avevamo ancora tutta l'estate davanti, lei sentiva che era arrivato il momento di essere... di essere libera.

Costanza rifletté qualche istante. – Aveva paura.

– Di cosa?

– Di quello che provava per te.

– E tu come lo sai?

– Perché anch'io sono stata una ragazza di diciotto anni.

– Io le volevo davvero bene. Sono arrivato perfino a farmi piacere quello stupido uccello gracchiante.

Andrew sentiva che gli occhi cominciavano a pizzicargli. Si girò leggermente per non farsi vedere da Costanza.

– Gli uccelli non dovrebbero vivere in un appartamento di New York, – disse. – Una doppia gabbia è una metafora troppo forte per i miei gusti.

Era come se procedesse con il pilota automatico di cui fino a quel momento ignorava l'esistenza: tutte queste parole, tutte queste sensazioni, dette e mostrate a una persona che a malapena conosceva. Di quello che era successo con Charlotte non aveva mai parlato nemmeno con suo padre.

Andrew e Costanza si avviarono verso due sedie di legno. Rimasero seduti in silenzio qualche istante, circondati da statue ferme nelle loro pose sui plinti e i piedistalli, poi Costanza infilò una mano nella borsa. – Quasi dimenticavo: ho qualcosa per te –. Diede a Andrew un sacchetto, quello che il giorno prima Henry le aveva fatto cadere. Quello con il libro, il Vasari.

Aveva sistemato lo strappo alla sopraccoperta con dello scotch trasparente.

– Grazie.

– Ho pensato che potrebbe contribuire a rendere Firenze piú viva ai tuoi occhi.

«Sei tu che rendi Firenze piú viva ai miei occhi».

Quella frase gli si materializzò nella mente, e poi evaporò.

Andrew aprí il libro. Toccare il libro che Costanza aveva appena toccato era un po' come toccare lei.

Arrivò al capitolo su Donatello e scorse velocemente alcuni paragrafi. La lettura lo rimise in carreggiata.

– Qui dice... dice che quando Donatello stava lavorando a una scultura per il campanile del Duomo, ogni tanto parlava con il marmo. E diceva: «Parla, maledetto, parla!» Tu ci credi?

– Non ci credo, no. Ma questa leggenda coglie il nocciolo del mistero racchiuso in questa sala, e cioè come far sí che la materia inerte riesca a raccontare una storia.

Andrew la osservò per qualche istante. – Credo che questo sia anche il tuo mistero.

Costanza inclinò la testa di lato. – Mi vedi come una cosa inerte?

– Ma no –. Andrew arrossí. – Quello che voglio dire è che... Voglio dire che tu vuoi ascoltare le mie storie, ma le tue...

Lei sembrava perplessa.

– Ieri, per esempio, eri sposata, ma oggi non lo sei –. Indicò la sua mano, senza anello.

Lei guardò verso il basso. – È piú preciso dire che ieri portavo la fede, no?

Lui fece spallucce. – Be', sí.

Costanza si sfiorò l'anulare. – Andrew, devi capire che in Europa abbiamo una cultura diversa. Siamo molto piú indiretti, molto piú... discreti.

– Allora non sei sposata?

– E se ti dicessi che mio marito è morto, ma certe volte sento come se fossimo ancora una coppia?

Andrew rifletté per qualche istante. – Penso che capirei.

Si chiese da quanto tempo era morto suo marito, e se erano stati innamorati, se l'amore era durato, al contrario di quanto era successo ai suoi genitori, e se avevano figli, e com'erano questi figli; ma qualcosa gli disse che per il momento aveva già fatto troppe domande.

Costanza alzò il polso, girò l'orologio. – Direi che è quasi ora di pranzo.

Andrew si sentí mortificato. – Hai un altro appuntamento oggi a pranzo?

– Sí. Con te –. E lo prese a braccetto.

Il ristorante in cui Costanza portò Andrew era in una stradina dell'Oltrarno. La sala era fresca, con un leggero odore di muffa, le travi a vista e le pareti erano ricoperte da spessi strati d'intonaco. I tavoli erano di legno grezzo, senza tovaglie. Quando si sedettero uno di fronte all'altra, Andrew si rese conto di una breve pausa nella conversazione delle persone del tavolo accanto che cercavano di capire, o questa era la sua congettura, quale fosse il legame tra quella elegante donna europea e quel ragazzino americano dai capelli lunghi.

Il cameriere diede un nome alla loro relazione. Portò al tavolo mezzo litro di vino e ne versò un bicchiere a Costanza. – Anche per suo figlio? – chiese in italiano.

Lei fece cenno di sí. Il cameriere riempí il bicchiere di Andrew e se ne andò.

– Ti ha chiesto se anche tuo «figlio» vuole il vino, vero?

– Sai com'è, i toscani sono molto frugali, – disse Costanza. – Non amano gli sprechi.

La mano di Andrew strinse il bicchiere. Bevve un sorso di vino. Era rosso, dal sapore forte. Lo mandò giú, ma il vino gli lasciò un gusto aspro in bocca.

Anche lei ne bevve un sorso. – Be', se non altro è genuino. Come il cibo qui. Mi permetti di ordinare per te?

Il cameriere tornò da loro e snocciolò la lista dei piatti del giorno. – Oggi di buono ci sono i fusilli con le zucchine e i pomodorini. Un piatto leggero, estivo. Prendiamo questo, e dopo vediamo se ci va qualcos'altro. Da queste parti si usa cosí.

Andrew prese il bicchiere, ma non bevve. – Da queste parti si usa anche saltare a conclusioni affrettate?

– A volte sí.

– Sei troppo giovane per avere un figlio della mia età.

Costanza fece un paio di conti. – Non è detto.

– Ti dispiace se ti chiedo quanti anni hai?

– Andrew, fai un sacco di domande. È una cosa molto...

– Americana. Lo so. Ma forse sei tu che stai diventando un po' meno europea.

– Nell'ultimo giorno e mezzo, dopo quasi sette anni passati a New York? Non credo proprio.

Fino a quel momento non aveva pensato di chiederle dove fosse la sua vera casa. – Anche tu vivi in città?

– «La» città... sí. Si direbbe proprio che siamo vicini di casa, noi due.

Andrew percepí una nuova tensione nell'aria. Pensava che doveva pur significare qualcosa il fatto che lei gli avesse parlato in quel modo, con un tono cosí civettuolo e – come dire? – scherzoso? Sentiva qualcosa di profondo a livello fisico. Lo sentiva senza capirlo fino in fondo, ma voleva che continuasse.

– E... e figli ne hai?

La scintilla negli occhi di Costanza si affievolí. – Mi sarebbe piaciuto, ma evidentemente non era destino.

Comparve il cameriere. Mise a tavola due piatti fumanti di fusilli. Costanza spostò i suoi fusilli nel piatto con la forchetta, rimescolando le verdure in modo piú uniforme permettendo cosí alla pasta di raffreddarsi piú in fretta.

– Credo che a mia madre sarebbe piaciuto avere anche una figlia, ma evidentemente nemmeno questo era destino, – disse Andrew per rompere il silenzio.

– Per via del divorzio?

Andrew annuí.

– È stato un divorzio difficile?

– Non per mia madre. Non è stato difficile andarsene.

– Allora evidentemente aveva un altro.

Andrew annuí. – Tu capisci un sacco di cose.

– In realtà io capisco molto poco. Ma sono brava a fare congetture –. Mangiò una forchettata di pasta. – È l'uomo con cui è sposata adesso?

– Charlie. Il mio patrigno.

– Cosa pensi di lui?

– All'inizio non mi piaceva affatto. Pensavo che fosse colpa sua se lei se n'era andata. Dopo ho capito che il matrimonio era destinato a finire comunque. Almeno è quello che mia madre ha voluto farmi credere.

– E tu cosa credi?

Andrew ci pensò su un secondo. – All'epoca avevo solo undici anni. In quel periodo, quando i miei genitori litigavano o volevano affrontare discorsi seri, uscivano di casa e salivano in macchina, perciò penso di essermi perso un sacco di cose –. Fece una breve pausa: – Non sono sicuro del perché, ma ho sempre desiderato saperlo. Cosa è successo, cosa è andato storto. A Justin, mio fratello, non gliene è mai importato niente. Ho provato a chiedere a lui perché è piú grande e ricorda meglio, ma lui dice che il passato è passato.

– Di solito le persone si dividono in due categorie. Quelle che si sentono sempre il passato addosso, come un'ombra, e quelle che sono libere.

– Tu appartieni alla prima categoria, vero?

– Credo che valga per entrambi.

Finirono di mangiare la pasta in silenzio. Man mano che i tavoli attorno a loro si andavano svuotando, l'equilibrio dei rumori nella sala cambiava, e Andrew si sorprese ad ascoltare i discorsi di un tavolo alle sue spalle, un tavolo lontano dove c'era una persona che rideva, e poi attaccava a parlare a raffica. Inclinò la testa da un lato. Conosceva quella risata, conosceva quel ritmo, conosceva quella voce.

Quando il cameriere tornò per domandare se volessero altro, Andrew rispose di no. Costanza fece lo stesso e chiese il conto.

Costanza guardava Andrew, lo guardava mentre ascoltava e poi si girava a guardare alle sue spalle.

– È mio padre, vero? Con i suoi studenti?

Costanza annuí. – A volte Firenze è davvero troppo piccola.

Andrew si girò quel tanto che gli permise di vedere. Fece un sospiro. – Mi sa che è il caso di andare.

Si alzò e vide la scena per intero. Henry era seduto a una tavolata in fondo al ristorante, circondato da otto persone molto giovani. Otto paia di occhi puntati su di lui, otto teste che annuivano alle sue parole, bevendosi tutto quello che diceva. E ridevano. Una ragazza prendeva appunti, muovendo agilmente la mano su un quaderno a quadretti. Un uomo seduto di fronte a Henry reggeva un piccolo registratore, per non perdersi nemmeno una parola.

Con una serie di ampie falcate, Andrew entrò nel microcosmo di suo padre. Costanza lasciò alcune banconote sul tavolo e lo raggiunse.

– Ciao, papà.

Henry, interrotto a metà frase, continuò a parlare al suo uditorio guardando prima Andrew, poi Costanza. Dopodiché, la sua espressione professorale e autorevole lasciò il posto alla confusione.

Dopo alcuni secondi le parole di Henry si sintonizzarono sul suo viso. – Andrew? – Ma siccome sapeva molto bene come comportarsi in pubblico, tornò in sé alquanto rapidamente. Si alzò in piedi. – Ragazzi, – disse, con un ampio gesto della mano in direzione di Andrew, – questo è mio figlio Andrew. E lei è… lei è…

– Costanza, – disse Andrew.

Henry la osservò attentamente: occhi che cercavano di capire cosa la legasse a suo figlio. Occhi che cercavano una risposta, ma non riuscivano a trovarla. Costanza diede l'impressione di rallegrarsi forse un po' troppo del senso di smarrimento di Henry. – Ma davvero, non vogliamo interrompere il vostro pranzo, – disse. – Stavamo andando via.

– Ma… non vi va di unirvi a noi per un caffè? È il minimo che posso fare, – aggiunse Henry, – dopo non essermi presentato all'aperitivo dell'altra sera.

– Non ero sicura che fosse un invito, – disse Costanza.

– Lo era –. Henry lanciò a Andrew una rapida occhiata penetrante. – Ti va di farci compagnia? Giusto qualche minuto?

Adesso fu lei a guardare Andrew. Aveva una sensazione di disagio stampata in faccia.

– Magari un'altra volta –. Si girò per andarsene.

– Questa sera allora? Alle sette? Sulla terrazza della Pensione Ricci, per un bicchiere di prosecco, se le va?

Costanza lanciò un'occhiata a Andrew. – L'invito è esteso a tutti?

– A tutti, naturalmente –. Henry parlava con Costanza, ma teneva gli occhi puntati sul figlio.

Per la prima volta da diversi giorni, Henry non andava di corsa. Con calma raggiunse il Giardino di Boboli, e lí, tra le statue coperte di muschio e le fontane torbide cercò di capire quand'era che i suoi figli avevano cominciato non solo ad allontanarsi da lui, ma anche ad andare oltre la sua capacità di comprensione, che era qualcosa di completamente diverso.

Ripensò a una telefonata per Justin mentre era a casa durante le vacanze di primavera, da parte di un certo David, uno dei suoi professori di musica, o forse un tutor. Justin prese la telefonata in camera sua, e quando uscí aveva gli occhi rossi e gonfi. Aveva detto che questo professore, o tutor che fosse, pensava che le ultime performance di Justin non fossero all'altezza. Il suo modo di suonare era troppo trattenuto. Troppo prudente. Solo a ripetere quelle parole Justin si era rimesso a piangere.

Poi, dopo che Henry aveva pianificato il loro viaggio estivo e aveva comprato i biglietti aerei, sempre questo David, secondo Justin, riteneva che Justin dovesse rimanere al Bard College durante l'estate e seguire quel corso di composizione. E quindi Justin, invece di andare con suo padre in Europa, come aveva fatto ogni estate negli ultimi quattro anni, aveva seguito il consiglio di David.

David pensava che avesse bisogno di un violino nuovo.

David pensava che non dovesse allenarsi con i pesi in palestra piú di una volta a settimana, perché rischiava che le braccia si deformassero.

David gli diceva di stare attento a non scottarsi con l'acqua, se mai lavava i piatti. Anzi: doveva usare i guanti di gomma.

David era vegetariano, David pensava che un regime vegetariano facesse bene ai violinisti.

David – Henry ebbe un improvviso lampo di genio – forse per Justin era qualcosa di piú di un semplice tutor.

Una volta che Henry permise a quel pensiero di formarsi nella sua mente, capí tante altre cose. Il fatto che Justin non avesse una fidanzata da quando aveva cominciato il college. L'amicizia stranamente intensa con un violoncellista che aveva conosciuto in un campo estivo per musicisti cui aveva partecipato tra il penultimo e l'ultimo anno delle superiori, e che era continuata anche nell'autunno seguente, quando ogni sera, dopo cena, parlava al telefono con questo ragazzo – Carter? – per ore, finché di colpo le telefonate non erano cessate. La sua totale assenza di interesse per lo sport (era un segnale importante, o il suo era solo un modo antiquato di pensare?) Però durante l'ultimo anno di scuola, o per metà di quell'anno, una ragazza l'aveva avuta. Quella tipa con i capelli rossi e l'anello al naso; Henry aveva già dimenticato come si chiamava.

Si prese qualche secondo per riflettere: a Justin piacevano i maschi? O maschi e femmine indifferentemente? Concluse che la questione non lo preoccupava. Nel complesso non lo preoccupava. Quello che lo preoccupava di piú era non sapere – il nascondere, il non venire informato.

Dei suoi due figli Justin era quello che credeva di conoscere meglio. Quello criptico era Andrew. Con quella sua passione per la fotografia, i suoi sguardi silenziosi, i suoi calcoli strani. Le lunghe corse solitarie. Tutto quello che lo riguardava aveva qualcosa di introverso, riservato. Somigliava a Judith, quando aveva i suoi momenti. Anche quella ragazza tetra che aveva portato a casa, quella con gli occhiali e i capelli stopposi: era talmente timida da sembrare muta. L'unica volta che Andrew l'aveva lasciata sola nella stanza, lei aveva tirato fuori un libro dalla borsa e si era immersa completamente nella lettura. Che cosa mai in questa ragazza aveva potuto attrarre suo figlio? Cosa mai aveva potuto fargli perdere tutti quei chili dopo che qualcosa fra di loro non aveva funzionato?

Henry lo aveva visto per puro caso una settimana prima, attraverso la porta socchiusa della camera da letto. Era in corridoio e passando lí davanti aveva alzato lo sguardo. Andrew si stava cambiando la camicia, e il busto appariva scheletrico. All'epoca Henry aveva pensato che dipendesse dalla corsa. O dallo stress della scuola, che a Manhattan, per i ragazzi della generazione di suo figlio, raggiungeva livelli assurdi. O ancora qualche nuova ossessione adolescenziale per il corpo – il torso concavo – della quale non si era accorto, come le visiere dei berretti da baseball inclinate da un lato o i pantaloni a vita bassissima per sfoggiare la marca delle mutande. Adesso gli pareva di aver fatto di nuovo cilecca, di aver di nuovo frainteso tutto. Evidentemente quella ragazza l'aveva fatto soffrire a tal punto che aveva smesso di mangiare.

Improvvisamente Henry aveva cominciato a notare una serie di cose riguardanti Andrew. Soltanto negli ultimi due giorni Andrew aveva portato Henry a ricredersi su tutto quello che pensava di sapere sul conto del figlio minore. Henry percorse in lungo e in largo il Giardino di Boboli senza riuscire a capacitarsi di come Andrew avesse palesemente, e anche molto abilmente, fatto in modo che la sera prima lui non incontrasse Costanza sulla terrazza della Pensione Ricci per bere qualcosa. Aveva giocato d'astuzia. Ma perché? Poteva mai nutrire quel genere di interesse per lei? Andrew?

Poi li aveva visti a pranzo insieme. Andrew era andato a pranzo con la donna bellissima con cui Henry aveva scambiato qualche parola a San Marco e alla quale, da allora, aveva pensato spesso e volentieri.

Henry non sapeva se fosse per via del vino rosso o del caldo di mezzogiorno, che piú invecchiava e meno tollerava, ma cominciò a sentirsi stordito. Per fortuna lí vicino c'era una panchina dal legno un po' scheggiato ma ancora utilizzabile, e ci si lasciò cadere con un tonfo. Sudato e con la faccia paonazza, Henry rimase lí seduto a guardare il giardino grattandosi la barba.

Aveva investito cosí tanto nell'essere il padre dei suoi ragazzi: tantissimo quando erano piccoli, soprattutto per un uomo della sua generazione con un lavoro molto impegnativo, e ancora di piú dopo che Judith l'aveva lasciato. Sapeva cosa pensava la gente. Judith gliel'aveva fatto notare un paio di volte, e con risentimento: il vuoto che lei aveva lasciato lo aveva riempito con loro. Li aveva trasformati in compagni.

Gli aveva regalato un abbonamento all'opera e alla filarmonica. Viaggiava con loro. Non gli nascondeva il contenuto dei suoi pensieri né le sfumature del suo temperamento. Henry sosteneva che una tale apertura favoriva la sincerità e l'amicizia tra padri e figli. La vera sincerità, la vera amicizia, cose che lui non aveva avuto con suo padre... cose che, come stava cominciando a capire, erano molto diverse da ciò che lui credeva.

– Semplicemente tu rubi ossigeno a chi ti sta attorno, – di nuovo la voce di Judith, che gli pareva di sentire ancora dopo tutti questi anni. – Tu, Henry, sei cosí preso a essere Henry, da non lasciare spazio ai ragazzi, a nessuno di noi, per esprimere i nostri punti di vista o le nostre idee. E la parte peggiore è che non te ne rendi nemmeno conto. Sei fatto cosí e basta.

Non era mai stato veramente in grado di capire quelle parole. Rubare ossigeno a chi gli stava attorno? Era fatto cosí e basta? Erano le stesse cose che lui diceva e pensava a proposito di suo padre. Ma Leopold era un prodotto ormai finito, da tempo plasmato in quel modo. Lui era sicuramente piú malleabile di suo padre. Lui era sicuramente in grado di continuare a imparare. Lui sicuramente sapeva lasciare spazio ai ragazzi permettendo loro di sorprenderlo. E non solo ai ragazzi. Alla vita in generale. Sicuramente, se avesse un po' rallentato il ritmo, se avesse prestato maggiore attenzione, se avesse cercato di rubare meno ossigeno, se si fosse impegnato sul serio, sicuramente sarebbe riuscito a sorprendere se stesso.

Intontito dal cibo, dal vino a cui non era abituato, e dal caldo di quel lungo pomeriggio, Andrew si era arreso a un sudaticcio sonnellino pomeridiano cosí profondo che quando si risvegliò, non sapeva nemmeno lui dove si trovasse. Lentamente e con gli occhi socchiusi vide lo specchio, il lampadario, la scrivania su cui era poggiato il suo computer chiuso, e infine la finestra che affacciava sulle colline di Bellosguardo, che in quell'istante erano avvolte da una morbida luce arancione.

Andrew si rese conto che quel colore significava che il sole stava per tramontare. Era disteso sul letto nella Pensione Ricci, e sentiva il rumore di passi sul parquet: era suo padre che camminava scalzo, in punta di piedi, mentre si preparava per l'aperitivo con Costanza.

Henry si tolse l'asciugamano che teneva avvolto in vita e lo usò per asciugarsi il corpo, i capelli, la pelle dietro le orecchie. Sebbene quando viaggiavano dividessero la stanza, era da un po' che a Andrew non capitava di vedere suo padre nudo. Prima, quando Henry si vestiva davanti a lui, Andrew distoglieva lo sguardo, oppure prendeva in mano un libro o il telefono. Ma stavolta guardò il corpo nudo di suo padre come se contenesse la chiave per capire il suo carattere: la carne come forma di interpretazione. Cosa diceva? Almeno superficialmente, diceva che Henry si stava concedendo lunghi pranzi un po' troppo spesso: probabilmente era in sovrappeso di qualche chilo. E che il suo corpo era coperto da una peluria nera, piú diffusa di quanto Andrew ricordasse. E che il tempo stava tessendo dei fili grigi e bianchi nel viluppo di peli del suo petto e dell'area piú limitata attorno al pene. E che il suo pene – all'età di cinque o sei anni, quando Andrew l'aveva visto per la prima volta, gli era parso qualcosa di enorme, imponderabile, e a tratti spaventoso, la parte del corpo di un gigante e non di un uomo normale – adesso, dal suo punto di vista di persona ormai adulta, non sembrava piú cosí grande, dopotutto. Eppure il corpo di Henry era piú grande della somma delle sue parti e faceva un'impressione simile a quella della persona di Henry nel suo complesso: un essere di notevole levatura, una forza vitale per nulla intaccata dalle imperfezioni corporali.

Molto di tutto questo aveva a che fare con il modo in cui Henry si muoveva. Per quanto impedito dai suoi sforzi di non fare rumore, Henry si vestí con gesti pieni di grinta. Piú che infilarsi le mutande grigie ci saltò dentro. Poi fu la volta dei pantaloni cachi e dei calzini (beige a pois azzurri). E poi una delle nuove camicie di Zubarelli. La prima che Henry si era poggiato addosso davanti allo specchio aveva delle righe vistose e colorate; poi ne aveva presa un'altra piú sobria, a quadretti azzurri. Alla fine aveva scelto una semplice camicia bianca. Come un piedistallo sotto una statua, il suo candore ne esaltava la testa romana dal naso irregolare da imperatore, la barba appena spuntata, e il sorriso enigmatico.

Il sorriso di Henry non durò a lungo. Dopo aver abbottonato i polsini, ci ripensò, li sbottonò e optò per un look piú sbarazzino con le maniche arrotolate. Si guardò un'ultima volta allo specchio e vide Andrew. Si girò e il suo atteggiamento cambiò di colpo. Andò vicino al letto di Andrew, si chinò su di lui e gli posò una mano sulla fronte. – Pensavo che ti sentissi poco bene, Andy, – disse usando un nomignolo che era stato messo in soffitta dall'epoca del divorzio. – Dormi da quando sono tornato oggi pomeriggio.

Il corpo di Henry emanava un odore che non era solo quello del sapone. Era qualcosa di nuovo e fragrante, dolce e speziato insieme. Arrivò alle narici di Andrew facendogli venire il prurito. – Credo che tu abbia qualche linea di febbre, – aggiunse Henry premuroso. – Vuoi un'aspirina?

Andrew scosse la testa.

– Stasera puoi prendertela comoda, se ti va. Chiedo ad Angelo di farti portare su un vassoio.

– È un po' presto per la cena.

– Intendevo piú tardi.

– Sono semplicemente stanco. Oggi ho preso troppo sole –. Com'era quel verso di *Amleto*? L'avevano letto in primavera nel corso di inglese avanzato. – *I am too much in the sun*.

Un gioco di parole. *Sun* e *son*. Sole e figlio. «Sono fin troppo al sole»[1], ma anche *sono fin troppo al figlio*. Andrew era sicuro che era per questo che adesso il suo cielo era cosí cupo.

Scostò la coperta.

Henry capí cosa significava quel gesto e guardò il cielo che si tingeva sempre piú d'arancio. – Allora ci vediamo di sopra, – disse con aria abbacchiata.

Come se Henry avesse il diritto di sentirsi abbacchiato. Lei era sua amica. Aveva portato lui ad annusare i funghi e a vedere le due statue di Donatello e poi a pranzo.

Dalla soglia, Henry diede un'altra occhiata a Andrew. Un'occhiata simile a quella che gli aveva lanciato nel ristorante. Henry era confuso.

Costanza era seduta al suo tavolo preferito in fondo alla terrazza. La faccia era inclinata verso il sole, gli occhi chiu-

[1] William Shakespeare, *Amleto*, trad. it. di Paolo Bertinetti, Einaudi, Torino 2019.

si. Dacché aveva memoria il crepuscolo era il momento del giorno che preferiva. Al crepuscolo sentiva qualcosa che le si smuoveva dentro, un senso di alleggerimento che la attraversava mentre si accorgeva che le imperfezioni della giornata, i fardelli e le preoccupazioni cui si era arresa con troppa facilità, erano rimandati al giorno dopo. Spesso, quando lavorava su una traduzione, dopo il crepuscolo si sedeva alla scrivania per una seconda sessione di lavoro. Quando lei e Morton litigavano, si era accorta che le faceva bene andarsene al crepuscolo, perché, dopo quel momento del giorno, qualunque cosa fosse successa tra di loro sembrava meno violenta. E quando Morton era in fin di vita, se Costanza faceva in modo di prendersi una pausa al tramonto, tornava da lui con una maggiore serenità.

Ma il fatto di essere seduta sulla terrazza della Pensione Ricci non era solo qualcosa che marcava la transizione da una parte del giorno all'altra, o da uno stato mentale all'altro: era anche un momento di connessione – o riconnessione – con alcuni dei piú cari ricordi della sua infanzia, quando lei e suo padre venivano in questa pensione, loro due da soli, per un ponte o a volte per un'intera settimana. Venivano per fare i turisti e vedere le opere d'arte – lei attribuiva a questi viaggi l'amore che da sempre nutriva per la pittura e la scultura – o perché suo padre doveva andare a ripescare qualcosa in un archivio locale, oppure, come lei aveva ipotizzato in seguito, si era semplicemente inventato di doverlo fare. Qualunque fossero i loro piani, si ritrovavano ogni sera sulla terrazza della Pensione Ricci, proprio allo stesso tavolo dove lei era seduta in quel momento, o il suo omologo di venticinque anni prima. Lontano da Genova, Alan era piú vivace, piú presente. Forse perché Firenze gli riportava alla memoria ricordi felici. Era stata la città dove aveva frequentato il terzo anno di università e dove aveva conosciuto e si era innamorato di Maria Rosaria. Anche lei studiava lí; le lezioni di lingua che si erano scambiati in quel periodo l'avevano ispirata a diventare un'insegnante d'inglese… e anni dopo sua moglie. Firenze era dove lui aveva deciso di studiare la storia del Rinascimento, e dove, in una delle camere per studenti all'ultimo piano della

Pensione Ricci, aveva vissuto poi per quasi due anni mentre faceva ricerche per la sua tesi. Tutto questo negli anni in cui la signora Ricci era ancora viva, negli anni in cui una baronessa tedesca povera in canna stava seduta nell'atrio a scrivere a macchina la corrispondenza della signora, negli anni in cui all'ultimo piano non c'era il bagno, e se proprio gli scappava la pipí nel cuore della notte gli toccava, come suo padre si divertiva a ricordarle, usare l'orinale. L'ultimo piano della Pensione Ricci era immediatamente sotto la terrazza. Per quel che sapeva, in quel momento Costanza forse era seduta proprio sopra la stanza dove suo padre aveva vissuto, studiato e scritto negli anni prima di sposarsi con sua madre, prima della battaglia contro la depressione iniziata verso il decimo anno di vita di Costanza, prima del primo tentativo di suicidio, prima di riuscire nel suo intento la volta successiva...

Costanza sapeva che quello era una sorta di pensiero magico, ma ogni volta che tornava a Firenze e alla Pensione Ricci, pensava che ci avrebbe trovato suo padre, che sarebbe riuscita a farlo ridestare dalla morte, o se non proprio a farlo ridestare, a risvegliare un nuovo ricordo di lui, anche se nel corso degli anni ne affioravano sempre meno; ma questo non la scoraggiava, ogni volta tornava, mossa dalla speranza di riuscire a vedere di sfuggita la sua faccia lunga e magra, gli zigomi pronunciati che si ammorbidivano vicino alle occhiaie che incorniciavano gli occhi tristi e distanti color mare profondo. Era venuta a Firenze in occasione della prima traduzione importante che le era stata assegnata. Era venuta a Firenze poco tempo dopo essersi sposata con Morton, e in molte altre occasioni in seguito, insieme a lui o da sola. Era venuta adesso, a un anno dalla morte di lui.

Costanza aprí gli occhi e li strizzò per la luce ancora intensa del sole. Le ci volle qualche istante per mettere a fuoco e riconoscere la figura che si dirigeva verso di lei. Henry Weissman, con una luminosa camicia bianca e qualche ciocca di capelli ancora bagnata dopo la doccia, attraversava la terrazza con passi che erano in realtà vere e proprie falcate. Era cosí... vigoroso. Costanza aveva già percepito questo suo vigore a San Marco e di nuovo nel ristorante. Lo percepiva nel modo in cui si muoveva, nel modo in cui parlava, e anche nell'enfasi con cui si lasciò cadere sulla sedia davanti a lei.

– Non volevo interrompere mentre… meditava?

– Pensavo. Ricordavo.

Lui la guardò.

– Stavo pensando a mio padre. Questa terrazza era uno dei suoi posti preferiti in assoluto.

Henry guardò i fiori della pianta rampicante, i tavoli e le sedie, la vista sulla città. – Capisco perché.

– Non era solo la bellezza. Per lui era una specie di rifugio. Un nascondiglio.

– Come anche per lei?

– È diverso. Io vengo qui per… riallinearmi con me stessa. Con il mio passato.

Angelo si presentò con il prosecco, che posò sul tavolino basso vicino alle ginocchia di Costanza. Henry gli aveva detto che preferiva aprire lui la bottiglia. Lo fece, con disinvoltura. – A cosa brindiamo? Agli incontri casuali?

– Mi sembra giusto –. Prese il bicchiere che le veniva offerto. – Anche se, a voler essere sinceri, dottor Weissman…

– Mi chiami… chiamami Henry.

– *Henry*. Io so chi sei. O perlomeno cosa fai. Due anni fa siamo stati sul punto di incontrarci.

Henry sembrava perplesso.

– Quando mio marito era ancora in salute, io e lui abbiamo fatto una lista di nomi di specialisti del settore di cui ti occupi. Gente che avevamo intenzione di consultare. Ma ci siamo fermati al primo.

– Ah. E chi era, se posso chiederlo?

– Un certo dottor… Schoenberg, mi pare.

– Schoenfeld. Isaac Schoenfeld, – Henry replicò subito. – Che te n'è parso?

Morton – come ricordava nitidamente Costanza – aveva detto che quel medico non era riuscito ad accoglierli. A vederli come persone distinte dalla loro condizione medica, intendeva Morton. Lui si aspettava che chiunque, anche i suoi medici, entrassero in relazione con lui, si sentissero affascinati, confusi o offesi da lui. Sicuramente ciò non rientrava nello stile del dottor Schoenfeld. Ma il vero problema, e lei questo lo sapeva anche all'epoca, era che Morton voleva che il medico lo convincesse a volere un bambino, e questo non era sicuramente compito suo. Né di nessun altro medico, del resto.

– Sembrava una cosa perfettamente professionale, – disse Costanza con tono neutro. – La verità è che alla fine non ci siamo sottoposti a nessun trattamento perché subito dopo mio marito ha deciso che non gli interessava avere un bambino.

– Deve essere stato molto difficile per te.

Difficile? Sconvolgente, piuttosto. – Sí. Ma adesso... adesso purtroppo temo che si tratti della solita noiosa storia del solito matrimonio complicato.

– Complicato sí. Noioso? Direi di no.

Costanza bevve un sorso di prosecco. Non si aspettava che il suo piccolo tentativo di depistaggio venisse colto cosí velocemente. – Non senti ogni tanto qualcosa di simile a proposito della tua storia? Che l'hai vissuta e rivissuta cosí tante volte che ormai ha perso la sua freschezza, anche ai tuoi stessi occhi?

– Forse sí, ma qualcosa mi dice che la tua storia è molto piú interessante.

Che faceva Henry? Flirtava? Costanza immaginava di sí. Era emozionante provare a saggiare di nuovo le acque dell'umano desiderio. E – perché no? – stare al gioco: – E questa tua deduzione si basa su...

– Osservazione e intuito. Li devo usare entrambi molto spesso nel mio lavoro.

– Pensavo che la tua professione fosse solo scienza e fatti concreti.

Henry rifletté per qualche secondo. C'era un modo in cui lui parlava del suo lavoro in pubblico, e un altro in cui pensava al suo lavoro in privato, e che raramente esprimeva apertamente. L'istinto gli diceva che Costanza era una persona con la quale poteva, e doveva, parlare schiettamente.

– È solo scienza e fatti concreti, se vogliamo. Ma anche io devo ammettere che per certe coppie esiste qualcosa di intangibile che può contribuire al loro successo. Uno stato d'animo, un'attitudine alla speranza, un vigore non solo fisico, ma anche mentale: cose di cui, finché rimangono non quantificabili, non posso parlare con convinzione. Tranne forse nell'ambito di chiacchierate come questa. Ma mi rendo conto che esistono, mi rendo conto che all'inizio spesso sono in grado di prevedere quali coppie avranno una gravidanza con parto vitale.

– Ma di certo non lasci trapelare niente di tutto questo, nel tuo studio.

– Sarebbe una cosa poco opportuna, se non addirittura poco etica, deontologicamente parlando –. Fece una breve pausa. – La fertilità è un mondo a sé, un paese a sé, con i suoi protocolli, il suo vocabolario, e perfino la sua psicologia. Ci sono persone che mi consultano per cose che dovrebbero essere normalissime. Qualcosa che ai loro genitori riusciva con estrema facilità, e che spesso riesce con estrema facilità anche ai loro fratelli e ai loro amici. Qualcosa alla quale non hanno mai nemmeno pensato, finché a un certo punto si ritrovano a pensarci ininterrottamente. Non c'è niente di simile in campo medico, davvero. Il «paziente» non è esattamente malato, ma soffre moltissimo e spesso per un periodo di tempo molto lungo. Tutte queste cose le so, ma spesso devo sforzarmi di ignorarle. Devo vedere la coppia come due corpi che producono ovuli e sperma che non riescono a incontrarsi come dovrebbero, o a impiantarsi e a crescere una volta che si sono incontrati. Devo osservare questo processo di natura prettamente organica sotto quanti piú segmenti distinti possibile. E non sempre riesco a capire cos'è che non funziona, ma devo curare il paziente come se lo sapessi. Non posso fare tutto questo e allo stesso tempo farmi carico dei suoi desideri piú intimi.

– E quindi levi gli scudi.

– C'è una tale sofferenza. Non puoi immaginare –. Un'ombra attraversò il viso di Costanza e Henry si affrettò a dire: – Ti chiedo scusa. Certo che puoi.

– Ti prego, non ti scusare. Questo argomento un tempo mi interessava tantissimo.

– E adesso non piú?

Costanza guardò la distesa di tetti rossi sui quali la terrazza sembrava galleggiare, una zattera su un mare increspato di terracotta. – No, al momento no.

Una volta sulla terrazza Andrew ci mise qualche secondo per individuare la posizione di Henry e Costanza. Erano seduti a un tavolo lontano, protetti da un rampicante dalle foglie larghe. Poiché il sole cominciava a tramontare alle loro spalle, Andrew vide soprattutto le sagome in controluce. Dal modo in cui i corpi erano inclinati l'uno verso l'altro, si capiva che tra loro si era stabilito un legame. Ma certo che era cosí. Lui aveva capito che sarebbe successo fin da quando avevano cominciato a parlare nel ristorante; anzi, prima. A San Marco, quando Henry era andato a sbatterle contro, avevano parlato da pari, o come due persone tra le quali era possibile un equilibrio. O che nutrivano un interesse reciproco. Ad ogni modo Andrew sentí un nodo allo stomaco.

Andrew era un osservatore, un fotografo. La furtività gli era connaturata. Tornò sui suoi passi e silenziosamente raggiunse la porta della pensione. Non appena fu nascosto alla vista, inviò un messaggio a Henry per dirgli che in effetti non si sentiva tanto bene. Una volta nella sua stanza, Andrew prese la macchina fotografica e il computer e li portò a letto, e aprí il file intitolato CHARLOTTE. Anche dopo essere stato ridotto, conteneva circa duecento fotografie. Foto di Charlotte che leggeva, per la maggior parte. Di Charlotte che giocava a Central Park con il barboncino della vicina. Di Charlotte tra l'euforico e il terrorizzato il giorno in cui erano saliti sul Cyclone, le montagne russe di Coney Island, tenendosi aggrappati l'uno all'altra come due bambini. Di Charlotte all'allenamento di nuoto, con il lucido costume azzurro che esaltava le sue forme.

Di Charlotte senza costume, un giorno dopo gli allenamenti, quando i genitori di lei erano fuori città, Emily era andata a dormire da un'amica e loro erano andati a letto insieme per la prima volta, e lei si era fatta fotografare nella luce del tardo pomeriggio.

La mano di Andrew scese e si infilò nei jeans. Sullo schermo davanti ai suoi occhi c'era Charlotte e quando li chiuse lei era nella sua testa. Ma quando cominciò ad accarezzarsi, lei iniziò ad allontanarsi, come se la stesse guardando dalla parte sbagliata del telescopio o come se cercasse di trattenerla in un sogno ingarbugliato. Charlotte si allontanava, ma c'era un'altra figura che si faceva avanti, con il suo abito di lino, indicando la sconcertante statua del David nudo, o mentre si portava una forchettata di pasta perfettamente arrotolata alle labbra dalla forma perfetta.

Andrew sentí il suo corpo diventare umido, appiccicoso. Allontanò la mano dai pantaloni.

La mattina dopo, a letto, sorseggiando il primo caffè del giorno che le schiariva il cervello, Costanza riprese la lettura:

23 maggio

La nostra quinta cena. A lei non piace che li chiami appuntamenti. Io le dico: «Finché continuiamo non mi importa come li vuoi chiamare». «Ma cos'è che staremmo facendo?» «*Noi* non lo so, ma *io* mi sto innamorando di te». «Perché?» Ritenta. «Perché mi ritieni degna d'amore? Perché mi trovi attraente?» Sembra davvero non capire. «Perché mi interessa la tua mente, perché mi interessa il tuo cuore, perché il tuo corpo...» È per questo che esistono le lingue: per poter esprimere in modo chiaro i nostri sentimenti, no? Ma le mie capacità linguistiche sono spesso molto limitate. «Perché quando sono con te mi viene un pizzicore su tutta la pelle. Sulla punta del naso, dietro le gambe. Perché sento il tuo odore anche quando non ci sei. Perché voglio infilare il mio pene dentro di te e impedire al tempo di scorrere e di portarmi piú vicino alla morte».

Quest'ultima cosa non l'ho detta sul serio, anche se secondo Howard avrei dovuto. «La morte e tutto quello che la riguarda è una grandissima rottura di coglioni, Morty; il sesso invece: devi approfittarne».

Prima della fine della serata lei ha accettato il mio invito a partire con me per il fine settimana. *Questo* fine settimana.

25 maggio – Vermont

Io e C. abbiamo appena fatto l'amore. Lei è distesa sul letto all'altro capo della stanza, dorme, con la faccia sepolta in un nido di capelli d'oro.

Io, Morton Sarnoff, esemplare maschio della specie umana, età quasi sessant'anni, sopravvissuto a un infarto del miocardio e a un intervento con triplo bypass, sono ancora in grado di fare l'amore. Non sono finito.

Riesco ancora a venire senza avere un attacco di cuore. Non sai che sollievo. Non sai cosa si prova a star seduti in poltrona a contemplare un laghetto dall'acqua limpida e sentire la vita che ricomincia.

Mi sono tirato su a sedere con la testa appoggiata alla testiera. Lei era davanti a me. Mi si è messa a cavalcioni. La sua pelle è bianca *ovunque*. A parte i capezzoli, che sono rosa e deliziosi. Salati. Li prendevo in bocca a turno, e li leccavo tutto intorno fino a farli indurire. E intanto veniva duro anche a me. Non credevo che sarei mai piú riuscito ad avere un'erezione cosí, e cosí a lungo. Cosa è stato?

È stata questa donna. È stato il momento in cui abbiamo emesso i nostri versi all'unisono.

E ora eccomi qui su questa poltrona, a contemplare questo laghetto, e penso che da adesso in poi ogni cosa sarà diversa. Sarò «intessuto piú fittamente con la vita». Yeats. Oppure diceva strettamente? Vada per strettamente.

Sto cercando di impedire alla mia mente di correre troppo. Credo che sia proprio per questo che sono venuto a sedermi qui per scrivere. Ma la mia mente continua a correre, e credo che lei si stia sve–

26 maggio

Si è svegliata. Ho messo via il quaderno.

Si è alzata e vestita. Mi sono vestito anch'io. Il sesso ci ha resi un po' piú formali tra di noi, nonostante parrebbe piú ovvio il contrario.

Siamo andati a fare una passeggiata. Mi ha parlato del tempo trascorso da bambina in Toscana, e sulle colline liguri. Ogni cosa lí, ovunque in Italia, sembra molto piú legata alla terra. Le case, l'orto. Gli animali. Il cibo. Ha detto che in America non c'è niente che abbia lo stesso sapore. Eppure vive qui. Perché? Perché ha scoperto che in Italia oltre un certo punto non riusciva piú a respirare, non poteva diventare quello che pensava di voler diventare. Per conoscere se stessa, ha detto, doveva andare via.

Io ho detto che pensavo di capire. Che mi dispiaceva non aver viaggiato di piú da giovane. È strano ma per certi versi la mia vita è stata molto limitata. I miei sono stati piú che altro viaggi interiori.

Le ho chiesto cosa vedeva nel suo futuro. «Dipende da te», mi ha detto lei, citando me di ritorno come fossero le sue parole.

Costanza ricordava bene i dettagli di quella conversazione. Come avrebbe potuto dimenticarli? Era stato uno dei pochi momenti nella sua vita in cui era stata davvero audace. Aveva detto cosa provava e questo aveva fatto la differenza.

Non si era pentita di aver azzardato quel salto nel buio, ma era improbabile che avrebbe fatto qualcosa di simile in futuro. Il matrimonio con Morton le era costato tanto. L'aveva stravolta, l'aveva consumata, lasciandola… be', era proprio quello il punto. Non sapeva nemmeno lei dove l'aveva lasciata. Certamente non nello stesso posto in cui era prima che si sposassero. Sapeva solo questo: l'aveva lasciata in uno stato di sospensione. E adesso, proprio quando sembrava pronta per sospendere questo stato di sospensione, Morton si ripresentava. La lettura di quelle pagine la lasciava confusa. Il letto, fare l'amore, la passeggiata in campagna… era come se lui avesse immaginato – e come ci fosse riuscito lei non sapeva dirlo – che un anno dopo la sua morte lei sarebbe stata pronta ad aprirsi di nuovo alla vita e, forse, a permettere a un altro uomo di entrarci.

C'era un nuovo uomo nella sua vita?

Era troppo presto per esserne completamente sicura, ma era diventata piú brava nell'interpretare i primi segni. E il dottor Weissman, Henry, non poteva dirsi esattamente timido quando si trattava di mandare dei segnali. Dopo aver ricevuto il messaggio di Andrew, fu come se qualcosa in lui si fosse smosso, e si era gettato anima e corpo, davvero anima e corpo, in quella serata. Le aveva chiesto della sua famiglia, e lei aveva raccontato, con sincerità seppure brevemente, del difficile matrimonio dei suoi genitori, della depressione di suo padre e del suicidio. Gli aveva raccontato del suo lavoro di traduttrice, che, cosí aveva dedotto Henry, probabilmente aveva qualcosa a che vedere con l'impulso di aiutare una madre e un padre che per tanti versi erano rimasti due stranieri l'uno per l'altra, senza riuscire mai a capirsi davvero. L'intuizione di Henry dimostrava un certo acume; Costanza aveva deciso di metterla da parte per rifletterci in un secondo momento, perché non aveva mai considerato la questione sotto quella luce. Le chiese della Liguria e cosa le mancava della sua vita lí. E le aveva chiesto di parlargli di Morton, di descriverlo anche solo a grandi linee.

Si era accorta che Henry analizzava le risposte alle sue domande con il rigore di un diagnosta acuito dalla fervente curiosità di un uomo che, come lui stesso sperava, non vedeva l'ora di aprirsi di nuovo alla vita.

Per caso lei provava le stesse cose? le aveva chiesto lui dopo aver parlato di sé.

Lei gli aveva risposto di sí. Provava le stesse cose.

Dopo aver finito il prosecco, erano andati in un ristorante vicino alla pensione. Era ora il turno di Costanza. Voleva sapere delle sue conferenze, del suo lavoro. Una volta cominciato, Henry non aveva ripreso piú fiato. Ma non era colpa sua. Lei avrebbe potuto cambiare il corso della conversazione. E invece lo aveva incoraggiato, affascinata.

Henry era un crociato. Questo era chiaro. Aiutare le donne – e gli uomini – infertili a trovare un modo per avere bambini era la missione della sua vita. Esistevano tantissime cure disponibili di cui lei aveva solo una consapevolezza, o addirittura una comprensione, limitata. Aveva elencato una serie di medicine e descritto procedure studiate per aumentare le possibilità di una gravidanza che sarebbe culminata in quella che Henry definiva «nascita vitale». Costanza aveva continuato a girare attorno a queste parole. Non aveva mai sentito quell'espressione. «Morte fetale», che doveva essere il suo contrario, certo. Ma nascita vitale? Le suonava stranissimo. Si era chiesta perché Henry non parlasse semplicemente della «nascita di un bambino». «Un bambino sano», magari.

Ma sapeva che non era solo la terminologia, il linguaggio che Henry usava, a suscitare tanto interesse in lei. Era l'idea, la prospettiva. Una nascita vitale, un bambino, un bambino sano: comunque uno lo volesse chiamare era qualcosa che lei aveva desiderato in maniera struggente, una dolorosa parentesi verso la fine del suo matrimonio con Morton.

Prima di sposarsi, lei e Morton avevano affrontato il Discorso. Essendo un acuto osservatore della natura umana, era stato lui a iniziare. Era aperto all'idea, le aveva detto. Piú restio che propenso, ma comunque aperto. Non era giovane; la sua vita era già strutturata; un matrimonio tardivo, il matrimonio in genere, avrebbe sicuramente scombussolato tutto. E questa era una cosa buona, a suo avviso, in fondo. Se essere sposato con lei significava fare un figlio, be', quanto meno era disposto a pensarci.

Dal canto suo, lei aveva detto con sincerità, una sincerità che valeva perlomeno per il periodo in cui l'aveva detto, che non aveva mai pensato di avere figli. La sua non era stata un'infanzia felice. Sua madre era stata poco materna, presa da se stessa e rigida. E sebbene Costanza sapesse di essere stata molto amata da suo padre, e lo avesse amato tanto lei stessa, nemmeno lui, alla fine, era stato un modello genitoriale positivo. Suicidandosi aveva infranto il patto fondamentale che secondo lei si stipula quando si mette al mondo un figlio, e con il quale il genitore si impegna a fare di tutto per rimanere al fianco del proprio figlio, il piú a lungo possibile, per aiutarlo nella vita.

C'era qualcos'altro. Negli anni che seguirono il suicidio

di suo padre, quando era abbastanza grande e abbastanza lontana da quell'evento per informarsi sul tema, si imbatté in una statistica allarmante: le probabilità che il figlio di un suicida si suicidi a sua volta sono piú alte del 60 per cento rispetto alla media. Il suo prozio, lo zio di suo padre, ci aveva provato tre volte prima di morire d'infarto all'età di sessantaquattro anni. Costanza stessa aveva attraversato dei momenti piuttosto bui, compreso uno del quale faceva fatica a parlare perché era sempre stato ambiguo e quindi ancor piú sconcertante. La serata in cui la sua prima relazione adulta era finita dopo quasi tre anni, era uscita con l'intenzione di andare a una festa a Testaccio, a casa dei genitori di una compagna di università. C'era un sacco di vino che lei bevve in abbondanza. Il party si era spostato anche sulla terrazza, che era al terzo piano e affacciava su un grande cortile interno abbellito da piante rigogliose. Costanza ricordava pochi dettagli di quella serata. Uno era il vecchio limone piantato nel cortile: aveva il tronco coperto da una pianta rampicante che produceva fiori dal profumo molto dolce, forse gelsomino. Il rampicante era cosí attaccato a quel tronco che la fece pensare a come lei aveva continuato a restare attaccata a Stefano quando avrebbe invece dovuto liberarsene da tempo. Se l'avesse fatto, probabilmente allora non l'avrebbe trovato in ufficio quel pomeriggio, disteso sul suo vecchio divano di tweed mezzo floscio, i pantaloni abbassati e il pene ficcato nella bocca di Anna Carini, che Costanza, fino a quel momento, aveva considerato la sua piú cara amica all'università. Ripensò a quel rampicante ostinato, e al fatto che lei indossava ancora un braccialetto marocchino che Stefano le aveva portato da Fez, e ricordava di aver pensato che avrebbe dovuto mettere qualcosa sullo stomaco prima di bere. Non ricordava di aver scritto sull'agenda: «Dopo la morte di mio padre, questo è stato il giorno piú brutto della mia vita», parole nelle quali sua madre, e non soltanto lei, avevano ravvisato l'intenzionalità dei fatti di quella sera.

Certe cose non erano in discussione: Costanza aveva bevuto molto, non aveva mangiato niente, ed era sconvolta. Di solito non era una persona goffa, ma quando si era data lo slancio appoggiandosi al parapetto della terrazza, con l'intenzione – come avrebbe dichiarato in seguito – di sedersi sul bordo stretto, aveva evidentemente calcolato male l'energia necessaria ed era andata a finire al di là del bordo.

Se l'albero di limoni non avesse frenato la sua caduta, lei sarebbe sicuramente morta, e la sua morte sarebbe sicuramente rientrata in quel 60 per cento. E invece ne era uscita con un braccio rotto, una frattura all'anca e una serie di lividi. Si era ripresa, dopo tre mesi di deprimente convalescenza a casa di sua madre a Recco.

Maria Rosaria, la madre di Costanza, era convinta che la figlia avesse cercato di togliersi la vita; Costanza non credeva che la gente si ammazzasse per la fine di una relazione, o a causa di mogli o madri difficili, o perché aveva perso il lavoro, il fidanzato o la bussola. Le persone si ammazzavano perché avevano un disagio mentale, perché la loro depressione era incurabile, perché niente e nessuno che fosse a loro caro era abbastanza forte da tenerle in vita.

Costanza era quasi certa di non essere quel genere di persona e di non avere quel genere di mentalità. Ma i suoi dubbi erano sufficienti a trattenerla dal raccontare quella storia a Morton, o a chiunque altro. Quello che gli aveva detto fu che i suoi sentimenti riguardo all'idea di avere un bambino erano cambiati, e glielo aveva detto dopo che erano cambiati.

Erano sposati da quattro anni quando un giorno, uscita da casa sua, che usava come ufficio, aveva preso la metropolitana per raggiungere uptown, e gradualmente aveva notato la presenza di un bambino che cianciava senza sosta seduto sul sedile di fronte a lei. Costanza aveva alzato gli occhi dal libro che stava leggendo. Non era brava a indovinare l'età dei bambini: poteva avere attorno ai diciotto mesi. Aveva la pelle del colore del pane di frumento. I suoi capelli ricci erano come boccioli a spirale, il sorriso leggermente sghembo. Per tutto il viaggio non aveva smesso un secondo di parlare. Non aveva detto nemmeno una parola che fosse intelligibile, ma parlava con fluidità e con molta partecipazione, come se quella fosse una lingua straniera, ormai dimenticata, che un tempo capiva anche lei.

All'inizio aveva rivolto i suoi simpatici discorsi incoerenti alla signora anziana seduta accanto a lui, poi a un adolescente col cappuccio in testa, e infine a Costanza. Con lei aveva poi avuto una conversazione approfondita, rispondendo a tutte le domande e facendone anche di sue. Era un tipo diverso di traduzione: piú che tradurre lei stava cercando di decifrare quello che il bambino voleva dire.

Erano andati avanti cosí per un po', mentre sua madre, tagliata fuori da un paio di cuffie alle orecchie, ignorava il figlioletto.

Costanza si era resa conto in quel momento di avere una spina conficcata nel cuore. La spina era lí da qualche tempo, ma non aveva mai avvertito la sua presenza in modo cosí acuto. Aveva trentasette anni, era una sera di settembre e lei era in metropolitana con un numero della «New York Review of Books» sulle ginocchia, e vedere quel bimbetto solare tutto intento a comunicare in quella sua strana lingua con il mondo circostante fu un'esperienza sconvolgente. Aveva immaginato di prenderlo e, approfittando del fatto che la madre era ancora immersa nella sua musica, scendere alla stazione successiva e scappare con lui.

Quando era scesa dal treno aveva la schiena zuppa di sudore.

All'inizio aveva pensato che quel momento in metropolitana fosse stato un'anomalia. Ma poi, pochi giorni dopo, passeggiando per Central Park, aveva visto una bambina, sicuramente piú piccola di quello della metropolitana.

Dopo di questo le era capitato un bambino al MoMA, un ragazzino sui sette anni dall'aria cupa, che aveva un paio di occhiali con la montatura d'osso, e che se ne stava davanti a un Mondrian, separato dal resto della classe, mordendosi il pollice tutto perplesso.

Una sera aveva trovato Morton nel suo studio; stava scrivendo su uno dei suoi quaderni con la copertina rigida: adesso capiva che quello era il suo diario. Era scoppiata a piangere e gli aveva confessato di aver completamente frainteso se stessa e la sua vita. Gli aveva detto che alla fine aveva capito di volere un figlio.

Lui le aveva dato un fazzoletto – Morton era il tipo che ancora andava in giro con i fazzoletti di stoffa – e poi, scrutandola da dietro gli occhiali da lettura, le aveva detto: – Naturalmente sai che questo significa che dovremmo condividere.

– Condividere? – aveva ripetuto lei confusa.

– Condividere con qualcun altro il tempo che dedichiamo a noi due. La nostra vita non sarà piú incentrata su di noi.

Si era sentita debole. Si era lasciata cadere su una poltrona di fronte a lui. – Hai pensato a dopo, a quando saremo piú vecchi...?

– Dopo è tra poco per me, Costanza. Dopo è adesso. Da dove sono ora scorgo i miei settant'anni.

– Se proprio vogliamo essere precisi con i calcoli sei piú vicino ai sessanta, Morton. Lo sai benissimo.

– E tu sai che se avremo un figlio, probabilmente sarà piú il tempo che sarai una genitrice sola rispetto a quello che passeremo insieme? – Lei semplicemente lo ascoltava mentre lui continuava: – Non ci si sofferma mai abbastanza a pensare a come cambia la vita con l'arrivo di un bambino. Quanto lavoro finisce per essere sacrificato. Quanta libertà va perduta. Non ci si può piú muovere liberamente fra il tempo e lo spazio, e nemmeno pensare come pensavi prima, la tua mente è sempre presa da quella creatura meravigliosa ma in tutto e per tutto dipendente da te.

– Che visione negativa. Desolante.

– Io credo che sia realistica. È importante essere realistici.

– Ma non hai mai avuto figli. Come fai a sapere se è giusto quello che dici?

– Ho osservato gli altri, no? Mio fratello, i miei amici. E ho ascoltato, ho letto e immaginato. Immaginare è la mia professione, dopotutto.

– Immaginare un'esperienza è diverso dal viverla.

Adesso toccava a lui rimanere neutrale. Non c'era nessun cenno, nessun lampo nei suoi occhi che lasciasse trapelare cosa pensasse in quel momento.

– Ovviamente non ho dimenticato che sei piú vecchio di me, Morton. Solo che ora sei in perfetta salute. Potresti vivere finché nostro figlio diventa adulto. O addirittura fino a quando andrà al college. Non è una cosa cosí assurda. E io credo davvero che insieme potremmo dare... che la nostra vita ne sarebbe soltanto… che avremmo una vita piú piena se potessimo fare esperienza…

Mentre le pronunciava, queste parole sembravano a lei stessa di circostanza, quasi delle banalità, mentre la sensazione sullo sfondo era completamente diversa. – E inoltre…

«E inoltre, ho una spina conficcata nel cuore, e certi giorni faccio fatica a respirare».

– E inoltre, è quello che voglio piú di qualunque cosa.

«Se questo è quello che vuoi allora è questo che avrai».

Costanza avrebbe tanto voluto che lui le dicesse questa frase, ma lui non l'aveva fatto. Le aveva detto invece: – Vediamo cosa ne pensa Grubman dopo il mio prossimo check-up.

Secondo Grubman – il medico di Morton – non c'era nessuna ragione fisiologica per cui Morton non potesse essere un padre, e Morton aveva lasciato che fosse questa cosa a decidere al posto suo, al posto loro. Non era mai andato da lei per dirle: «Facciamo un figlio» o «Mettiamo su una famiglia tutta nostra», frasi che Costanza, ripensandoci, si rese conto che avrebbe dovuto sentirsi dire prima di tuffarsi nell'anno che poi sconvolse le loro vite.

Costanza abbassò lo sguardo sull'alta pila di pagine del diario, tenute insieme con un elastico, che ancora le restavano da leggere. Si sorprese a ripensare a una storia che Morton le aveva raccontato poco tempo dopo che si erano conosciuti. Lui l'aveva presentato come un aneddoto, in parte divertente, in parte no, che serviva per illustrare la centralità della scrittura nella sua vita. Morton le aveva detto che una mattina, circa due anni prima di trasferirsi in città, la signora Gonzales, la sua governante, aveva sentito il guaito di un cane randagio provenire dalle ortensie che costeggiavano il patio sul retro. Era una cagna e aveva appena dato alla luce quattro cuccioli. Con il permesso di Morton, la signora Gonzales aveva preparato una cuccia per la famigliola nella dispensa. Morton continuava a ricordarle che doveva spargere la voce nel vicinato perché presto ci sarebbero stati quattro cuccioli, e un cane adulto, che avevano bisogno di una casa, ma la signora Gonzales dimenticava, per cosí dire, di farlo, oppure opponeva resistenza. Ma lei non era certo l'unica persona nella casa a essere felice della loro presenza. Piano piano Morton si era reso conto di gravitare sempre piú spesso al piano di sotto, all'inizio solo per controllare come stavano i cuccioli e poi, man mano che questi diventavano piú attivi, per giocare con loro. Piú di una volta aveva preso il suo preferito, quello con una grossa chiazza nera attorno all'occhio sinistro, come i procioni, e se l'era portato nel suo studio, dove continuava ad accarezzare la bestiolina, o a giocare con lei, o semplicemente a guardarla... finché una mattina aveva guardato l'orologio sulla scrivania. Erano le undici e quarantacinque passate, e non era nemmeno vicino alle cinquecento parole che si era prefisso di produrre ogni giorno prima di pranzo. Aveva chiamato la signora Gonzales dalla cucina, le aveva dato l'animale, e le aveva detto che per ora di cena avrebbe dovuto trovare un'altra sistemazione per quei cani.

Questa storia, la prima volta che Costanza l'aveva sentita, le aveva trasmesso una cosa; e ora, ripensandoci a distanza di tempo, le trasmetteva tutt'altra cosa. Le diceva tutto quello che aveva bisogno di sapere sulla capacità di attaccamento di Morton a qualcosa o qualcuno che non avesse a che fare con la sfera lavorativa. Avrebbe dovuto prestare maggiore attenzione, decisamente.

Prese una pagina a caso del dattiloscritto. Be', non propriamente a caso, ma verso l'ultimo quarto, dove sospettava che lui parlasse della loro – della sua, di Costanza – odissea per riuscire ad avere un bambino, cioè l'inizio della fine.

Aveva scelto bene.

«Faccio sempre piú fatica a scopare con mia moglie», scriveva.

«Scopare»? «Moglie»?

> Ormai l'atto è diventato un peso per me. Costanza ha imboccato questa strada, e ci si è persa. Al centro di tutto c'è il giorno del mese, le fitte alle ovaie, la consistenza del muco, la temperatura. Cosa ne è stato di me? Di noi? Cosa ne è stato del resto della nostra vita? Per miracolo e per fortuna sono generalmente riuscito a espletare l'atto (e anche questa è la parola giusta), ma so che non può andare avanti cosí per sempre. Già mi capita di non essere con lei quando sono con lei; sono lontanissimo. Sono altrove, nella mia vita di fantasia. Non era quello che mi aspettavo quando ho pensato di sposarmi. Non so piú nemmeno io cosa mi aspettassi all'epoca. Mi ingannavo; temo che fossi alla ricerca di una idea sulla vita (per intessermi piú fittamente a

cosa, di preciso?) E adesso spesso la mattina mi sveglio e mi chiedo: com'è che mi ritrovo a essere sposato? Costanza è una donna meravigliosa e tutto, ma le cose che voglio io e quelle che vuole lei sono cosí...

A pagina 40 lei gli faceva venire un pizzicore su tutta la pelle, e avrebbe voluto infilare il pene dentro di lei per tenere lontana la morte; e a pagina 400 fare l'amore con lei era diventato un peso e lei una «donna meravigliosa e tutto».

Per la prima volta da oltre un anno Costanza provò rabbia. Avvertiva questo sentimento poco familiare, quasi oleoso, che le ribolliva dentro. Ne sentiva il sapore. Le veniva su dallo stomaco e le si riversava in bocca. Adesso, improvvisamente, non aveva piú tanta voglia di essere risucchiata di nuovo nel Mondo di Morton. Si rese conto che non era in fondo cosí curiosa di sentire Morton che, pensando ad alta voce, diceva di non voler piú proseguire con la cura per la fertilità. Non voleva sapere come lui giustificasse il fatto di negarle l'esperienza che lei desiderava di piú al mondo. Non voleva vedere i ragionamenti che l'avevano portato a defilarsi dalla loro vita matrimoniale per tornare nel suo rigido e arido bozzolo. Non ci teneva particolarmente nemmeno a scoprire com'era stata per lui la consapevolezza di stare per morire.

Non poteva certo prendersela con Morton, che non c'era piú. L'unica cosa da fare era relegarlo nel passato, dov'era giusto che fosse. Prese il dattiloscritto e lo buttò nella valigia, nell'armadio. Ci sarebbe tornata piú in là.

O forse no.

Chiuse la porta e si avvicinò alla finestra, che dava sulla terrazza e oltre. In lontananza, al di là del familiare mare di tetti rossi, c'era una donna che scrollava uno straccio sulla sua terrazza; Costanza ebbe la netta impressione di vedere dei granelli di polvere diffondersi nell'aria e ricadere come fiocchi di neve. Piú vicino, sulle foglie del glicine, vide le delicate venuzze che si diramavano; non sarebbe rimasta sorpresa se avesse visto un bocciolo schiudersi in un fiore viola.

Diede le spalle alla vista e prese il telefono. Con Henry, la sera prima, si erano scambiati i numeri. Costanza cercò il numero in rubrica e gli inviò un messaggio per chiedergli se gli andava un prosecco anche quella sera. Sulla terrazza, al tramonto.

Tre mesi dopo

L'autunno a New York. Era la combinazione spazio-temporale che Henry Weissman preferiva. La sua stagione, nella sua città, quando il cielo, spazzata via la foschia estiva, pareva creare una tonalità di azzurro completamente nuova. La luce autunnale a New York aveva qualcosa di limpido che Henry percepiva anche stando a letto, anche quando il sole cominciava a fare capolino all'orizzonte. Ripensò a un racconto di Čechov in cui lo stato mentale di un personaggio era paragonato a una casa dove venivano sostituiti i vetri a tutte le finestre vecchie, rotte, e sporche. In passato Henry aveva provato una sensazione simile, ma erano anni che il vetro non gli sembrava pulito e trasparente come in quest'autunno.

Tutto ciò spinse Henry ad alzarsi dal letto con uno slancio che non provava da settimane, ma in cuor suo sapeva in realtà che quel senso di attesa dipendeva solo dal fatto che quella sera avrebbe cenato con Costanza. L'avrebbe rivista per la prima volta dopo Firenze, per la prima volta da quando avevano fatto l'amore nella stanza di lei alla Pensione Ricci.

Negli ultimi tre mesi aveva rivissuto quella notte piú di una volta nella sua mente, rivisitandola per la sua intensità e per la sua stranezza e per convincersi che non l'aveva sognata. In vari momenti, negli ultimi tre mesi, aveva creduto che fosse stato solo un sogno, ma non questa mattina. Vedeva chiaramente lui e Costanza davanti alla porta della camera, che si baciavano. E poi sottovoce. «Henry, ho paura». «Non devi aver paura». «Forse stiamo correndo troppo. E mi è già capitato di correre troppo». «Ti è già capitato... con tuo marito?» «Non solo con lui». «Ma se c'è un sentimento, un sentimento ricambiato?» Lei teneva in mano la chiave della stanza. Si era messa a giocherellare con la rigida nappa azzurra, accarezzando e sistemando i fili della frangia. Poi aveva infilato la chiave nella toppa e aveva aperto. Erano entrati. Lei si era girata verso di lui e aveva cominciato a tremare. Ma non per il freddo, era impossibile avere freddo in quella calda e afosa serata fiorentina. «Tutto a posto?» le aveva chiesto lui, e lei aveva risposto: «Abbracciami» e lui l'aveva abbracciata. Lei tremava ancora. Avevano finito per sedersi cosí abbracciati, per poi distendersi l'uno accanto all'altra, sul letto. Lei continuava a tremare mentre lui le accarezzava i capelli e le passava una mano lungo la schiena. «Possiamo rimanere stesi cosí, – le aveva detto lui, – se è quello che preferisci». Lei aveva scosso la testa, poi si era tirata su a sedere, si era tolta la camicetta, e aveva slacciato il reggiseno. Dopo essersi rivelata a lui aveva smesso di tremare. Per qualche istante Henry l'aveva guardata e basta. Poi le aveva baciato il collo, le spalle, il petto. Lei gli aveva slacciato la cintura, gli aveva tirato giú la lampo e gli aveva infilato la mano tra le cosce. Gli aveva tirato fuori il pene e se l'era messo in bocca. L'audacia di questo gesto l'aveva turbato quanto il tremore di poco prima. Non avrebbe mai immaginato che lei si sarebbe soffermata sulla base del suo pene, leccandoglielo e inumidendoglielo con la lingua fino a farlo tremare di un piacere cosí intenso che aveva avuto paura di venirle in bocca. Non avrebbe mai immaginato che sarebbe stata in grado di capire il momento giusto per fermarsi permettendo a lui di liberarsi dei pantaloni e delle mutande, mentre lei si sfilava la gonna rivelando un paio di slip sorprendentemente minuscoli. Non avrebbe mai immaginato che lei gli avrebbe preso la mano portandosela tra le gambe, ora per guidarla, ora per dargli il permesso di agire liberamente, o semplicemente per fargli vedere quanto era bagnata. Non avrebbe mai immaginato che lei avrebbe detto: «Ti voglio dentro di me» con tanta chiarezza, o che a questa dichiarazione sarebbe seguito un lungo bacio in cui lui aveva sentito... ardore. Tutta quella danza di parole che si erano scambiati bevendo e cenando insieme era come confluita in quel bacio.

In quel singolo bacio e nel sesso che avevano fatto dopo. E anche il sesso era stata lei a dirigerlo. Si era tirata Henry addosso, e quando lui era dove lei voleva che fosse, lei gli aveva passato le mani tra i peli del petto e poi giú, attorno al pene. Lo aveva preso tra le mani come per accoglierlo e addomesticarlo allo stesso tempo. Lo aveva guidato dentro il suo corpo, e solo allora aveva lasciato che fosse Henry a prendere il comando. Lui aveva cominciato lentamente, con cautela. Era entrato e uscito, facendola bagnare ancora di piú. Poi, quando aveva cominciato, con circospezione, ad andare piú a fondo, lei aveva ripreso a guidare l'azione. Gli aveva affondato le mani nella schiena, schiacciando forte, portandolo piú vicino, piú dentro fino a fargli dimenticare dov'era. Henry non sapeva piú se era lui a essere dentro di lei o lei dentro di lui. I loro sessi erano uniti, bagnati, elettrici.

Lei era venuta per prima. Aveva buttato la testa indietro e aveva chiuso gli occhi emettendo un verso lungo che diventava piano piano sempre piú acuto.

Anche lui aveva chiuso gli occhi. Si era accorto che lei aveva ripreso a tremare, stavolta però il tremore sembrava venirle da dentro. Quel suo tremore, l'orgasmo di Costanza, avevano portato anche lui a raggiungere l'orgasmo, con il cuore che gli batteva fortissimo e una vampata di sudore che gli ricopriva tutto il corpo.

Erano rimasti in silenzio per una decina di minuti. Poi lei aveva detto: – Non ho mai fatto l'amore cosí con mio marito. Non so che cos'è stato.

– Non credo di saperlo nemmeno io.

A entrambi dormire era sembrata la strada piú facile.

Costanza aveva dormito con i capelli sparsi sul cuscino, come i petali di un fiore esotico. Questa era stata l'associazione che Henry aveva fatto quando si era svegliato alle tre di notte, stordito e disorientato. Lentamente i suoi occhi si erano adattati alla flebile luce azzurrognola; si era soffermato a inalare l'odore di sudore e sperma secco mescolato a sapone e profumo, e finalmente aveva focalizzato: era a letto con Costanza. Erano andati a letto insieme alcune ore prima, e adesso l'intera città era placida e ferma; sicuramente tutti nella pensione (compreso Andrew, aveva pensato en passant) erano sprofondati nel sonno. Ma Henry no. Lui era sveglio. Sperava che non lo sarebbe rimasto fino alla mattina. Non sarebbe stato in grado di reggere una delle sue nottate insonni in stato di iperattività, proprio quella notte.

Aveva guardato il viso sul cuscino accanto al suo e aveva pensato: è davvero possibile? Era possibile. Henry aveva sentito nella pancia, nei testicoli, e nel cervello che correva all'impazzata, una sorta di speranza nei confronti della vita che non provava piú da quando Judith se n'era andata. Anzi, da prima. Da molto prima. Da quando lui e Judith si erano messi insieme.

Nel sonno, la faccia di Costanza era impenetrabile. E lui ne era grato. La sua irraggiungibilità era l'unica possibilità che Henry aveva per tornare lui stesso a dormire. Si era girato dall'altra parte, si era tirato le lenzuola sulle spalle e aveva cercato di smettere di pensare. Sorprendentemente, aveva funzionato.

Quando Henry si era svegliato, Costanza si era già alzata, ed era impegnata a trasferire i vestiti piegati dai cassetti nella valigia. Era in accappatoio e teneva i capelli raccolti e tirati indietro. Probabilmente si era fatta la doccia, ma Henry non l'aveva sentita.

– Buongiorno, – le aveva detto.

Dietro le persiane una forte luce gialla aspettava di essere liberata. Costanza le aprí.

– Buongiorno.

Henry aveva strizzato gli occhi e aveva fatto un gesto con la mano come a dire «Cosa sta succedendo?»

– Scusami, ma devo prepararmi per il viaggio. Tra due ore devo prendere un treno. Questa settimana arriva mia cugina Cristina da Monaco di Baviera. Da quando sono in Italia non sono ancora mai andata a casa. Avevo già organizzato le cose... prima.

Adesso le scarpe, in un angolo diverso del bagaglio.

– Questo è tutto?

Costanza aveva annuito.

Lui si era tirato su appoggiandosi su un gomito. – Ci baciamo come ci siamo baciati, ci tocchiamo come ci siamo toccati, e tu pensi a fare le valigie?

– Mi aspettano settimane difficili. Mia mad...

– E quindi non ci diciamo niente? Non decidiamo niente?

Lei gli aveva passato i pantaloni. – Ti scriverò, Henry, e tu scriverai a me. In questo momento non sono in grado di fare di piú.

Non gli aveva detto «Quella è la porta», ma era un po' come se l'avesse fatto.

Henry, sbalordito, si era infilato i pantaloni, poi la camicia. Si era fermato sulla soglia. – Non posso andarmene senza dirti che ho bisogno di rivederti.

– Mi rivedrai.

Lo aveva salutato con un bacio, sulla guancia.

E questo era stato tutto. Lei comunque gli aveva scritto. Non e-mail: lettere. La prima, spedita da Recco, lo aspettava a New York quando era rientrato dalla Toscana. Gli suggeriva di rispondere al suo indirizzo della Fifth Avenue; gli diceva che, non sapendo nemmeno lei dove sarebbe stata nei mesi seguenti, «avrebbe provveduto» a farsi recapitare qualunque cosa lui le avesse spedito. Tutte le sue lettere arrivavano senza timbro o francobollo; Henry aveva dedotto che Costanza aveva «provveduto» a farle viaggiare tra l'Italia e New York tramite FedEx o qualcosa di simile, per farle poi consegnare da un fattorino, se non addirittura a mano, al suo appartamento. Non sapeva come interpretare tutto questo. Aveva detto che il segretario di suo marito aveva ancora delle questioni da sbrigare con l'eredità. Ma forse aveva anche qualcosa a che fare con il modo in cui quelle lettere gli venivano recapitate.

Costanza gli aveva scritto del periodo trascorso con sua madre, che, come previsto, non era stato facile, e delle sue capatine in altri posti in Italia, da amici e parenti. Lui le aveva parlato del resto del suo viaggio, del ritorno a New York, degli ultimi cicli di FIVET di fine estate che seguiva nella clinica dove esercitava. Dietro tutti questi racconti circostanziati, da parte di Henry, c'era una viva curiosità che doveva cercare di reprimere. Dimostrando un insolito autocontrollo, era riuscito a non rivelare esplicitamente i suoi pensieri. Era riuscito perfino a non chiederle quando sarebbe tornata a New York. Era chiaro perfino a uno come Henry che con Costanza era meglio trattenersi, fare meno, mentre la sua naturale tendenza l'avrebbe portato a esagerare. E la sua temperanza era stata premiata. La domenica sera aveva ricevuto un bigliettino, il bigliettino che in pratica aspettava da tre mesi:

> Henry, sono qui. Ti va di venire a cena domani sera alle 8? Rispondimi solo se pensi di non farcela. Ci sarà del prosecco. C.

Henry guardò la sveglia. Tra le sei e un quarto del mattino e le otto di sera c'era un universo di tempo ancora da vivere, pensieri da tenere a bada, lavoro da sbrigare.

Prima di entrare nello studio medico di York Avenue dove lavorava, Henry si fermò, com'era sua abitudine, alla bancarella del fruttivendolo che stazionava all'angolo a nord-ovest dell'incrocio con la Sessantanovesima strada. Dopo tanti anni ormai il venditore lo riconosceva da lontano e gli preparava un sacchetto con una mela verde e una banana matura, ma non troppo. La tipica colazione di Henry, o la prima della giornata, che lo teneva in piedi finché Wanda, la sua segretaria, dopo le dieci, ordinava uova strapazzate e pane di frumento tostato senza burro nella prima pausa tra un appuntamento e l'altro.

Questa mattina, però, per la prima volta da molto tempo, Henry si fermò davanti alla bancarella a guardare la frutta e la verdura come se non le avesse mai viste in vita sua. Nella luce pulita dell'autunno, con le macchine e i camion che sfrecciavano e un operaio che trapanava l'asfalto con un martello pneumatico, la bancarella di frutta gli sembrò un'oasi quasi surreale che era chissà come caduta dal cielo per atterrare a Manhattan. Con le sue pile serrate e ordinate di arance, mele e limoni, gli ananas dalla corona tutta punte e l'odore dolcissimo, i cesti d'uva e di pesche, fagiolini e broccoli, le minuscole confezioni trasparenti di lamponi, mirtilli e uva spina (uva spina!): questa incredibile cornucopia gli ricordava un mercato all'aperto da qualche parte in Europa o in Medio Oriente, in scala ridotta per adattarsi allo spazio dell'angolo di una via di New York. Com'era finita lí tutta quella frutta meravigliosa, e che fine faceva di sera, e chi era il venditore, con i suoi occhi lucidi, l'incongruo cappello di paglia e il sorriso furbo, e perché non aveva mai incoraggiato Henry ad ampliare la sua selezione mattutina di frutta? Gli piacevano tanto i mirtilli. E anche le pesche. E le albicocche, le arance. Amava questi frutti, e quella mattina li comprò tutti.

A metà mattina Henry si concesse una pausa: aveva già visto sei pazienti, e le forze cominciavano a venir meno. La sua barriera, di norma molto solida, iniziava a mostrare qualche crepa. A cominciare da Julia Bergman, con i suoi numerosi aborti spontanei e il marito affranto, Henry aveva permesso a se stesso di provare dei sentimenti. Era stato un errore. Non perché un medico dovrebbe essere un automa, ma perché quando permetteva a se stesso di provare dei sentimenti, cominciava a sentirsi coinvolto, e quando cominciava a sentirsi coinvolto non riusciva piú a ragionare con lucidità, e quando non pensava con lucidità smetteva di fare bene il suo lavoro. C'erano centinaia (migliaia) di pazienti, ma lui era uno solo, e se si concedeva anche solo a una manciata di pazienti, di lui sarebbe rimasto ben poco a fine giornata. Eppure eccolo qui, all'inizio di un nuovo ciclo autunnale, pieno di insolita compassione. Provava compassione per Julia. Provava compassione per la «signorina Brown», l'attrice che prenotava i suoi appuntamenti sotto pseudonimo e al di là della sua patina di segretezza era vera e sofferente. Provava compassione perfino per Arlene Brookner, impegnata a concludere un affare parlando a due iPhone, e spaventata a morte. Non ricordava di essere mai stato cosí aperto nei confronti di queste persone, delle loro richieste e delle loro angosce. Eppure non c'era niente che differenziasse queste donne da quelle che le avevano precedute nelle sue visite mattutine. Non erano loro a essere diverse, ma lui.

Dopo quest'ultima paziente, Henry prese il telefono e cominciò a occuparsi della lista delle chiamate del giorno.

Aveva finito che erano ormai le sette e mezzo. Non gli restava tempo per tornare a casa, farsi la doccia e cambiarsi. Avrebbe voluto portare un regalo a Costanza, ma non aveva tempo neanche per questo. Poi si rese conto che in realtà già ce l'aveva.

Henry si fece lasciare dal taxi sulla Settantanovesima, a tre isolati da dove abitava Costanza. Mancavano sette minuti alle otto. Un intervallo di tempo sufficiente per fare da ponte tra la sua giornata lavorativa e la serata che lo aspettava.

Henry e il suo sacchetto di frutta procedevano con passo regolare superando le facciate in pietra calcarea della Fifth Avenue. Camminava senza fretta. Era passato cosí tanto tempo dall'ultima volta che aveva permesso alla speranza di crescere in questo modo che ora non aveva tanta voglia di vederla ridimensionata dalla realtà. E cosí l'assaporò tutta. Per quattro, cinque, e infine sei splendidi minuti percorse la via, passando davanti ai portieri in livrea e i dog-sitter che portavano a spasso mute di cani delle razze piú disparate. Notava ogni cosa: l'ottone lucente delle maniglie delle porte, le targhe che pubblicizzavano con discrezione gli studi di chirurghi plastici e psichiatri, i giardini pensili sui balconi con gli alberi lanuginosi che sembravano tante piume infilzate in grandi cappelli da cerimonia, il marciapiede immacolato: in questa zona c'era qualcuno che tirava a lucido perfino i marciapiedi. New York era una città di mondi paralleli, di infinite gerarchie. C'era sempre chi aveva piú soldi, piú talento, piú amici, piú agganci, un appartamento piú grande con una vista migliore... ma Henry era convinto che nessuno, in questo preciso istante, si sentiva pieno di brio come lui, nessuno sentiva dentro quel minuscolo germoglio di speranza che gli dava l'impressione di levitare sopra quei marciapiedi assurdamente puliti, piú che calpestarli.

Nell'edificio di Costanza, al piano terra, c'erano gli studi medici di un chirurgo plastico e di tre psichiatri. L'oro della livrea del portiere era tanto lucido che scintillava. Nell'ascensore, abbellito da specchi dagli angoli smussati, Henry cercò di non guardare la propria immagine riflessa, e ci riuscí. Cercò anche di non pensare a quanto gli batteva forte il cuore, ma questo non gli riuscí.

All'ottavo piano le porte si aprirono, rivelando un ampio ingresso. Alla sinistra della porta c'era un piccolo campanello illuminato, ma prima che lui avesse il tempo di suonare, gli aprí la porta un uomo basso dai capelli brizzolati, impeccabili, e gli occhi castani. Indossava un paio di pantaloni grigi e una camicia bianca cosí aderenti che sembrava gli fossero stati cuciti addosso.

– Buona sera, dottor Weissman. Prego, si accomodi.

Henry seguí quell'ometto in un secondo atrio, ancora piú ampio.

– Io sono Ivan, l'assistente personale del signor Sarnoff.

L'assistente personale del signor Sarnoff: come se il tipo non fosse morto da oltre un anno.

– La signora Sarnoff mi ha chiesto di dirle che scenderà tra pochi minuti.

Notando il sacchetto che Henry aveva in mano, Ivan aggiunse: – Posso prendere il suo... pacco?

Henry glielo porse. – È frutta. Forse è il caso di metterla in frigo.

Ivan lo prese. – Posso offrirle qualcosa da bere?

– Acqua frizzante, se c'è.

Ivan accompagnò Henry in soggiorno, poi scomparve.

E Jeeves da dove l'aveva tirato fuori, Morton Sarnoff? Le sue origini non erano poi cosí diverse da quelle di Henry, come lui stesso aveva avuto modo di scoprire quando, dopo essere tornato dall'Italia, aveva fatto qualche ricerca online: Sarnoff era cresciuto a New Brunswick, Henry era cresciuto a Brooklyn; Sarnoff era diventato maggiorenne negli anni Cinquanta, Henry negli anni Sessanta; il padre di Sarnoff era un professore di scienze alle superiori, e quindi un po' piú in alto, ma non poi cosí tanto, da un punto di vista socioeconomico rispetto al padre di Henry che faceva il tappezziere. Anche se Leopold Weissman, intellettuale com'era, non poteva essere certo definito semplicemente dal suo rapporto con stoffe e filati.

All'inizio degli anni Novanta, dopo aver pubblicato una raccolta di racconti e tre romanzi, Sarnoff si era esiliato nella Columbia County, dove aveva vissuto in una fattoria isolata. Tra le tante supposizioni c'era chi parlava di un clamoroso blocco dello scrittore, o di un esaurimento nervoso a seguito del suo breve e tumultuoso matrimonio con l'Attrice. Sempre piú spesso veniva descritto come «il solitario Morton Sarnoff» («Anche l'isolamento è un modo di vivere», aveva detto nel corso di una delle poche interviste che aveva concesso – un giornalista gli aveva teso un agguato al supermercato Price Chopper di zona. «Come anche la disciplina, se proprio lo vuole sapere»). Poi, appena dopo aver compiuto cinquantotto anni, Sarnoff aveva sorpreso i suoi lettori pubblicando *La vita a venire*, una lunga saga familiare che copriva diverse generazioni. Il libro aveva avuto un enorme successo. Ne avevano tratto un film in cui Meryl Streep, cambiando pettinatura, costumi e voce, faceva la parte della nonna, della figlia e della nipote. La gente aveva cominciato a leggere le sue opere precedenti. La grana arrivava a palate, Sarnoff era tornato in città, si era comprato il suo lussuoso appartamento, aveva avuto l'infarto e gli avevano messo i bypass. Aveva conosciuto Costanza, l'aveva sposata, si era separato da lei, gli era stato diagnosticato un cancro al pancreas ed era morto.

Henry si chiese se dietro a tutta quella situazione non ci fosse un'idea di vendetta. L'uomo, del quale non si parlava mai senza che il suo nome fosse accompagnato dall'aggettivo ebreo, «lo scrittore ebreo, un tempo molto prolifico» o «Sarnoff, l'instancabile narratore della vita delle famiglie ebree», si era trasferito proprio lí, nel cuore *wasp* della città.

L'arredamento georgiano, i tappeti cinesi, i quadri noiosi e banali, la tappezzeria sfarzosa (ma cucita con maestria), l'atmosfera raffinata di chi si sente arrivato: di cosa si doveva vendicare? Dell'antisemitismo tossico che aveva caratterizzato la sua infanzia nel New Jersey? Il padre insegnante di scienze alle superiori o la madre che era morta a trentasette anni di cancro al seno? O tutto quello era semplicemente un enorme lussuoso capriccio di mezza età?

Henry non ne aveva idea. Non c'era niente di male a voler vivere nell'agio. Quell'uomo aveva un grandissimo talento e dall'oggi al domani anche il portafoglio pieno. Non aveva figli, e quindi i soldi li spendeva per la casa. Eppure c'era un'atmosfera spettrale nell'appartamento di quell'uomo morto, come se fosse abitato da presenze, e non di certo quella di Costanza, che tra l'altro ancora non si era fatta vedere.

Henry provò tre poltrone diverse e non riuscí a rimanere seduto su nessuna. Si avvicinò alla finestra e guardò il Met. Le fontane gorgogliavano senza sosta. La facciata era illuminata da una luce delicata dalle sfumature avorio. Si chiese se Sarnoff, guardando quello stesso panorama fuori dalla finestra, avesse mai pensato di non poter ottenere altro dalla vita. Un appartamento a due piani sulla Fifth Avenue, una mezza dozzina di libri acclamati dalla critica, la fama, una moglie bellissima e intelligente: aveva avuto tanto. Eppure non era riuscito a seguirla, non se l'era sentita, in quella nuova esperienza, quel passo che Henry, invece, pensava fosse l'unica esperienza capace di far crescere realmente un uomo. Non aveva potuto, o voluto, acconsentire a essere padre di un figlio. Era troppo vecchio, o troppo bloccato, o troppo spaventato, o troppo egoista, o troppo dedito al suo lavoro, troppo qualcosa, insomma, e quindi aveva deciso di lasciar andare questa donna speciale.

In fondo al soggiorno c'era una porta a doppi battenti, leggermente socchiusa. Henry ci si avvicinò e li spinse. Entrò: era lo studio di Sarnoff. In contrasto con l'ordine e la sobrietà del resto dell'appartamento, in quel posto ogni cosa era nel caos, come affastellata in una sorta di frenesia. C'erano due pareti completamente coperte di scaffali. Su ogni superficie orizzontale, sulla scrivania, su una bassa credenza, e perfino su grosse fette di pavimento c'erano libri, periodici, e pile disordinate di raccoglitori. La scrivania era rivolta verso il muro, per permettere a Sarnoff di sedersi dando le spalle alla Fifth Avenue. Sulla parete della scrivania c'era una bacheca coperta di appunti, ritagli, un calendario. Il calendario era aperto sul mese di giugno dell'anno precedente. Giugno dell'anno precedente, quando Sarnoff era morto.

– Non è stato toccato niente dal giorno della scomparsa –. Ivan era fermo sulla soglia, reggeva un vassoio con sopra un bicchiere e una bottiglietta di Perrier.

– Vedo.

– Mi sono permesso di dirlo, semmai avesse avuto l'impulso di toccare qualcosa.

– Non ho la minima intenzione di toccare niente.

– Questa stanza lo rispecchia in modo molto accurato. Il resto, qua fuori, – Ivan guardò in direzione del soggiorno, – sono tutte cose scelte dal signore inglese che faceva questo lavoro per lui. Ma qui dentro... è come poter guardare nella sua mente. Penso sempre che qualcuno prima o poi verrà a fotografare questa stanza, o a prendere appunti.

Jeeves continuava a insistere nel voler fare conversazione, e Henry non poteva esimersi dall'assecondarlo. – Lavorava da molto per il signor Sarnoff?

– Quando è tornato a New York aveva bisogno di un segretario, qualcuno che si occupasse dei pasti e della casa in genere. In campagna aveva la signora Gonzales, ma a New York il signor Sarnoff era da solo con… tutto questo. Era piú o meno all'epoca in cui stavano girando il film. C'erano un sacco di appuntamenti e interviste. La gente si appostava di sotto per fotografare Meryl Streep quando saliva da lui per parlare del personaggio che stava interpretando. Le loro conversazioni si sono svolte proprio in questa stanza. Lunghe conversazioni. Meryl Streep beveva solo acqua frizzante, come lei. La marca non importava. Le piaceva berla con una fetta di limone. Niente ghiaccio. Il ghiaccio mai.

– E lei è rimasto qui anche quando Costanza… la signora Sarnoff… è andata via?

Lui sorrise. – Aveva fatto una promessa al signor Sarnoff: finché lei avesse tenuto l'appartamento, io potevo restare.

Ivan lanciò un'occhiata alla scrivania di Morton. – Forse è il caso di tornare in soggiorno?

In soggiorno Ivan posò il vassoio con il bicchiere su un tavolo, accanto a una poltrona. Versò l'acqua. – Desidera qualcos'altro?

– No, grazie.

Ivan uscí dalla stanza. Henry bevve. L'appartamento era soltanto all'ottavo piano, ma non si sentiva rumore di traffico provenire dalla Fifth Avenue. Non si aveva nemmeno l'impressione di essere all'interno di un grande edificio pieno di condòmini.

Gli appartamenti dei superricchi erano sempre cosí silenziosi? Qual era il trucco? I doppi vetri alle finestre? La moquette spessa? Le tende foderate? L'assenza di pareti comuni? Quel posto dal lussuoso arredamento era come insonorizzato: una meravigliosa tomba.

– Henry.

Ed eccola, finalmente, sulla soglia.

Si alzò e la guardò. Era vestita di nero dalla testa ai piedi: pantaloni, maglione, scarpe. Scarpe col tacco, che la facevano sembrare alta, dall'equilibrio precario, distaccata.

Henry spalancò le braccia. Costanza ebbe un attimo di esitazione prima di entrare in quell'abbraccio. Lui avrebbe voluto darle un bacio, ma i segnali, la posizione del corpo di lei, l'atmosfera in genere non sembravano favorevoli.

– Scusa se ti ho fatto aspettare.

Costanza andò verso un telefono. Un telefono che fungeva anche da interfono. Schiacciò un tasto e chiese che venisse portato il prosecco. Poi si sedette su una poltrona che, insieme a un'altra poltrona gemella, stava accanto al caminetto. L'altra poltrona era stata un tempo quella di Sarnoff? Henry si chiese se lei stesse pensando proprio a questo quando lui le si sedette di fronte.

– Allora –. Era difficile capire come riprendere il discorso. – Come stai?

– Stanca. Sono stata via per molto tempo.

– Sí, è vero.

– La lontananza confonde tutto.

Lasciò andare questa sua osservazione come una barchetta giocattolo in uno stagno, mentre loro dovevano cercare di assecondare il vento dominante, ognuno a modo suo.

Henry ebbe un tuffo al cuore. Non era affatto quello che aveva immaginato, né quello che aveva sperato.

Ecco Ivan che tornava con il suo passo felpato. Portava un vassoio con un secchiello argentato per il ghiaccio, il prosecco e due bicchieri. Una ciotolina piena di olive. Un'altra con spicchi di limone. Piccoli tovaglioli di lino quadrati piegati come origami. Posò il vassoio sul tavolino in mezzo alle due poltrone e fece per prendere la bottiglia.

Henry allungò una mano. – Lasci pure, faccio io. Grazie.

Ivan guardò Costanza. Lei gli fece un cenno di assenso con la testa e lui uscí dalla stanza.

– Era molto affezionato a Morton. Non me la sono sentita di aiutarlo a voltare pagina. Lo farò, prima o poi.

Henry aveva intanto aperto la bottiglia di prosecco. Lo versò nei due bicchieri, ne porse uno a lei e prese l'altro per sé. Lo sollevò. – Magari questo può aiutare.

– Aiutare?

– Aiutarci a parlare. Aiutare a farci sentire meno in imbarazzo.

– Tu sí che corri, Henry.

– Be', naturalmente. Ho aspettato con ansia questa sera, Costanza. Ho aspettato... be' diciamo semplicemente che ho aspettato.

Lei sospirò. – In questo momento tante cose mi risultano pesanti. Devi capire, o meglio, forse dovrei dire che mi chiedo se riesci a capire, che questo posto mi risulta...

– Opprimente?

– Be', diciamo pieno del mio recente passato. Pieno del mio recente passato in un modo che, in questo frangente, è semplicemente troppo per me. Sai come ci si sente quando vai lontano, molto lontano, soprattutto se è per un tempo lungo, e credi di essere cambiato, ma poi ritorni dove tutto era cominciato e hai l'impressione di non essere mai veramente andato via?

– Capisco, – disse Henry con prudenza.

Aspettò che lei riprendesse a parlare. Voleva che lei riprendesse a parlare.

– Ci sono tante cose che non sai di me, e della mia vita qui, la vita che mi attende acquattata qui dentro. È un bel lavoro star dietro alle cose di Morton, prendersi cura di tutti i suoi... – Indicò l'ampia sala lussuosa e s'interruppe.

– Sí, ma il vantaggio per te quale sarebbe?

– È quello che sto cercando di capire –. Fece una breve pausa. Finalmente lo guardò negli occhi. – E non solo questo.

– Quindi hai pensato a me... a noi? – Questa parola sembrava un campo minato. Ma perché?

– Ma certo.

Il telefono accanto a lei squillò. O meglio emise un ronzio. Era l'interfono. Schiacciò un pulsante. La voce di Ivan all'altro capo diceva che la cena era pronta.

Come obbedendo a un ordine, Costanza si alzò.

La sala da pranzo era dall'altra parte dell'ingresso. La porta a doppi battenti, che prima era chiusa, adesso rivelava un ampio tavolo scuro circondato da sedie, quattordici in tutto, di mogano lucido: praticamente una sala conferenze. Una tovaglia copriva solo un'estremità del tavolo, lasciandolo per gran parte scoperto. I due posti apparecchiati sulla tovaglia erano piuttosto distanti l'uno dall'altro, come era ovvio in uno spazio tanto ampio.

Prima di sedersi, Costanza notò la frutta di Henry, che Ivan aveva sistemato in una grande fruttiera di vetro. Era su una credenza, punteggiata di goccioline, e in quel contesto, almeno agli occhi di Henry, vagamente ridicola.

– È da quando sono tornata dall'Italia che non vedo colori come questi.

– L'ha portata il dottor Weissman.

Costanza guardò Henry.

– Stavo andando al lavoro, e ho visto tutta questa frutta...

– È bellissima –. Il calore nella voce era finalmente quello di Costanza. O simile in qualche modo alla Costanza che Henry credeva di aver conosciuto.

Costanza si accomodò al tavolo. Henry fece lo stesso. Ivan versò del vino, poi uscí dalla stanza.

Costanza prese la forchetta e studiò il cibo che aveva davanti. – Zucchine, avocado, coriandolo. Morton prendeva sempre in giro Ivan perché copiava le ricette alla moda. Se su un giornale c'era una ricetta, il giorno dopo quel piatto era sulla tavola. Morton... – S'interruppe. – Ma tu non vuoi sentire queste cose.

– Voglio sentire tutto quello che ti va di dirmi.

Per qualche minuto mangiarono in silenzio. La mente di Henry si era come bloccata. Non sapeva cos'altro dire. Non ricordava quando era stata l'ultima volta che non aveva avuto niente da dire. Era colpa di questa stanza, di questo appartamento. Le pareti cupe, le luci fioche delle candele, l'argento, la tovaglia di lino, il cibo raffinato, il domestico che incombeva. E poi c'era Costanza: il suo distacco, quel suo apparire lontana.

Provò a introdurre un argomento, uno qualsiasi. – Mi hai scritto che ti sei vista con dei vecchi compagni di scuola.

– Meno di quanto avrei voluto. Ormai sono quasi tutti sposati, e pieni di impegni.

– Com'è andata poi da tua madre?

– È stata dura, come al solito. Mi sono resa conto che non posso tornare a vivere lí, non in pianta stabile, perlomeno.

Henry interpretò l'affermazione come un segnale incoraggiante. Seppure piccolo. Ma prima doveva capire se voleva, davvero, essere incoraggiato. Ma come faceva a capirlo mentre cenava in un mausoleo?

Costanza sbocconcellava. Henry non toccò cibo. Aspettava. Pensava. Poi improvvisamente si alzò. – Andiamocene.

– Non posso fare una cosa del genere a Ivan.

– Se la caverà. Mangerà un'ottima cena.

Henry andò all'altro capo del tavolo e aiutò Costanza ad alzarsi. Non si può dire che la sollevò di peso, ma la guidò con uno sforzo gentile.

Lei si lasciò condurre da lui nell'ingresso. – Hai un paio di scarpe comode in questa casa?

Costanza indicò un armadio. Henry aprí l'anta. Allineate sul pavimento c'erano mezza dozzina di scarpe da donna. Le portò un paio che gli sembrò sufficientemente comodo. Scarpe nere con il tacco basso. S'inginocchiò, le sfilò le scarpe con il tacco e le infilò quelle basse.

– E un maglione, un cappotto?

– C'è un cappotto. Di lana nera.

Lui lo trovò e gliel'appoggiò sulle spalle. Lei si alzò. – A New York fa meno caldo, – disse seccamente, – rispetto all'Italia.

– Sí, è vero.

Quando si girarono verso la porta, la trovarono già aperta. Era stato Ivan, che se ne stava lí in silenzio. Costanza evitò il suo sguardo; Henry invece lo cercò.

– Chiedo scusa per la cena. La signora Sarnoff ha bisogno di una boccata d'aria.

Prima che uscissero, Ivan diede a Henry un sacchetto. Dentro c'era la frutta. – Non è il genere di cosa che si conserva a lungo.

«Il sole è nel posto sbagliato».

Fu questo il primo pensiero di Costanza quel nuovo giorno. Sentí il sole sulle spalle, quando di solito a New York il sole la mattina le splendeva in faccia. E poi era sul lato destro, e non quello sinistro, di un grande letto vuoto. Un letto che non era il suo, in una stanza che era molto piú spoglia di quella nella quale solitamente si svegliava quando era a New York. In quella stanza c'erano travi sul soffitto, modanature, finestre con inglesina. Sulle pareti, dove un tempo erano appesi dei quadri, ora c'erano rettangoli vuoti. Il pavimento era nudo, e i telai delle finestre avevano bisogno di una mano di vernice. Come anche il resto della stanza.

Si stava svegliando nella camera da letto di Henry. Lo sapeva. Non aveva bevuto cosí tanto da averlo dimenticato. Sebbene avesse dormito come un sasso, ricordava di essere uscita sulla Fifth Avenue con Henry al suo fianco. Ricordava di aver guardato le foglie sugli alberi, come ondeggiavano quando il vento aveva preso a soffiare piú forte. Ricordava di aver sentito una sirena. E ricordava di essere riuscita a respirare, e pensare, pensare davvero, per la prima volta quella settimana.

Ricordava di aver cenato con lui, un picnic nel soggiorno di casa sua. Cibo giapponese, ordinato a domicilio. Una bottiglia fredda di Sancerre. Seduti a terra a gambe incrociate e senza scarpe, avevano mangiato tenendo il cibo in grembo. Dopo cena, mentre Henry toglieva di mezzo le scatole bento, la bottiglia di vino vuota e tutto il resto, Costanza aveva trovato il bagno di Henry e poi la sua camera, dove si era spogliata e si era infilata nel letto. Quando l'aveva trovata già lí, l'espressione sul viso di Henry era stata di gioia pura. Si era tolto la camicia e i pantaloni e si era infilato nel letto accanto a lei. Le aveva toccato i capelli, fissandola come fosse un'apparizione, una visione irreale. Non era né l'una né l'altra cosa. Era una donna, una donna in carne e ossa, che aveva semplicemente interrogato e seguito il suo cuore, o forse l'aveva messo alla prova: era come se la prima parte della serata, a casa di Morton, riguardasse un altro filone della sua vita, un'altra storia. La storia che doveva seguire era questa. Importava qualcosa capirne i motivi? Ciò che importava era che le cose stavano cosí. Ciò che importava era che lei si era data il permesso di infilarsi nel letto di Henry. E che gli aveva posato una mano sulla guancia, e l'aveva lasciata lí. Henry aveva chiuso gli occhi. Quando li aveva riaperti erano umidi. Una singola lacrima gli era rotolata giú dall'occhio destro lasciandogli una sottile scia umida sul lato del naso. Lei aveva baciato quella lacrima e aveva sentito una fitta di tenerezza per quell'uomo, per l'improbabilità della presenza di quell'uomo nella sua vita, e della propria presenza nella sua. Le cose erano state davvero difficili gli ultimi anni insieme a Morton, e poi anche senza Morton. Tutto questo l'aveva quasi consumata; quasi. Riuscire a provare tenerezza l'aiutava a liberarsi dall'incantesimo di Morton. Come anche rendersi conto che lei aveva avuto paura di Morton, paura della sua età, forse, o del suo successo, della sua natura (o della propria); non lo sapeva nemmeno lei.

Henry le aveva baciato il palmo della mano. Poi il collo, i seni. Lei gli aveva posato le mani sulla schiena e l'aveva tirato a sé. Aveva inalato il profumo dei suoi capelli. Sapevano di foglie. Eucalipto, o menta. Aveva sentito l'erezione che le spingeva contro la coscia. Aveva portato le mani in basso. Lui aveva ancora le mutande. Lei gli aveva preso il pene attraverso quell'involucro di cotone. L'involucro era pieno, caldo e pulsante. Era come tenere in mano un uccellino. Aveva infilato la mano nelle mutande di Henry. Il pene era vivo. Quando lei l'aveva toccato, l'aveva sentito fremere: l'organo maschile era qualcosa di cosí esplicito, cosí comunicativo. Muovendo le mani, esplorando, lei l'aveva guidato verso di sé. L'altra volta che avevano fatto l'amore, all'inizio lui era stato un po' titubante. Questa volta no. Costanza aveva sentito una scarica di dolore, e poi una vampa di piacere che cresceva sempre piú.

E poi aveva perso i sensi, finché non aveva sentito il sole sulla schiena. Quella sensazione di calore l'aveva svegliata. Sistemò i cuscini per mettersi seduta nel letto. Rimase in ascolto dei rumori del mattino. La vibrazione lontana e costante del traffico che si levava dalla strada. L'acqua che sibilava scorrendo nelle tubature al di là delle pareti. Qualcuno faceva tintinnare dei bicchieri o del vasellame.

Era Henry. Si era fatto la doccia e si era vestito per andare al lavoro, ma era riuscito a preparare la colazione e a metterla su un vassoio che aveva portato nella stanza con grande sforzo.

Sul vassoio c'era una ciotolina con la frutta che aveva comprato il giorno prima, ben tagliata a pezzettini, un croissant, una tazza di caffè e una caraffa di latte caldo. Le poggiò il tutto in grembo.

– Complimenti –. Aggiunse un goccio di latte al caffè e ne bevve un sorso. – E fai anche un ottimo caffè.

– Per essere un americano.

– L'hai detto tu. Non io.

– Ma l'hai pensato.

Lei lo ammise, con un mezzo cenno del capo.

– Non abiterò sulla Fifth Avenue, Costanza, ma il caffè lo macino io a mano.

– Ivan non ha mai saputo fare un caffè decente, e Morton beveva esclusivamente tè.

Henry si sedette sul bordo del letto. – Hai davvero intenzione di tornare lí?

– Stavo pensando proprio a quello.

– Non mi avevi detto che avevi tenuto il tuo vecchio appartamento e lo usavi come ufficio? Non puoi andare lí?

Costanza ebbe un attimo di esitazione. – L'ho subaffittato prima di partire per l'Italia.

– Cosa ne dici di vendere l'appartamento sulla Fifth Avenue e voltare pagina? È passato un anno, anche di piú…

– Sono faccende alquanto… personali, Henry, ma Morton non veniva da una famiglia agiata, e viveva il fatto di essere diventato ricco come un peso. Prima del matrimonio ho firmato un accordo. Se decido di andarmene, l'appartamento deve essere venduto. Il ricavato sarà devoluto al fondo che lui stesso ha stanziato a sostegno di scrittori vittime di censura e oppressione nei loro Paesi. La verità è che sono pronta per questo passo. Quell'appartamento – la vita lí – non faceva per me. Mi sento molto piú a mio agio seduta dietro la mia semplice scrivania di legno a lambiccarmi il cervello tra le parole.

– Non potresti andare in affitto da un'altra parte? Una casa nuova?

– Potrei. È solo che… è solo che non credo di avere le

idee chiare, per il momento, a proposito di una nuova casa. Prima devo capire quali sono i miei piani. Quando lavoro di solito tutto il resto si sistema da solo.

Henry si passò una mano sulla barba. – Cosa ne dici... cosa ne dici di trasferirti qui?

Costanza posò la tazza del caffè facendola sbattere sul vassoio, pur non volendo. – Qui, con te?

– Be', non solo con me. Stasera torna Justin e rimarrà per qualche giorno prima di rientrare al college. Andrew, come sai, deve cominciare l'ultimo anno delle superiori. Passa con me mezza settimana e un fine settimana sí e uno no, ma l'autunno prossimo, l'anno prossimo...

– L'anno prossimo avrai una camera libera, e stai cercando un coinquilino, – disse Costanza scherzando.

– Non è per questo che te lo dico. E lo sai benissimo.

Ci fu un silenzio imbarazzato. Costanza fissò il caffè nella tazza.

– Non mi conosci abbastanza, Henry. E io non conosco te.

– Sarebbe un modo per scoprire se funziona. Non siamo bambini.

La luce negli occhi di Costanza sembrò rivolgersi verso l'interno. Dopo una lunga pausa disse: – Però mi aspetto un vassoio della colazione come questo ogni mattina.

Henry corrucciò la fronte. – È una battuta?

– Chi ha detto che era una battuta?

– Va bene, allora, ti preparerò un vassoio con la colazione ogni mattina, anche se le mattine in cui devo andare al lavoro presto potrei mettere il caffè nel thermos. Ma per il resto, sí, sarà cosí, o qualcosa di simile, ogni mattina.

Alla fine di questo breve discorso formale, Henry la guardò.

Costanza era seduta immobile nel letto. La stanza era cosí silenziosa che riusciva a sentire il respiro di Henry e anche il proprio.

Henry. Henry e Andrew. Henry e Andrew e qualche volta Justin. Un nuovo mondo si apriva davanti ai suoi occhi, le si offriva, cosí, con naturalezza. Un mondo che non aveva niente a che vedere con Morton, niente a che vedere con il passato. Una possibilità di fuggire dalla Fifth Avenue e ricominciare daccapo.

E di capire com'era la storia con Henry. Di capire se quello che era successo tra di loro a letto, due volte, poteva continuare. Di capire se poteva fidarsi dei sentimenti che lui le aveva suscitato.

– Ascolta. Che ne dici se accetto la proposta di rimanere ma solo per un po', finché non trovo una... sistemazione.

– Capisco che questo non chiarisce granché le cose tra di noi, – disse Henry con circospezione.

– Be', questo non lo direi...

Di nuovo sorridendo, Henry le prese una mano. – Che peccato dover andare al lavoro. E non è un pensiero che faccio di solito –. Le diede un bacio sulla fronte. – Tu cosa fai oggi?

– Faccio qualche bagaglio. Rispondo a una proposta di traduzione.

– Ceniamo insieme?

– Ceniamo insieme, sí. Cucino io. Non mi aspetto che sia tu a prepararmi da mangiare. La colazione è stata sufficiente... è sufficiente –. Fece una breve pausa. – E scherzavo quando dicevo che devi preparamela ogni mattina.

– Io invece no.

Costanza si fece la doccia nel bagno di Henry. Si asciugò con l'asciugamano di Henry. Rifece il letto di Henry. Tutto questo le sembrò stranamente naturale, naturale in modo preoccupante.

Dopo, prese il vassoio della colazione e lo portò in cucina, mise i piatti nel lavello, li lavò, li sciacquò e li dispose ordinatamente sul ripiano perché finissero di scolare.

Mentre posava l'ultima tazza di caffè, sentí una voce: – Quello che hai scritto in quella lettera, che saresti venuta a cercarmi a New York: non era proprio cosí che me l'ero immaginato.

Costanza si girò. Andrew era fermo sulla soglia, e la guardava. Aveva un paio di boxer e le infradito ai piedi e si stropicciava via il sonno dagli occhi. La prima impressione fu che non era lo stesso ragazzo che aveva conosciuto a Firenze. O meglio, allo stesso tempo era e non era lo stesso ragazzo. Nel corso di quei mesi la pelle era migliorata, e lui era cresciuto fino a riempire tutto il proprio corpo, ad abitarlo con maggiore pienezza. Ma in effetti era la prima volta che lo vedeva a torso nudo. Forse il motivo era solo quello, che fosse semisvestito.

– Nemmeno io me l'ero immaginato cosí, Andrew.

Tra di loro si aprí un silenzio scomodo.

– Allora, come stai? – gli chiese.

– Non c'è male.

Lei si sporse in avanti, in attesa che le dicesse altro.

– Sto iniziando l'ultimo anno di scuola. Tra dieci minuti circa comincerà la mia vita fatta di almeno quattro ore di studio ogni pomeriggio, allenamenti di nuoto tre volte a settimana, e undici domande per il college da compilare. Direi che sono il ritratto della calma, un vero e proprio Buddha.

– Addirittura?

– Alcuni miei compagni faranno venti domande per il college.

Rimasero fermi lí a guardarsi per qualche secondo.

– E tu?

– Io... Direi che è il caso di parlare apertamente e basta. A quanto pare io e tuo padre stiamo...

– Insieme.

– Cercando di capire come stanno le cose.

– Mi fa piacere... per tutti e due, – disse Andrew con un tono difficile da interpretare.

– Questo significa che anche tu stai per entrare nella mia vita. Per me questo è un regalo.

Andrew non disse niente.

– E c'è qualcos'altro.

– Tu e Henry vi sposate? – disse lui tutto d'un fiato.

Costanza arrossí. – Be', no. Ho appena cominciato a conoscerlo, dopotutto.

– Scusami –. Andrew incrociò le braccia. – Ho detto una cosa che direbbe un bambino.

– Tuo padre... mi ha proposto di venire a stare qui. Solo in via provvisoria. Finché non... capisco meglio come sono messa.

Andrew distolse lo sguardo.

– Mi sta dando una mano. Al momento sono...

– Davvero, non c'è bisogno che mi spieghi. Questa cosa riguarda voi due.

– In realtà questa cosa riguarda solo me. Ma hai ragione. Ci tenevo semplicemente a fartelo sapere.

Andrew alzò lo sguardo. – Justin lo sa?

– L'abbiamo deciso solo stamattina. Un'ora fa.

– Justin torna a casa oggi pomeriggio. È da giugno che non ci vediamo, e che non ci sentiamo.

Costanza annuí.

– È stata una lunga estate, questa. Non si è proprio fatto vedere qui. E neanche lí –. *Lí* si riferiva all'appartamento della madre nel West Side, indicato da Andrew con un cenno della testa in quella direzione.

Costanza annuí di nuovo. Nessuno dei due disse niente per un po'. Una cucina, quando è immersa nel silenzio, sembra sempre piú silenziosa delle altre stanze, probabilmente perché una cucina è sempre in pieno fermento, sempre pronta a entrare in azione.

– Adesso vado a casa a prendere un po' delle mie cose. Ti va di venire con me?

Andrew si strinse nelle spalle. Ma quel gesto era piú un sí che un no.

Andrew le dava l'impressione di essere diverso anche sotto altri aspetti. Non era solo il fatto che a Firenze le era sembrato piú aperto; doveva ammettere che le era parso anche piú originale. A New York invece aveva l'aria cupa o di volersi nascondere; forse l'unico particolare vero era che voleva nascondersi e tutto il resto erano solo sue impressioni. O semplicemente stava rimuginando sulle novità che lei gli aveva appena comunicato.

I due appartamenti erano a quindici isolati di distanza l'uno dall'altro, ma a separarli c'erano mondi. Mentre camminavano, Costanza cercò di distrarre Andrew, e se stessa, chiedendogli quali lezioni seguiva, a quali università aveva intenzione di fare domanda, che tipo di foto aveva scattato ultimamente.

Le solite, troppe per ricordarsele, solo foto mediocri dalla fine dell'estate.

Piú o meno il tenore fu questo. Costanza tirò un sospiro di sollievo quando la Fifth Avenue comparve all'orizzonte.

– Che sciccheria, – commentò lui guardando l'edificio. – Ho letto qualche libro di Sarnoff. I primi, quelli che parlano di quel ragazzo, Leiberman, cresciuto nel New Jersey.

– Che ne pensi?

– Si percepisce una certa rabbia. Non so dire se è di Sarnoff stesso o del personaggio. Ma una rabbia credibile. Almeno per me.

– Il personaggio si addolcisce nel corso degli anni.

– A quanto pare succede quando si è giovani –. Almeno questa frase Andrew la pronunciò con un accenno di sorriso.

In servizio c'era il portiere che Costanza trovava piú antipatico. Lo guardò, poi guardò Andrew. – Ti va di salire? – gli chiese speranzosa, perché sarebbe stato piú semplice non dover entrare in casa da sola.

Andrew scosse la testa. – Ho appuntamento con il mio patrigno per colazione. Vuole farmi un Discorso. Tutti quanti vogliono farmi un Discorso. Tutti quanti hanno consigli su come dovrei presentarmi, descrivermi, cosa dovrei scrivere di me. Per me è solo la prossima cosa da fare.

– È un punto di vista. E mi sembra un buon punto di vista… se ci credi davvero.

– Ci credo in parte –. Eccolo. Stava tornando l'Andrew che conosceva. – Ci vediamo a cena, allora.

– Ti piace il pesto?

– Basilico, pinoli, aglio, parmigiano, olio. Come potrebbe non piacermi?

– Hai dimenticato il sale. Senza sale risulta un po' sciapo. Se hai tempo mi puoi dare una mano a prepararlo.

– Mio padre ordina spesso da mangiare fuori. Non aspettarti di trovare chissà quali utensili in cucina.

– Non ti preoccupare. Porterò i miei.

Non appena mise piede nell'ascensore, Costanza cominciò a fare mentalmente i bagagli. Vestiti, gioielli e cosmetici, taccuini fondamentali. Il suo portatile. La rubrica degli indirizzi, i dizionari, qualche libro. Dalla cucina una grattugia, una pentola per cuocere la pasta, il mini-Cuisinart per fare il pesto. Lo schiaccia-aglio, un paio di coltelli. L'olio d'oliva di sua madre. Per prudenza avrebbe preso anche lo scolapasta. Non importava se alla fine sarebbe rimasta lí solo qualche giorno: era felice di approfittare dell'occasione per tornare ad avere il controllo in cucina, anche solo per pochissimo tempo.

Già prima di tirare fuori le chiavi dalla borsa aveva tutto chiaro in mente. Ma le chiavi non le servivano. C'era Ivan. Quando Costanza uscí dall'ascensore lui era già accanto alla porta aperta, con il suo solito aspetto di statua di cera.

Costanza decise di tuffarsi. Come aveva fatto con la proposta di Henry. Avrebbe cavalcato l'onda fin dove l'onda l'avrebbe portata prima di infrangersi, o prima che lei stessa finisse contro uno scoglio.

– Ivan, quando sono partita per l'Italia, sei mesi fa, – disse Costanza una volta entrata, – ti avevo accennato che questa vita, in questo appartamento, prima o poi sarebbe giunta al termine. Mi rendo conto che potrei sembrarti brusca, ma sei mesi di preavviso sono un tempo molto lungo.

Ivan annuí scuro in viso.

– Ti avevo detto che prima o poi l'appartamento sarebbe stato messo in vendita.

– E che io sarei rimasto senza un tetto.

Per delicatezza Costanza aspettò un attimo prima di proseguire. – Be', quel giorno sta arrivando... è arrivato. È oggi. Tra pochi minuti mi metterò in contatto con il legale di Sarnoff. Naturalmente non mi aspetto che tu vada via oggi solo perché me ne sto andando io. Credo che tre settimane, quattro se ti servono, sia un preavviso ragionevole, che ne dici?

– Tre settimane, fino alla fine.

– In realtà direi che la fine ha coinciso con la morte del signor Sarnoff, non credi? Tutto il periodo che è seguito, per quanto prolungato, è stato postumo.

Ivan la guardò impassibile. – Ma gli scrittori non muoiono mai completamente; non è cosí, signora Sarnoff? Con un colpo della penna riescono a costringere il tempo a tornare indietro, tutte le volte che vogliono.

– Continuano a vivere nella loro opera. Ma non nei mobili. Non nei luoghi.

– Certo. Ma allo stesso tempo, lei non crede che lo spirito di una persona continui a vivere dopo la sua morte? Non sente la presenza del signor Sarnoff qui con noi adesso?

In effetti la sentiva. Ed era essenzialmente quello il problema. Ma decise di dare a Ivan un'altra risposta. – Penso che i morti, se continuano a vivere, continuano a vivere in chi resta, Ivan.

Ivan la ascoltava. Ivan annuiva. – Le dispiace se le faccio qualche domanda sulle carte del signor Sarnoff? Parlo dei suoi manoscritti e cose del genere. Che fine faranno?

– Sono certa che il suo esecutore testamentario ne avrà la giusta cura.

– C'è un sacco di materiale che un biografo, un giorno, potrebbe voler consultare. È un lavoro per una persona con una predisposizione da... archivista. E io potrei rendermi utile.

– Sarò felice di parlarne con il signor Wexler.

– Ma lui prende istruzioni da lei, giusto? E dal fratello del signor Sarnoff.

– Che tu ci creda o no, al riguardo non ho praticamente voce in capitolo. Per quanto riguarda Howard, sei libero di parlare direttamente con lui. È molto meglio informato di me sulle carte di Morton.

Ivan tirò su col naso, un rumore quasi impercettibile, che però le disse che forse lui era già a conoscenza dei diari.

Per non doversi rimangiare quello che si era ripromessa a proposito di quella giornata, Costanza proseguí sui binari della schiettezza. – Sto parlando dei diari del signor Sarnoff, naturalmente.

– Credo che se venissero pubblicati i lettori non mancherebbero di certo –. E cosí Ivan era a conoscenza anche dell'idea di farli pubblicare. – Molti sarebbero curiosi di conoscerlo come lo conoscevamo noi.

– E secondo te nei diari lui emerge per come lo conoscevamo noi? – chiese Costanza con una certa furbizia, o cosí pensò lei.

Ma Ivan non abboccò. – Da lettore sono sempre curioso di sapere come la pensa uno scrittore che ammiro. Come scrive quando lo fa per se stesso. E inoltre il signor Sarnoff aveva tanti ammiratori che sarebbero desiderosi di leggere qualunque cosa lui abbia scritto.

– È proprio cosí che la vede Howard.

– E lei, se posso chiederglielo? Lei come la vede?

– Se devo essere sincera, per me è un po' prematuro metterli in circolazione.

Costanza ci teneva che la loro conversazione finisse in modo civile, e cosí aggiunse, con un tono il piú possibile affettuoso, date le circostanze: – So che per te il signor Sarnoff era molto importante, Ivan. E ti ho già detto quanto sei stato importante tu per lui. Mi ha spesso ripetuto che se non fosse stato per te non si sarebbe mai ripreso la prima volta che è stato male. Perfino i soldi che ti ha lasciato non possono ripagarti della tua bontà nei suoi confronti. Ma a questo punto non ci resta che andare avanti. Dobbiamo farlo, Ivan, è giunto il momento.

Costanza andò di sopra, lasciò un messaggio per Howard e scrisse un'e-mail al legale di Morton. Accettò una nuova proposta di traduzione. Raccolse una pila di libri che sapeva di dover leggere nelle settimane seguenti. Fece una cernita di vestiti, ne infilò metà in uno scatolone che avrebbe poi portato nel suo studio downtown.

Quando andò a sistemare l'altra metà dei vestiti nella valigia grande, trovò il diario di Morton, ancora lí dove lo aveva nascosto tutti quei mesi prima, a Firenze. L'aveva seguita in Liguria e poi di nuovo a New York. Nemmeno una volta aveva avuto la tentazione di leggerlo. E neanche adesso le andava particolarmente di vederlo, anzi, per niente. Eppure era come se quei fogli vibrassero di tutta l'energia racchiusa nelle parole non lette, in quella voce ignorata, in quell'ordine, l'ordine di Morton, che restava inascoltato. Non dicevano MANGIAMI, O BEVIMI, ma ASCOLTAMI; Costanza però, soprattutto quella mattina, era decisa a non infilarsi nella tana del coniglio. Mise i fogli nella scatola che aveva messo da parte per downtown e continuò a fare i bagagli.

Verso mezzogiorno lasciò la valigia e un borsone di tela con gli utensili da cucina sulla Sessantanovesima, presso il portiere dello stabile di Henry. Poi si avviò a piedi alla volta di Union Square.

Era stato sorprendentemente facile lasciare il suo Paese; ma il cibo era un altro paio di maniche. Costanza ci teneva a preparare per Henry e i suoi figli un pesto semplice, ma fatto a regola d'arte, almeno per quanto possibile, visto che in America il basilico veniva fatto crescere finché le foglie non diventavano larghissime, lunghe e amare. In Liguria, invece, veniva raccolto prima, quando era ancora tenero e dolce. Ma fu fortunata. Al mercato dei contadini trovò due mazzetti di foglie piuttosto giovani e sorprendentemente fresche, nonostante il sole di mezzogiorno. Comprò anche aglio, pane, e ortaggi vari per l'insalata, e mele per una torta.

Attraversare a piedi Union Square in un giorno di mercato la riempí di un'enorme felicità. Le bancarelle mettevano in mostra la ricchezza del raccolto americano nel suo momento di massimo splendore: montagne di carote e barbabietole gialle, arancioni e viola, i cavoletti di Bruxelles dal gambo snello, i vari tipi di lattuga e la loro gamma infinita di verdi, le mele, le rape, le cipolle, le melanzane, i funghi, le zucche tonde, quelle lunghe, quelle a pera, i ravanelli. Costanza si beava della bellezza incongrua di tutto quel ben di Dio altamente deperibile, esposto in uno dei rari spazi aperti in mezzo a tutta quella pietra e quel cemento.

La felicità l'accompagnò fin nel suo vecchio quartiere, dove, in un negozio di alimentari italiano, comprò anche dei pinoli, del parmigiano e diverse confezioni di pasta di buona qualità. Come antipasto decise di prendere prosciutto e olive. Alla fine si ritrovò piena di sacchetti pesanti mentre la forza di prima cominciava ad abbandonarla.

Per quasi due ore, Costanza si concentrò sui dettagli della cena che stava preparando piú che sulle circostanze in cui si trovava. Poi, rallentando un po' il ritmo, cominciò a riflettere sulle circostanze, e si ritrovò davanti sua madre. Le capitava spesso, quando faceva qualche passo importante nella vita, di ricevere visite spettrali da parte di Maria Rosaria: davvero ti vuoi buttare nell'ignoto due volte di seguito? due volte di seguito, alla soglia dei quarant'anni, ti comporti come una ragazzina di ventidue?

E come se non bastasse: anche tu hai talento come scrittrice, però fai finta di niente perché hai paura del fallimento e cosí traduci quello che scrivono gli altri. Come tante, troppe donne hai trascorso anni a nasconderti dietro un Uomo

Importante. E dopo un anno dalla morte di Sarnoff ancora continui a nasconderti. Al posto tuo io oserei scrivere, finalmente. E mi troverei un bel cane fedele come compagno. Mi metterei seriamente alla prova.

(Maria Rosaria aveva pronunciato queste parole, piú o meno alla lettera, nel corso della recente visita di Costanza).

Ma mamma, immaginò di rispondere Costanza, adesso so com'è la vita da sola. È una vita vuota, e comunque mi rifiuto di pensare al mio matrimonio con acrimonia. Oppure: ho il diritto di prendere in considerazione la possibilità di un nuovo amore; ogni essere umano ha questo diritto, no? O ancora: trovare l'amore non significa smettere di lavorare. Potrebbe significare anche l'inizio di un lavoro, di un nuovo lavoro, una nuova fase della mia vita. Potrebbe anche significare – chi può dirlo? – l'inizio di una famiglia tutta mia.

Una famiglia tutta sua?

Costanza fece un respiro profondo, o almeno ci provò. Era inutile mettersi a discutere con l'apparizione di sua madre, proprio come era inutile cercare di affrontare tutte le tematiche piú spinose in un solo pomeriggio.

Continuò lungo la First Avenue. In poco tempo fu a due isolati dal suo appartamento. Giunta davanti all'edificio, frugò nella borsa in cerca delle chiavi, aprí il portone, e salí al quarto piano. Era da prima di partire per l'Italia che non entrava in quella casa dove aveva cominciato la sua vita newyorkese. C'era puzza di chiuso. Posò a terra i sacchetti della spesa e aprí la finestra.

Con se stessa giustificò il fatto di essere passata di lí con la necessità di controllare l'appartamento e di prendere il mortaio e il pestello che le sarebbero serviti per fare il pesto. Aveva dimenticato però quanto fossero pesanti. Non poteva trasportarli insieme a tutti gli altri sacchetti.

I posti in cui si vive in modo intermittente hanno una caratteristica curiosa: è come se trattenessero la sensazione, o la memoria sensoriale, di dove è rimasta la vita di una persona all'interno delle loro quattro mura. Per lei, il momento chiave in cui la sua vita aveva subito una battuta d'arresto tra quelle quattro mura era stato quel giorno orribile, a ridosso della separazione da Morton, in cui la sua amica Annelie aveva dovuto, letteralmente, tirarla giú dal letto. Prima Maria Rosaria, adesso Annelie; era forse quello, in fin dei conti, il motivo per cui era venuta nell'appartamento: per potersi osservare in uno dei momenti piú bassi della sua esistenza, per ricordare a se stessa i pericoli insiti nel buttarsi nell'ignoto troppo in fretta, in modo troppo avventato o ciecamente?

Costanza guardò il vecchio divano, un acquisto fatto al mercatino delle pulci nel suo primissimo mese a New York. Aveva passato un sacco di ore seduta su quel divano, a leggere, a lavorare e a pensare. Si sorprese a chiedersi come mai avesse mentito a Henry – una piccola bugia – raccontandogli che quell'appartamento era attualmente occupato. In realtà l'inquilino in subaffitto era andato via all'inizio del mese, ma lei non aveva voluto dirlo a Henry. Era stata insincera, moderatamente insincera, perché aveva sperato che lui le chiedesse di trasferirsi a casa sua. Questo lei lo sapeva benissimo. Aveva voluto qualche certezza in piú, sebbene, nell'istante stesso in cui si era risvegliata nel letto di Henry, aveva capito di non avere la minima voglia di andar via da quella casa.

Sarebbe stato comunque piú prudente – piú sicuro e piú onesto – se avesse telefonato a Henry e gli avesse detto che aveva cambiato idea, o (meglio) che il suo inquilino si era rivelato molto accomodante e che aveva deciso di trasferirsi dalla sua ragazza. E cosí Costanza sarebbe potuta tornare nella sua vecchia casa. Lei e Henry avrebbero comunque potuto vedersi regolarmente. Avrebbero avuto modo di conoscersi in maniera graduale, come persone ragionevoli. Sí, ecco come si dovevano comportare. In modo cauto, ragionevole.

Solo che essere ragionevole non le interessava. Non le era mai interessato.

Andrew aveva ragione a proposito della cucina di Henry. Era chiaramente un posto dove non si cucinava molto. Il pentolame non mostrava segni di usura ed era di scarsa qualità. I piatti fondi e quelli piani erano tutti bianchi, tutti uguali. I bicchieri erano allineati in due file sparute, come tanti soldatini. Da questo Costanza capí che la moglie di Henry, proprio come aveva fatto con tutti i quadri della camera da letto, doveva aver svuotato anche le dispense della cucina. Costanza immaginò Henry, ritrovatosi solo da un giorno all'altro, che riempiva il carrello di un grande magazzino. Probabilmente si era fatto accompagnare dalla segretaria o da un'amica. Gli acquisti erano stati fatti all'insegna della praticità. Nessuno aveva pensato all'eventualità di dover preparare ricette complicate che prevedevano utensili particolari. C'era otto di tutto. E otto, in un contesto simile, era un numero davvero triste. Otto significava che in questa casa non ci sarebbe mai piú stata una cena del giorno del Ringraziamento, una vigilia di Capodanno, non ci sarebbero mai stati ospiti numerosi da invitare per nessuna occasione.

Costanza tirò fuori dalla scatola gli utensili che aveva preso dall'appartamento di Morton. L'unica cosa che aveva dimenticato era una teglia per fare le crostate; ma in fondo a una delle dispense di Henry trovò una vecchia teglia per biscotti, tutta ammaccata e sporca. Decise che avrebbe fatto la frolla e poi l'avrebbe modellata a mano.

Iniziò dal pesto. Nel giro di pochissimi minuti l'aroma intenso e dolce del basilico cominciò ad aleggiare per tutta la stanza. Preparare la ricetta simbolo del suo luogo d'origine nella cucina di Henry era il modo ideale per sentirsi a suo agio. Per la seconda volta quel giorno si sentí travolgere da un senso di felicità.

E inoltre, per la seconda volta quel giorno, Costanza alzò lo sguardo da quello che stava facendo e si accorse di essere osservata da uno dei figli di Henry.

Riconobbe Justin da una fotografia che Henry teneva sulla cassettiera. Se secondo i canoni estetici tradizionali Andrew poteva considerarsi una versione migliorata di Henry, Justin era una versione migliorata di Andrew. Gli occhi erano di un verde luminosissimo. I capelli ricci, che portava lunghi e scarmigliati, erano color caramello e sembrava quasi che brillassero. Il corpo magro e spigoloso era stretto in un paio di jeans. Indossava una T-shirt sudicia con su scritto qualcosa, forse il nome di una band; al polso portava una caterva di braccialetti di stoffa e di cuoio e, inaspettatamente, ai piedi aveva un paio di mocassini che sembravano di ottima fattura, nonostante fossero tutti consumati.

Costanza non poteva sapere da quanto tempo Justin fosse fermo sulla soglia a guardarla cucinare. Non appena lei si accorse della sua presenza, lui le disse: – E tu saresti...?

– Costanza. Sono Costanza.

Justin sembrava perplesso. – Costanza del servizio catering? Henry si è dato davvero da fare per la mia cena di bentornato a casa.

– No, Costanza l'amica. Di tuo padre. Che, per inciso, sta preparando la suddetta cena.

Si asciugò la mano su uno strofinaccio. Pensava che Justin avrebbe afferrato il senso di quel gesto e sarebbe andato a stringerle la mano; ma lui rimase piantato dov'era.

– Amica nel senso di fidanzata?

Costanza ebbe un attimo di esitazione. Poi: – Immagino di sí.

– E già ti sei messa a cucinare?

– Cucino da una vita, Justin, – rispose lei secca.

Lui diede un'occhiata a quello che Costanza stava preparando. – Roba verde.

– Sí, è pesto. Una specialità della Liguria, la regione da cui vengo.

– Sei italiana.

– Per metà.

– Be', a me la roba verde non piace. Mio padre deve essersi dimenticato di dirtelo, evidentemente.

Costanza cercò di capire se Justin stesse scherzando. Ma sembrava serio. – Però la mia roba verde non l'hai ancora assaggiata. Potrebbe piacerti.

– O potrebbe non piacermi. Ma non ti preoccupare. Posso sempre ordinare qualcosa a domicilio.

Almeno a giudicare dalla prima impressione, Justin non l'aveva colpita in modo particolarmente favorevole. Il ragazzo si avvicinò al ripiano.

– E dov'è che vi siete conosciuti?

– A Firenze.

– Il viaggio estivo. Allora non aveva raccontato proprio tutto di questa vacanza.

Costanza non sapeva cosa dire. La conversazione pareva aver preso un ritmo tutto suo, per niente simpatico. Anzi, piú che un ritmo tutto suo, il ritmo di Justin.

A quanto pareva, il ragazzo aveva voglia di continuare quella chiacchierata amichevole: – Ne hai una porzione extra, di questa salsa verde?

– Ma certo.

– Ho invitato anche un amico. A che ora si cena?

– Tuo padre ha detto che sarebbe tornato per le sette.

– Il treno del mio amico arriva alle sette e un quarto. Immagino che possiate aspettare.

– Immagino di sí, Justin, certo.

– Fantastico –. E con questo Justin uscí dalla cucina.

Dopo che ebbe finito di preparare la cena e apparecchiare la tavola, Costanza si concesse un piccolo giro nell'appartamento di Henry. In confronto a qualunque altra casa, esclusa quella di Morton, era raffinata come gli appartamenti di una volta. La disposizione delle stanze – contrariamente a quella nell'appartamento di Morton, che si sviluppava su due piani – era piuttosto lineare. Un ampio ingresso portava alla cucina sulla destra e di fronte al soggiorno. Tra il soggiorno e la cucina c'era una biblioteca che, almeno cosí sospettava Costanza, in origine fungeva da sala da pranzo; una porta a doppi battenti collegava la biblioteca al soggiorno. Una delle pareti era attrezzata, dal pavimento al soffitto, con file di scaffali. I titoli andavano dalla medicina alla politica passando per la storia naturale, la storia dell'arte, la storia tout court; c'era anche qualche romanzo. Costanza notò che due scaffali erano completamente dedicati all'Olocausto e alla Seconda guerra mondiale. Su un'altra parete c'era un tavolo a ribalta, ma era chiaro che Henry e i ragazzi di solito mangiavano in cucina. Nella rientranza della finestra c'era una scrivania e al centro della stanza campeggiavano due poltrone imbottite; nient'altro. Perlomeno, in soggiorno c'era un divano, un altro paio di poltrone, dei tavolini. Henry aveva detto che suo padre era stato un tappezziere, cosí non rimase sorpresa dallo stato impeccabile dei rivestimenti; eppure entrambe le stanze non solo sembravano spoglie, ma anche scarsamente illuminate. Come in camera da letto, anche lí le pareti recavano le ombre dei quadri che non c'erano piú. Inoltre, in soggiorno e in biblioteca, spettrali rettangoli scuri segnavano anche i pavimenti in punti dove un tempo, evidentemente, c'erano stati dei tappeti.

Henry e sua moglie erano separati piú o meno da sei anni. Quanto tempo era necessario perché le parti scure del pavimento e quelle chiare diventassero dello stesso colore? Dieci anni? Una vita intera?

Costanza tornò nell'ingresso. In fondo al lungo corridoio, nella direzione opposta rispetto alla cucina, c'era la camera da letto di Henry. In mezzo, una fila di porte. Erano tutte buie, tranne la prima. Costanza si avvicinò e bussò.

– Avanti.

Andrew era seduto alla scrivania, impegnato a sistemare una serie di raccoglitori e cartelline. Mucchi di foto sparsi intorno lui e ammassati caoticamente su tutto il pavimento.

– Non sapevo nemmeno che fossi in casa, – disse Costanza. – Perché non sei venuto a salutarmi?

– Non volevo disturbare lo chef.

– Be', non c'è niente di speciale in quello che ho preparato. Tutta roba molto semplice.

– Ma lo so, ricordi? Pinoli, aglio, basilico, formaggio, olio e sale.

Lei sorrise. – Non direi che tuo fratello ne sia rimasto particolarmente colpito.

– Non gli piace la roba verde, – disse Andrew. – Aspetta un attimo. Vi siete già parlati?

– Si è affacciato un secondo.

– Davvero? Che impressione ti ha fatto?

Costanza ebbe un attimo di esitazione. – Mi è parso simpatico.

Andrew la guardò scettico.

– E anche... sorpreso di trovarmi in cucina.

Andrew annuí. – Ci credo.

Sulla parete sopra la scrivania c'era una bacheca di sughero con altre decine di scatti organizzati per gruppi tematici. Costanza si avvicinò. – Quand'è che hai cominciato a fare queste foto?

– Sei anni fa circa. Quando mia madre se n'è andata. Anzi, la prima l'ho fatta proprio quel giorno.

Indicò l'angolo in alto a sinistra della bacheca: una foto sbiadita, con i bordi arricciati all'indentro, l'immagine leggermente sfocata di una pantofola la cui imbottitura interna recava l'impronta di un piede femminile. Costanza osservava la foto mentre Andrew continuava a parlare: – Nei mesi successivi ho scattato altre foto di oggetti che lei aveva lasciato qui, intenzionalmente o per caso. La prima è stata quella della pantofola, poi tutte le altre.

Tutte le altre, sistemate in una lunga linea verticale sotto la pantofola, erano scatti che ritraevano un pettine con un dente rotto, una pila di maglioni che fuoriuscivano da un sacchetto con la scritta CANCER CARE THRIFT, un testo universitario di psicologia con una chiazza marrone sulla copertina, un mestolo d'argento con una G tutta ghirigori incisa sul manico, una scatola di mollette per capelli, distinte di versamento su conti di risparmio a nome di HENRY WEISSMAN O JUDITH GERTZ WEISSMAN, un cassetto aperto pieno di rocchetti e scampoli di nastri e un velo bianco da sposa che ingialliva dentro la custodia di plastica della lavanderia.

Andrew seguí lo sguardo di Costanza. – Ha preso il vestito, o forse se n'è sbarazzata, però ha lasciato il velo. Non ho mai capito il perché.

A destra delle foto riguardanti la madre, c'erano alcune foto scattate da varie finestre, organizzate per gruppi tematici. Costanza riconobbe quelle di Firenze, ma c'erano anche altre finestre, palesemente newyorkesi. In una nutrita serie di foto si vedeva una signora anziana, ritratta di profilo, seduta sul sofà di casa sua. Ce n'erano una ventina, di questi suoi ritratti: in pigiama, in accappatoio, in reggiseno, con una camicia da notte estiva, con un maglione a collo alto. In ogni singolo scatto la donna leggeva.

– E queste? – Costanza alzò lo sguardo alla finestra della stanza. – Non sono state scattate qui.

– Nel West Side. Per quasi due anni ho fotografato questa donna dall'altra parte del cortile, appostandomi alla finestra della nostra cucina. Il novanta per cento delle volte era seduta nello stesso posto, sullo stesso divano azzurro. E quasi sempre leggeva. Mi ricordava Charlotte e la sua famiglia. Mi piaceva il modo in cui ripeteva sempre le stesse azioni, ogni giorno.

– Ma si presume che non leggesse sempre la stessa cosa, per cui ogni giorno, anzi, ogni minuto, per lei era diverso.

Andrew rifletté. – Forse è per questo che in ognuna appare leggermente diversa –. Fece una breve pausa. – All'inizio dell'estate, prima che partissimo per l'Italia, il suo appartamento è stato buio per diversi giorni. Si vede nelle ultime foto. Ho fotografato quel buio. Quando siamo tornati l'appartamento era vuoto. Una scatola bianca. Una tetra scatola bianca. Immagino che sia morta.

– Potrebbe anche aver cambiato casa.

– Se avesse cambiato casa, l'avrei vista fare le valigie. O smantellare l'appartamento.

Costanza si guardò attorno. – Come stai facendo tu adesso.

– Che tu ci creda o no, sto sistemando le mie cose. Il mio patrigno mi ha suggerito di mettere insieme un portfolio dei miei lavori fotografici. Secondo lui potrebbe essere una buona mossa accludere alcuni dei miei scatti alle domande di ammissione al college. Un piccolo «extra» per far vedere quanto sono speciale.

Costanza guardò le foto sparpagliate sulla scrivania. Una in particolare attirò la sua attenzione. Ritraeva un distinto signore di mezz'età in una via i cui edifici sembravano chiaramente italiani. Il viso emanava una strana calma. Costanza prese in mano lo scatto. – Ha una faccia familiare.

– Questa è una di quelle foto che proprio non capisco. Questo qui è un collega di mio padre. L'abbiamo incontrato per caso a Firenze e io ho sentito l'impulso di scattargli una foto.

In quel momento Costanza lo riconobbe. – È il dottor Schoenfeld, vero? Una volta sono stata nel suo studio, con Morton.

Andrew annuí. – La mia intenzione era fotografarlo mentre si allontanava. Di spalle. Mi piace fotografare le persone di spalle. Ma proprio in quel momento si è girato. Era come se sapesse che lo stavo osservando. Ha aspettato che gli scattassi la foto. Si è messo quasi in posa.

Costanza continuò a osservare attentamente quell'immagine.

– Se tu e tuo marito siete andati da un medico come Schoenfeld, vuol dire che avevate davvero intenzione di fare un figlio.

– Io sí, ma Morton... – Costanza mise giú la foto. – Diciamo semplicemente che i tempi non erano maturi.

– È una frase fatta, ma a essere sincero non ho mai capito bene cosa significa.

– Significa che certe cose succedono, oppure non succedono, per un motivo ben preciso. E se succedono, probabilmente significa che era destino. Se invece non succedono... – Costanza distolse lo sguardo.

– Secondo te era destino fin dall'inizio che tu venissi a vivere con mio padre? Quando vi siete conosciuti solo tre mesi fa?

Adesso fu Andrew a distogliere lo sguardo, rivolgendolo ovunque, tranne che su Costanza.

– Direi che... direi che era destino che io e tuo padre scoprissimo quello che stiamo scoprendo. E inoltre, Andrew, non mi sono trasferita qui. Rimarrò solo per un po'.

Tornata in cucina, Costanza abbassò la fiamma sotto la pentola dell'acqua della pasta. Trovò una grossa scodella e iniziò a preparare l'insalata. Piano piano la serata cominciava a tingersi dei toni aspri e cupi della vita reale. Justin il suscettibile... Andrew il complicato. Era impossibile sperare che qualcosa filasse alla perfezione, anche solo per il tempo di una cena? Probabilmente lo sbaglio stava proprio nel cercare la perfezione. Le sarebbe piaciuto che quella serata fosse speciale, ma il significato che quella serata aveva per lei, o per lei e Henry, era ovviamente diverso dal significato che aveva per Andrew e per Justin. Costanza sapeva che la felicità non era uno stato d'animo che favoriva solitamente la perspicacia. Era passato cosí tanto tempo dall'ultima volta che aveva provato un po' di felicità che aveva dimenticato quanto questo sentimento potesse essere accecante.

Poco dopo le sette, Henry entrò in cucina; a Costanza bastò uno sguardo per capire che c'era qualcosa che non andava. Forse, dopo aver visto i pazienti, tornava sempre a casa con quell'aria assente e preoccupata. Il suo lavoro era spesso destabilizzante, questo era poco ma sicuro. Henry, però, non si era nemmeno accorto che Costanza aveva preparato la cena. Il cibo, i profumi, la tavola: aveva ignorato tutto. Con un'espressione esasperata, Henry disse soltanto una parola: – Justin.

Per un attimo sembrò che non avesse altro da aggiungere. E invece continuò: – Mi ha appena inviato un messaggio. Porta qualcuno a cena.

– Lo so. Prima è passato un secondo di qui. Mi sembri deluso.

– È che speravo di averlo soltanto per me; speravo che avremmo potuto averlo soltanto per noi. È passato un sacco di tempo. Piú di due mesi.

– Ma resta tutto il fine settimana, no?

– I giorni voleranno. Succede sempre cosí. E lui troverà qualunque scusa per uscire... – Henry sembrò volersi trattenere, oppure si rese conto di quello che stava dicendo. – Ma non ti ho nemmeno salutato come si deve –. E le diede un bacio.

– Questo sí che è un saluto come si deve.

Finalmente Henry sorrise. Si guardò intorno. – Ti sei data da fare. Credo che questa casa non veda una tavola cosí ben imbandita da diversi anni. Manca solo una cosa.

Sgusciò in corridoio e tornò con un mazzo di fiori. Non erano preziosi fiori di serra, ma fiori di campo, cresciuti all'aperto. Rudbeckie, di un giallo intenso e dal cuore nero, autunnali e vivaci. – È da molto che non avevo nessuno a cui regalare dei fiori.

– È da molto che non me ne regalavano –. Costanza sorrise.

Henry allungò la mano per raggiungere un ripiano in alto, prese un vaso di vetro tutto coperto di polvere e lo sciacquò.

– Dimmi –. Henry le passò il vaso pulito. – Dimmi tutto quello che hai fatto da quando ci siamo salutati stamattina.

Mentre scartava e sistemava i fiori, Costanza gli presentò una versione concisa della sua giornata: le telefonate, i bagagli, la spesa in centro; e poi la preparazione della cena, l'incontro con Justin.

– E che impressione ti ha fatto?

– È rimasto solo pochi minuti, – rispose lei diplomaticamente.

– Spero che non fosse in uno dei suoi momenti scontrosi.

Il silenzio di Costanza spinse Henry a spiegarsi meglio: – È solo una maschera. Si comporta cosí quando è a disagio.

– Be', ognuno di noi si comporta a modo suo quando è a disagio.

– Ci vorrà un po' di tempo, ma vedrai che ragazzo eccezionale.

Alla fine Justin apprezzò la roba verde. E si rivelò anche molto affabile, quando voleva. Dopo aver assaggiato il pesto si fiondò sul piatto di linguine con grande appetito. Fece i complimenti all'abilità culinaria di Costanza e rivolto ai commensali disse: – Che bella cena.

Era tornato dalla stazione con un umore piú allegro e si muoveva per l'appartamento con l'aria del padrone di casa, aprendo bottiglie e versando vino come se quella serata l'avesse organizzata lui. Era sollecito, gradevole: un Justin diverso. Il Justin di Henry? Di sicuro questo gli somigliava di piú rispetto a quello di prima.

– Ah, certo, – aveva detto Henry quando Justin gli aveva presentato il suo amico David.

David, di sei o sette anni piú grande di Justin, era stato il suo tutor al Bard. Era un giovanotto magro ed etereo: jeans vissuti di ordinanza, zigomi pronunciati, occhi azzurro-verdi che parevano due gemme dure in mezzo al viso, e una bocca che sarebbe stata attraente se non fosse stata sempre cosí occupata a sparare opinioni e sentenze.

Anche David apprezzò il pesto. David sapeva tutto del pesto. – È il piatto tipico della Liguria, – disse ai presenti. – Viene dalla tradizione della cucina povera, semplici ingredienti locali combinati in modo fantasioso. Una ricetta nata in origine per pura necessità e che oggi viene considerata una prelibata specialità regionale –. Henry guardò Costanza sollevando le sopracciglia, come a esprimere perplessità all'idea che David si mettesse a pontificare davanti a lei sulla gastronomia ligure; ma perlomeno le cose che diceva erano giuste. David era stato a Genova, e aveva visitato tutta la costa della città. Era stato anche a Recco. Conosceva la focaccia al formaggio, e aveva nuotato nella stessa piscina dove si allenava la famosa squadra di pallanuoto locale.

Aveva anche fatto escursioni sulle colline, sulle stesse colline dove anche Costanza aveva fatto tante escursioni nel corso degli anni. – Quella chiesetta, vecchia di mille anni, a metà strada sulla collina verso Punta Chiappa... com'è che si chiama?

– San Nicolò, – disse lei.

– Brava –. (*Brava*: come se Costanza fosse una sua studentessa). – C'è una piccola piazza, se cosí si può chiamare, una piazzola davanti alla chiesa, lastricata di sassolini grigi e bianchi, di quelli che si trovano sulle spiagge del luogo. È proprio come il pesto: ogni cosa da quelle parti è del luogo.

E lui, invece, da quale luogo veniva? Questo non era facile capirlo.

– Dovremmo andarci qualche volta, Justin, – aggiunse David, porgendogli il bicchiere del vino, che Justin prontamente rabboccò. – Nuotare in quei posti è spettacolare. Si vedono pesci di tutti i tipi...

Henry, che fino a quel momento si era trattenuto dal parlare ed era stato piú che altro uno spettatore, finalmente disse: – Justin non è mai stato un grande nuotatore. Il nuotatore della famiglia è Andrew.

– In realtà ho nuotato un sacco ultimamente, – disse Justin. – Io e David abbiamo nuotato tanto quest'estate. Abbiamo scoperto questo lago fuori città. Un lago nascosto trasparente come il vetro. Ci siamo intrufolati lí –. Justin si girò verso Andrew. – Mi sa che ho invaso il tuo territorio, Baby B.

– Non l'ho mica inventato io, il nuoto, – disse Andrew.

– Complimenti per l'abbronzatura, – commentò Henry. – Non sono abituato a vederti cosí.

– Quello che mio padre vuole dire, – spiegò Justin a David, – è che ho passato gran parte dei miei anni delle superiori a studiare matematica e a suonare. Non uscivo quasi mai. Ero una specie di fantasma.

– Un fantasma studioso, – disse Henry. – Un fantasma pieno di talento.

– Ma pur sempre un fantasma. Ed essere un fantasma non basta. Almeno a me non basta piú.

Improvvisamente nella stanza calò il gelo.

– Stai dicendo che ti penti di aver seguito quei corsi di matematica? – disse Henry. – Ti penti delle lezioni di musica? Del fatto che ti abbiamo incoraggiato a esercitarti?

– Non mi pento del lavoro fatto. Mi pento di non aver avuto una vita nel frattempo –. Justin bevve un sorso di vino. – Adesso anche tu hai di nuovo una vita, – lanciò un'occhiata a Costanza, – forse puoi capirmi meglio.

Per quanto fosse pungente, Justin fece quel commento con leggerezza. Ma Henry non abboccò, perlomeno non come Justin avrebbe voluto. Henry si appoggiò allo schienale della sedia e disse: – Ma parlami di questo lago. Trasparente come il vetro, dicevi. Questo lago dove vi siete intrufolati.

Justin fissava un punto in lontananza. – Sono stati i migliori pomeriggi della mia vita. Questo posto è a una ventina di minuti di macchina dal campus; bisogna prendere una stradina secondaria, poi si parcheggia in una radura e si cammina nel bosco per un'altra decina di minuti.

– Piú quindici che dieci, direi, – disse David.

Justin sorrise a David. – Quindici, giusto. C'è un sentiero sterrato e quindi i passi non fanno rumore, sono attutiti. E lí ti senti completamente isolato da tutto. Questa è la parte migliore. Lontano dalla gente, dal traffico. Si sente il profumo dell'estate. Ce l'hai presente questo profumo? Tutte le piante e tutti gli alberi sono verdi e rigogliosi, pieni di linfa. E l'aria fa un rumore tutto suo, una sorta di... come dire... una sorta di *ronzio*. Sono le api, i grilli. E ti sembra di sentire il rumore delle piante che crescono. È la loro musica. Si allungano, si protendono verso la luce del sole. Diventano piú forti. E quest'estate a me è parso di aver fatto proprio questo: mi sono allungato verso il sole, ho... ho provato delle sensazioni –. Justin lanciò un'occhiata nervosa a David. – Sensazioni completamente nuove.

– Per David, – disse Henry, a metà tra un'affermazione e una domanda. Si stava buttando, ma se aveva ragione – ed era sicurissimo di avere ragione – voleva trovarsi in una posizione di vantaggio. Non voleva dare a Justin altri motivi per allontanarsi da lui, da loro. E l'amore per suo figlio era cosí profondo, cosí incondizionato, da sopportare chi – o cosa – Justin avrebbe rivelato di essere.

Sul viso di Justin: sorpresa, poi confusione, seguita da curiosità. – Ma come hai fatto a...?

– Be', io sono tuo padre, Justin, e quest'estate ho... ho riflettuto, mentre eravamo via e tu non eri con noi. Avevo notato che questo David saltava fuori spesso nei tuoi discorsi. E poi adesso che vi ho visto insieme... La mia è stata una semplice sensazione.

Justin annuí. Henry ebbe l'impressione che quel cenno del capo fosse solo un modo per guadagnare tempo, per concedersi un altro po' di tempo per pensare, dal momento che la conversazione non stava andando come si aspettava.

– Io e David stiamo insieme, – disse finalmente. – Stiamo insieme da quest'estate. Da quando siamo andati al lago –. Justin guardò David, poi gli altri. – Ma, tanto per mettere le cose in chiaro, io non mi identifico come gay. Non ancora.

– Tanto per mettere le cose in chiaro, – disse David, – io sí, nel caso vi interessasse saperlo.

Henry si accarezzò la barba. – Ti volevo dire, Justin, anche a te, David, che tra i miei pazienti ci sono anche donne lesbiche, che io aiuto ad avere figli attraverso l'inseminazione. Ci sono coppie gay che hanno figli tramite la gravidanza surrogata. Io sono stato uno dei primi medici di New York ad affrontare certi aspetti riguardanti la fecondazione assistita e i bisogni di questo tipo di pazienti. Rappresentano un numero significativo dei miei assistiti.

– È tutto molto interessante, Henry, – disse David sorridendo, – ma io e Justin non stiamo pensando ad avere figli, almeno per il momento.

– Stava solo cercando di metterci a nostro agio, – disse Justin a David. – Non è cosí, papà?

Henry annuí. – Sí, Justin, è proprio quello che cercavo di fare.

Justin si mise comodo sulla sedia. – È stato molto piú facile di quanto pensassi, – disse come rivolgendosi all'intera tavolata. – Qualcuno desidera fare qualche domanda di approfondimento?

Ci fu un attimo di silenzio. Poi Andrew alzò la mano.

– Sí... Baby B, – disse Justin, con il tono canzonatorio di un insegnante che sollecita la reazione di un alunno.

– Tu credi che importi davvero a qualcuno con chi vai a letto?

La domanda sembrò far tornare Justin leggermente piú serio: – A dire il vero sí.

– Be', a me non importa affatto. Quello che mi importa è che tipo di fratello sei, e da un po' di tempo ormai, tanto per mettere le cose in chiaro, come fratello stai facendo un po' schifo e ti stai rivelando un vero egoista.

Andrew procedeva secondo linee squadrate. Era cosí che si camminava a Manhattan: si obbediva alla geometria. Davi modo a quei reticoli ordinati di tenere a freno la tua mente frenetica o tormentata. Ma piú che tormentato, Andrew era scosso. Di nuovo, per l'ennesima volta, al centro dell'attenzione c'era stato il fratello maggiore. Era Andrew quello che aveva appena fatto domanda per l'università. Era lui che aveva passato l'estate a badare a suo padre. Era lui il figlio con il cuore a pezzi, rotto, o comunque sofferente. E non gli sarebbe dispiaciuto che la sua famiglia lo degnasse di un briciolo di attenzione; e invece, come al solito, la calamita era Justin. Justin e i suoi gusti e disgusti alimentari, Justin e le sue rivelazioni, Justin e quel coglione che si era portato a casa.

Dopo qualche minuto, Andrew si liberò delle costrizioni della geometria e si diresse verso ovest. Gli era stato inculcato che era pericoloso passare per Central Park col buio, e soprattutto da solo, ma quella sera non gliene fregava niente. Proseguí per la sua strada, a passo sostenuto. Piú si addentrava nel parco, meno gente vedeva e piú il rumore del traffico scompariva in lontananza. Sentí un rumore di passi, dei fruscii in mezzo alla boscaglia. Un sibilo sopra di lui, seguito da una manciata di foglie che cadevano leggere dal cielo, gli disse che un uccello doveva essersi mosso di lí. Davanti a lui, sul sentiero, c'era un signore anziano con i baffi che fumava appoggiato a un albero. Portava un cappello di tweed e un paio di occhiali da vista dalla montatura metallica. Teneva una mano affondata nella tasca, intenta a rovistare. Solo che non era nella tasca. Avvicinandosi, Andrew si rese conto che la mano era direttamente dentro i pantaloni: la lampo era abbassata per metà. L'uomo si toccava mentre fumava, cosa che denotava una certa abilità, oltre a risultare oltremodo inquietante, dal momento che quel tizio non staccò gli occhi da Andrew nemmeno per un secondo.

Andrew sentí il sudore imperlargli la fronte. Affrettò il passo e raggiunse il Reservoir. Non c'era mai andato di sera, in tutti i suoi anni di corse attorno al laghetto. Nonostante fosse imbacuccato e portasse i jeans, Andrew affrettò di nuovo il passo e si affiancò ai pochi corridori intrepidi che si erano avventurati fuori di sera, e cominciò a fare il giro del laghetto in senso antiorario.

Girando attorno alla sponda nord, Andrew si rese conto che forse non era un caso se era entrato nel parco. Probabilmente aveva scelto di passare di lí perché cosí sarebbe finito nel West Side, e nel West Side – che proprio in quel momento si profilava alla vista – c'era l'El Dorado, l'edificio dove abitava Charlotte.

Pensò che forse era meglio non presentarsi da lei tutto sudato. Era già abbastanza strano il fatto stesso che avesse deciso di presentarsi da lei. Rallentò un po' il passo per tornare a una temperatura corporea normale e si diresse verso il pesante portone in bronzo e vetro dell'edificio.

Carlos, il portiere di turno, riconobbe Andrew e lo salutò con un sorriso amichevole che gli si congelò sul viso in un'espressione cordiale di circostanza dopo aver citofonato all'appartamento di Charlotte. – Ha detto che scende subito.

– Scende?

– Vuole che l'aspetti nell'atrio nord.

Carlos indicò a sinistra con la cornetta del citofono prima di rimetterlo a posto.

Andrew esitò qualche secondo, poi si diresse verso l'atrio nord. Passando, osservò il murale che raffigurava la leggenda dell'El Dorado. Dipinto – manco a dirlo – con della vernice dorata, ritraeva un gruppo di esploratori sul ponte che portava alla terra dell'oro, un posto dove trovare ricchezza in abbondanza e (secondo alcune versioni, come lui e Charlotte avevano avuto modo di leggere una sera) anche il vero amore e la vera felicità.

Andrew si lasciò cadere su una poltrona color ruggine. Il contatto con la stoffa fu sgradevole come il suo aspetto. Andrew represse l'impulso di scappare, di tornare al parco, fare il giro del laghetto, e di rientrare a casa.

– Ma che sorpresa –. La voce veniva da dietro le sue spalle.

Andrew si girò, si alzò goffamente. – Volevo vederti prima che partissi per l'università. Ci tenevo a salutarti, insomma.

– Be', eccomi, mi stai vedendo.

La stava vedendo, sí. Vedeva quanto era cambiata.

Le lunghe ciocche di capelli che Charlotte si arrotolava attorno all'indice, o che mordicchiava mentre leggeva, erano scomparse. Adesso un taglio corto e austero le incorniciava il viso. Era sempre lo stesso viso, sempre largo e pieno di lentiggini, eppure tra i suoi lineamenti si era insinuata una punta di durezza. Oppure l'espressione era voluta. Era per lui, o contro di lui.

Charlotte si mise a sedere su un'altra poltrona uguale a quella da cui Andrew si era appena alzato.

Tornò a sedersi. – Se avessimo i nostri libri, sembrerebbe di stare a casa tua.

– Non leggo piú tanto ultimamente.

Non era affatto facile far decollare quella conversazione.

– Sei diversa.

– Mi sono solo tagliata i capelli –. Charlotte lo scrutò. – Sei tu quello che sembra diverso. Piú... adulto. Piú uomo.

– E come mai non leggi piú?

– Mi sto prendendo una pausa dalla letteratura. Al college vorrei studiare qualcosa di completamente folle.

– Tipo?

– Preparazione alla giurisprudenza.

– Non sapevo che si potesse studiare preparazione alla giurisprudenza.

– Be', insomma, sto seguendo i corsi preparatori per iscrivermi a giurisprudenza.

– Non è da te.

– Mi voglio liberare dalle catene.

– Diventare avvocato sarebbe liberarsi dalle catene?

– Liberarsi dalle catene significa fare qualcosa di diverso rispetto ai miei genitori, qualsiasi cosa.

Andrew la guardò: non si capiva se fosse piú perplesso o sconcertato. – Cosa ti è successo quest'estate?

– *A me?* Niente.

Andrew annuí scettico.

– Mia sorella per poco non è morta di overdose. Lo sapevi questo?

– Emily fa uso di droghe?

– Adesso è da qualche parte in Minnesota, a non fare piú uso di droghe –. Charlotte rimase qualche istante in silenzio. – Te l'avevo detto che avevi idealizzato la mia famiglia, Andrew. Pensavi che fosse perfetta solo perché i miei genitori stavano ancora insieme e nessuno ti rompeva le scatole quando venivi da noi.

Andrew dissentí in silenzio. Poi: – Be', Justin dice di essere gay.

– E allora?

– E mio padre ha una fidanzata. Tutto sta andando a rotoli. Tutto e tutti.

– Dài, non fare il drammatico. Justin non è mica un'altra persona solo perché dice di essere gay. Emily sta rimettendo insieme i pezzi in Minnesota. Tuo padre aveva proprio bisogno di una fidanzata: lo dicevi sempre anche tu. E io e te non stiamo andando a rotoli.

– Parla per te.

Charlotte staccò della lanuggine dalla poltrona. – Sei qui, immagino, perché non ti è piaciuto come sono finite le cose tra di noi.

– Sono qui perché non mi è piaciuto come tu hai deciso di far finire la nostra storia.

– Il fatto è, Andrew, che... – Con un colpetto del dito fece schizzare via la lanuggine. – Io ti piacevo troppo.

– Infatti.

– Dico sul serio. Davvero troppo. E non voglio stare con qualcuno a cui piaccio cosí tanto.

– Ma è folle. Anzi no. È triste.

– È quello che è –. Poi: – Ho scoperto che preferisco i ragazzi un po' piú stronzi.

– Follia allo stato puro.

– Va bene, diciamo che preferisco i ragazzi meno affettuosi.

Andrew incrociò le braccia. – Perché?

– Davvero ci tieni a saperlo?

– Ma certo, – rispose lui, anche se non ci teneva affatto.

– Perché mi eccitano.

A Charlotte piacevano i ragazzi stronzi? Davvero? Com'era possibile essere stati cosí intimi con una persona, per poi scoprire che invece era completamente diversa da come te l'aspettavi? – Non sei piú la ragazza che mi piaceva tanto.

– Vedi, alla fine tutto si è risolto per il meglio.

Andrew tirò il busto indietro e osservò attentamente la sua faccia. Era come se fosse sul portico di una casa, cercando di sbirciare dentro, e qualcuno gli avesse chiuso di colpo la porta in faccia. Ripensò a quello che gli aveva detto Costanza a Firenze, quando lui le aveva parlato di Charlotte. – Sei sicura di non aver avuto paura a un certo punto?

– Di cosa?

– Dei… sentimenti. Che c'erano tra di noi. C'è stato qualcosa di grande tra noi, per un po'.

– Hai per caso intenzione di laurearti in psicologia come tua madre?

Lui la guardò negli occhi. – Non credo proprio.

Andrew tornò a casa in taxi. L'appartamento era immerso nel buio e nel silenzio. In cucina, al posto dell'odore di cibo, aleggiava un lieve profumo di sapone e di detersivo per i piatti, come dopo che era passata Hilda a fare le pulizie. Era come se quella cena non ci fosse mai stata.

Alla fine del corridoio una sottile fascia di luce trapelava da sotto la porta della stanza di suo padre. La stanza di Justin invece era buia. Andrew andò in camera sua, diede un'occhiata al caos che vi regnava e per un attimo contemplò l'idea di mettersi a riordinare tutto. Ma era talmente stanco che gli sembrava di avere le gambe e le braccia di ferro.

Si tolse i pantaloni, si buttò sul letto e dormí come un sasso per diverse ore. Poi, verso l'una di notte spalancò gli occhi. Rimase sveglio a letto con la vescica dolorosamente piena, come paralizzato. Gli ci volle un sacco di tempo per decidersi a tirarsi su dal letto. Finalmente andò nel bagno che divideva con Justin e fece pipí.

Tornato in corridoio si fermò ad ascoltare. Sentí dei suoni flebili venire da dietro la porta di suo padre e da dietro quella di suo fratello. Si avvicinò a quella del fratello. Il suono era inconfondibile. Era quello di due persone impegnate a darsi piacere reciprocamente. Non era in grado di capire se quei gemiti soffocati che gli arrivavano intermittenti fossero di David o di Justin o di entrambi. Era una canzone, la loro canzone.

Da dietro la porta di suo padre sentí il mormorio di una conversazione, un botta e risposta. L'ultima conversazione che ricordava di aver sentito dietro quella porta era stata burrascosa, violenta, fatta di brevi frasi secche, come colpi di arma da fuoco. Questa era diversa, il tono era sommesso, tenero. Anche questa era una canzone. In quella casa ognuno cantava la propria canzone, tranne Andrew.

Ogni mattina, per il resto di quella settimana, Henry si industriò per preparare un vassoio con la colazione per Costanza, come le aveva promesso. Non fu soddisfatto di nessuna di quelle colazioni, finché non arrivò il weekend: il sabato mattina, prima che Costanza si svegliasse, Henry riuscí a sgattaiolare fuori di casa per rimpinguare le provviste. Tornò, preparò il vassoio come se si stesse cimentando in un intervento chirurgico. Aprí un melone e tolse i semi, ne tagliò via tre perfette mezze lune, e sopra ci lasciò cadere una manciata di lamponi. Tostò del pane e in un altro piatto mise un tocchetto di burro e una cucchiaiata di lucente confettura di albicocca. Nell'angolo in alto a destra del vassoio sistemò una tazza di caffè e una caraffa di latte caldo e, accanto, un bicchiere di acqua frizzante: Costanza gli aveva detto che le piaceva l'abitudine napoletana di servirne sempre uno per accompagnare il caffè.

Mentre percorreva il corridoio reggendo il vassoio cosí accuratamente apparecchiato, a Henry tornò in mente la scena di un film straniero che aveva visto una volta insieme a Judith. Il titolo se l'era dimenticato, ma ricordava chiaramente il lungo piano sequenza che seguiva i passi di una ragazza nervosa e innamorata, almeno nei ricordi di Henry, mentre portava un vassoio pieno di bicchieri di champagne attraversando un appartamento grandissimo e lussuoso per raggiungere il suo amante. Le mani le tremavano, e quel tremore faceva muovere e tintinnare i bicchieri di vino sul vassoio. Quel tintinnio faceva eco al suo stato di agitazione, un rumore bellissimo e stranamente penetrante.

Ma Henry attraversò il lungo corridoio e raggiunse la sua stanza senza far tintinnare niente. Senza versare nemmeno una goccia di caffè, di acqua o di latte. Eppure, man mano che avanzava, provava qualcosa di simile a quello che doveva aver provato la ragazza del film. Era eccitato all'idea di salutare Costanza per la prima volta quel giorno; sentí quell'emozione in mezzo al petto, mentre le mani rimanevano ben salde. Era la prima volta che avrebbero passato un'intera giornata insieme. Il fatto che fosse sabato rendeva tutto ancor piú piacevole. Henry adorava il sabato. Lo adorava fin dai tempi in cui era riuscito a svincolarsi dai rigidi dettami della sua infanzia riguardo allo *shabbat*. Il sabato poteva fare quello che gli pareva e piaceva, e questo sabato, be', questo sabato sarebbe stato assolutamente magico. Questo sabato le divinità che presiedono al fato, chiunque esse fossero, avevano arricchito la sua vita della spettacolare presenza di Costanza Ansaldo. Che adesso era seduta nel suo letto e aspettava che lui le portasse il caffè, aspettava, cosí sperava lui, di vedere cosa avrebbero potuto fare insieme, con tutto il sabato a disposizione.

Henry aveva lasciato la porta socchiusa, in modo che, tornando con le mani occupate dal vassoio, avrebbe potuto aprirla con un colpo di piede. Cosí fece, ed entrò nella stanza. Le lenzuola erano scostate, il letto vuoto. Per un attimo pensò che Costanza fosse scomparsa. Non solo dal suo letto, ma dalla sua vita. Misteriosamente, proprio come era comparsa.

E invece era andata in bagno a lavarsi i denti. Henry sentí l'acqua che scorreva, sentí Costanza che sputava. Anche uno sputo poteva essere un rumore gradevole, nel giusto contesto.

Posò il vassoio sul letto. Il letto era impregnato di un odore che gli arrivava a potenti folate. Un odore piú forte persino di quello del caffè, del pane tostato e della frutta: un dolce aroma floreale, profumo e sapone con una punta acre di sudore. L'odore di una donna, l'odore di questa donna, lí nel letto, nella stanza, dove l'unico corpo che aveva sentito o annusato negli ultimi sei anni era stato il proprio.

– Stamattina ti sei davvero superato, Henry –. Le parole che Costanza pronunciò, appena uscita dal bagno, sembravano venire da molto lontano, forse perché nel frattempo Henry si era distratto.

– Be', ho avuto modo di...

– Mi è sempre piaciuto il sabato.

– Anche a me, – disse Henry. E dopo qualche secondo: – Forse è il caso che tu sappia che stasera mio padre verrà qui a cena. La visita era in programma da diverso tempo, ci tiene a vedere Justin prima che torni al college. Mi farebbe piacere presentartelo, naturalmente, ma non sentirti obbligata a rimanere.

– E a me farebbe molto piacere conoscere tuo padre, Henry. E mi farebbe piacere anche poter cucinare per lui, se per te va bene.

– Apprezzo l'offerta, ma nessuno cucina mai per Leopold, perché lui si attiene a un regime strettamente kosher, il che significa che o andiamo nel bistrot francese dell'Upper East Side che secondo lui, senza uno straccio di prova a sostegno della sua tesi, segue alla lettera certe oscure leggi alimentari vecchie di quattrocento anni, oppure ordiniamo da un deli di fiducia che fa cucina tradizionale ebraica. Siccome non posso sapere quando si faranno vivi i ragazzi e siccome mio padre è un tipo molto pignolo anche per quanto riguarda l'ora in cui bisogna sedersi a tavola, e cioè le sette in punto, la soluzione migliore è ordinare dal deli, fidati.

– Mi piace molto il pastrami.

Henry sorrise. – Queste parole sembrano decisamente esotiche dette da te.

– E anche i sottaceti. I cetriolini sottaceto.

Henry sorrise di nuovo. – Allora è deciso. Questo ci lascia dieci ore completamente libere e senza impegni di sorta. Cosa facciamo?

– In realtà io un'idea ce l'avrei...

I tappeti erano sistemati in pile alte circa un metro. C'erano una cinquantina di isole diverse per forme e colori che colonizzavano un ampio loft in un edificio del Flatiron District, un tempo una fabbrica. C'erano tappeti vecchi e tappeti nuovi, tappeti raffinati e tappeti sgargianti, tappeti dal pelo folto e altri dalla trama rasa. Costanza era visibilmente a suo agio mentre aspettava paziente che i commessi mostrassero i vari campioni; Henry sorrideva assecondando le sue scelte senza nessuna obiezione. Gli andava bene tutto quello che piaceva a lei. Era semplicissimo perché era davvero d'accordo.

All'inizio Costanza l'aveva colto leggermente di sorpresa. Mentre bevevano il caffè gli aveva chiesto, con estrema delicatezza, se si considerava soddisfatto della sistemazione delle «cose» in casa sua. Per un attimo Henry aveva pensato che si riferisse alla situazione familiare. Ma non era di quello che Costanza stava parlando: si riferiva alle condizioni del suo appartamento. E allora Henry aveva capito. Quel posto dava l'idea che Judith fosse andata via da appena sei giorni e non ormai da sei anni. A parte la tappezzeria, l'appartamento era trascurato e poco accogliente. Costanza però non aveva usato queste parole: non ce n'era stato bisogno.

– Che ne dici, – gli aveva detto, – se sfruttassimo la giornata di oggi solo per raccogliere qualche idea su come rimettere a nuovo l'appartamento? Mi piace molto sistemare le case.

Henry aveva considerato di buon auspicio il fatto che Costanza guardasse l'appartamento come un posto da rinnovare. Non poteva avere in mente di andarsene tanto presto, aveva pensato, se si preoccupava dell'assenza di lampade e tappeti. – Perché limitarsi a raccogliere idee? – le aveva detto. – Andiamo a comprare tutto quello che serve.

Henry, in mezzo a quei mucchi di tappeti, sentí una morsa di nostalgia per quei giorni in cui lui e Judith erano impegnati a mettere su la loro casa, dedicandoci praticamente ogni sabato.

Allo stesso tempo era felice di essere ora con Costanza, in questo posto, in questo giorno. Era felice di spendere diverse migliaia di dollari per comprare i tappeti che lei aveva scelto. Ed era felice che, per la prima volta, da sei anni a quella parte, finalmente avrebbe potuto girare per casa a piedi nudi.

Negli acquisti Costanza era molto piú risoluta di Judith. In meno di un'ora aveva ristretto le scelte a quattro opzioni per il soggiorno e due per la biblioteca. Aveva giudicato i colori e le fantasie in base all'abbinamento con il divano e le poltrone, tenendo in considerazione il colore delle pareti, seppure suggerendo che forse era il caso di ritinteggiarle.

I commessi del negozio si allontanarono per servire un altro cliente lasciando a Henry e Costanza il tempo di fare un'ulteriore cernita. Le fantasie erano tutte piuttosto neutre, per la maggior parte geometriche. Henry disse a Costanza che per lui andavano tutte bene. Si aspettava che la conversazione tra di loro procedesse su questi binari di leggerezza e rimanesse confinata alla ristrutturazione dell'appartamento quando disse, quasi senza rendersene conto: – C'era una cosa che volevo sapere…

– Secondo te questa fantasia cozza con le poltrone? So che può sembrare un po' strana. Ma per me non stona.

– I tappeti non c'entrano.

Costanza si appoggiò a una catasta di tappeti.

– Volevo sapere se hai abbandonato l'idea di fare un figlio o se ancora… se è un'eventualità che prendi ancora in considerazione.

Sul viso di Costanza si susseguirono rapidamente diverse reazioni.

Sorpresa, poi confusione, poi qualcosa che somigliava al dolore. Almeno questo fu ciò che a Henry parve di vedere. Per un attimo si pentí di averle fatto una domanda cosí diretta, ma non era nella sua natura trattenersi se voleva sapere qualcosa. Quando si accorgeva di avere una curiosità doveva soddisfarla subito.

Vedendo che lei non rispondeva, aggiunse: – Spero di non averti offeso facendoti questa domanda.

– Non mi hai offeso, Henry, – gli disse Costanza parlando lentamente. – Ma sono curiosa di sapere perché me lo chiedi proprio adesso.

– Forse non sono partito con il piede giusto. Forse la prima cosa che avrei dovuto dirti… la prima cosa che avrei dovuto dirti è che ti amo.

Costanza aspettò che Henry continuasse, perché le aveva dato l'impressione di non aver concluso il discorso.

– Non posso smettere di pensare a te. Piú tempo passo insieme a te piú mi sento umano. Piú mi sento… pieno di speranza. Sento che... sento che, quando sono con te ho la possibilità di essere vivo come non mi capita da tanto, probabilmente da una fase del mio matrimonio molto piú lontana nel tempo di quanto mi faccia piacere ammettere –. Si passò le dita tra i capelli. – È praticamente da quando ti ho conosciuto che provo queste sensazioni e che cerco di capirle e di comunicartele, anche se mi rendo conto che forse è troppo presto e che ancora non ci conosciamo molto bene. Ma non riesco a conciliare questa preoccupazione con quello che sto vivendo. Con quello che provo... per te.

Fece una breve pausa. – La clinica e i figli sono state le uniche costanti di questi ultimi anni. Ho lasciato andare a rotoli le mie amicizie, la mia casa... e adesso voglio qualcosa di piú. Voglio vivere. Tu no?

Era come se Costanza l'avesse ascoltato trattenendo il respiro. Riprendendo fiato disse: – Ma certo, Henry.

Dopo qualche secondo aggiunse: – Tu dai per scontato che, quando ti ho conosciuto, io non avessi una vita.

– Mi sbagliavo di tanto?

All'inizio non gli rispose. Poi: – No. Non del tutto.

– Io voglio stare con te, Costanza. E se stare con te significa mettere su famiglia insieme, allora ci tengo che tu sappia che sono aperto anche a questa possibilità. Credo che sia importante chiarire certe cose fin dall'inizio.

Costanza annuí, con gli occhi che le brillavano.

– Vorrei tanto sapere cosa significa questo tuo cenno con la testa. Cosa vogliono dire i tuoi occhi...

– Significa che capisco quello che dici. Significa... che voglio essere certa di capire. Mi stai chiedendo se voglio fare un figlio... con te.

– Sí, con me. Con me, naturalmente.

– Ma non è un po'... un po' troppo... presto...?

– Ti sto solo chiedendo di pensarci. Di pensare, magari, forse, nel caso, di provarci. So che non c'è bisogno che ti ricordi che il tempo non gioca a tuo favore... a nostro favore.

– No, – disse Costanza con dolcezza. – Non c'è bisogno che me lo ricordi.

Abbassò lo sguardo e guardò un tappeto come se nella trama vi fosse impresso un geroglifico che doveva a tutti i costi decifrare, sebbene indovinarne il senso andasse oltre – troppo oltre – le sue capacità.

– E se ci provassimo... e non dovessimo riuscirci...? – Naturalmente per prima cosa i pensieri di Costanza tornarono lí. In quel posto, a quell'esperienza. A quella ferita mai rimarginata.

– Se non dovessimo riuscirci tu verresti in clinica, ovviamente, e io farei tutta una serie di analisi.

– E se le analisi evidenziassero... se evidenziassero, senza ombra di dubbio, che io non posso avere figli, cosa succederebbe? Non vorresti piú stare con me?

– Se mi fai una domanda del genere significa che non è vero che hai ascoltato bene quello che ti ho detto.

Costanza arrossí. – Scusami. Ti ho ascoltato, e quello che hai detto mi ha toccato nel profondo. Ma mi sento anche un po' confusa. La velocità con cui pensi... e agisci.

– Io sono un uomo, Costanza, ma sono anche uno specialista in medicina della fertilità. Forse sto mescolando queste due cose in modo un po' maldestro; posso solo dirti che sono fatto cosí.

Costanza avvertí un senso di costrizione nel petto. In quel momento era piú facile annuire che parlare.

– In questo genere di faccende la biologia ha un certo margine di controllo sul destino, ma la biologia può essere piú malleabile di quanto ci si possa aspettare. A patto che tu sappia quello che stai facendo, e che ti muovi con il giusto tempismo. Io credo che sia meglio decidere personalmente, quando è possibile, piuttosto che lasciare che sia qualcun altro a decidere per te. Che è in pratica quello che succede a tantissime mie pazienti.

Costanza lo ascoltava attentamente. – Henry, mi pare... mi pare tutto troppo...

– Troppo affrettato, – disse lui, perdendo di colpo tutto l'entusiasmo.

– Troppo e basta. Non saprei. E allo stesso tempo non è abbastanza.

– In che senso non è abbastanza?

– Non è un po'... strano... sí... strano cominciare a fare questi discorsi senza esserci prima...

– Senza esserci impegnati in modo piú formale.

Lei annuí.

– C'è qualcos'altro che volevo chiederti. Ero sul punto di chiedertelo stanotte –. Henry diventò di colpo rosso in viso. – Per tutta la mattina speravo che proponendomi di venire qui tu avessi in mente quello che avevo in mente anch'io, e cioè che era insensato che tu ti trasferissi di nuovo downtown, ma che era meglio che stessi da me. Che ti trasferissi da me in pianta stabile. In modo da avere la possibilità concreta di costruire qualcosa insieme.

Costanza pensò all'intensità del sentimento che li aveva legati nel corso delle ultime sere insieme, quando i ragazzi erano usciti e loro si erano attardati a bere vino. E le conversazioni che erano continuate anche dopo essersi messi a letto. E il sesso dopo quelle conversazioni. Era cosí disabituata a vedere le cose andare per il verso giusto che aveva costantemente l'impulso di sincerarsi che stava succedendo davvero.

– Mi viene piú facile rispondere a questa domanda. E la risposta è sí. Sí, Henry, voglio vivere con te e voglio concedere a me e a te una possibilità concreta. Questo voglio farlo. Sí, questo sí.

Nonostante la sua limitata esperienza della vita a casa di Henry, Costanza avvertí un netto cambiamento di atmosfera già un'ora prima che Leopold Weissman arrivasse per cena accompagnato dalla sua badante, una donna giamaicana di nome Lorna. Costanza era seduta in soggiorno cercando di leggere, ma non poteva fare a meno di ripensare, di tornare costantemente con il pensiero, alla conversazione che aveva avuto con Henry quella mattina al negozio di tappeti, quando, all'improvviso, percepí una tensione nell'aria, un senso palpabile di attesa che veniva interrotto, a sprazzi, da momenti frenetici di attività: due docce che scorrevano, una dietro l'altra, e poi rumore di cose che venivano sbattute bruscamente in una delle camere da letto. Henry e uno dei ragazzi – Costanza non era riuscita a capire quale dei due – stavano avendo una discussione piuttosto animata.

Verso le sei e mezzo Henry tornò a farsi vivo. Si era spuntato la barba e ora indossava una camicia fresca di bucato.

Chiese a Costanza di aiutarlo a montare il tavolo. Montare, non apparecchiare. Questo significava spostare al centro della biblioteca il tavolo a ribalta che Costanza aveva già notato prima. Dopo aver montato il tavolo, da una credenza che Costanza invece non aveva ancora notato in uno dei suoi sopralluoghi, Henry prese una tovaglia di lino e i tovaglioli abbinati, un servizio di piatti di porcellana con delicati disegni di ghirlande e fiori, calici di cristallo, posate e candelieri d'argento: dopotutto Henry poteva invitare a cena piú di otto persone.

Henry spiegò che le stoviglie di porcellana, i bicchieri e le tovaglie erano regali dei suoi genitori, e che a Leopold faceva piacere se li usava quando andava a cena da lui, anche se mangiavano roba ordinata dal deli della Second Avenue. – È una sorta di ricostruzione del passato, – disse. – Era cosí che la tavola veniva apparecchiata quando mio padre era piccolo. Era questo il modo di fare a casa di mia nonna, ed è cosí, secondo lui, che si dovrebbe fare ancora oggi in una casa, dopo mezzo secolo e all'altro capo del mondo –. Henry accese un fiammifero per ammorbidire la base di una candela, come faceva anche la nonna di Costanza. – È facile in fondo far contento Leopold sulle piccole cose. Per quanto riguarda le cose piú grandi, invece, è un po' meno facile.

Verso le sette meno un quarto Henry, Justin, e Andrew erano tutti riuniti nel soggiorno. I ragazzi erano freschi di doccia e sbarbati, pettinati, e al posto dei jeans indossavano pantaloni color cachi. Henry e i suoi figli erano seduti sul divano uno accanto all'altro: un due tre. Mai come in quel momento, vedendoli insieme, Costanza ebbe l'impressione che fossero davvero una famiglia.

Suonò il citofono. I ragazzi, seduti sul divano, si misero composti; Henry uscí in corridoio. Quando tornò annunciò: – Sta arrivando la cena.

Arrivò il cibo. Henry diede una mancia al fattorino e posò i due sacchetti profumatissimi sul ripiano della cucina. Costanza si offrí di aiutarlo, ma lui la dissuase. – Piú tardi, – le disse, tornando a sedersi sul divano.

– Hai ordinato la sua *cream soda*? – chiese Andrew al padre.

– Ho ordinato la *cream soda*, – rispose Henry.

Rimasero seduti in fila, in silenzio. Henry controllò l'ora. – Forse la macchina è andata a prenderlo in ritardo.

– Hai chiamato la solita compagnia? – chiese Justin.

Henry annuí. – Ti va di suonarci qualcosa? Sai quanto non mi piace stare ad aspettare con le mani in mano.

Justin andò a prendere il violino in camera da letto. Con un gesto elegante se lo posizionò in perfetto equilibrio tra il mento e la spalla. Regolò rapidamente i bischeri e cominciò a suonare, con scioltezza, producendo un suono di una profondità e di una disinvoltura tali che sembrava avere origine non solo dallo strumento, ma anche dal suo corpo. La musica – Bach – era dolce, molto piú dolce di quanto Costanza si sarebbe aspettata. Rimase colpita dalla velocità con cui Justin era diventato tutt'uno con il suono che produceva; ma era sorprendente anche il modo in cui Henry osservava il figlio maggiore: sembrava che non l'avesse mai visto né sentito suonare prima.

Mentre Justin suonava, si sentí di nuovo il campanello. Smise di colpo, come aveva iniziato. – Mmh.

– Un'esecuzione pregevole, Justin, – disse Costanza. – Una delle partite?

– La numero due; anni luce dall'essere pregevole, ma grazie per il complimento. Magari ci riprovo dopo cena.

– Sei troppo severo con te stesso, Justin, – disse Henry dirigendosi verso l'ingresso. – Lo sei sempre stato.

– È il mio fan numero uno, – disse Justin.

Dall'arco tra le due stanze, Costanza osservava Henry che apriva la porta e poi rimaneva piantato lí, come sull'attenti.

I ragazzi si affrettarono a raggiungere il padre. Un istante dopo si sentí una voce roca che diceva con fermezza: – Preferisco farlo da solo.

«Farlo» significava entrare nell'appartamento. Da solo, con passo incerto, Leopold varcò la soglia di casa e si fermò per farsi baciare sulla guancia destra, prima da Henry, poi da Justin, infine da Andrew.

Costanza lo vide innanzitutto di profilo. Il suo era un profilo marcato, dalla fronte alta, un naso affilato che ricordava quello di Henry, e il mento volitivo. La forma della testa, o il portamento, o forse entrambe le cose, avevano qualcosa di regale, quasi di aquilino. Costanza non si sarebbe stupita di vedere un pennacchio di piume che spuntava dalla testa di quell'uomo, che invece aveva dei normali capelli: una chioma argentea e folta, ben pettinata, con la scriminatura, e ravviata dietro le orecchie.

Costanza vide gli occhi solo quando Leopold si girò per guardarla. Nel frattempo era entrata dietro di lui anche una signora anziana dall'aspetto raffinato e la carnagione bruna e luminosa; i capelli erano striati da riccioli bianchi. Era Lorna, «il nostro dono del cielo», come l'aveva definita Henry.

Lorna, il loro dono del cielo, reggeva il bastone di Leopold. Dopo essere entrato in casa da solo, Leopold sembrava smanioso di rientrarne in possesso. Si girò di scatto in direzione del soggiorno e squadrò Costanza con i suoi gelidi occhi scuri. – Io sono Leopold e tu sei Costanza. Arrivo subito.

Andò in bagno e chiuse la porta.

– Si lava sempre le mani non appena arriva, – spiegò Henry a Costanza. – È una cosa che gli è rimasta dal campo di concentramento.

– Erano luoghi pestilenziali, – disse Costanza.

Henry scosse la testa. – L'acqua era lurida lí, ma non era una questione di pulizia. Lo faceva per non perdere le abitudini del vivere civile.

Tutti erano in piedi in attesa che Leopold, con le sue abitudini del vivere civile, si lavasse le mani e uscisse dal bagno.

Quando ricomparve, Leopold disse a Henry: – Hai ordinato dal deli?

Henry annuí. – Sí, papà.

– E la mia *cream soda*?

Henry annuí di nuovo. – La vuoi adesso?

– Tra poco.

Leopold si rivolse a Justin. – Tuo padre dice che c'è una cosa che mi devi dire.

Justin lanciò un'occhiataccia a Henry.

– Pensavo che sarebbe stato piú facile se prima lo preparavo un po' alla cosa, – spiegò Henry.

Leopold disse a Henry: – Mi sa che la *cream soda* la bevo subito. Magari Lorna vi può dare una mano a spacchettare la cena.

Non appena Henry e Lorna scomparvero in cucina, Leopold disse a Justin: – Non sono mica cieco, sai. Sono due anni che non hai una ragazza, e guarda quanto sei bello. Dovresti avere una fila di ragazze con tanto di numerino –. Leopold si guardò intorno. – E allora, dov'è questo giovanotto?

– Potrebbe passare piú tardi. Secondo me ti piacerà. È un bravissimo musicista.

– Quale strumento?

– Il violino, come me. Un po' anche il piano.

– Allora fate musica insieme!

Justin arrossí.

– Be', come può piacermi una persona se non l'ho ancora conosciuta? – Leopold si sporse in avanti poggiandosi sul bastone. – Nel palazzo di fronte al mio, a Varsavia, viveva il mio amico Mendel, un ballerino. Un ottimo ballerino. Ai suoi spettacoli ci sedevamo sempre in prima fila, vedevo le gocce di sudore che gli schizzavano via dal corpo come tante scintille –. Gli occhi annebbiati di Leopold fissavano un punto lontano. – Era un *fagele*[2] e un ebreo. Ai miei tempi non era una buona combinazione.

– Anche questi tempi possono essere considerati i tuoi tempi, nonno, – disse Justin.

– Forse, ma non certo da me –. Leopold si girò verso Andrew illuminandosi in viso. – E tu, *boychik*[3], cosa mi racconti?

– Niente di nuovo.

– Ho deciso quale materia dovresti studiare per il corso opzionale del prossimo semestre.

– Fammi indovinare. Storia del Novecento. La Seconda guerra mondiale, magari?

– No. Del Quattrocento. La Guerra delle due Rose –. E poi: – Storia del Novecento, ovviamente. Cos'altro? – Poi disse: – Le ragazze? – Andrew scosse la testa.

– Non sarai un *fagele* pure tu.

– Direi di no, nonno, ma per come vanno le cose…

– Oh, andiamo, su. Quella con gli occhiali, la bibliotecaria: scomparsa definitivamente?

[2] Yiddish: «gay».
[3] «Ragazzo». Termine in uso tra i parlanti americani di yiddish.

– A quanto pare sí.

Leopold fece un verso. Qualcosa che somigliava a *oleah*, ma che non lo era.

– E tu, nonno?

– E io che?

– Nessuna ragazza?

– Eh eh –. Poi: – Andate di là ad aiutare Lorna e vostro padre, – disse ai ragazzi. – Controllate che prenda la senape. Se la scorda sempre, la senape.

I ragazzi, obbedienti, andarono in cucina. – Non quella di Digione. La French's, – gli gridò dietro Leopold.

Poi si girò verso Costanza. – Strano, no? La senape di Digione è francese, mentre la French's è americana. Sediamoci.

Lei gli offrí il braccio. Sorprendentemente lui lo accettò. Costanza si sorprese a guardare – come avrebbe potuto non farlo? – una parte del braccio dalla pelle di colore e consistenza diversi.

Leopold seguí i suoi occhi. – Ero sveglio quando me li hanno fatti, ed ero sveglio quando me li hanno rimossi.

Le indicò una delle poltroncine del soggiorno. Costanza ce lo accompagnò. Prima di sedersi, con la punta del bastone diede una sistemata a un angolo del bordo che si era ripiegato su se stesso.

Era una semplice poltroncina, ma Leopold ci si sedette come fosse un trono.

Indicò la parte sinistra del divano. – Cosí ti siedi dal verso giusto –. Poi, rendendosi evidentemente conto che quella frase poteva essere aperta a piú di un'interpretazione, spiegò: – Sto parlando del mio udito.

Non che Costanza pensasse che riuscire a prendere Leopold dal verso giusto fosse un'impresa facile.

Costanza si sedette dove lui le aveva indicato. Leopold le puntò addosso quei suoi occhi color ardesia. Piú che guardarla, sembrava voler leggere il suo viso, il suo corpo. – Tu non sei ebrea.

– No. Non sono ebrea.

– Sei italiana.

– Per metà.

– Quale metà?

Costanza gli illustrò brevemente la sua storia familiare.
– Ma sei chiara di capelli.
– Sí.
– Questo è il tuo colore naturale.
– Sí.
La squadrò di nuovo. – Niente figli?
Costanza scosse la testa.
– Vuoi averne?
Prima il figlio, ora il padre. – Non lo so. Dipende –. Approfittando del fatto che i ragazzi erano ancora in cucina decise di aggiungere: – Potrei provarci.
– Mio figlio ci prova. Ci prova ogni giorno. A rimpiazzare quello che loro hanno portato via –. Dopo qualche istante Leopold disse: – So cosa stai pensando. Lui non fa nascere solo bambini ebrei. Ma di ebrei ne fa nascere un sacco. Un buon trenta, quaranta per cento. Dopotutto siamo a New York. Manhattan. Si prende cura della sua gente. E non solo della sua gente, un venti per cento di quello che fa è pro bono. Anche le donne in difficoltà economiche hanno il diritto di riprodursi. Questo non lo sa nessuno. Henry è una brava persona. Un uomo responsabile. Ha aiutato un sacco di gente, in particolare la sua gente. Un *bisl* –. Dopo qualche istante: – Significa «un po'».
– *Yo, ikh vays*[4].
– Tu parli yiddish?
– Un *bisl*. Mio marito era ebreo. E comunque sono una traduttrice. Mi viene facile imparare le lingue. Parole, frasi.
Leopold indicò la stanza. – Traducimi questo.
– In che senso?
– Quello che è successo in questa casa. In parole povere.
Costanza scosse la testa. Non capiva.
– Sua moglie: una serpe velenosa. Se la faceva con un altro sotto gli occhi di mio figlio, e poi lo ha costretto a una lotta sanguinosa per la custodia dei ragazzi. Non è cosí che si comporta una brava donna ebrea. Lo ha distrutto. Lo ha distrutto dentro. Si è presa le porcellane del matrimonio,

[4] Yiddish: «Sí, lo so».

i tappeti e perfino tutti i *tchotchke*[5]. Ma non i miei piatti e la mia argenteria, non i miei mobili. Quelli no, non li ha toccati.

Picchiò col bastone contro la poltrona. – Cosa ne pensi?

La domanda era facile, era la risposta a essere difficile.

– Penso che sia stata dura. Un'esperienza triste per tutti. Evidentemente lei era molto... infelice... nell'intimo.

– Una traduttrice e anche una diplomatica. Dovrebbero pagarti il doppio.

Costanza sorrise.

– Naturale che mio figlio abbia trovato una come te. Una donna di lettere, una pensatrice... Si capisce benissimo. Non ebrea, europea, molto diversa. Serena, esteriormente. Interiormente, chi lo sa. Ma chiaramente molto diversa da Colei Che Non Voglio Nominare. L'esatto opposto. È questa la reazione degli uomini, quando vengono feriti.

Leopold aspettò.

– Non so cosa rispondere, Leopold.

– E chi ti ha chiesto un commento? È cosí e basta.

Di nuovo quegli occhi glaciali passarono al vaglio il suo corpo, il suo viso. Costanza ebbe quasi l'impressione che avessero il potere di abbassare la sua temperatura corporea.

– E questo tuo marito. Come si chiamava?

Costanza glielo disse.

– *Quel* Morton Sarnoff?

– Lo hai letto?

– E chi non conosce Sarnoff? I suoi libri pungenti, sarcastici. Ma allo stesso tempo anche molto divertenti. Un piacere leggerli.

– Qualche volta, sí.

– Il suo limite erano i personaggi femminili. Tutte queste donne fragili. Nella mia esperienza personale le donne sono dieci volte piú forti degli uomini.

– L'ultimo romanzo però...

– Non è tra i migliori, anche se ha messo una donna – tre donne – al centro della storia –. Leopold sorrise. – Non pensavi che fossi un lettore, vero?

[5] Yiddish: «ninnoli».

La sua espressione tradiva forse qualcosa? – Non pensavo niente. Sto semplicemente cominciando a conoscerti.

– Possiamo scambiarci qualche consiglio di lettura.

– Volentieri.

– Fai parte di un book club?

Costanza scosse la testa.

– Io sí. Insieme a sette signore. Gli incontri sono alla sinagoga. Il martedí sera, nella sala comune. Alcune di loro hanno proprio una bella testa. Hanno passato tutta la vita con il naso tra i libri. In questo momento stiamo leggendo una nuova biografia di Primo Levi.

– Che te ne pare?

– Per me Primo Levi rappresenta un problema. I libri, specialmente quello che ha scritto subito dopo la guerra, che all'inizio nessuno voleva pubblicare, sono quanto di piú simile all'esperienza diretta della vita in un campo di concentramento che mi sia capitato di leggere. Ma non li rileggerei mai. Li ho anche messi con il dorso verso l'interno sugli scaffali della mia libreria. L'uomo che ha scritto la frase – la sapevo a memoria un tempo, com'è che fa? «Gli scopi di vita sono l'arma ottima contro la morte» – no, la *difesa* ottima, ecco com'è – «la difesa ottima contro la morte»[6], alla fine ha deciso di chiudere bottega. Alla fine lui stesso ha scelto la morte.

– Non sarebbe piú corretto dire che sembrerebbe aver scelto la morte? – disse Costanza garbatamente.

– Davvero? Com'è allora che è finito in fondo alla tromba delle scale? E perché, dopo, sua moglie ha dichiarato che aveva fatto quello che aveva sempre detto di voler fare?

– Nessuno sa per certo cosa è successo quel giorno. È possibile che sia caduto. Non ha lasciato scritto niente. I medicinali che prendeva gli davano le vertigini. Per come la vedo io, quel gesto non sembrava... nelle sue corde. A me il suo non è mai sembrato un suicidio.

Leopold la guardò con aria indagatrice che lei interpretò correttamente. – Mio padre, – gli disse.

– Davvero increscioso. Quanti anni avevi?

– Quattordici.

[6] Primo Levi, *I sommersi e i salvati*, Einaudi, Torino 2007.

– Ancora piú increscioso –. Dopo qualche secondo chiese: – E tuo marito?

– Cancro.

– Come mia moglie.

– Mi dispiace.

Leopold racchiuse quel momento in una parentesi di silenzio. Poi ripartí alla carica. – Adesso sei di nuovo libera. Ami mio figlio?

– Non è da molto che ci conosciamo.

– Cosa c'entra il tempo, mia cara? È una questione di pancia. Di pancia e di gonadi.

– Se l'unità di misura è questa, allora sí, lo amo. Erano anni che non mi sentivo cosí… cosí piena di speranza.

– Non stai dicendo queste cose solo per assecondare un povero vecchio.

– No.

– L'amore –. Gli occhi di Leopold si illuminarono. – Eh eh!

Costanza faceva fatica a capire se Leopold fosse solo leggermente bizzarro – anche molto piú che leggermente – o se questa sua strana schiettezza fosse la conseguenza di quello che aveva passato e a cui era sopravvissuto o, ancora, se l'età avesse liberato in lui, come a volte capita negli anziani, una franchezza che in una persona piú giovane sarebbe sembrata una forma sconcertante di maleducazione. Ovviamente, dopo solo un'ora di conversazione, non lo conosceva abbastanza bene per dirlo. E perché mai avrebbe dovuto? Non aveva bisogno di capire come stavano esattamente le cose per provare un'istintiva simpatia per quell'uomo, per la sua vita, per la sua capacità di sopportazione fiera e fortunata. E tanto poteva bastare per il momento.

A cena Leopold rivolse a Henry una serie di domande sul suo lavoro. In particolar modo gli interessavano quelle che lui continuava a chiamare «le cifre»: quante donne si stavano sottoponendo a cicli di FIVET, quante avevano recentemente avuto risultati positivi ai test di gravidanza, quante stavano portando avanti gravidanze plurigemellari. Le gravidanze plurigemellari lo entusiasmavano piú di tutto. – *Gut*, *gut*.

Henry e Lorna avevano sistemato gli affettati su un vassoio accompagnandoli con pane di segale, cetriolini, cipolle, pomodori a fette, insalata *coleslaw* e senape (l'americanissima French's). Henry, Lorna, e i ragazzi si farcirono generosamente dei sandwich; Leopold, come Costanza, mangiò il suo pastrami con un coltello e una forchetta.

– A questa tavolata ci sono solo due europei: io e te, – disse Leopold con un tono quasi allegro, indicando con il capo in direzione di Costanza. – Questi americani...

– Nonno, – disse Justin. – Lorna è giamaicana. E a quanto mi risulta la Giamaica non fa parte degli Stati Uniti.

– È arrivato il geografo.

– E cosa c'è che non va nel farsi un sandwich? – chiese Justin risentito.

Da quando Leopold aveva usato la parola *fagele*, Justin ci era rimasto male e quell'espressione gli era rimasta stampata in faccia da allora.

– Ho detto per caso che c'era qualcosa che non andava? Ho semplicemente detto che io e questa giovane signora abbiamo uno stile diverso a tavola.

– Ma quello che sottintendevi...

– Ho sentito dire che i francesi mangiano il gelato con la forchetta, – si intromise Lorna tutta sorridente. – Vi rendete conto?

– Non ci ho mai fatto caso, – disse Justin. – L'anno scorso siamo stati in Francia.

– Abbiamo mangiato il gelato? – chiese Andrew.

– Ma certo che l'abbiamo mangiato, – disse Henry. – Da Berthillon. Io ho preso *framboise*.

– Sarebbe lampone, – disse Lorna. – *Fraise* è fragola e *citron* limone.

– Noi americani con i nostri modi da zotici, – disse Justin. – Non abbiamo usato la forchetta, vero?

– Credo proprio che l'abbiamo mangiato con un cucchiaino, – disse Henry.

E a quel punto tutti si fiondarono sul gelato e a tavola per un po' regnò il silenzio.

Henry guardava Lorna, e intanto pensava...

– Come mai tutto questo interesse per le cose francesi, Lorna, se posso chiedertelo? – le domandò dopo qualche istante.

– Be', – Lorna sorrise, – sto per fare un viaggetto a Parigi.

Henry si girò verso Leopold. – Ti prego, non dirmi che l'hai licenziata. Ti prego, papà.

– In effetti dalla settimana scorsa Lorna non è piú alle mie dipendenze.

– Ti avevo pregato, Leopold –. Quando era esasperato Henry lo chiamava Leopold. – E tu me l'avevi promesso.

Leopold posò la mano su quella di Lorna. – Io e Lorna vorremmo annunciare a voi tutti che siamo... che siamo una coppia.

Henry rimase a bocca aperta. – Siete una coppia. Tu e Lorna.

Leopold disse: – L'udito gli funziona ancora bene. Meno male. Non farà la mia fine –. Dopo una pausa: – Non voglio sapere cosa provi se è qualcosa di diverso dalla felicità. Tua madre è morta da otto anni. Lorna non ha un marito da dodici anni. Stiamo discutendo la possibilità di una sua conversione, ma se decide di non farlo sono affari suoi. Non ho intenzione di lasciarle tutti i miei soldi, nel caso te lo stessi chiedendo.

– Non mi interessano i tuoi soldi, – disse Henry. – E, papà, sono felice per te. È solo che sono un po'... sorpreso.

– Non sei l'unico, – disse Lorna. – Faccio questo lavoro da quarant'anni. E non mi era mai capitato di provare per nessuno quello che provo per Leopold –. Gli sfiorò una mano.

– Ragazzi, – disse Leopold. – Non avete niente da dire?

– *Félicitations*? – disse Andrew, con un chiaro tono interrogativo nella voce.

Piú ambiguamente, Justin chiese: – Quand'è che partite?

– Partiamo mercoledí sera, – rispose Leopold. – Giovedí saremo in rue de Rivoli davanti a un bel gelato.

– E lo mangeremo, – aggiunse Lorna raggiante, – con la forchetta.

Il lunedí mattina, il giorno dopo che suo fratello era tornato al college e il giorno prima di cominciare l'ultimo anno delle superiori, Andrew fu svegliato dal rumore di qualcosa che andava in frantumi. Lentamente si trascinò giú dal letto e raggiunse il soggiorno, dove Costanza stava spazzando via i cocci di una lampada gialla di ceramica. La stanza era completamente sottosopra. Sedie e tavoli erano stati spostati a ridosso delle pareti. Come anche il divano. Appoggiato contro il divano c'era quello che doveva essere il responsabile di quanto era successo: un grosso tappeto arrotolato e legato con lo spago.

– Non sembrava particolarmente di valore. Spero che a tuo padre non dispiaccia se…

Andrew si avvicinò al tappeto e lo srotolò appena da un angolo.

– Che ne pensi?

– Niente male. Solo che… – Si guardò intorno. – Solo che è sempre stato uguale da quando mia madre è andata via.

– Lei si è fatta una casa nuova per sé, o sbaglio? – disse Costanza con razionalità. – E anche per voi.

Rimasero fermi lí in silenzio, guardando la stanza ognuno dal proprio punto di vista.

– Mi daresti una mano? – chiese lei quando finí di spazzare.

Quello che Costanza aveva detto era sensato, ma lei continuava ad avere l'impressione di essere un'intrusa in un luogo, o un tempo, che oggettivamente non aveva piú alcuna rilevanza, ma che a lui continuava a sembrare importantissimo.

Sollevò un lato del tappeto. Vedendo che lui esitava lo rimise giú. – Non ti preoccupare. Posso aspettare tuo padre.

– No, non c'è problema.

Insieme sistemarono a fatica il tappeto rimettendolo al suo posto. Poi spostarono un po' di mobili, secondo una disposizione suggerita da Costanza, diversa rispetto a quella di prima.

– Allora?

– Niente male. Devo ammettere.

Costanza, mani sui fianchi, osservò l'effetto. – Succede sempre quando si aggiunge un pezzo nuovo.

– Cosa succede sempre?

– Che ti rendi conto di tutte le altre cose che ci sono da fare.

Alla fine di quella giornata Henry si affacciò in camera di Andrew che era ancora tutto preso a riordinare le sue fotografie.

– Ho saputo che stamattina hai aiutato Costanza a sistemare il nostro nuovo tappeto.

Andrew annuí, ma non disse nulla.

– Non sapevo che ti interessasse l'arredamento d'interni.

– Mi interessa il cambiamento. Almeno cosí pensavo.

Il letto di Andrew era coperto di un numero di foto quasi pari a quelle che erano sulla scrivania e sul pavimento. Henry ne mosse alcune senza nemmeno guardarle. Si sedette con i palmi delle mani sulle ginocchia. – Tanto vale che ti dica quello che sto pensando. Volevo sapere se sei d'accordo a passare un po' piú di tempo da tua madre.

Andrew spostò una fotografia da un mucchio all'altro.

– Non mi aspetto che tu riesca a capire, Andrew, ma cominciare una nuova relazione alla mia età, e all'età di Costanza, non è cosí facile. Questo ci aiuterebbe a creare… un po' di spazio attorno alle cose, tutto qui.

– Occupo cosí tanto spazio?

– Non in senso letterale…

Andrew si girò verso suo padre e mise le braccia conserte. – Tutti gli anni passati a contenderti con la mamma la custodia condivisa, litigando per i giorni e a volte anche per le ore. Quella volta che ci hai fatto andare, te lo ricordi?, a parlare di persona con il giudice per dirgli che ci tenevamo a trascorrere la stessa quantità di tempo con te e con lei? – Andrew si indicò il collo. – Ero un bambino. Mi sono dovuto mettere la cravatta. Io odio le cravatte.

– Sarà solo per uno o due mesi, finché le cose non si saranno sistemate. Sarai qui comunque per la tua serata fissa e a fine settimana alterni. E naturalmente puoi sempre tornare se le cose non vanno per il verso giusto nel West Side.

– Le cose non vanno mai per il verso giusto nel West Side.

– Consideralo come un favore speciale che ti chiedo, va bene Andrew? Ti prego.

Il giorno dopo, Costanza portò a casa di Henry un'altra valigia e uno scatolone di libri e si era organizzata per far spostare il resto delle cose da casa di Morton allo studio di downtown. Quella sera, quando tornò dopo aver fatto la spesa, lanciò un'occhiata in camera di Andrew e si accorse immediatamente che aveva sistemato e archiviato le pile di fotografie. Aveva anche passato in rassegna i suoi libri e li aveva disposti ordinatamente con i dorsi allineati sui bordi degli scaffali. Aveva riordinato la scrivania e rifatto il letto. Aveva perfino svuotato il cestino.

Ora che lei si trasferiva in quella casa pareva invece che lui si stesse preparando per andare altrove, seppure solo metaforicamente. Ma perché?

Sulla bacheca rimaneva una sola foto, una foto che Costanza non aveva mai notato prima. Andrew le aveva fatto uno scatto da dietro quando si erano salutati quel giorno a Firenze, dopo essere stati al Mercato Centrale. Lei indossava un abito di lino bianco, che in seguito aveva macchiato di vino e che alla fine aveva abbandonato a casa di sua madre. Mentre scompariva tra la folla, sembrava un'ombra, l'ombra bianca di se stessa.

Si appoggiò alla scrivania di Andrew e osservò attentamente quella foto.

Henry la trovò solo dopo diversi minuti. Si fermò accanto a lei e seguí il suo sguardo fino alla bacheca.

– È del giorno in cui ci siamo conosciuti, – disse Costanza.

Henry annuí.

– Eravamo andati a comprare i funghi.

Continuarono a osservare la foto in silenzio.

– Si direbbe quasi che Andrew si sia trasferito altrove –. Costanza si girò verso Henry. – Perché ha fatto una cosa del genere?

– Ti ha detto niente? – chiese Henry evasivo.

Lei scosse la testa.

– Da quello che ho capito passerà un po' piú di tempo da Judith.

– Come mai cosí, all'improvviso?

– Be', ha un sacco di domande da spedire ai college e Judith ha piú tempo per dargli una mano. E poi ha degli allenamenti extra di nuoto, perché si avvicinano le gare, e casa sua è piú vicina alla piscina...

La spiegazione di Henry aveva un'aura di eccessiva razionalità che la rendeva poco convincente.

– Non sarà mica per me, vero?

– Andrew vuole che tu sia a tuo agio qui tanto quanto lo voglio io.

Detto cosí sembrava ancora meno convincente; ma cosa mai poteva fare Costanza? Non poteva piombare in una famiglia e capirne le dinamiche da un giorno all'altro. E nemmeno dopo notti, o mesi, o addirittura anni.

Henry cercò di distrarla con un bacio sulla nuca. Lei chiuse gli occhi.

Le loro conversazioni andavano avanti per ore, spesso fino a notte fonda. Lei gli ripeteva la stessa domanda, con piccole variazioni sul tema: com'era possibile che due persone che si conoscevano da cosí poco tempo decidessero di fare un figlio? Perché la tempistica è piú importante del tempo, continuava a risponderle Henry. Perché nella vita ci sono delle situazioni in cui bisogna seguire il cuore. Perché, cercando di avere un bambino, ci conosceremo bene e riusciremo a vedere chiaramente chi siamo.

E se quello che vediamo non dovesse piacerci?

– A dire il vero la possibilità non mi ha nemmeno sfiorato la mente, – disse lui.

Lasciando che l'idea di avere un figlio si facesse nuovamente strada dentro di lei, Costanza si sentiva come reduce da un trauma, come se fosse sopravvissuta a un incidente stradale e, ancora vulnerabile, si muovesse con circospezione nello spazio. Nello spazio e nel tempo. Si sentiva fragile, insicura, diffidente. Ma la sua diffidenza aveva delle falle. Falle che lasciavano entrare l'aria, la luce. Gradualmente, i giorni e le notti con Henry si accumulavano, e con essi aumentava l'impressione di normalità, che riuscí a creare uno spazio piú ampio, uno spazio che lasciava affiorare i sentimenti piú vari. Costanza si concesse di assaporare, soltanto vagamente assaporare, un po' di quel suo antico e struggente desiderio. Si concesse di indugiare sul «come sarebbe se»...

E quando Costanza fu pronta ad aprirsi di nuovo al desiderio, questo tornò, immettendosi a tutta forza in un vecchio alveo che sembrava pronto da tempo ad accoglierlo.

Una mattina si svegliò particolarmente riposata, come le

succedeva dopo aver avuto la febbre o l'influenza. Ogni cosa sembrava al posto giusto, in ordine. E chiara. Meravigliosamente chiara. Si fece la doccia e si lavò i capelli, poi buttò via le pillole anticoncezionali che aveva cominciato a prendere subito dopo essersi trasferita da Henry. Si mise alla scrivania e lavorò per diverse ore, poi uscí e comprò un test di ovulazione. Quella sera raccontò tutto a Henry e lui stappò una bottiglia di champagne.

Per due mesi Costanza e Henry cercarono di concepire. Nei giorni precedenti l'ovulazione facevano l'amore ogni sera. Henry arrivò a conoscere il calendario del corpo di Costanza meglio di lei. A letto lui era generoso. Non sempre passionale, ma chi poteva esserlo in simili circostanze? Mai un cedimento, mai un'esitazione, mai una défaillance. Tutto il contrario dell'ambiguità, della tormentata ambivalenza di Morton. Henry esprimeva sempre chiaramente i propri desideri e le proprie speranze, tanto che certe volte Costanza si chiedeva se questa loro impresa non fosse qualcosa che riguardava Henry, oppure un vecchio conto in sospeso tra Henry e Judith, Henry e i ragazzi, Henry e Leopold forse, o Henry e il mondo: come se ci tenesse a mostrare al mondo intero che lui era capace di ricominciare una nuova vita. Si convinse che in parte era questo a muoverlo e in fin dei conti per lei non era un problema. Se non altro il loro reciproco bisogno si incastrava alla perfezione e poteva davvero portare a una nuova vita. A un figlio, il loro.

Quando a Costanza vennero le mestruazioni, Henry sembrò tutt'altro che sorpreso, addirittura quasi indifferente: – C'era da aspettarselo. Siamo assolutamente nella norma statistica –. E dopo: – È come sospettavo –. E poi: – Sai come la penso. Dovresti venire in studio per vedere cosa si può fare.

Ciononostante, dopo il secondo mese che non era rimasta incinta, Costanza faticava a trovare la forza di andare in studio da Henry. Gli chiese se potevano continuare a provare per un altro paio di mesi per conto loro, e per la prima volta lui si mostrò seccato. – Quando compirai quarant'anni, le possibilità di rimanere incinta precipiteranno in maniera vertiginosa. Sembra una cosa arbitraria, un compleanno come un altro, ed è vero che la riserva di ovuli non diminuisce nello stesso momento per ogni donna, ma parlando statisticamente, una volta superata quella linea di confine, ti trovi a muoverti in un campo molto piú ostico dal punto di vista riproduttivo.

Il fatto che lui avesse già cominciato a parlarle come se fosse una paziente non fu d'aiuto.

– E se ci provassimo solo per un altro mese e basta? Credo che fra un mese sarò pronta. Lo spero.

– Cosa te lo fa dire?

– Non lo so, Henry. È che me lo sento e basta.

– Credere, sperare, sentire. Non c'è niente di scientifico in tutto questo.

Pochi giorni dopo l'inizio del ciclo mestruale, in quel secondo mese, Costanza prese l'edizione domenicale del «New York Times» e, come faceva spesso, per prima cosa diede un'occhiata alla «Book Review». Sulla copertina del supplemento c'era Morton, ritratto da Richard Avedon, che fissava l'obiettivo; c'era Morton – questa fu la sua sensazione – che fissava lei. Quel suo sguardo attento e spietato, lo sfondo bianco e spoglio: Sarnoff (non poteva pensare a lui semplicemente come Morton in quel contesto), bastonato. Sarnoff, pieno di rughe e di macchie di vecchiaia. Sarnoff con quei suoi occhi furbi e penetranti. Aveva visto quella foto cento volte, ma ancora la faceva trasalire.

Lesse il titolo: *Il segreto di Sarnoff.*

Il che cosa di Sarnoff? È già stato pubblicato? Tutto questo poteva significare solo una cosa: che il libro era già in lavorazione quando Howard le aveva spedito il dattiloscritto a Firenze, oppure (o anche) che era stato pubblicato in fretta e furia.

> Da quello che sappiamo finora sul conto di Morton Sarnoff, personaggio assai sfuggente, sorprende che sia lui l'autore di questi diari, tra i piú personali e ricchi di particolari intimi che siano stati pubblicati negli ultimi anni; ma la sfera privata di Sarnoff è solo una delle tante sorprese che ci riserva il volume dal titolo eloquente *Ultime parole: Diari, 2007-2013*, il risultato di un lavoro di editing sulle oltre cinquecento pagine (scritte a mano) trovate tra le carte di Sarnoff da suo fratello Howard e dal poeta Ivan Ellison, assistente personale dell'autore negli ultimi anni della sua vita.

Chiunque si interessi alla storia della letteratura americana degli ultimi anni del Novecento, sa quanto Sarnoff fosse notoriamente un personaggio schivo…

Sí, sí, pensò Costanza. Di nuovo questa storia. Con il cuore che le batteva fortissimo continuò a leggere:

… ma come ben sapranno i lettori attenti delle opere di Sarnoff, anche le esistenze piú circoscritte nascondono rivelazioni o finali a sorpresa…

Perché non dirlo apertamente e basta? Perché non era quello il compito del recensore, ecco perché.

Oltre agli ultimi mesi di vita di Sarnoff – e tornerò tra poco a queste annotazioni piene di sofferenza, tracciate con anatomica e meticolosa precisione – l'innamoramento, il matrimonio con la traduttrice Costanza Ansaldo e poi la separazione costituiscono l'elemento di maggiore interesse e pathos di *Ultime parole*. Sono anche il nodo di maggiore struggimento del diario, e in ultima istanza, il piú grande dilemma: è giusto che uno scrittore di oltre sessant'anni, convinto dell'inesorabilità dei suoi problemi di salute, faccia di tutto per mettere al mondo una nuova vita?

Costanza sentí di nuovo una stretta al cuore mentre riprendeva a leggere poche pagine piú in là:

Anche se è vero che pure i migliori diaristi sono capaci talvolta di ripugnarci – le allegre scappatelle di Pepys, la crudeltà tagliente e l'antisemitismo di Virginia Woolf sono due esempi che vengono alla mente – non leggiamo un diario come leggiamo un romanzo.

Leggiamo un diario per conoscere la vita interiore di un uomo che, grazie alla sua opera, ai suoi successi o alla sua storia personale, ci invoglia a conoscere anche i suoi piú intimi pensieri.

Da recensore ho riflettuto se fosse o no il caso di parlare apertamente di quello che *Ultime parole* ci aiuta a capire di Morton Sarnoff. Tuttavia, dal momento che questa informazione è stata ormai messa nero su bianco e presto, senza dubbio, ne parleranno tutti i media, io preferisco esprimere la mia sorpresa, simile, immagino a quella di tanti altri lettori, nello scoprire che Sarnoff fosse già padre di un figlio che aveva scelto di non riconoscere, nonostante la sua sofferta decisione riguardo all'eventualità di diventare genitore.

E quindi eccolo: il segreto di Sarnoff. Lo confessa nei suoi diari una sera, dopo la separazione dalla signora Ansaldo. Apre una bottiglia di bourbon e in una prosa concitata e discontinua racconta la storia della relazione con la governante guatemalteca che per anni aveva lavorato per lui quando viveva nella Columbia County; la donna, chiamata qui con il nome fittizio di Maria Hernandez, ha dato alla luce un bambino poco prima che Sarnoff pubblicasse *La vita a veni-*

re e tornasse (o scappasse, come si potrebbe benissimo sospettare) a Manhattan. Sarnoff non ha mai visto il figlio, sebbene, in cambio del silenzio della donna, avesse provveduto a...

A questo punto Costanza smise di leggere. Non riusciva piú ad andare avanti, con gli occhi offuscati da lacrime di rabbia.

In inverno la Columbia County è un posto molto desolato. Gli alberi spettrali, i campi bruni ricoperti da una sottile patina di ghiaccio azzurrognola, le nuvole che incombono: tutto lí le sembrava plumbeo e smorto. Preferiva uno scorcio aperto di cielo o di acqua, di acqua soprattutto. E proprio in quella campagna senza sbocchi sul mare Morton si era ritirato in volontario esilio per quasi vent'anni: fattorie fatiscenti, diner sulle strade, stazioni di servizio, saloni di bellezza e studi di tatuaggi. Come faceva Morton a tollerare quel posto orribile? Costanza cercava di immaginarselo con un sole caldo, un cielo azzurro, mucche nei pascoli verdi, il canto degli uccelli. Magari durante l'estate, sí, era sopportabile, ma rimanevano comunque quelle colline basse che isolavano la regione, e la lunga striscia di autostrada che le attraversava come uno squarcio.

Un paesaggio che si estendeva infinito davanti a un uomo la cui vita – o forse la cui vita dopo la morte – sembrava non avere fine: da quel punto di vista, era proprio casa sua. Ammesso che un uomo come Morton Sarnoff potesse mai sentirsi a casa da qualche parte, e Costanza non era sicura che fosse possibile: la sua casa erano i suoi libri, le sue parole. Le sue parole con i loro segreti, le sue parole con la loro abilità di sferzare un ultimo colpo addirittura dalla tomba.

E le sue azioni? Una sferzata ancora piú potente. Una sferzata, un calcio. Nella pancia di Costanza, nel suo grembo. Sí, nel grembo.

L'informazione mancante chiarí molte cose. La sua semplicità aveva qualcosa di bello. Lei e Morton avevano provato a concepire un bambino per un anno e mezzo, e non ci erano riusciti. Dopo una «breve» relazione, lui e la sua governante avevano avuto un bambino. Adesso lei ci stava provando con Henry, già padre, e anche con lui aveva fallito. Per Costanza l'insieme di queste cose rappresentava un problema. Un problema solo suo. E aveva intenzione di affrontarlo a testa bassa. Avrebbe detto a Henry che voleva andare nella sua clinica per sottoporsi a una cura, e anche il piú in fretta possibile.

Ma prima doveva fare una cosa.

Ivan si era trasferito a Brooklyn, Cobble Hill. Le aveva mandato un bigliettino con il nuovo indirizzo, una cosa stampata, impersonale, che lei aveva infilato nella sua rubrica telefonica. Viveva al terzo piano di un condominio di media grandezza con la facciata di mattoncini nei pressi di una via commerciale. Aspettò fuori per venti minuti, finché non arrivò una vicina; a quel punto Costanza s'infilò nel portone dietro di lei e salí. Non voleva rischiare di suonare e di essere mandata via senza vederlo, faccia a faccia.

Quando alzò la mano per bussare alla porta ebbe una visione di se stessa di spalle: ferma lí, con i capelli sporchi raccolti sotto un cappello di Henry che aveva afferrato dalla cabina armadio, una giacca corta sul maglione lungo, le spalle, tutto il corpo chiuso e teso. Non era un bello spettacolo.

Ivan non sembrò molto sorpreso di vederla. Sebbene non indossasse uno dei suoi completi grigi d'ordinanza, le fece un accenno d'inchino, da maggiordomo nato qual era, e la invitò a entrare. Quel suo modo rapido ed efficiente di farsi da parte per lasciarla passare le ricordò perché era sollevata al pensiero di non averlo piú nella sua vita.

L'appartamento era immacolato. In fondo c'era una tavola apparecchiata per la cena, per una persona sola, pensò Costanza, finché non si inoltrò nella sala e vide che i posti apparecchiati erano due, e che una persona era già seduta, un omino simile a un levriero che somigliava stranamente a Ivan. In un certo senso era tutto piú che logico, un altro tassello che contribuiva a rendere piú chiara la situazione.

– Kevin, ci daresti solo un secondo, – disse Ivan all'uomo seduto al tavolo.

– Ma certo.

Dopo che Kevin fu uscito dalla stanza, Ivan disse: – Mio fratello viene a cena da me una volta alla settimana.

E ancora un'altra cosa che Costanza aveva sbagliato a interpretare. – Credo di conoscere il motivo per cui lei è qui, – disse Ivan. – È a proposito di Ricardo, giusto?

Ivan disse il vero nome del bambino con una familiarità che fece arrossire Costanza.

– Sí.

Lui la guardò impassibile. – Non le sono mai stato un granché simpatico, vero, signora Sarnoff?

E senza darle il tempo di dire niente aggiunse: – Risponda sinceramente.

– È vero, Ivan. Non mi sei mai stato molto simpatico.

Chi poteva sorridere nel sentirsi dare una risposta del genere? Ivan. Ecco chi poteva farlo.

– «Ricardo» significa sovrano potente e coraggioso. Al signor Sarnoff piaceva tanto quel nome. L'abbiamo cercato insieme. «Speriamo che Ricardo sia tutte queste cose», ha risposto lui quando gli ho spiegato cosa significava.

Si trattenne dal dirgli, come invece avrebbe tanto voluto fare: risparmiati queste cose per il suo biografo.

– Nel caso volesse saperlo, lui non c'entra niente con la scelta del nome.

Costanza annuí. – È vero che Morton non ha mai conosciuto… Ricardo?

– Ha preferito cosí.

– Ha preferito non vedere mai suo figlio.

Quanto odiava dover andare a chiedere informazioni su suo marito a quest'uomo.

– Ha visto delle foto. Diverse, nel corso degli anni.

Gli anni. Costanza cercò di immaginare come Ivan aveva archiviato quelle foto e quelle lettere, perché sicuramente ci dovevano essere delle lettere di accompagnamento in mezzo alle concise pagine di Morton. Sotto «Sarnoff: figlio»? «Sarnoff: bastardo»? «Cose che Morton Sarnoff tiene segrete alla moglie che vorrebbe tanto avere un figlio»?

– Ricardo non sa niente di suo padre. Era parte dell'accordo. Ovviamente i nomi sono stati cambiati nella versione pubblicata dei diari.

– Ovviamente.

Costanza non aveva nemmeno pensato di comprarne una copia. L'avrebbe mai fatto? Non ne era sicura. Ormai Morton Sarnoff per lei apparteneva al passato. A parte quest'ultima – come chiamarla? – coda. Quest'ultima immagine. Doveva avere l'immagine del viso del bambino. Doveva vederlo con i suoi occhi.

Ivan andò alla libreria e prese un libro: *La vita a venire*. – Il signor Sarnoff mi ha fatto una dedica su questo libro un mese dopo che avevo cominciato a lavorare per lui. Gliel'ho chiesto io. Era la mia copia personale. È per questo che è cosí mal ridotta. Me lo portavo dappertutto, questo libro.

Aprí e lesse: – «A Ivan Ellison, all'inizio di quella che sarà sicuramente una relazione memorabile».

Poi sfogliò le pagine e ne estrasse un foglietto. Lo guardò per un attimo.

– Ricorda che il signor Sarnoff amava ripetere che non leggeva mai le recensioni dei suoi libri? Be', non era del tutto vero. C'era una particolare recensione di cui mi parlava spesso. L'autrice – lei stessa una scrittrice – aveva detto che, per quanto lui fosse un profondo osservatore della natura umana, e per quanto fossero accurate le sue descrizioni di ogni tipologia di persona, Sarnoff aveva un grosso difetto. Non essendo mai stato padre, non era in grado di rappresentare l'amore genitoriale in maniera convincente. Il signor Sarnoff ne era rimasto turbato. E credo che sia stato questo, piú di qualunque altra cosa, a spingerlo a scrivere il suo ultimo romanzo. «Uno scrittore deve saper mutare forma, Ivan, – mi diceva. – Deve riuscire a diventare chiunque, deve essere in grado di provare qualunque cosa...»

Ivan aprí il foglio. – Non era mio diritto esprimere il mio disaccordo con il signor Sarnoff quando era in vita. Ma avevo il mio... punto di vista personale. Sí, è cosí. Il mio punto di vista personale. Sulle cose. Le mie idee personali su cosa fosse giusto e cosa no. Sono cresciuto... be', diciamo che sono cresciuto, che io e Kevin siamo cresciuti in un contesto tutt'altro che felice. E io credo che quando si mette al mondo un figlio, è giusto che lo si desideri veramente. Che si provi interesse per i figli. Altrimenti questi figli finiscono per portarne il peso...

Di nuovo Ivan abbassò lo sguardo sul foglio. – Naturalmente so cosa stavate cercando di ottenere, cosa speravate di ottenere. In realtà c'era molto poco che io non sapessi. Devo dire che questa è stata l'unica volta che il signor Sarnoff mi ha deluso. Mi è sembrata un'ingiustizia nei confronti di...

Ivan esitò. – Quando immaginavo che un giorno le avrei detto queste cose, non mi aspettavo che sarebbe stato tutto cosí ingarbugliato.

Le diede il foglio. Sopra c'era un nome e un indirizzo di Hudson, nello Stato di New York.

Costanza guardò quel pezzo di carta per alcuni secondi. – Grazie, Ivan. Non so...

Sollevò la mano bianca e sottile. – Non dica niente, la prego. E qualunque cosa decida di fare, non cominci a provare simpatia per me. Non adesso.

Almeno a Hudson, la cittadina, c'era un corso d'acqua, una striscia di fiume in fondo alla via principale, al di là di un ripido terrapieno: era il fiume Hudson, appunto, grigio, dal movimento lento ma costante. In mezzo al fiume beccheggiavano alcune barche. E qualche anatra – non molte – galleggiava lí attorno.

Per prima cosa era andata a cercare il fiume, tanto per riuscire a orientarsi meglio. Un tempo tutte le attenzioni di quella cittadina dovevano evidentemente essere rivolte al fiume; adesso invece Hudson era rivolta all'interno, verso se stessa e i suoi negozi. Non erano quello che si aspettava: file su file di vetrine con costosi pezzi di antiquariato, oggetti raffinati e scintillanti. C'erano anche gallerie d'arte, gioiellerie e ristoranti che sembravano trapiantati lí direttamente da Tribeca o dal Village.

Quella era la via principale. Ma l'indirizzo che le aveva dato Ivan era una strada a due isolati da lí, verso nord, un mondo completamente diverso. Le vetrine tutte lustre dei negozi cedevano il posto a case dalle facciate sporche, i portici cadenti e la vernice scrostata. Perfino i marciapiedi erano fatti con un asfalto diverso, piú sbiadito. Invece dei *fauteuils* francesi in esposizione c'erano *bodegas* con insegne al neon che pubblicizzavano la vendita di biglietti della lotteria e birra.

La casa che Costanza cercava era a una certa distanza dalla

zona della città nei pressi del fiume. La piccola costruzione dalla struttura di legno, come le altre tutto intorno, era fatiscente. Ma almeno era ordinata. In giardino c'era una siepe che sembrava addormentata, ma ben potata. Sul portico c'erano un paio di sedie di plastica intorno a un tavolino tondo. Il tavolo e le sedie sembrarono a Costanza un buon segno, il segno che, quanto meno in estate, c'era gente che si sedeva a mangiare lí, o che andava a trovare chi abitava in quella casa, o che si sedeva lí per guardare il bambino, Ricardo, che giocava in giardino.

Rimase nell'auto noleggiata a osservare la scena. La strada era tranquilla. Passò un camion della nettezza urbana, ma non si fermò a raccogliere la spazzatura. Due case piú giú una donna uscí a prendere la posta.

Costanza, seduta in macchina, pensò alla fase finale della vita di Morton, che adesso, dopo aver acquisito quest'ultima informazione su di lui, le sembrava molto diversa. Ripensò in particolare a quel pomeriggio, piú o meno quattro mesi dopo la separazione, quando Annelie, la sua amica svedese che faceva la traduttrice, l'aveva trovata paralizzata nel suo letto e aveva immaginato che fosse in quello stato da giorni. Annelie aveva le chiavi dell'appartamento perché da quando Costanza si era trasferita da Morton l'aveva utilizzato occasionalmente come studio; notando che Costanza non si era presentata al corso di yoga che frequentavano insieme, Annelie aveva deciso di andare direttamente a casa di Costanza.

– Non devi mai permettere a un uomo di farti una cosa del genere, – aveva detto Annelie con quel suo perentorio accento svedese. Poi aveva sollevato Costanza quasi di peso dal letto e l'aveva scaraventata nella doccia.

Costanza sapeva che Annelie non nutriva una grande simpatia per Morton. – Puzza di ego, – aveva detto dopo averlo conosciuto. – Ti dà la sensazione di uno che ti guarda e ti spoglia con il pensiero. Ma non perché ti desideri fisicamente, come gli altri uomini, ma perché ti vuole usare. Vuole usare la tua storia.

Seduta al suo tavolino, dove Annelie era riuscita non si sa come a far materializzare un sandwich tirando fuori gli ingredienti dalle credenze vuote, Costanza aveva detto: – Tu non sai cosa si prova a cercare di concepire un figlio, la pressione a cui viene sottoposta la tua sfera intima...

– Avere problemi a scopare seguendo una tabella di marcia non giustifica la decisione di mettere fine a un matrimonio in modo cosí sommario. Nemmeno se sei il grande Sarnoff.

– Tu non hai passato quello che ho passato io, Annelie.

– E questo cosa significherebbe, di preciso, adesso?

Costanza ricordava quasi parola per parola quello che aveva detto ad Annelie perché l'aveva pensato e se l'era detto da sola tante volte, prima e dopo di allora: – Credo che sia per via di mio padre, per quello che è successo. Quando mi concedo il permesso di interessarmi a un uomo, non m'importa molto delle classiche liste da spuntare. Non sento di dover cercare questa o quella qualità in un compagno. Può essere sposato. Piú vecchio. Piú giovane. Difficile. «Inadatto». Niente di tutto questo ha importanza. Quando il padre che hai amato tanto distrugge quell'amore cosí, da un momento all'altro, a che serve cercare di essere prudenti, di stare attenti? A niente.

– Se tutto questo è vero, – aveva detto Annelie dopo che Costanza ebbe finito, – allora perché stamattina ti ho trovata a letto in uno stato catatonico?

Per Costanza non era facile rispondere a questa domanda. – Le mie riflessioni non mi rendono felice. E poi sono stanca. Profondamente stanca.

– A dire la verità, a me la tua non sembra proprio stanchezza.

– E cosa ti sembra?

Annelie si era limitata a guardare Costanza. Uno sguardo pieno di affetto e di preoccupazione che le aveva fatto venire le lacrime agli occhi.

Annelie l'aveva abbracciata. – Esternare la tristezza è una cosa positiva, ma personalmente penso che a te in questo momento servirebbe di piú sfogare la rabbia.

Rabbia: dov'era finita? Cosa ne aveva fatto Costanza? L'aveva sepolta. Ecco cosa ne aveva fatto. L'aveva sepolta quando Morton le aveva chiesto di trasformare la separazione in divorzio. L'aveva sepolta quando lui l'aveva incoraggiata a pianificare un soggiorno temporaneo in Italia. L'aveva sepolta quando, dopo che Morton l'aveva chiamata per dirle che gli era stato diagnosticato un cancro al pancreas, lei aveva abbandonato quel piano. E l'aveva sepolta quanto, su richiesta di Morton, era tornata per stare con lui fino alla fine.

Non aveva riflettuto a lungo o a fondo su quella decisione: anche questo rientrava nel suo desiderio di fare a meno della classica lista da spuntare. Era rimasta con lui fino alla fine perché era la cosa giusta da fare e perché, nonostante tutto, lo amava ancora. Quando, verso la fine, lui le aveva detto: «Ho commesso un terribile errore, ci saremmo dovuti impegnare di piú a fare un figlio insieme», lei gliel'aveva lasciato dire. Gli aveva anche lasciato credere che fosse ancora possibile e, con grande sforzo, avevano fatto l'amore per la prima volta dopo tantissimo tempo, e anche per l'ultima. Dopo, con una voce sommessa e tristemente confusa, lui le aveva chiesto: «Sono venuto? Non l'ho capito». «Sei venuto» gli aveva detto lei mentendo. Lui le aveva chiesto a che giorno del ciclo era, e lei gli aveva risposto: «Sono al tredicesimo giorno. Dovrei avere l'ovulazione da un momento all'altro».

In realtà quello era solo il quinto giorno. Ma queste parole gli avevano donato un po' di pace.

Era morto tre settimane dopo.

Era morto con quel segreto intatto e mai rivelato. Era morto senza dirle che sapeva di poter avere un figlio, cosa che significava, forse, probabilmente, che il problema era suo. Era morto egoisticamente, proprio come era vissuto.

Dopo quarantacinque minuti la porta si aprí. Uscí sul portico un bambino sui sette anni con un parka rosso con il cappuccio. Aveva tra le mani un pallone da calcio. Lo faceva rimbalzare mentre scendeva i gradini. Il pallone lo precedette in giardino e scivolò sull'erba invernale. Il bambino lo seguí e cominciò a calciarlo e rincorrerlo.

Ogni tanto si girava verso la porta per vedere se c'era qualcuno sulla soglia a guardarlo. Non c'era nessuno.

Costanza non aveva mai pensato a cosa avrebbe fatto nel caso il bambino non fosse mai uscito in giardino o non fosse in casa. Sarebbe rimasta seduta lí tutto il giorno, tutta la notte? Con molta probabilità sí.

E invece eccolo, ed ecco lei che scendeva lentamente dall'auto. Quando buttò fuori l'aria, il fiato disegnò delle nuvolette che subito scomparvero. Il cuore le batteva fortissimo. Si era portata dietro un sacchetto: dentro non c'erano caramelle, anche se ci aveva pensato, ma delle mele. Si era fermata a una bancarella lungo la strada fuori città, dove in quel periodo dell'anno vendevano solo barattoli di confettura, qualche cavolo e qualche zucca dall'aspetto moscio, e mele. In quel momento le era sembrata un'idea simpatica; adesso che aveva quel sacchetto in mano, non riusciva a pensare ad altro che alle mele avvelenate delle favole, ai frutti regalati dalle matrigne assassine. E tecnicamente lei per quel bambino sarebbe stata proprio quello: una matrigna, sebbene non assassina; se fosse stato… tutto quello che non era stato.

C'era qualcos'altro da dire sulle favole. Erano sempre piene di coppie che non potevano avere figli, o di coppie che avevano figli solo dopo anni e anni di attesa; e appena nata, questa bambina – si trattava quasi sempre di una femmina – veniva minacciata o rapita o per qualche motivo doveva essere consegnata a una megera o a un vecchio malvagio che esercitava un potere sui neogenitori. Le balenò questo pensiero che poi svaní, come una nuvoletta di fumo.

Si avvicinò alla recinzione, con quel suo dono da strega.

Il bambino, Ricardo, smise di tirare calci per grattarsi l'orecchio destro. Anche Morton faceva quel gesto quando scriveva. Anche lui si grattava sempre l'orecchio destro. Costanza ebbe un tuffo al cuore: un gesto cosí caratteristico di quell'uomo difficile, egoriferito ed estenuante, riprodotto alla perfezione, in miniatura, da questo bambino. Il suo bambino.

Guardò il figlio che era venuto al mondo grazie a Morton Sarnoff, simile e completamente diverso da quello che non si era impegnato ad avere con lei. Non bastava averlo visto? Cosa gli avrebbe mai potuto dire?

Indugiò alla recinzione qualche altro istante, poi s'incamminò verso la macchina. Appese il sacchetto di mele a uno dei paletti: un'offerta, oppure spazzatura. Nell'uno o nell'altro caso, un mistero.

Quella sera a cena Costanza raccontò a Henry la sua giornata e gli disse cosa aveva deciso: adesso era pronta a cominciare la cura. Lui l'ascoltò attentamente, poi disse: – Una parte di me odia Sarnoff per averti tenuto nascosta questa cosa, e una parte di me lo vorrebbe ringraziare per l'involontario aiuto –. Si scostò dal tavolo. – Per quanto... per quanto, se proprio devo essere sincero, Costanza, avrei preferito che tu ci arrivassi da sola, senza la necessità di... questa spinta, di questo sprone o quello che è, dal passato.

«O quello che è»? Per lei non era questo, tutt'altro, ma non aveva idea di come comunicare a qualcuno che non ne aveva fatto esperienza, com'era stato vivere con Morton, aver provato per piú di un anno a concepire un bambino con un uomo che sapeva di essere fertile e che gliel'aveva tenuto nascosto, che per questo l'aveva fatta sprofondare, sebbene non intenzionalmente (davvero non era intenzionale? Non era forse stato il suo, nonostante stesse per morire, un ultimo grande atto di egoismo?), in un lunghissimo periodo di dubbi e angosce su quello che il suo corpo era in grado di fare, o per essere piú precisi, su quello che non era in grado di fare. E la parte dell'angoscia Henry era senz'altro in grado di capirla, perché al lavoro ci aveva a che fare, come lui stesso le aveva raccontato, quasi ogni giorno; ma l'inganno era completamente diverso.

– Mi dispiace, – gli disse Costanza, – ma io avevo bisogno di chiarezza, di maggiore chiarezza. E ora ce l'ho.

– Mi fa piacere.

– Allora? Da dove cominciamo?

– Prendi un appuntamento, o meglio, lo prendo io per te.

– Posso farlo da sola. Vorrei essere trattata il piú possibile come una paziente qualunque.

– Una paziente qualunque, – disse Henry secco, – dovrebbe aspettare tre mesi per la prima visita.

– E io? Sarò visitata da te? – Costanza si sforzò, senza riuscirci, di tenere l'enfasi su questa ultima parola.

– Be', da chi se non da me? Cioè, se sono le migliori cure che cerchi, il miglior paio d'occhi sulla situazione...?

La «situazione». – Sí, ma... ma prenderesti mai in cura tua sorella?

– Non cercherei mai di concepire un figlio con mia sorella, questo no, ti pare?

– Sai cosa voglio dire. Non c'è una regola secondo cui i medici di solito si rifiutano di avere come pazienti membri della loro famiglia, amici intimi e fidanzate?

– Di solito, sí. Ma la medicina della fertilità non è una branca come le altre.

Costanza recepí l'informazione e la mise da parte per un secondo momento. – C'è qualcos'altro. Avrei preferito che nessuno del tuo studio sapesse di noi.

– Ma perché?

– Non voglio avere addosso gli occhi del mondo, del tuo mondo. Le cose sono già abbastanza difficili per me.

Henry rifletté qualche istante. – Possiamo organizzarci, se insisti.

– Insisto.

Almeno su una questione Costanza si arrese: permise a Henry di prendere un appuntamento. Glielo fissò alle otto del lunedí mattina seguente. Costanza non poteva sapere quanto fosse insolito ottenere una prima visita con il dottor Henry Weissman a quell'ora. La mattina lui vedeva le pazienti che avevano iniziato un ciclo, e mai le nuove. Il fatto che Henry le avesse riservato un posto a quell'ora della mattina metteva Costanza in una posizione privilegiata, una posizione che, almeno per il momento, era palese solo a pochi membri del suo staff.

Alle otto, quasi tutte le poltroncine della sala d'attesa erano occupate. Costanza aveva dovuto mettersi in fila, una lunga fila, anche solo per l'accettazione. Quando arrivò il suo turno le fu dato un questionario di otto pagine da compilare.

Poi finalmente si mise a sedere e cominciò a osservare attentamente la stanza. La maggior parte di queste donne era attorno alla quarantina, come lei. Quasi tutte erano immerse nella lettura del materiale informativo o concentrate sui loro dispositivi elettronici, trenta – anche piú – isole appartate su quel tappeto grigio-verde, un mare tranquillo, volutamente rilassante. A giudicare dal loro abbigliamento, sembravano perlopiú professioniste, o comunque sufficientemente benestanti da potersi permettere i trattamenti per la fertilità. Donne abituate ad avere in mano le redini della loro vita, o ad avere l'illusione che fosse cosí; ma nella sala d'attesa di Henry, nella clinica di Henry si trovavano in un posto dove quel dato di fatto e quell'illusione venivano strappati via, completamente. Era come essere seduti in una sala di specchi: queste donne non alzavano mai lo sguardo perché avevano paura di vedere il riflesso del loro desiderio struggente, e forse anche della loro paura. Era molto piú semplice non entrare in contatto con nessuno.

Costanza non si considerava parte di questa comunità di donne, eppure eccola. A portarla qui erano state una serie di decisioni sbagliate, inconsce, o semicoscienti, sebbene al momento piú che vere e proprie decisioni sembravano semplicemente la vita che succedeva, la vita che la trascinava nella sua corrente, via dalla morte di suo padre, via dai tentacoli di sua madre, via da Genova, via (alla fine) dall'Italia. Adesso, ripensando al passato, le sembrava che tutto avesse una sua logica. Le sembrava logico che, avendo perso il padre a quattordici anni, e in quel modo, lei fosse attratta da uomini piú vecchi (Stefano, Morton... Henry, anche se con lui fra tutti, aveva meno anni di differenza). Le sembrava logico che per anni si fosse buttata anima e corpo nel lavoro, che avesse usato il lavoro come protezione, per non doversi mettere alla prova (o esporre, o rischiare in prima persona) in altri campi della sua vita. Convincendosi per anni che fosse logico anche pensare di non voler avere un figlio, finché all'improvviso non le era parso piú tanto logico.

Costanza si chiese se anche tutte queste altre donne in sala d'attesa si consideravano sbagliate come faceva lei. E se, invece di leggere, mandare messaggi, o nascondersi dietro gli auricolari, avessero cominciato a parlare fra di loro, che conversazione sarebbe stata, che cori di angosce e di rimpianti! E di rabbia, probabilmente anche quella. E di afflizione. Non un coro: un'opera.

Costanza decise di concentrarsi sui moduli da compilare. Alle prime domande rispose senza problemi. Non aveva mai avuto nessuno dei disturbi elencati. Cuore, polmoni, reni, fegato, vescica: tutto a posto. Medicine: vitamine, aspirina per il mal di testa, sonniferi nelle peggiori notti di insonnia. Non aveva mai subito interventi chirurgici, a meno che l'estrazione del dente del giudizio non contasse come tale. Il ciclo mestruale era regolare. E poi passò all'anamnesi familiare. Sua madre aveva una serie di disturbi legati all'età; Costanza li elencò cercando di ricordarli tutti. Maria Rosaria era stata fertile, sí, e in effetti aveva avuto Costanza poco prima dei quarant'anni, un'età che all'epoca era considerata molto avanzata.

Le domande successive riguardavano suo padre. Era piú facile rispondere a queste che a quelle su sua madre, perché lui era stato sempre sano fino al momento della morte, e da nessuna parte c'erano domande riguardanti la sua salute mentale. Ma come spesso capita in moduli del genere, a un certo punto le veniva chiesto se era ancora vivo e, in caso di morte, a che età era morto e di cosa. Generalmente quando Costanza si trovava costretta a rispondere a quelle domande, indicava incidente automobilistico o incidente aereo: di solito, se dicevi che tuo padre era morto in un modo cosí cruento, nessuno indagava oltre. Ma per qualche ragione, sul modulo di Henry, nella clinica di Henry, il suo primo impulso fu quello di scrivere la verità: quella parola devastante. «Suicidio». «Suicide». Quella parola era ugualmente sgradevole in italiano e in inglese. Scrisse solo la s, poi si fermò. Le vennero in mente vari motivi per cui sarebbe stato piú prudente mentire. Cosa sarebbe successo andando avanti con la cura per la fecondazione in vitro e prendendo le medicine che, come sapeva dalle sue letture sull'argomento, potevano alterare le sue emozioni e il suo umore? Nel caso avesse avuto forti effetti collaterali dal punto di vista psicologico, le persone lí (i colleghi di Henry, Henry stesso) avrebbero potuto pensare che i disturbi di suo padre emergevano in lei, che invece dei medicinali il problema fosse un'instabilità genetica? Avrebbero potuto diminuire i dosaggi, per questo motivo, oppure prospettarle una rosa di scelte piú limitata che avrebbe ridotto le sue probabilità di restare incinta?

«Annegamento in mare», scrisse. Nuotava in mare aperto, verso la Punta, con gli occhi chiusi, con determinazione, senza rendersi conto che era in rotta di collisione con uno scoglio a pelo d'acqua. Era andato a sbattere contro lo scoglio e aveva perso i sensi all'istante. O forse – piú plausibile – si era spinto troppo al largo e un peschereccio che arrivava a tutta velocità non l'aveva visto sulla superficie dell'acqua. Tre o quattro estati prima la stessa cosa era successa a una donna di Milano. Parti del suo corpo erano state portate dalla marea verso Ponente, fino a Sori.

– Costanza Ansaldo?

Costanza non aveva notato l'infermiera. Alta, capelli grigi corti, era arrivata lí da un corridoio sulla sinistra. – Adesso il dottore è pronto per riceverla.

Henry era in piedi dietro la scrivania, la camicia e la cravatta abilmente annodata erano coperte da un camice bianco pulito e stirato. – Signora Ansaldo, piacere, dottor Weissman. Si accomodi, prego.

Costanza si mise a sedere. Henry si mise a sedere. Susan, l'infermiera, era seduta sulla sua sedia alla destra del dottore. Tutti e due tolsero il cappuccio alle loro penne nello stesso istante.

– Cosa la porta qui da noi oggi?

Dopotutto era stata lei a chiedergli di non dire a nessuno del loro legame. Non si sarebbe mai aspettata che lui potesse fingere in modo tanto naturale.

– Direi che cerco delle informazioni. Vorrei esplorare le varie opzioni per... le varie opzioni per...

– Diventare madre.

Lei annuí. – Sí –. Si affrettò poi ad aggiungere: – Mio... il mio compagno, lui ora è... questa settimana è a un congresso di lavoro. Gli dispiace di non poter essere qui. Moltissimo.

Anche lei era brava a recitare.

Henry annuí. – Oggi cercheremo di capire come è meglio procedere. Costanza. Posso chiamarla Costanza?

– Se io posso chiamare lei Henry.

– Ma certo –. Indicando Susan con un cenno della testa, aggiunse poi: – Susan è la mia infermiera piú anziana. Voglio dire: l'infermiera che è in servizio qui da piú tempo.

– La piú vecchia in tutti i sensi, – disse Susan senza staccare gli occhi dal suo blocchetto.

– La nostra collaborazione risale piú o meno ai tempi in cui ho avviato il mio studio. Lei starà qui con noi ora mentre chiacchieriamo e anche dopo, durante la visita.

– Mi deve visitare?

Evidentemente aveva pronunciato la parola «visitare» con un'enfasi eccessiva, come aveva fatto con quel «te» la prima volta che Henry aveva tirato in ballo l'argomento, perché la fronte di Susan si corrucciò leggermente.

– Be, sí, naturalmente.

Costanza si appoggiò allo schienale, un gesto di sottomissione.

– Mi dica da quanto tempo sta cercando di rimanere incinta.

– Nell'attuale... relazione, da qualche mese. Con il mio defunto marito molto piú a lungo.

– Quanto tempo, di preciso?

– Un anno... anche piú. Forse ci sono stati dei mesi in cui abbiamo fatto male i calcoli.

– Monitorava l'ovulazione.

– All'inizio mi misuravo la temperatura. Poi sono passata all'apposito test.

– Quale marca?

Lei glielo disse. Lui prese appunti.

– Suo marito è mai stato sottoposto a una visita? Per la conta spermatica? La motilità, la morfologia?

– Mio marito, il mio defunto marito, ha avuto un figlio dopo i cinquant'anni –. Per un attimo le tornò alla mente quando aveva mostrato a Henry la recensione del libro di Morton ed era scoppiata a piangere. – Comincio... comincio a credere che il problema sia io.

– Perché dice questo?

– Il mio attuale... compagno, anche lui ha un figlio. Due, anzi.

L'infermiera Susan corrucciò di nuovo la fronte, o era solo l'immaginazione di Costanza?

– Ma lei mi ha detto che sta provando solo da qualche mese.

Costanza annuí.

– Lei sa mediamente quanto tempo una donna di trentanove anni impiega per riuscire a concepire un figlio in maniera naturale?

Costanza scosse la testa.

– Tra l'anno e l'anno e mezzo. E quindi, finché non l'avremo visitata e non avremo gli esiti di alcune analisi preliminari, io non salterei a nessuna conclusione. Ipotizzerei, per esempio, che è solo una questione di età. Possiamo essere utili da quel punto di vista.

– Nel senso che potete farmi ringiovanire? – disse lei ironica.

– In un certo senso, sí –. E poi: – Quando dovrebbe venirle il prossimo ciclo?

– Mercoledí. O forse giovedí.

– Il suo ciclo è regolare?

– Ventotto giorni, a volte ventinove. L'ho già scritto nelle risposte al questionario.

– Mi piace comunque verificare di persona –. Henry prese un altro appunto.

Le spiegò che, a meno che dalle analisi e dalle visite non fossero emersi dati fuori dalla norma, il terzo giorno della sua prossima mestruazione, e per «giorno» intendeva prima della mezzanotte, doveva recarsi in ambulatorio per un prelievo di sangue. I risultati avrebbero rivelato un campione dei suoi livelli di FSH – o ormone follicolo-stimolante – relativi al terzo giorno, di LH, ovvero ormone luteinizzante, e di estradiolo, cioè di estrogeni. I valori dovevano essere sotto un certo numero, undici o dodici al massimo, perché il contrario, cioè cifre alte, lasciavano presupporre una minore riserva ovarica, che era un affidabile indicatore della qualità degli ovuli. Queste cifre e i risultati delle analisi e dell'ecografia che le aveva prescritto avrebbero chiarito se avrebbe potuto cominciare direttamente con un ciclo di FIVET, o magari provare prima con la IUI, ovvero l'inseminazione intrauterina.

Mentre ascoltava, Costanza cercava di non pensare a tutte le donne, e a tutte le coppie, che si erano sedute dove era seduta lei in questo momento, ad ascoltare la stessa semplice, distaccata presentazione. Forse era piú distaccata del solito, perché si trattava di lei, di loro. O per via di quella pantomima che lei aveva voluto a tutti i costi.

– Come ho detto, ci sono anche altri aspetti che dobbiamo approfondire, – continuò Henry, – ma nel caso tutto dovesse filare liscio, questa è l'informazione che piú ci serve. Ha qualche domanda?

– Vorrei sapere cosa succede dopo.

– Il secondo giorno cominciamo con una IUI o un ciclo di FIVET. Vista la sua età direi che è piú probabile la seconda opzione.

– Tutto qui?

– Naturalmente c'è un protocollo farmacologico da seguire, una serie di ecografie e altre procedure, ma tutte queste cose le scoprirà a tempo debito.

Morton aveva dovuto supplicarlo, e invece adesso Henry si offriva di creare una vita con lei, per lei, almeno come potenzialità. Si sentiva... come si sentiva? Come se il suo corpo non fosse seduto sulla sedia, ma ci galleggiasse sopra, e come se lei non fosse nemmeno interamente all'interno del suo corpo.

– Nient'altro?

Costanza scosse la testa.

– Allora adesso Susan le mostrerà l'ambulatorio.

Quella sensazione fluttuante di incorporeità le fu in realtà di aiuto. Rendeva piú gradevole l'idea che fosse Henry a visitarla.

Costanza si spogliò e s'infilò un accappatoio informe. Non si distese su un lettino ma si accomodò su una sedia. Rimase lí seduta ad aspettare. E mentre aspettava pensava che avrebbe preferito essersi portata dietro un po' di lavoro invece che quella rivista sulla quale non riusciva assolutamente a concentrarsi; oppure avrebbe preferito poter fare qualcosa con le mani, come lavorare a maglia. Avrebbe preferito che quell'accappatoio tenesse caldo veramente, mentre in realtà non offriva nessuna protezione contro il freddo esagerato che sentiva. Avrebbe preferito che le finestre fossero piú pulite, e che l'orologio alla parete non ticchettasse in modo cosí rumoroso. Il ticchettio degli orologi la irritava, ma un orologio ticchettante in una sala frequentata da donne il cui orologio biologico cominciava a ticchettare rumorosamente era un po' troppo da sopportare.

Ma lei lo sopportava. Anche se si immaginava chiedere a

Henry, con calma e in un altro contesto, se aveva mai pensato a cosa provasse una sua paziente a star seduta in quelle stanze senz'anima ad aspettare.

E aspettare.

E aspettare.

Otto minuti... undici. Cosa credevano, che una donna del ventunesimo secolo avesse bisogno di piú di due minuti per sfilarsi un maglione, un paio di pantaloni e un paio di slip?

Tredici. Lavavetri, regolarmente assunti, un quadro astratto, una pianta fiorita, un libro di poesia, opportunamente scelto. O una collezione di saggi di viaggio, che invitavano le pazienti ad andare da qualche parte, qualsiasi altra parte. Il colore delle pareti. Perché le pareti di questi posti dimenticati da Dio non erano mai colorate?

Quattordici. Sedici.

Dopo sedici minuti e mezzo – l'orologio aveva un'altra diabolica lancetta che girava sul quadrante, marcando il tempo fino all'ultimo secondo – Susan aprí la porta. Si scusò comunque del ritardo, spiegando che il dottor Weissman aveva dovuto rispondere a una telefonata urgente. Sperava che Costanza avrebbe capito.

Costanza disse che sí, capiva benissimo.

Susan misurò il peso e l'altezza di Costanza. Poi la pressione e la temperatura.

– A lui piace cominciare da zero, – disse Susan mentre prendeva appunti sulla cartella clinica di Costanza.

– È da molto che conosce il dottor Weissman?

– Ventotto anni.

– Ormai lo conoscerà bene.

Susan sistemò la membrana dello stetoscopio sul cuore di Costanza. – Direi.

– Secondo lei è una brava persona... volevo dire, un bravo medico?

Susan rispose mentre auscultava il cuore di Costanza. – Entrambe le cose.

– Non potrebbe mai darmi una risposta diversa.

– Potrei, ma non lo farei mai. Principalmente perché è davvero cosí.

– Principalmente.

– Ventotto anni sono una vita. È come un matrimonio.

– Piú lungo di certi matrimoni.

– Be', piú lungo dei miei tre matrimoni messi insieme.

Costanza sorrise.

Susan si tolse lo stetoscopio e se lo appese al collo. – E voi due. Vi conoscete da molto tempo?

– In che senso?

– Come ho detto, ventotto anni sono una vita –. Susan guardò Costanza negli occhi e aspettò.

Costanza arrossí. – Ci siamo conosciuti qualche mese fa.

– In Italia.

Costanza annuí.

– Questo spiega il notevole miglioramento del suo umore.

– Dobbiamo dirgli che lei ha capito tutto?

– Ma perché… fingere? Perché fingere due volte, intendo?

– Credo che cercherei comunque di comportarmi come se tutto questo non stesse succedendo realmente.

Questo Susan sembrava averlo capito. – Molte donne trovano difficile rinunciare ad avere il controllo sul proprio corpo, anche se solo in via temporanea.

– E quindi io sto cercando di esercitare il mio controllo su qualcos'altro? È questo che vuole dire?

– Grosso modo.

Dopo cinque minuti la porta si riaprí. Susan rientrò insieme a Henry.

Henry si lavò le mani, palpò la tiroide di Costanza, e le auscultò il cuore per conto suo mentre Susan assisteva in silenzio.

Poi le chiese di distendersi supina e di mettere le gambe nelle staffe.

Susan indicò prima Henry, poi Costanza. – Allora, Henry, com'è che stanno le cose, qui?

Henry guardò Costanza e capí.

– Le chiedo scusa, – disse Susan a Costanza. – Ma dopo trent'anni una non riesce piú a tenere a freno la lingua.

– Tu hai smesso di tenere a freno la tua piú o meno dopo trenta minuti, se ben ricordo, – disse Henry. – Il piano, il mio piano, è aiutare la donna che amo a rimanere incinta. Di solito la cura comincia dopo una visita.

– Sí, ma questa situazione è decisamente insolita, – disse Susan.

Costanza incrociò le braccia. – Henry vuole che io possa contare sulla piú alta probabilità di successo, – disse, difendendo un approccio che solo pochi giorni prima lei stessa aveva messo in dubbio.

– Lo vogliamo tutti –. Susan si girò verso Henry. – Posso far venire qui Woo nel giro di tre minuti. Tu puoi supervisionare. Tanto lo fai comunque quasi sempre. Mi occupo io di tutta la faccenda, ma credo davvero che sia la mossa piú saggia per voi due, e per tutti noi in genere.

Henry lanciò un'altra occhiata a Costanza, che gli fece un cenno d'assenso con il capo. – Bene, – disse poi.

E dopo che Susan fu uscita, disse: – Ci tiene a prendersi cura di me.

– La questione del tuo coinvolgimento emotivo l'avevo sollevata io stessa, te lo ricordi?

– Me lo ricordo –. Henry sospirò.

Come promesso, Susan tornò dopo tre minuti. Anche meno. Insieme a lei c'era una giovane dottoressa, Felicity Woo, la quale non diede a Costanza l'impressione di essere la persona piú giusta. Era minuta e scattante. Costanza non aveva idea di cosa le avesse detto Susan, ma siccome aveva deciso che doveva fidarsi di lei, decise di fidarsi anche di questa dottoressa Woo.

La dottoressa Woo si presentò mentre si infilava un paio di guanti sterili. Poi le sue mani scomparvero sotto la tunica di Costanza. Henry assisteva impaziente, mentre la dottoressa Woo tastava e spingeva. Non era particolarmente delicata. Costanza sentí una fitta di dolore e fece una smorfia. La dottoressa Woo le chiese scusa ma non si fermò. Le disse che stava vedendo se nella sua cavità uterina c'erano polipi, fibromi, o altre formazioni o anomalie che potessero ostacolare l'impianto.

Continuò a pungolare per diversi interminabili secondi. – Tutto a posto.

Poi il medico piú giovane fece un cenno del capo a Susan, la quale intanto apriva la confezione di un preservativo, lo infilava sulla sonda e spruzzava sull'intera superficie una dose generosa di gel lubrificante.

(Preservativi in un posto dove le donne andavano per cercare di rimanere incinte? La cosa sembrò controversa a Costanza quanto il rumoroso ticchettio dell'orologio da parete).

La dottoressa Woo inclinò la sonda prima da una parte e poi dall'altra, fermando di tanto in tanto qualche immagine per salvarla. Fissava lo schermo calma e concentrata, uno sguardo apparentemente imperscrutabile agli occhi indagatori di Henry. Quel doppio silenzio mise Costanza in uno stato di agitazione. Immaginò che stessero individuando problemi, escrescenze: formazioni, polipi o cisti di dimensioni enormi. Tumori, orrori. Continuava a sollevare la testa, alternando la sua attenzione tra il monitor, che non riusciva a decifrare, e la faccia di Henry, che rimaneva indecifrabile.

Finalmente la dottoressa Woo le rivolse la parola. – Non ci sono segni di fibromi, polipi, o cisti. L'endometrio è sottile, il conteggio dei follicoli antrali attestabile sui tre. Lei è in ottima forma.

– Ottima forma?

Henry si lanciò nella spiegazione. – Quello che vuole dire è che dalle analisi e dall'ecografia non emerge nulla che le possa impedire di fare un ciclo di FIVET. A seconda dei risultati delle analisi del sangue, ovviamente. Per quelle, come le ho già detto, dovremo aspettare il prossimo ciclo mestruale.

Costanza fu cosí sollevata che per un attimo smise di respirare.

La dottoressa Woo prese un appunto sulla cartella clinica di Costanza.

Henry si girò verso Susan. – E ora?

– Tre.

Susan intendeva dire ambulatorio numero tre. Lui intanto continuava con la sua giornata. La mano afferrò la maniglia, e un secondo dopo, con il piú breve e il piú distante dei saluti – di quelli che avrebbe riservato a qualunque altra sua paziente – se ne andò.

Costanza passò gran parte del resto della giornata a lavorare sulla nuova traduzione, un libro strano e originale intitolato *Honey from a Weed* di Patience Gray. Era (e allo stesso tempo non era) un libro di cucina. Non era (e allo stesso tempo era) un memoir. In parte il libro affascinava Costanza proprio perché era cosí difficile da etichettare, ma soprattutto perché le parlava a un livello che era personale e – visto il momento che stava vivendo – necessario.

Gray era stata una scrittrice inglese che si occupava di cibo, e per un certo periodo anche una creatrice di gioielli, il cui compagno (sempre ed esclusivamente chiamato «lo scultore») lavorava con il marmo. La sua ricerca di materiali li portò a vivere per lunghi periodi a Carrara, in Catalogna, a Naxos e in Puglia, spesso in maniera molto frugale, talvolta talmente frugale da arrivare al punto di non avere la corrente elettrica. Gray voleva adattarsi: imparare dalle tradizioni e dalle donne (e dagli uomini) del posto, rispettare il ciclo delle stagioni, apprezzare l'abbondanza, ma adeguarsi anche ai periodi di magra. Come scrittrice e come cuoca si muoveva agilmente tra ascetismo e sensualità. Era una procacciatrice di cibo, una diligente ricercatrice, una brava ascoltatrice, e la sua prosa aveva un tono misurato ed elegiaco che derivava dalla consapevolezza di essere finita in posti in cui le vecchie tradizioni stavano scomparendo. In un brano paragonava se stessa a una studiosa di musica che registrava canzoni che nessuno piú cantava, destinate a essere dimenticate.

La cuoca in Costanza, che da poco si era risvegliata, apprezzava la guida culinaria di Gray – da questo punto di vista il lavoro non avrebbe potuto capitarle in un momento piú opportuno –, ma quello che la toccava davvero nel profondo era il modo in cui la scrittrice inglese si dava anima e corpo a ogni posto in cui andava a vivere, qualunque fossero le circostanze. Se non c'era acqua corrente, andava a riempire le pentole al ruscello. Se non c'erano verdure nell'orto, andava nel bosco a raccogliere erbe selvatiche. Affrontava ogni nuova situazione, ogni nuova esperienza, con una curiosità che Costanza trovava invidiabile.

Essendo una traduttrice, Costanza era abituata all'idea di adattamento. Per diversi mesi di seguito usciva dalla sua vita e faceva un viaggio in quella di qualcun altro. Era come se avesse passato anni a vivere in una serie di appartamenti presi in prestito, trasferendosi lí per un paio di stagioni, indossando i vestiti del padrone di casa, assorbendo le informazioni settoriali essenziali dai libri sui suoi scaffali, curiosando nel suo armadietto delle medicine e dormendo nel suo letto, sforzandosi per tutto il tempo di rimanere invisibile, perché, come lei ben sapeva, il traduttore deve farsi sentire, ma non vedere. Era un'esperienza particolare scrivere una storia (o catturare un'idea, o esprimere una sensazione) senza cercarla dentro di te, ma facendo solo la parte del pupazzo del ventriloquo – se il pupazzo avesse saputo leggere e scrivere – per la coscienza di un altro essere umano; eppure era in quello spazio di mezzo che lei piú spesso si sentiva a suo agio, nel suo lavoro e sovente (come ormai aveva capito) anche nella sua vita.

Verso le cinque Costanza fece una pausa e controllò i messaggi sul cellulare. Henry aveva chiamato per dirle che quella sera sarebbe tornato a casa piú o meno per le otto. Diceva che se aveva bisogno che lui comprasse qualcosa, doveva lasciargli un messaggio sul cellulare, oppure dirlo a Wanda. Tutto qui: niente a proposito dell'appuntamento, o di Susan, o della dottoressa Woo, o di lei.

Costanza mise in borsa il manoscritto e i suoi appunti e tornò verso l'appartamento di Henry fermandosi a prendere gli ingredienti per una frittata di zucchine e un'insalata verde. Andava a procacciarsi il cibo come Patience Gray? No, decisamente no.

Tornata nell'appartamento, Costanza trovò Andrew in cucina che frugava nel frigorifero. Non lo vedeva da due settimane. – È lunedí, naturalmente, – disse lei; il lunedí sera lo passava sempre nell'East Side. Riformulando in tutta fretta i suoi piani alimentari, aggiunse: – Stavo per uscire a procurarmi un po' di provviste. Che ne dici di costolette d'agnello?

– Ultimamente non mangio molta carne –. Andrew diede un morso alla mela che aveva preso dal cesto della frutta.

– E se improvvisassi una pasta con i funghi porcini? Ho ancora un po' dei nostri funghi di Firenze…

Quel «nostri» risaltò goffamente nella frase.

– Mi sembra un'ottima idea. Ma non stasera. Ho nuoto.

– E se saltassi?

Andrew chiuse il frigo. – Uno: a inizio anno firmiamo un

contratto in cui ci impegniamo a non saltare nemmeno un allenamento, anche in caso di malattia. Dobbiamo essere lí e osservare da fuori. Due: se non nuotassi o non corressi ogni giorno impazzirei. Immagino che sia passato un bel po' di tempo dall'ultima volta che sei stata un'alunna dell'ultimo anno di una scuola privata di New York.

– Complimenti per il sarcasmo, Andrew. Ma senza contare queste tue visitine amichevoli, hai saltato tre lunedí su sei ultimamente.

– Sei sicura di non essere ebrea?

– Il mio nonno paterno lo era, ma non l'ho mai conosciuto. Perché?

– Sei brava a maneggiare il senso di colpa.

– Non era mia intenzione farti sentire in colpa. È solo che ci sei… mi sei mancato.

– «Mi sei» è probabilmente piú veritiero.

L'ultima cosa che voleva era arrabbiarsi con due uomini della famiglia Weissman nello stesso giorno. – E va bene. Mi sei.

Andrew gettò il torsolo di mela nella spazzatura.

Costanza aprí una confezione di uova. – Non hai niente da dire in proposito?

Lui scosse la testa.

– Be', il fatto che te ne stai lí fermo mi mette a disagio. Perché non mi dai una mano a rompere le uova in una scodella? – Costanza tirò fuori una scodella e una frusta. – Puoi anche sbatterle.

– Quante?

– Otto. Ma solo sei albumi.

– Stai mettendo a dura prova le mie abilità culinarie.

– Te la caverai.

Ma non fu cosí. Andrew provò, senza riuscirci, a separare i tuorli dagli albumi.

– Da' qua. Ti faccio vedere io.

Costanza prese l'uovo mezzo spaccato e tutto colante dalla mano di Andrew e gli mostrò come doveva lasciar gocciolare l'albume nel piatto, versando e riversando il tuorlo nelle due metà. Poi gli diede un altro uovo e gli disse di provarci da solo. E intanto Costanza pensò a quanto fosse strano preparare a Henry una cena a base di uova il giorno stesso in cui aveva cominciato a sottoporsi a un trattamento nel quale lui si sarebbe preso cura dei suoi ovuli.

– Posso farti una domanda?

Andrew era tutto concentrato su quello che stava facendo. Annuí distrattamente.

– Com'è stato per te avere un padre medico?

– Be', non mi ha mai sottoposto a nessuna cura per l'infertilità.

– Sai cosa voglio dire.

Andrew ruppe un altro uovo, separando l'albume dal tuorlo, ma stavolta con maggiore abilità. – Quando eravamo piccoli non ci potevamo mai ammalare. «Sono cose che guariscono da sole»: il commento tipico di Henry era sempre lo stesso per ogni graffio, per ogni caduta dalla bicicletta. Per ogni virus che ci siamo beccati. Gli impacchi di ghiaccio? Non sapeva nemmeno cosa fossero. Aspirine dolci masticabili? Un placebo. I cerotti fichi di Spider-Man che tutti gli altri bambini avevano? Lui prendeva in clinica dei cerotti vecchi e brutti, ce li faceva tenere solo per un paio d'ore e poi ce li toglieva. «Le ferite devono prendere aria».

Andrew cominciò a sbattere le uova. – Un inverno, quando ho cominciato a fare nuoto, all'epoca lui e mamma erano già separati, mentre andavo a una gara, scendendo dal taxi sono scivolato e sono caduto. Un dolore lancinante, ma mio padre era convinto che si trattasse di una semplice distorsione, o di uno strappo a un tendine che sarebbe guarito da solo. E cosí sono andato lo stesso all'allenamento. Mi aveva suggerito di metterci su un impacco di ghiaccio. Il giorno dopo non riuscivo nemmeno a legarmi la scarpa, ho lasciato i lacci sciolti. Quella notte dovevo dormire nel West Side. Mia madre ha dato un'occhiata al mio piede e dieci minuti dopo eravamo al pronto soccorso. Il medico le parlava come se volesse chiamare i servizi sociali. «Quanto tempo avete aspettato…?» Eh sí, dopo questo episodio Henry e Judith hanno litigato di brutto. La volta successiva che ho visto Henry, mi ha chiesto scusa. È stata una delle pochissime volte in cui l'ho sentito chiedere scusa.

– E dopo le cose sono cambiate?

– Be', non mi sono piú rotto un piede.

Era quasi come se Henry avesse origliato la loro conversazione o avesse ripensato a come si era svolta quella mattina: fatto sta che tornò a casa con pasticcini, pane croccante e una bottiglia di buon vino bianco. Costanza un po' si vergognava della cena frugale che aveva preparato ispirandosi a Patience Gray.

Versarono il vino e dopo qualche sorso Henry chiese a Costanza com'era andata secondo lei.

– Intendi dire dopo che Susan ci ha smascherati?

– Non sarebbe piú giusto dire che ci ha dato una chance per ripensare a quello che stiamo facendo? – disse Henry.

– Che stiamo facendo…?

Henry la guardò. – Ok. Che sto facendo. Ma a parte questo a me pare che sia andata bene. A te no?

– Tu sei… scappato da quella stanza. Alla fine.

– Avevo altre otto pazienti prima di pranzo. Nove, forse.

– Per me è stata una notizia… importante. Sapere che è tutto a posto.

– È un po' troppo presto per festeggiare.

Costanza infilò la frittata in forno. Ci teneva a stare attenta a come parlava, a usare un tono neutro. – Questo lo so. Ma tu sei sempre cosí… cosí distante con le tue pazienti, o solo con quelle che conosci personalmente?

Henry si accarezzò la barba. – Ti ho trattato come avrei trattato qualsiasi altra paziente. Faccio questa cosa da tanti anni, Costanza. Non ti puoi aspettare che io…

– Che tu faccia un'eccezione?

– Che cambi il mio modo di fare.

– Ma stiamo cercando di avere un bambino.

– Di questo ne sono piú che consapevole.

– Sulla base di una conoscenza reciproca molto superficiale.

– Be', la stiamo decisamente approfondendo, – disse Henry ammorbidendo i toni.

– Cosa intendi dire?

– È una semplice constatazione di un dato di fatto. Come anche questa: non dimenticare che hai quasi quarant'anni.

Vedendo che Costanza non diceva niente, Henry aggiunse: – E che io ti amo.

– È quello che continui a dire. Ma piú lo dici, meno ci credo. Comincio a pensare che sia un'idea – un concetto –, forse un desiderio – che hai tu, e non un'esperienza condivisa fra me e te.

Di nuovo Henry la scrutò attentamente. Qualunque cosa stesse cercando chiaramente non la trovava sul suo viso. – Perché stai cercando di ferirmi?

– Come fai a sapere che l'amore non è proprio questo: una sorta di... illusione?

– Perché credo che un sentimento cosí forte non può che essere condiviso tra due persone. E anche perché ascolto il mio cuore. E mi fido di lui.

Con un tono piú conciliante Costanza disse: – La situazione è insolita, Henry, questo devi ammetterlo.

– Ma certo. Il terreno su cui ci stiamo muovendo è tutt'altro che familiare per me. Sto cercando di orientarmi come posso. È chiaro che è inevitabile fare qualche sbaglio. E questo vale per tutti e due.

– No. Vale solo per te –. Costanza sorrise. La tensione si stemperò.

Henry la cinse con un braccio. – Sarebbe d'aiuto se fossimo marito e moglie? Se io ti chiedessi di sposarmi?

– E questa da dove è venuta fuori?

– Dal cuore. Da dove sennò? – Dopo qualche secondo Henry aggiunse: – Mi rendo conto che non mi sono espresso in modo molto romantico. Ma se tu accettassi, io ti sposerei anche domani.

Costanza girò il viso, bellissimo e imperscrutabile, verso Henry. – E se il bambino non dovesse arrivare...?

– Ci siamo noi.

Costanza aprí il forno e tirò fuori la frittata.

– Non hai risposto alla mia domanda, Costanza.

– In questo momento non riesco nemmeno a pensare a una possibile risposta alla tua domanda. Non mi sento pronta. Ma mi sento pronta per mangiare.

Quel giovedí le vennero le mestruazioni. Tre giorni dopo tornò in clinica da Henry per le analisi del sangue. Lui portò i risultati a casa. L'esame del campione per l'FSH al terzo giorno dava un valore di tredici, che la posizionava nella parte alta dello spettro: le disse che poteva provare con l'inseminazione o passare direttamente a fare un ciclo di FIVET. L'istinto gli diceva che era meglio la FIVET, e cosí lei decise di provare con quella. Lo decise cosí, sul momento. Dopo tanti dubbi, sentire quel numero, quel dato concreto, spinse Costanza a essere pragmatica. Se un test di laboratorio oggettivo lasciava intendere che la qualità dei suoi ovuli cominciava a deteriorarsi, allora era arrivato il momento di sottoporsi al trattamento.

La settimana dopo le arrivò una telefonata da parte di Sandra, una delle infermiere di Henry. Sandra le disse che stava rivedendo il suo fascicolo e aveva notato che Costanza non si era ancora iscritta a quella che lei aveva chiamato *teach class* (una definizione che Costanza trovò alquanto bizzarra): una serata in cui avrebbe imparato come preparare e farsi da sola un'iniezione, cosa aspettarsi durante il ciclo di FIVET, dove andare il giorno del prelievo degli ovociti e altri dettagli riguardanti il trattamento a cui si stava per sottoporre.

Quel giovedí Costanza andò in ospedale e ascoltò Sandra che descriveva un tipico ciclo di FIVET: dal primo prelievo di sangue fino al trasferimento di un embrione, e il test di gravidanza da fare dopo due settimane. In capo a due ore, Costanza si trascinò fuori da quella sala mezzo intontita.

Quella sera Henry era andato a una conferenza e non sarebbe tornato prima delle dieci.

Costanza si versò un generoso bicchiere di vino rosso e poi, al buio, un buio che a New York non era mai completo, raggiunse a tentoni il soggiorno. Si sedette su una delle poltrone rivolte verso la finestra e sorseggiò il vino. E intanto le riaffiorò un ricordo. Di punto in bianco, o cosí le sembrò in prima battuta, la sua mente tornò al giorno in cui aveva percepito il netto passaggio tra l'infanzia e quello che sarebbe venuto dopo, tra il credere di capire e il capire di non capire, tra il sentirsi a casa propria e il non sentirsi mai veramente a casa da nessuna parte.

È un sabato di aprile, e lei è a Recco, nel giardino che è nel pieno del rigoglio di inizio primavera, il profumo delle rose e quello dei gelsomini e dei glicini fanno a gara per addolcire l'aria. È seduta al tavolo rotondo sotto il pergolato e sta facendo i compiti, o quanto meno ci prova. Suo padre è via, solo che non è partito, semplicemente non si sa che fine abbia fatto. Sua madre ha cercato di farle credere che sia partito improvvisamente per un viaggio di ricerca, ma lei non ci ha creduto, perché ormai sono mesi che Alan ha smesso di fare ricerche, non va piú a Genova a tenere lezioni, non legge (proprio lui che aveva sempre un libro in borsa, sotto il braccio, sulle ginocchia, vicino alla sedia), addirittura non sta in piedi per piú di un'ora di seguito. Ai piedi delle scale che dal giardino portano sulla strada, il rumore metallico del coperchio della cassetta delle lettere annuncia la consegna della posta del mattino e, un attimo dopo, Maria Rosaria esce al volo di casa; e sembra proprio che voli, perché ha ancora addosso la camicia da notte, che svolazza e si gonfia dietro di lei come una vela mentre esce di casa e corre in giardino, supera il pergolato e il tavolo dove è seduta Costanza, varca il cancello in cima alle scale, scende le scale e va in strada. Di nuovo il rumore della cassetta delle lettere, meno brusco stavolta, e poi un lungo, esasperante silenzio. A Costanza non resta che aspettare. Cinque minuti, dieci. Per come lo ricorda, le sembra di aver aspettato un'ora, anche se sa che non può essere passata un'ora, forse non sono passati nemmeno dieci o cinque minuti. Alla fine sente i passi di sua madre, pesanti, affaticati, sofferenti, che trascinano di nuovo il corpo su per le scale. S'intravede la punta della testa, la sua zazzera scura, poi il resto, di profilo, i lineamenti congelati, le spalle e le braccia flosce, le mani che reggono la posta dove, tra le bollette e le riviste, ci sono anche due lettere da parte di suo padre, una per Maria Rosaria, l'altra per Costanza. Una è aperta, l'altra ancora sigillata. Due buste, due francobolli, due fogli di carta, due vite che non saranno piú quelle di prima.

Quante volte, nel corso degli anni, Costanza è tornata con il pensiero a quel momento, o quel momento è tornato nei suoi pensieri. A volte funzionava come una droga, inoculandole un po' della sua tossicità, che le faceva rivalutare le cose dalla giusta prospettiva. Costanza aveva la sensazione che le stesse succedendo qualcosa del genere proprio in quel momento, qualcosa che le diceva: «ragazza, cerca di essere piú tosta», o altre parole simili. Ma «tosta» era l'esatto contrario di come si sentiva.

Costanza era ancora seduta nel soggiorno semivuoto di Henry, a sorseggiare un bicchiere di vino e osservare il triste arredamento, quando arrivò lui, con un'ora di ritardo. Accese la luce e lei si girò a guardarlo, strizzando gli occhi.
– Perché eri seduta al buio?

Costanza tacque.

Henry si sedette sulla poltrona gemella. – Come è andata?

– È andata.

– Sandra sa quello che fa.

Costanza annuí.

– Stai bene?

– Starò bene –. Non era chiaro chi stesse cercando di rassicurare con queste parole tutt'altro che convincenti.

– Non ci starai mica ripensando?

– Ci sto pensando, ripensando e ri-ripensando, ma senza ripensamenti.

– Chi ti capisce è bravo.

– Intendo dire... che ho intenzione di andare avanti. Ma vorrei che mi insegnassi a fare le iniezioni. Per quanto Sandra sia stata brava, non sono sicura di aver capito bene.

– Non c'è problema.

– Ah, e Henry?

– Sí...?

– Ti dispiace se facciamo tinteggiare le pareti di questa stanza? E anche i ripiani della libreria?

Forse Henry si aspettava che lei gli dicesse qualcosa di piú importante, qualcosa di epocale, addirittura. – Ma certo che no. Scegli il colore, e io chiamo subito il custode del condominio. Questo genere di lavori li fa con il cugino.

– Credo che mi faccia bene iniziare un progetto cosí in questo frangente. Penso che mi farebbe sentire piú a casa.

– Un modo per preparare il nido. Procediamo pure.

La mattina dopo, Costanza andò dritta al negozio di ferramenta piú vicino per prendere dei campioni di colore. Sembrava di tuffarsi in un mare di sfumature che piano piano digradavano di tonalità. Prima di tutto guardò i gialli. Miele Dorato. Vibrazioni Positive. Lume di Candela. Ma chi se li inventava questi nomi? Stella Cadente. Fulmini e Saette. Piccolo Angelo. Occhio di Bue. Poteva vivere in una stanza le cui pareti avevano un colore che si chiamava Allegria, o Gioia Pura? Era un po' troppo. Forse sarebbe stata piú a suo agio con i grigi e i verdi. Bruma della Valle. Pioggia Parigina. Nembo. Equilibrio Interiore.

Ne prese una decina e li portò a casa di Henry. Lui disse solo che non voleva niente di troppo scuro. A parte questo, si fidava di lei per la scelta del colore.

Fissò con il nastro adesivo i campioni alla parete del soggiorno e si allontanò di qualche passo per osservarne l'effetto. Rinnovare gli ambienti era sempre stata una sua grandissima passione. Da piccola le piaceva giocare ad arredare la casa con sua madre, ma non con i mobili della casa delle bambole, bensí tavoli, sedie e quadri veri. Una volta cresciuta, la passione per arredare le case – sebbene non si potesse piú considerare esattamente un gioco – l'aveva aiutata a sentire piú suo ogni posto dove si trasferiva. (Uno dei motivi per cui non si era mai sentita a casa sua nell'attico di Morton era che quell'appartamento, per molti versi, era un sistema chiuso, proprio come lui). Quando le capitava di scrivere un racconto, per prima cosa Costanza pensava all'ambientazione, poi ai personaggi, e per ultimo a cosa succedeva a quei dati personaggi in quella data ambientazione. Prima di riuscire a immaginare, doveva visualizzare ogni cosa, dalla moquette, alle luci, alla vista fuori dalla finestra. Aveva lo stesso approccio con la traduzione. La prima cosa che faceva era una mappa di tutti i luoghi del libro su cui stava lavorando. Se si trattava di saggistica, o di un libro di narrativa con riferimenti a vie e città ben precise, andava su Google Maps e zoomava sui luoghi in questione cosí che, se lo scrittore diceva che un personaggio camminava lungo una via, o girava a destra o a sinistra, lei poteva seguirlo per tutto il tragitto. Quando lavorava su alcuni romanzi, arrivava perfino a buttare giú uno schizzo delle stanze o a ricostruire le piantine di case sulla base degli indizi che pescava dal testo e che andava segnando su un quadernino via via che leggeva. Era convinta che questi esercizi le permettessero di abitare con maggiore pienezza quegli altri mondi, che facessero di lei una lettrice piú attenta e una traduttrice piú precisa e anche piú fantasiosa.

E ora eccola che viveva – o cominciava a vivere – anche lei una nuova storia. E ovviamente sentiva l'esigenza di lasciare un suo segno sull'appartamento di Henry.

Siccome la finestra del soggiorno dava a nord e lasciava entrare una luce fredda, quasi tinta di grigio, Costanza optò per una tonalità di giallo che era essenzialmente un color crema carico: paglia chiaro si chiamava. Il colore era grazioso (ma non troppo), il nome gradevole. Il custode sarebbe arrivato alle otto del sabato mattina, e quindi le restava mezza giornata per preparare l'appartamento.

Si mise subito al lavoro. Dopo aver arrotolato il nuovo tappeto che aveva comprato con Henry, tolse i pochi quadri che ancora erano alle pareti, svuotò la libreria e impilò i libri al centro della stanza. Sotto gli scaffali c'era una fila di armadietti con le ante bugnate. Erano zeppi di roba. Se doveva fare questo lavoro, si disse, doveva farlo per bene. Era chiaro che da un bel po', probabilmente da quando Judith se n'era andata, nessuno aveva riordinato quelle credenze. Costanza trovò quaderni, raccoglitori, vecchie macchine fotografiche, vasi d'argilla tutti scheggiati fatti dai ragazzi. Anche solo i nastri per macchina da scrivere dimostravano che quello era un angolo che risaliva a un'era antichissima del mondo di Henry. Dispose sul tavolo a ribalta gli oggetti di dubbia utilità, per sottoporli alla decisione di Henry.

Nell'ultima credenza trovò una scatola di fotografie. Fino a quel momento aveva resistito a qualunque tentazione di mettersi a investigare. Era convinta che le storie delle persone venivano fuori da sole nel corso del tempo, e soprattutto, avendo deciso di andare avanti con Henry e con la cura, cercava di reprimere la tentazione di trovare motivi per non farlo. Ma le foto? Come poteva non darci almeno una sbirciata?

Essendo state messe in quella scatola man mano che venivano sviluppate, Costanza si ritrovò a percorrere la vita di Henry a ritroso. Eccolo che diventava piú giovane, piú magro, con una barba piú folta, poi piú corta, poi di nuovo folta; interessante che in quel mucchio non ci fosse nemmeno una foto in cui era sbarbato. Costanza notò un'espressione dura sul suo viso che andava però rilassandosi man mano che lei scavava. Un'inversione di rotta che aveva qualcosa di commovente: l'Henry triste cedeva il posto a un Henry gioioso e intanto la famiglia divisa tornava a essere unita. Il serio padre single era di nuovo parte di una coppia, con sua moglie, di nuovo sorridente a cene, feste, sulla spiaggia, mentre accarezzava Judith, l'abbracciava, mentre abbracciava i figli.

Non soltanto Henry, ma l'intera famiglia viaggiava nel tempo allo stesso modo scambiando magicamente l'io presente e quello futuro. In quale altra dimensione, se non quella della memoria, Justin e Andrew potevano rimpicciolirsi fino a tornare adolescenti, ragazzini, bambini piccolissimi e infine neonati? Prima ancora erano stati fotografati addirittura nella pancia: qualcuno, presumibilmente Henry, aveva fatto una serie di scatti a Judith di profilo con la maglia sollevata su uno sfondo scuro mentre la sua enorme pancia a forma di melone diventava sempre piú piccola.

Il fondo della scatola era tutto sorrisi, feste, e giochi. Una giovane coppia, una nuova coppia, in vacanza. Seduti al tavolo di un diner. O sull'erba per un picnic. Due fidanzati che andavano a ballare. A sciare. A una partita di baseball. A un matrimonio. Si sfioravano – e si baciavano – felici. Costanza percepiva la tensione sessuale tra i due, ne sentiva quasi l'odore. Perfino, nelle foto dove c'era solo Judith, e forse soprattutto in quelle: Judith in bikini su una spiaggia, o, in un'occasione, distesa su un letto sfatto, accanto a un vassoio per la colazione (allora Henry aveva riciclato per lei questo vecchio trucchetto?)

Costanza aveva poggiato man mano le foto sulle ginocchia, a faccia in giú, attenta a non alterarne l'ordine. Stava per farle ricadere nella scatola quando sentí qualcuno nel corridoio. Trasalí, e girandosi le fece cadere spargendole a terra.

Era Hilda, la donna delle pulizie che lavorava per Henry da tantissimi anni. – Non volevo spaventarla, señora Costanza –. Osservò le stanze tutte smantellate.

Costanza le spiegò degli imbianchini e poi raccolse la vita di Henry tutta sparpagliata e la rimise nella scatola. – Erano tutti cosí... belli, – disse con un sospiro.

Hilda lanciò un'occhiata a una foto di Judith incinta. – Sí. Una bella famiglia. Una famiglia deliziosa. Io sono qui da prima dei ragazzi.

– Un sacco di tempo.

– Ah, io ci sono da prima ancora della señora Judith... – Dopo qualche secondo aggiunse: – Il dottor Weissman è stato molto buono con me, con la mia famiglia. *Mire* –. Hilda aveva trovato una foto in cui lei teneva in braccio uno dei ragazzi, Justin, quando era piccolissimo.

Alla fine tutte le foto furono rimesse nella scatola, tranne una manciata. Costanza indugiò su una soprattutto: ritraeva due coppie sedute attorno a una tavola apparecchiata per la cena. Riconobbe Henry e Judith. Ma gli altri due no. O forse sí? Le coppie erano sedute attorno a un tavolo in un locale che sembrava una trattoria newyorkese d'altri tempi, tutta pareti scure e tappezzeria di pelle rossa. Bevevano Martini. Quell'uomo non sembrava affatto Henry, perlomeno non l'Henry che conosceva lei. Ma era anche vero che quella foto era stata scattata decenni prima. Prima dei figli, dedusse Costanza dalle acconciature e dalle facce giovani di Henry e Judith. Gli uomini erano seduti a un lato del tavolo, le donne all'altro. La foto poteva essere stata scattata da un cameriere. Guardavano tutti l'obiettivo e sorridevano. Henry aveva il braccio attorno alle spalle dell'altro uomo. Anche questa cosa era strana per Henry. Non riusciva a immaginarlo, oggi, seduto a un tavolo con il braccio attorno alle spalle di un uomo in una cosí aperta manifestazione d'affetto. Ed era sorridente. Anche l'altro uomo sorrideva: bello, il viso ovale dall'aria patrizia, i capelli folti, gli occhi che sembravano di pietra. Quale? Ossidiana. Sí, proprio quella. Era cosí che si descrivevano occhi del genere. Nei libri almeno; era un po' un cliché. Costanza aveva l'impressione di aver già visto quegli occhi di ossidiana; gli sembrava di aver visto quell'uomo da qualche parte. Ma dove?

– Ho come l'impressione di conoscere quest'uomo, – disse Costanza, parlando quasi tra sé.

– Questi sono il dottor Isaac e la señora Eileen. Un tempo lui lavorava con il dottor Henry.

Il dottor Isaac: Isaac Schoenfeld? Costanza ricordò la foto che aveva visto sulla scrivania di Andrew, quella che lui aveva scattato a Firenze, e ricordava Schoenfeld anche per quella volta che lei e Morton erano andati nel suo studio. Naturalmente in questa foto il medico era parecchio piú giovane.

– Sono amici di vecchia data, lui e Henry?

– Hanno studiato insieme. E poi hanno anche lavorato insieme, per un po'. Il dottor Isaac ogni tanto rimaneva anche qui a dormire. Erano come fratelli.

– Erano?

Hilda arrossí. – Queste cose io non le so tanto bene. Hanno smesso di lavorare insieme dopo la nascita di Andrew. Il dottor Isaac ha avviato uno studio per conto suo e lo stesso ha fatto il dottor Henry.

Costanza annuí. Si chiese come mai, quando aveva detto a Henry che lei e Morton avevano consultato Schoenfeld, Henry non le avesse parlato del loro legame di amicizia. Probabilmente c'erano stati degli screzi lavorativi. Fece per rimettere la foto nella scatola, ma c'era qualcosa che la incuriosiva. Se la infilò nella tasca del grembiule che aveva indossato per proteggere i vestiti quando aveva cominciato a preparare l'appartamento per gli imbianchini, e proseguí con il lavoro.

Con l'avvicinarsi della data stabilita per l'inizio del ciclo di FIVET, le giornate di Costanza cominciarono a volare via in un lampo senza che lei se ne rendesse conto; oppure non passavano mai. Sapeva che era stata impegnata perché le pagine tradotte aumentavano nel corso delle lunghe giornate che trascorreva in un caffè dietro l'angolo, mentre il custode e suo cugino tinteggiavano non solo le pareti del soggiorno e la libreria, ma anche i muri dell'ingresso e della camera da letto e del bagno di Henry (ormai la loro camera e il loro bagno).

Di sera e nei fine settimana Costanza assegnava a Henry delle commissioni da sbrigare: spedizioni al negozio di ferramenta o cernite di libri e conseguente sistemazione sugli scaffali. Vivevano insieme e dormivano l'uno accanto all'altra, eppure per giorni di fila quasi non si scambiavano una parola. Nido *vincit omnia* era l'unica cosa che Henry riusciva a pensare, ma senza disappunto.

Henry si liberò di una quantità incredibile di cose che non

sapeva nemmeno di avere e si sbarazzò dei libri che non apriva da decenni. Per una quindicina di giorni ordinarono cibo a domicilio alternando *take away* cinese, tailandese, giapponese, turco o pizza. Alla fine della seconda settimana, un venerdí mattina, Henry andò al lavoro. Verso le cinque del pomeriggio ricevette un messaggio da Costanza che gli chiedeva di comprare una bottiglia di prosecco tornando a casa. Quando entrò nell'appartamento, Henry vide i libri sugli scaffali, i tappeti disposti sul pavimento. In soggiorno c'erano fiori, candele, cuscini nuovi dai colori vivaci, diverse lampade nuove. Oltre il persistente odore di vernice e prodotti per lucidare i mobili, si sentiva l'aroma dell'aglio: c'era qualcosa sul fuoco.

Costanza gli andò incontro con un vassoio di antipasti, raggiante. – È ancora un po' spoglia, ma possiamo sempre cambiare qualcosina. C'è tempo.

«Possiamo. Tempo». Quanto faceva piacere a Henry sentire quelle parole uscire dalla bocca di Costanza. Adesso capiva cosa erano state queste settimane per lei, per entrambi. Quello era il loro primo progetto domestico, la prima volta dopo anni che non gli toccava vedere quelle deprimenti ombre alle pareti che gli ricordavano la furia con cui la sua ex moglie era andata via di casa.

Henry cinse Costanza con il braccio. – È fantastico. È come ricominciare da zero in un posto nuovo, ma senza la rottura di scatole del trasloco. Quante volte ti può capitare l'opportunità di ricominciare da zero?

– Non spesso, nella mia esperienza.

– Nella mia mai, fino a questo momento.

Il modo in cui fecero l'amore quella sera riportò Costanza alla loro prima volta, nella Pensione Ricci. Quell'esperienza era stata cosí misteriosa per lei, cosí insolita, e anche – sí – meravigliosa. E spaventosa. Adesso era meno spaventoso accorgersi quanto desiderava Henry, quanto voleva prenderlo in bocca, sentirlo dentro il suo corpo, e poi averlo al suo fianco una volta finito. Senza piú il bisogno di mandarlo via dopo, come invece era successo a Firenze. Non era passato poi molto tempo da quella volta, ma sembrava un periodo lontanissimo della sua vita.

Solo piú tardi, mentre si stava addormentando, Costanza si rese conto di non aver monitorato l'ovulazione. Tra i lavori nell'appartamento e la fecondazione in vitro anticipata («tra»: come se tra le due cose non ci fosse un legame), non aveva prestato attenzione al calendario. Probabilmente era per questo che si era sentita cosí libera a letto. Riuscire a rimanere incinta non dipendeva certo da lei, non dipendeva solo dal suo corpo. Dal momento che la fecondazione in vitro avrebbe permesso loro di saltare lunghi mesi di sesso programmato, credeva che la qualità dei rapporti fisici con Henry non si sarebbe guastata irreparabilmente come era stato con Morton. Messa alla prova, forse, ma non compromessa.

La mattina seguente, il sabato, quando si svegliò, Costanza trovò un vassoio con la colazione che Henry le aveva lasciato accanto al letto prima di andare a fare la doccia. Le aveva preparato con molta cura una spremuta d'arancia e una montagna spumosa di uova strapazzate. Costanza cercò di non pensare alla foto di Judith a letto con il vassoio. Erano passati anni, ormai, decenni. E poi, le uova strapazzate, a lei, non le aveva fatte.

Quando Henry uscí dal bagno, le chiese se aveva idea di come fosse messa quel giorno, e cioè se erano liberi di fare qualcosa che non avesse niente a che vedere con l'appartamento. Erano liberi, gli annunciò Costanza. Sí. Si scambiarono qualche idea sui musei da visitare, e contemplarono l'idea di andare a fare una passeggiata nel parco. Com'era piacevole chiacchierare rilassati e decidere cosa fare delle proprie giornate.

Henry lasciò cadere l'asciugamano e aprí un cassetto, tirò fuori un paio di mutande pulite e se le infilò. A Costanza piaceva guardare Henry nudo che scompariva dentro i suoi vestiti. Poi fu la volta della maglietta, quindi i calzini. Poi si fermò. Si fermò perché aveva guardato il ripiano del comò, dove la sera precedente, togliendosi il grembiule prima di cena, Costanza aveva svuotato le tasche. In mezzo agli stracci e ai ganci dei quadri, c'era la foto di Henry e Judith insieme a Schoenfeld e sua moglie.

Costanza guardò Henry che prendeva in mano la fotografia. Uno degli angoli era piegato ed entrambi i lati arricciati all'indentro. Costanza era talmente preoccupata dalle condizioni della foto che all'inizio aveva pensato che fosse per questo che Henry le stava dicendo con voce alterata: – E questa da dove è uscita?

– Da un armadietto della libreria. Mi pare di averti detto che avevo dato un'occhiata a quella scatola con le fotografie... – Un'occhiata. – Ho messo questa da parte perché volevo parlartene. Volevo chiederti come mai, quando ti ho detto che io e Morton siamo stati dal dottor Schoenfeld, tu non hai mai accennato alla vostra amicizia.

Lui la guardò in silenzio per qualche istante, poi buttò la foto nel cestino. Dopodiché tornò a vestirsi. Per prendere i pantaloni doveva entrare nella cabina armadio. Quando ne uscí, il suo corpo non era l'unica cosa a essere coperta.

– Mi vuoi dire perché hai buttato quella foto?

– Costanza, sono settimane che parliamo soltanto di questioni domestiche. Non voglio che la nostra prima vera conversazione dopo tutto questo tempo sia su questioni futili. Allora: il MoMA o il Met?

Sembravano nomi di pillole. Punizioni. – Questioni futili?

Costanza si era alzata, si strinse alla vita la cintura della vestaglia.

– Un tempo quell'uomo è stato il mio migliore amico, – disse Henry con tono neutro.

E non aggiunse altro. Si girò verso lo specchio e cominciò a pettinarsi.

– Quell'uomo?

Henry rimise il pettine nel cassetto.

– So davvero poco del tuo passato, Henry. Ti prego.

Per un attimo Henry guardò nello specchio. Poi si girò verso di lei. – Io e Schoenfeld eravamo compagni di corso a medicina. Siamo stati tirocinanti insieme nella clinica di Peter Harris, e dopo abbiamo lavorato per lui. In seguito abbiamo aperto il nostro studio. Inizialmente eravamo in perdita, di molto. Il padre di Judith ci ha dato una mano, e anche Judith, che era portata per gli affari; ma non fu sufficiente. I genitori di Schoenfeld hanno contribuito in modo piú sostanzioso. Avevano piú risorse. Ma io volevo che fossimo alla pari. Per me, il valore stava nel nostro lavoro e nelle nostre idee, non in chi contribuiva con questa o quella somma. Schoenfeld, o la sua famiglia, questo non l'ho mai capito, la vedevano diversamente. Hanno fatto preparare un documento a un loro legale di fiducia. Ed è da lí che le cose sono cominciate a precipitare. Non abbiamo nemmeno avuto il tempo di avviare lo studio come si deve –. Si fermò, poi disse: – Contenta?

– Tu pensi che Schoenfeld avrebbe dovuto imporsi di piú con i suoi? Prendere una posizione piú netta?

– Sí.

– E quindi ti ha deluso.

– Sí.

– Be', i soldi possono avere un effetto... molto strano su certe persone.

– Infatti, – disse lui. – Io ero convinto che stessimo per fare qualcosa di grande.

– Ed era cosí.

– Adesso dico di sí. Ma adesso è un'altra storia. I primi tempi sarebbe stato piú facile sopportare tutte le delusioni, tutte le sfide, insieme a un socio. Una persona con cui condividere i tempi duri –. S'interruppe per qualche secondo. – Ok? Può bastare?

Vuillard et Waroquy, una tela rettangolare di un metro e ottanta per due metri e mezzo circa, era in una delle sale piú piccole del Met tra quelle che ospitavano i quadri del periodo impressionista. Henry portò Costanza davanti al quadro, poi fece un passo di lato, presentandoglielo come avrebbe fatto un bambino con un giocattolo che gli era particolarmente caro. La tela, dipinta con una gamma limitata di grigi, marroni e verde acqua, era il doppio ritratto dell'artista e del suo amico. Vuillard era in piedi in primo piano, con Waroquy appena dietro di lui, e insieme guardavano in uno specchio, che era in realtà la tela, o quello che la tela fingeva di essere: a tradire il trucco solo una bottiglia (di vino, o liquore) nell'angolo in basso a destra, riflessa nella tela/specchio.

– Fantastico, vero? – disse Henry. – Il pittore fa il ritratto di se stesso che fa il ritratto di se stesso, mentre il suo amico guarda. È quasi come se succedesse in tempo reale.

– Fantastico, sí –. Costanza osservò attentamente il quadro. – Un'immagine molto ingegnosa. Ma...

– Di' pure.

– A dire la verità, c'è qualcos'altro che mi colpisce. Stamattina parlavi di Isaac Schoenfeld. Mi hai dato l'impressione che sia un'amicizia che ancora ti tormenta. Poi mi porti a vedere questo quadro che ritrae due amici che ci guardano – che cercano di dirci qualcosa – attraverso i secoli. Non lo trovi un po'... curioso?

– Sinceramente non ci avevo pensato.

– Ma è tanto ovvio.

– È sempre cosí per te? – chiese Henry scherzoso. – Devi sempre *analizzare* ogni cosa?

– Piú o meno, sí.

– Vuoi sapere come mi fa sentire tutto questo?

Costanza annuí.

– Emozionato –. Le diede un bacio sul collo.

– Grazie, Henry, ma mi sembra che tu voglia sviare la mia attenzione.

– Ma nemmeno per sogno. Per anni Judith non è mai sembrata interessata ad ascoltarmi o a capirmi. Adesso voglio essere ascoltato, voglio farmi conoscere. Specialmente da te.

– E allora mi devi rispondere. Ti devi mostrare a me.

Henry guardò di nuovo il quadro. – Forse averti portato a vedere questo dipinto è un modo per rivelare qualcosa che nemmeno io capisco, e cioè quanto questa parte del mio passato ancora oggi... mi turba. Ecco. Era questo che volevi sentirti dire?

– Quello che voglio sentirmi dire, Henry, è la verità.

– Io credo che la verità sia proprio questa. Me ne rendo conto solo adesso –. Osservò attentamente il dipinto per alcuni secondi, poi si girò verso di lei. – Tocca a te. Cos'è che tu invece non stai mostrando a me?

– È facile. Quanto mi sento persa.

– Ancora, anche in questo momento? – E dicendo queste parole, Henry indicò se stesso, poi lei.

– Soprattutto in questo momento. Sollevare questioni, mettere in dubbio: è cosí che sono cresciuta, Henry. E inoltre ho paura.

– Del ciclo di FIVET?

Costanza annuí. – Dal tuo punto di vista lo so che è roba di routine. Ma per me no. Io non so come sarà, se funzionerà, e nemmeno tu puoi saperlo. Non so se io e te sopravvivere-mo a questa cosa. La ricerca di un bambino a tutti i costi ha messo fine al mio matrimonio con Morton, capisci?

– Ma sicuramente non sarà stato solo questo, – disse Henry con tono serio.

– Non solo. Ma per gran parte sí. Almeno è cosí ormai che la vedo. E inoltre mi preoccupo che, se la cura non dovesse funzionare, io potrei sprofondare in... in uno stato mentale, un buio, simile a quello di mio padre. Recentemente penso molto a lui –. Costanza guardò di nuovo il quadro. – Perché non aveva un amico a vegliare su di lui, a guardargli le spalle, a proteggerlo, ad aiutarlo?

Henry le prese la mano. Teneramente le disse: – Per mia esperienza personale, Costanza, ho imparato che quando hai un figlio, quando cresci un nuovo essere umano, il peso del passato si alleggerisce. Mio padre per me è stato un peso enorme fino alla nascita di Justin. Con questo non voglio dire che io mi sia liberato completamente di Leopold. Ma non è piú come un tempo. Nemmeno lontanamente. E anche se le circostanze con tuo padre sono diverse, credo che qualcosa di simile succederà anche a te. Anzi, ne sono certo.

Il giovedí, verso mezzogiorno, dopo aver lavorato per tre ore alla traduzione, Costanza andò in bagno per fare pipí. Quando si pulí, la carta igienica era di un rosso acceso. Come le era stato detto, lasciò un messaggio alle infermiere dello studio di Henry.

La mattina dopo alle otto era in clinica. Ormai Costanza non era piú la nuova arrivata che osservava tutto da una fredda distanza. Era una delle donne che avevano firmato per sottoporsi al trattamento e con quel semplice gesto aveva accettato di vivere l'esperienza appieno. Era una delle donne che si sedevano e sollevavano una rivista a mo' di scudo, spiando poi la sala d'attesa da dietro le pagine. Ed era una delle donne che, sentendo chiamare il proprio nome dalla soglia di una porta, scattava in piedi per allontanarsi il piú in fretta possibile da quella sala. Costanza seguí un'infermiera, JASMINE, come diceva la targhetta, in una stanza divisa da una serie di tramezzi. Si sedette, e Jasmine le prelevò il sangue e poi l'accompagnò in uno studio medico e le disse di spogliarsi. Costanza si spogliò, si distese su un lettino e si coprí. A volte era quasi un sollievo avere qualcuno che ti dava istruzioni.

Di lí a pochi minuti ci fu un'esplosione di luce, rumore, aria calda. Davanti a lei c'era un giovane medico. Le orecchie gli spuntavano dalla testa come manici di una caraffa; aveva l'aspetto di un ragazzino che studiava biologia per gli esami finali delle superiori.

– Buongiorno, Costanza. Sono il dottor Sommers; sono un tirocinante e tra poco le farò un'ecografia basale.

Jasmine, che era rientrata con lui, cominciò a digitare informazioni al computer.

– Se lei è il dottor Sommers, – Costanza disse asciutta, – allora io sono la signora Ansaldo.

– Be', se lei è la signora Ansaldo, allora io sono Dan –. Lui le sorrise. – È la prima volta?

Lei annuí.

– Ci sono domande che vuole farmi prima di cominciare?

– Le chiedo questo: lei riesce a capire quando l'esito sarà positivo?

– Scientificamente? No.

– E non scientificamente?

– L'atteggiamento giusto aiuta molto. Io sono qui solo da un anno, ma la cosa salta agli occhi. La FIVET funziona meglio sulle donne che hanno fiducia e che rimangono fiduciose anche quando ci sono intoppi.

Intoppi?

– Un ciclo cancellato. Un ciclo non andato a buon fine.

– Non sapevo che i cicli si potessero cancellare.

– «Convertire» è il termine piú comune. Non procediamo al prelievo con meno di tre ovociti buoni: in questi casi si decide di fare un'inseminazione –. La guardò attentamente. – Lei mi sembra appartenere al gruppo delle fiduciose, – le disse con tono incoraggiante.

– È solo perché non le ho dato il permesso di chiamarmi per nome, Dan.

Jasmine gli porse la sonda per l'ecografia. – Le posso chiedere di spostarsi un po' piú su?

Costanza obbedí. Proprio in quel momento la porta si aprí ed entrò Henry. Fece un cenno con la testa a Costanza, un gesto privato tra loro due. Non disse niente al tirocinante che però subí una repentina trasformazione fisica. Le spalle si afflosciarono, la faccia si avvicinò allo schermo del computer, e la mano – possibile? – cominciò a tremare impercettibilmente mentre guidava la sonda dell'ecografia. Stando alle spalle di Sommers, Henry esaminava lo schermo e, senza aspettare che il tirocinante avesse finito, dichiarò: – Endometrio piú che buono –. Poi di colpo, cosí come era comparso, se ne andò.

Alle sei di quel pomeriggio un'infermiera telefonò a Costanza informandola che, prima di mezzanotte quello stesso giorno e poi il giorno seguente, si sarebbe dovuta fare da sola un'iniezione di Menopur e una di Follistim, ognuna di 150 unità, e che sarebbe poi dovuta andare in studio la domenica mattina per le analisi del sangue.

Sebbene Costanza sapesse che Henry avrebbe supervisionato qualunque cosa lei avesse dovuto fare, chiese all'infermiera di ripetere la quantità della dose e prese nota su un bloc-notes vicino al telefono della cucina.

Poi si versò un goccio di vino. L'avevano messa in guardia contro l'eccesso di alcol in gravidanza, ma lei non sapeva se ce l'avrebbe fatta senza un goccetto, di tanto in tanto, per alleggerire la tensione di quei giorni.

Il bicchiere era quasi vuoto quando sentí la porta di casa che si apriva. All'ingresso c'era Andrew, che lasciò cadere una piccola sacca vicino alla porta. – Non mi aspettavo questa visita.

– Ho saltato cosí tanti lunedí che pensavo di poter usufruire di un giorno di recupero; e comunque questo fine settimana mia madre non c'è –. Dopo qualche secondo aggiunse. – Non sembri molto contenta di vedermi.

– Sono un po' sorpresa, tutto qui. E non ho pensato alla cena.

Andrew si scostò i capelli dalla faccia, come per guardarla meglio. – Non sono venuto qui per cena. Sto solo lasciando delle cose per dopo...

Ma l'attenzione di Andrew era attratta da qualcos'altro, alle spalle di Costanza, in soggiorno. – Hai fatto proprio un lavorone qui in casa.

– Be', che te ne pare?

– Il colore è... allegro –. Andrew entrò nella stanza e si guardò attorno. – I quadri sono stati spostati, i libri... wow.

– Be', abbiamo dipinto anche i ripiani. Ogni cosa è stata montata, pulita e risistemata. Tuo padre pensa che dovrei continuare.

Andrew riprese a giocherellare con i capelli. – Nel senso, anche le camere da letto?

– Non toccherei mai la tua senza il tuo permesso, Andrew. Ricordo bene cosa pensi a proposito dei cambiamenti.

Verso le sette e mezzo, quando tornò dal lavoro, Henry raggiunse Costanza in bagno, dove le fece vedere con tenerezza come aspirare il medicinale, cambiare gli aghi, e sterilizzare l'addome. Le consigliò di non prendere la mira partendo da lontano – non stava mica giocando a freccette – ma di tenere l'ago perpendicolare alla pelle e inserirlo rapidamente. – Meno si pensa meglio è.

Fu molto piú facile di quanto avesse immaginato. Quando l'ago entrò, Costanza sentí un forte pizzico e, dopo, un bruciore tollerabile che si attenuò nel giro di un minuto. Tirò un sospiro di sollievo. Come tante altre cose nella vita, quello che la metteva in stato d'agitazione era il parossismo dell'attesa.

– Tutto a posto? – chiese Henry.

– Sto aspettando di sentire qualcosa. Mi sembra un po' di essere il dottor Jekyll, o il mostro di Frankenstein.

– Niente di cosí drastico. Gli effetti sono graduali. Te ne accorgerai con il tempo. O magari no. Per ogni persona è diverso.

La mattina seguente, dopo aver riempito una scodella di cereali e frutta, Andrew aprí il cassetto delle posate per cercare un cucchiaio. Il cassetto delle posate era sotto il telefono della cucina. Accanto al telefono c'era un bloc-notes. Ci buttò un occhio: «Menopur, Follistim: 150 unità».

Lettere leggibili, spazi regolari, dallo stile vagamente europeo: non era la scrittura di suo padre. Andrew sapeva che Menopur e Follistim erano medicine per la fertilità che venivano prescritte alle donne in procinto di iniziare un ciclo di FIVET.

Proprio in quel momento, Costanza entrò in cucina stropicciandosi via il sonno dagli occhi. Andrew guardò di nuovo il blocchetto. Lei seguí il suo sguardo. Improvvisamente arrossí.

– Allora sei tu, – le disse con la voce che gli tremava leggermente. – È per te.

Un guizzo di esitazione, poi: – Sí.

– Tu stai prendendo... queste medicine. Mio padre... te le ha prescritte lui. State cercando di... – E qui s'interruppe.

Costanza posò una mano sul ripiano. – Sí, me le ha prescritte lui. Sí, è quello che stiamo cercando di fare. Avere un bambino.

Andrew ebbe bisogno di qualche secondo per metabolizzare l'informazione. – È una cosa grossa.

Costanza non aveva immaginato – ma come era stato possibile? – di doversi giustificare con Andrew. – Per un po' io e tuo padre abbiamo cercato di avere un bambino nel modo tradizionale –. Ebbe un attimo di esitazione. – In realtà non so perché ti sto dicendo queste cose.

– Ehm, forse perché è giusto cosí?

Costanza pensò che se avesse già bevuto un po' di caffè adesso sarebbe stata piú lucida, avrebbe avuto piú forza, piú controllo sul suo corpo, ma questa mattina si era svegliata prima di Henry. – Voglio essere franca con te, Andrew. Ma allo stesso tempo...

– Non sarà mica per questo che pensavi di rifare la mia stanza, vero? Per il bambino?

– Non ho mai preso in considerazione l'idea di rifare la tua stanza. Te l'ho anche detto, ricordi?

– Be', se ti serve una stanza, prendi quella di Justin.

Certe volte la mente di Andrew funzionava ancora come quella di un ragazzino.

– Mi sembra un po' strano pensare a... prendere in prestito le stanze altrui. Quando questa è ancora solo un'idea. Una speranza.

Vedendo che Andrew non diceva niente, Costanza continuò: – Hai pensato che, se dovesse funzionare, tu diventeresti un fratello maggiore? Penso che saresti un fratello maggiore formidabile.

– È un'idea ancora troppo nuova per me, non saprei cosa dire. Ma non capisco perché tu non sia semplicemente venuta a dirmelo. Perché ho dovuto scoprirlo cosí… per caso.

– Io… noi… te l'avremmo detto, a tempo debito. E comunque te lo sto dicendo adesso –. Man mano che parlava le veniva piú facile aprirsi. – Da ieri sera abbiamo ufficialmente iniziato un ciclo di FIVET. Ecco. Adesso sai tutto quello che c'è da sapere.

Andrew si grattò la testa. – Ma non è un po' troppo… presto per cominciare la FIVET?

Costanza strinse la cintura della vestaglia. – Ho motivo di credere che se io e mio marito non siamo riusciti ad avere un bambino sia stato per via di un mio problema.

– Stai pensando al figlio che ha avuto con la governante, vero?

Lo sguardo di Costanza si fece vitreo. – Sí, Andrew, proprio a quello.

Non poté farci niente. Non serviva stringere la cintura della vestaglia o prendere tempo: niente poteva fermare quella sensazione che le stava montando dentro. – Scusami –. La voce le si ruppe. – Non avrei dovuto…

– No, scusami tu –. Andrew le si avvicinò e le mise una mano sulla spalla. La spalla di Costanza era calda: Andrew sentí al tatto quel calore. E lei sentí che lui lo sentiva. Rimasero fermi per qualche istante carico di tensione.

Erano ancora fermi cosí quando Henry entrò in cucina. I suoi occhi andarono subito sulla mano di Andrew; Andrew la riabbassò delicatamente.

– Stavo parlando con Andrew del ciclo di FIVET.

Gli occhi di Henry si rabbuiarono. – Prima che ne discutessimo insieme?

Costanza gli disse del blocchetto.

– Magari avrei preferito dire prima io qualcosa a mio figlio.

– Puoi ancora farlo, – disse Andrew con calma.

Henry si accarezzò la barba. – Vorrei solo che tu capissi che il posto che occupi nella mia vita non…

– Non cambierà solo perché stai pensando di mettere su un'altra famiglia?

– Be', non direi che si tratti di un'altra famiglia, ma solo di una famiglia piú grande. È piú che altro un ampliamento.

– Un ampliamento di cosa, papà?

Vedendo che Henry non rispondeva, Andrew disse: – Justin se n'è andato; credo che si possa dire definitivamente. La mia presenza è stata ridotta a una notte a settimana. C'è ben poco da ampliare, no?

Costanza guardò Henry. – Ridotta?

Henry arrossí. – Ho solo pensato che avevamo bisogno di spazio. Almeno per un po'.

– E non avremmo prima dovuto parlarne? – gli chiese Costanza.

– Sinceramente? – Guardò per un secondo Costanza in viso, poi decise saggiamente di cambiare tono. – Forse.

– Questo significa forse no.

– Costanza, per piacere. Non adesso. Non davanti…

– Non dire niente che i bambini non dovrebbero sapere, – disse Andrew. – Immagino che non possa mettersi a parlare yiddish con te, come faceva con mia madre. O con Leopold. *Red nisht, di kinder darfn nisht hern*[7]. Be', non devi preoccuparti di questo *kind* qui. Farò tardi a scuola.

Andrew se ne andò, lasciando dietro di sé una grossa nuvola di silenzio.

– Sono sorpreso che sappia che *kind* è il singolare di *kinder*, – disse Henry dopo un po'.

Costanza incrociò le braccia. – Ti rendi conto di quanto è dura per lui? Non fai che esaltare Justin e buttare giú Andrew.

– Be', ci sei tu a controbilanciare la cosa, non è vero, amore mio?

– E questo cosa vorrebbe dire?

– Esattamente quello che vuol dire. Fra te e Andrew c'è un'intesa. Una relazione.

[7] Yiddish: «Non parlare, i ragazzi non devono sentire».

– E c'è qualcosa di male?
– Forse sono invidioso. Forse vorrei avere anch'io un rapporto piú disteso con lui.

Le ovaie cominciavano a indolenzirsi. Prima non si era mai nemmeno resa conto che esistessero, mentre adesso le sembrava di andare in giro con due palline da golf nella parte bassa del ventre. La mattina, dopo essersi fatta la doccia, si piazzò davanti a uno specchio a figura intera e cominciò a ispezionare il suo corpo per vedere se fosse visibilmente cambiato, se c'era qualche gonfiore; ma non vide nulla: il solito corpo magro e alto di sempre.

Be', forse la faccia era cambiata. Appariva piú dura, la pelle piú tirata metteva in evidenza le ossa. L'effetto dei medicinali o dell'attesa. Le sembrava di non fare altro che aspettare: appuntamenti, iniezioni, telefonate. Ogni altra cosa nella sua vita doveva ruotare attorno a questi eventi cruciali; non c'era niente che fosse importante quanto queste cose. Nemmeno il suo lavoro.

Il giovedí mattina, quasi una settimana dopo aver iniziato il ciclo, Costanza fece la terza ecografia, stavolta con la dottoressa Woo, e di nuovo sotto la supervisione di Henry. Alla fine contarono tredici follicoli, otto sulla destra, cinque sulla sinistra. I follicoli misuravano tra i dieci e i dodici millimetri, le dimensioni giuste per quel momento del ciclo. Tredici follicoli, la mise in guardia Henry, non volevano dire automaticamente tredici ovuli, perché alcuni potevano risultare immaturi o perfino mancanti, ma era un buon segno.

Le rivolse un sorriso smagliante e poi si dileguò per proseguire con la sua giornata.

Dopo questa ecografia dall'esito incoraggiante, Costanza uscí dalla clinica camminando a un palmo da terra. Tredici? C'era un villaggio di ovuli nel suo corpo, quel corpo un tempo sterile. Se anche solo metà fossero stati buoni – metà della metà – sarebbe stata a cavallo. Anche metà della metà della metà: dopotutto ne serviva uno solo.

Quella sera Jasmine le telefonò e le spiegò come aggiungere al cocktail di medicinali 250 microgrammi di ganirelix, la medicina che inibiva il picco di LH e l'ovulazione prima del prelievo degli ovociti. A cominciare dalla mattina dopo e continuando fino al prelievo, si sarebbero susseguiti appuntamenti quotidiani, ecografie quotidiane. – Iniziamo la settimana cruciale con il piede giusto, – aggiunse Jasmine.

Quella sera Henry sarebbe rimasto al lavoro fino a tardi, ma ormai Costanza non aveva problemi a iniettarsi i medicinali da sola, tutti e tre. Si era abituata al bruciore e ai bozzi sulla pancia, e sapeva cercare un pezzetto libero tra la costellazione di puntini rossi e irritati e i lividi che cominciavano a popolare la sua pelle. Dopo una settimana, una cosa che inizialmente le era parsa difficilissima era diventata (quasi) di routine.

Dopo si concesse un bicchierino di buon Chianti che aveva comprato per Henry. Mangiò un piatto di pasta e poi un'arancia e per le nove era già a letto.

A mezzanotte si svegliò tutta agitata. Accanto a lei c'era Henry che dormiva, e russava. Non l'aveva sentito entrare. Non l'aveva sentito mettersi a letto. Adesso era sveglia, completamente sveglia, e impegnata in un giro turistico non voluto. Zigzagava tra l'orribile giorno, dopo essersi separata da Morton, che Annelie l'aveva tirata giú dal letto, e quella mattina nella casa di Recco, quando sua madre era comparsa in cima alle scale tenendo le lettere che suo padre aveva scritto nell'albergo dove era andato a suicidarsi. Poi l'ufficio di Stefano all'università, dove, alla vigilia del loro terzo anno insieme, aveva aperto la porta un pomeriggio e aveva trovato Anna Carini che gli leccava il pene. Fu poi la volta del letto d'ospedale dove si era risvegliata la mattina dopo essere caduta da una terrazza (come ancora credeva, o sperava, che fossero andate le cose).

Costanza era abituata ai momenti nel cuore della notte in cui si svegliava con la convinzione di capire le cose a fondo, nella loro essenza. Nessun momento della giornata le regalava un maggiore senso di chiarezza. E di solito nessun momento era piú buio, o dava spazio a interpretazioni piú cupe. Sapeva che certe elucubrazioni notturne non erano affidabili, ma non ne aveva il controllo.

La sveglia irruppe nel suo sonno denso, appiccicoso e

senza sogni. Aprí gli occhi in preda al terrore. Terrore per il giorno che l'aspettava, terrore all'idea di dover raccogliere le forze per alzarsi dal letto e andare a farsi la doccia. Terrore all'idea di doversi scapicollare fuori di casa entro le sette e mezzo per riuscire ad arrivare in clinica prima delle otto, in tempo per le analisi del sangue e l'ecografia. Terrore all'idea di dover consegnare una prima stesura della traduzione entro la fine del mese successivo. Un terrore che andava oltre tutte queste cose e che lei non sapeva spiegare, ma che sentiva nel profondo, nella carne.

Di solito Costanza non era mattiniera. Le piaceva leggere o lavorare stando a letto, ed entrare con calma nella giornata e non prima di aver bevuto una generosa tazza di caffè per schiarirsi la mente. Ultimamente non aveva molto controllo sugli orari, ma il caffè, almeno quello, di solito era sempre lí ad attenderla sul vassoio che Henry ancora le preparava quasi ogni mattina. Spesso era l'aroma a svegliarla prima della sveglia e a farle cominciare la giornata in modo piacevole e fragrante.

Questa mattina però non fu il caffè, ma il suono acuto della sveglia, seguito dalla paura, e da un'occhiata alla finestra, fuori della quale vide un cielo plumbeo, piatto, autunnale.

Prese la tazza. Era appena tiepida. La fetta di pane tostato sembrava legno. E anche gli spicchi di arancia erano molicci e pieni di semi.

Henry stava concludendo la sua routine mattutina. Uscí dal bagno ben pulito e sistemato, pronto per affrontare la giornata.

– Davvero, non so perché perdi tempo a farmi la colazione se poi ti viene fuori una schifezza del genere, – gli disse risentita.

Henry la guardò. – Scusami. Ho una riunione molto presto.

– In giornate come questa preferisco prepararmi il caffè da sola.

– E va bene. Possiamo eliminare questa nostra piccola tradizione.

– Ah, ecco: io ti muovo una critica e tu ti riprendi i giocattoli e te ne vai.

– Sto solo rispondendo a quello che hai detto, Costanza.

– No, stai esagerando quello che ho detto. Lo stai portando al parossismo. A un altro livello di discussione.

– Ma non lo sto portando proprio da nessuna parte –. Sospirò. – Vuoi che ti prepari un'altra tazza di caffè? – Guardò l'orologio.

– Non voglio che mi faccia nessun favore, dottore. E non ho molto tempo. Devo trovarmi nella tua clinica tra mezz'ora. Come ben sai.

Con un filo di voce Henry disse semplicemente: – Costanza.

– Che c'è? – ringhiò lei.

Henry prese la tazza. – Ma almeno permettimi di riscaldartelo, va bene?

– Il caffè? Un caffè cattivo e riscaldato, per giunta? Un caffè che comunque non dovrei nemmeno bere? Stai cercando di avvelenarmi?

Fece per allontanare la tazza, ma il gesto fu un po' troppo vigoroso e il liquido finí sul vestito immacolato di Henry e dietro di lui, sulle pareti appena affrescate.

Costanza guardava a bocca aperta la stoffa gocciolante, gli schizzi di liquido marrone sulle pareti color crema. Henry non disse niente, andò in bagno e ne uscí con un asciugamano inumidito. Cercò di pulire le pareti, per quanto possibile. Poi scomparve nella cabina armadio per cambiarsi. Quando ne uscí, Costanza era nella doccia; piangeva a singhiozzi.

Di nuovo Henry entrò all'ultimo minuto per guardare l'ecografia, effettuata stavolta dal dottor Sommers. C'erano ancora tredici follicoli, ma soltanto otto o forse nove stavano maturando in tandem; gli altri erano in ritardo. Henry disse che questo succedeva spesso, che comunque lei aveva ancora un buon numero di ovuli e che questi ovuli erano delle giuste dimensioni. Disse a Costanza che secondo lui le avrebbero fatto un'iniezione di HCG quella sera stessa oppure l'indomani, ma che la certezza definitiva sarebbe arrivata alla fine di quella giornata, dopo un'attenta analisi dei dati da parte del team.

– Dottor Weissman, – disse Costanza quando Henry ebbe finito. – Potrei parlarle un secondo in privato?

Henry fece un cenno del capo a Sommers e all'infermiera,

che prontamente uscirono dalla stanza. Non appena chiusero la porta, Costanza disse: – Mi vorrei scusare… per stamattina… ero…

– Eri sconvolta.

– Non ero lucida. Non ero in me.

Henry posò una mano su quella di lei. – Sono le medicine. Te l'avevo detto. Ad alcune donne cambia notevolmente l'umore, le rende piú…

– Piú?

Henry esitò prima di continuare. – Piú suscettibili del solito.

Il tono di Costanza si fece di colpo brusco. – Lo sai quanto è antipatico per una donna sentirsi dire certe cose? Quanto è sminuente?

– Costanza, non ho tempo…

– Non hai tempo per me? Stai sottoponendo il mio corpo a questa esperienza infernale, mi dici che quei medicinali mi rendono pazza…

– Il tuo organismo è molto sensibile. Vedrai che con il tempo le cose miglioreranno.

L'iniezione di HCG era stata programmata per il sabato sera alle undici e mezzo. Questo significava che il lunedí mattina sarebbe stata tra le prime a fare il prelievo degli ovociti. Dopo il prelievo si sarebbe saputo qualcosa in piú, e ancora di piú il giorno dopo, quando gli ovuli sarebbero stati fecondati e, se tutto filava liscio, si sarebbero cominciati a dividere.

Quella sera, sul tardi, Costanza e Henry andarono a cena fuori. La conversazione stentava a decollare e ben presto si esaurí nel silenzio.

– È pesante anche per me, Costanza. Certo, per te di piú. Ma anch'io… Anch'io voglio che la cura abbia un esito positivo. Anch'io voglio… – Ricominciò daccapo. – Stanotte ho sognato che reggevo un bambino in braccio. Appena nato. Era il nostro. Una cosa emozionante.

Le parole di Henry le fecero venire i brividi. – Era maschio o femmina? Oppure non si capiva?

– Il vestitino era rosa.

Costanza ebbe di nuovo un brivido. – Ti avevo perso di

vista. Avevo perso di vista il tuo ruolo in tutto questo. Ti chiedo scusa –. Rifletté per qualche istante. – Sai, Henry, un tempo io ero, e lo sono ancora, molto piú di questa... missione. A volte me lo dimentico. È come se la FIVET avesse cancellato ogni altra cosa in me. È qualcosa che ti ruba il corpo, ti ruba la mente. Ha preso possesso della mia vita da sveglia, della mia vita onirica, della tua vita onirica...

– Capita spesso. Per quanto possa essere dura, è una cosa limitata nel tempo. Non dimenticarlo. Adesso stai vivendo questa fase, ma non durerà a lungo.

L'iniezione di HCG veniva di solito praticata per via intramuscolare. Il sabato sera alle undici e dieci Henry aspirò il medicinale, diede dei colpetti per eliminare le bolle d'aria e cambiò l'ago. A questo punto Costanza avrebbe dovuto abbassare la gonna e le mutande per denudare il quadrante esterno superiore della natica, dove andava fatta l'iniezione. Non che Henry non l'avesse mai vista nuda. Non che non avesse mai toccato, accarezzato, o addirittura baciato il suo fondoschiena: fatto sta che Costanza ebbe un momento di esitazione prima di spogliarsi. Poi chiuse gli occhi. Sentí il leggero bruciore della salviettina disinfettante che le veniva passata sulla pelle. Henry le disse che doveva rimanere ferma finché non contava fino a tre. Al tre avrebbe inserito l'ago.

Henry contò. Al tre Costanza sentí una fitta lacerante nella carne.

– Oh cazzo! – E questa non era una parola che usava spesso.

– Scusami. Ho perso un po' la mano. Potrei averti toccato un nervo. Ma tu stai ferma. Ora devo tirare fuori l'ago e vedere se c'è sangue.

Non c'era sangue. Henry finí di iniettare il medicinale e tirò fuori l'ago. Adesso il sangue c'era. Una gocciolina color rubino sulla pelle bianca. Henry prese un fazzoletto. – Ti è uscito un po' di sangue. È normale. Faccio un po' di pressione. Vedrai che si ferma subito.

I documenti che le furono dati e il medico che le fece l'ecografia pre-intervento, ribadirono che il prelievo degli ovociti era un intervento chirurgico e che, essendo eseguito in ospedale e richiedendo l'uso dell'anestesia, se si fosse presentata da sola non sarebbe stata dimessa in giornata. Incredibile come poche parole scritte su un modulo medico potessero procurarle uno straziante bisogno di Annelie, che era ritornata in Svezia sei mesi dopo la morte di Morton. A New York semplicemente non aveva nessuno che volesse far entrare in questo momento cosí personale della sua vita.

Le venne in mente una soluzione non appena girò la chiave nella toppa dell'appartamento di Henry e sentí il sommesso e piacevole ronzio di un aspirapolvere che veniva passato sul tappeto del soggiorno. Avrebbe chiesto a Hilda di accompagnarla. Hilda le stava molto simpatica. Hilda sarebbe stata seduta con lei, aspettando paziente e in silenzio. Hilda non avrebbe avuto altri impegni.

Sí, certo, le rispose Hilda quando Costanza glielo chiese, e non sembrò nemmeno un sí di circostanza. Hilda non parve sorpresa quando Costanza le chiese questo favore spiegandole la situazione. – Lavoro da tanto tempo per il dottor Weissman. Lo capisco.

Il giorno dopo Hilda arrivò all'appartamento alle otto; per le otto e trenta lei e Costanza erano su un taxi. Solo in quel momento Costanza ebbe finalmente la sensazione di stare realmente vivendo quell'esperienza. Dopo due lunghe settimane, non c'era nient'altro da fare, nient'altro da sperare, nient'altro di cui preoccuparsi o da tenere sotto controllo. Adesso era tutto nelle mani dei medici. Oppure degli dèi.

Arrivate in clinica, Costanza e Hilda presero l'ascensore e raggiunsero il sesto piano. Quando imboccarono il corridoio, gli occhi di Costanza furono subito attratti dalla bacheca di fronte a loro, tappezzata di annunci che cercavano persone disposte a partecipare a studi di ricerca, quel genere di foglietti che alla fine avevano una frangia di numeri di telefono, cosí la gente poteva staccarli e metterseli in tasca. Uno studio offriva aiuto per l'anoressia, un altro per gli attacchi di panico: – Se avete sintomi come palpitazioni, vertigini, nausea, o problemi a respirare, vi offriamo 24 sedute gratis in cambio di...

Era l'unico annuncio del quale era rimasta una sola striscetta.

Hilda guardava Costanza che fissava l'annuncio. Le mise una mano sulla spalla. – Lei non avrà nessuno di questi sintomi, señora Costanza. Non si deve preoccupare. Non è cosí brutto. Me lo ricordo bene.

Costanza guardò Hilda, confusa. – Te lo ricordi bene?

– Dall'altra volta. Con la señora Judith –. Hilda arrossí. – La señora Judith... anche lei ha avuto bisogno dei medicinali del dottor Weissman. Per poter avere i ragazzi. Non lo sapeva?

– Ma certo che lo sapevo, – disse Costanza cercando di restare calma. – Credo che dobbiamo andare da questa parte. Sí. Vedi... laggiú.

Laggiú, dove le parole FECONDAZIONE IN VITRO campeggiavano in alto su un corridoio. A chi era venuta l'idea di mettere lí quella scritta con lettere d'ottone cosí sgargianti ad annunciare al mondo il motivo per cui una donna si trovava in quell'ala di quel piano della clinica? Era stata un'idea di Henry? Non sembrava nel suo stile. Ma cosa ne sapeva lei dello stile di Henry? Sarebbe stato nello stile di Henry dirle che anche Judith si era sottoposta alla FIVET, oppure no? Per poter avere i ragazzi, tutti e due, al plurale. E questo quando Judith era giovane, molto piú giovane di Costanza.

Anche Judith si era sottoposta alla FIVET, e Costanza lo veniva a sapere solo ora? E da Hilda? La sua mente – le sembrava di sentirla – cominciò a impennarsi come un animale imbizzarrito, pronta a piombare in una nuova dimensione di ansie e paure sconosciute. Fece un respiro profondo, si costrinse a fermarsi e provò a fare una cosa che aveva letto una volta in un libro sulla meditazione, ma che non aveva mai messo in pratica. Immaginò se stessa ferma su un uscio aperto, mentre il Demone della Preoccupazione cominciava ad avvicinarsi. Non doveva far finta che non ci fosse, ma non lo avrebbe nemmeno invitato a entrare e non si sarebbe seduta accanto a lui. Non era il momento giusto, con tutte quelle medicine in circolo e il seme di Henry in borsa, una fialetta carica di possibilità infilata tra il portafogli e gli occhiali da sole, e con tutte le speranze pompate di queste ultime settimane. No, non adesso. Non ancora. E cosí Costanza superò la porta a vetri e si diresse verso l'accettazione. E fu cosí che la cosa ebbe inizio.

Un'infermiera la chiamò da una saletta secondaria. Prima di tutto Costanza prese il campione di seme di Henry dalla borsa e glielo diede. Henry non trovava consono farsi vedere seduto in sala d'attesa in mezzo alle pazienti e ai loro mariti, e cosí approfittò di un'opzione offerta dalla clinica e produsse un campione di sperma nel bagno di casa, usando un kit (sapone disinfettante, contenitore di plastica sigillato e bustina) che la settimana prima si era portato a casa dallo studio.

Costanza consegnò la fialetta dal lattiginoso contenuto, che avrebbe determinato – almeno in parte – quello che avrebbe fatto il suo corpo nelle ore e nei giorni immediatamente successivi; quel momento le sembrò molto solenne, ma per l'infermiera, lei era semplicemente l'ennesima paziente con l'ennesima fialetta di sperma. Era semplicemente l'ennesima donna che si spogliava e s'infilava un camice e si lasciava mettere una flebo. Era semplicemente l'ennesima donna che tornava a sedersi tra le altre donne – le altre coppie – in sala d'attesa.

Poco dopo cominciarono a chiamare gli uomini, uno per volta. Un'infermiera accompagnava l'uomo in una stanza diversa, dalla quale usciva dopo quindici, venti minuti, con un'espressione che cercava di essere il piú possibile normale. Qualcuno rivolgeva uno sguardo, in un'occasione una semplice alzata di sopracciglio, alla moglie o alla compagna. Gli uomini andavano ognuno in una diversa sala per la raccolta dello sperma. Costanza aveva chiesto a Henry di descriverle come erano fatte queste sale: voleva sapere ogni cosa su questo processo. Le stanze, molto piccole e dotate di un'ampia poltrona reclinabile, avevano una vasta selezione di riviste erotiche, un lettore dvd e un cassetto pieno di film dai titoli quali *Seasoned Players* e *Fun Amanda 3*. Gli uomini guardavano le riviste oppure i film finché non raggiungevano il giusto livello di eccitazione. Poi si masturbavano ed eiaculavano in un contenitore.

Henry aveva forse guardato un film quella mattina (e dove? sul cellulare?) oppure aveva sfogliato una rivista? (E se sí, dov'è che la teneva?) Si era svestito completamente o si era solo tolto i pantaloni, oppure nemmeno quelli? Aveva pensato a lei? A un'altra? Che tipo di orgasmo aveva avuto dopo essersi lavato i genitali con il sapone antibiotico ed essersi masturbato seduto sul water? O forse l'aveva fatto stando in piedi? Oppure si era seduto (o disteso?) sul pavimento...

Il funzionamento dei maschi: era cosí diverso. Apparentemente molto piú semplice. Riuscire a venire nell'istante in cui aprivi il contenitore di plastica per lo sperma.

Dopo che due uomini tornarono in sala d'attesa, Costanza sentí di nuovo il suo nome. Stavolta un'infermiera diversa la portò in una nuova sala d'attesa, piú piccola.

Passarono diciotto insopportabili minuti prima che un medico in camice verde si sedesse su una sedia accanto a lei. Se non altro aveva la mascherina abbassata. Si presentò, era l'anestesista, il dottor Milliken. Le spiegò che nel giro di cinque minuti un'infermiera l'avrebbe portata in sala operatoria dove lui le avrebbe somministrato un modesto cocktail di medicinali che l'avrebbe fatta precipitare di colpo in un sonno profondo. Si sarebbe risvegliata a prelievo finito.

L'infermiera tornò con un lettino a rotelle vuoto e chiese a Costanza di salirci sopra. Poi spinse il lettino con Costanza attraverso una porta a vento ed entrò in sala operatoria. Costanza si spostò su un ampio tavolo simile a un letto. In fondo c'erano due staffe. L'infermiera aiutò Costanza a infilarci i piedi. – È il dottor Rogers a fare i prelievi oggi, – disse l'infermiera. – Sarà qui a momenti. In bocca al lupo, *mi amor*.

Stavolta un minuto durò davvero un minuto. Rogers, ben rasato e quasi calvo, entrò da una porta diversa. Aveva ancora la mascherina sulla bocca. Non si disturbò ad abbassarla mentre descriveva il modo in cui le avrebbe aspirato gli ovociti. Al risveglio le avrebbero detto quanti ne erano stati prelevati e che aspetto avevano al microscopio. Le chiese se aveva capito quali erano le procedure a cui stava per sottoporsi. Lei rispose di sí. Le fece firmare un ultimo foglio. A quel punto si materializzò l'anestesista che le prese il braccio e cominciò a iniettare il liquido nella flebo. – Non ci vorrà molto, – le disse.

– Mi sta per chiedere di fare il conto alla rovescia? Lo so fare in cinque ling...

Quando Costanza riaprí gli occhi, Henry era seduto sul bordo del letto e le teneva la mano.

– Sono venuto a controllare come stavi. È fatta. È finita. Lo sai, vero?

Non era sicura nemmeno lei di ciò che sapeva. Ma annuí comunque. – Che uomo. Sei cosí... splendido. Oggi sono tutti vestiti di bianco. Sei dello stesso colore delle nuvole –. Henry indossava il camice da medico sopra una camicia e la cravatta. – Ti amo.

– Anch'io ti amo, – disse, ma non sembrava molto felice.

Con grande sforzo Costanza mise ordine tra i suoi pensieri, tra le parole. Era come cercare di avviare un macchinario complicatissimo. – Quanti?

Era la domanda chiave. Questo lei lo sapeva. Quanti ovociti le avevano prelevato? Fu contenta di essere riuscita a pensare quella domanda e farla ad alta voce.

– Cinque. Tre sono chiaramente maturi. Gli altri li stiamo tenendo sotto osservazione.

E quindi lui era scuro in viso per via dei risultati. – Sotto osservazione?

– Li stiamo misurando. Aspettiamo. Possono continuare a crescere in vitro.

– E quindi tutt'altro che un villaggio.

– Un villaggio?

– Tutt'altro rispetto a... – cercò di spiegarsi piú chiaramente, piú logicamente, – quello che speravi.

– È decisamente una buona base su cui lavorare. Ricorda, basta anche un solo ovocita buono.

– Mi dispiace.

– Non è colpa di nessuno. La prima volta si prova una combinazione di medicinali. E la volta successiva si cambia.

Stava già parlando di una volta successiva?

– Dammi un bacio.

Lui la baciò. L'idea di un bacio.

Il dolore somigliava ai crampi mestruali. Dolori mestruali molto forti, ma non invalidanti. Cominciarono in taxi. Appena rientrata a casa prese due Tylenol e andò subito a letto.

Si sentiva svuotata. Era svuotata. Le sue ovaie erano state stimolate, gonfiate, e aspirate. La riproduzione umana, questo evento naturale basilare, stava avendo luogo all'esterno del suo corpo, in una capsula di Petri, a porte chiuse (sbarrate, anzi, e supercontrollate) al sesto piano di una clinica dell'Upper East Side sull'isola di Manhattan. Di nuovo, non le restava altro da fare se non aspettare. Aspettare e dormire.

Fu il rumore di vasellame a svegliarla. Vasellame che sbatteva contro altro vasellame, su un vassoio. Una tazza di tè, una teiera, una piccola caraffa di latte caldo. Frutta, pasticcini.

Andrew, tutto concentrato, portava il vassoio, cercando di tenerlo dritto. Lo posò sul letto accanto a Costanza.

– Oh, Andrew. Che bella sorpresa.

– Come ti senti?

– Sfinita.

– È andata... come speravi?

– Non del tutto. Ma domani ne sapremo di piú. Quando ci diranno cosa... resta da fare –. Gli occhi le si riempirono di lacrime. – Avevo promesso di non piangere.

– Puoi piangere.

E quindi pianse. – Non mi aspettavo che fosse tutto cosí intenso dal punto di vista emotivo.

– È una cosa importante.

– Grazie per aver pensato a me –. Si tirò su a sedere, si soffiò il naso.

Dall'altro capo dell'appartamento arrivò una voce dal tono alto e seccato: era quella di Henry. In mezzo a un borbottio distante si capivano alcune frasi smozzicate: «ma dove ho messo» e «non è al suo posto» e «ci rinuncio!»

Henry comparve sulla soglia. Portava un altro tipo di pasticcino, su un semplice piattino bianco.

– Ah, eccolo. L'ho cercato dappertutto, questo vassoio –. Guardò Andrew. – Vedo che ti sei già... organizzato –. Poi: – Come stai? Hai la febbre?

– Non credo.

Le posò il palmo sulla fronte. – Crampi?

– Diminuiti.

Henry annuí. – Hai dormito.

– Mi sono svegliata quando è entrato Andrew.

– L'organismo a volte ci mette un po' a smaltire l'anestesia. E in fondo l'altra notte non hai dormito tantissimo –. Dopo qualche secondo aggiunse: – Ti lascio riposare.

Fece per uscire dalla stanza. Vedendo che Andrew non accennava a seguirlo, Henry disse: – Ti lasciamo riposare.

Andrew salutò Costanza. Henry aspettò che uscisse, poi chiuse la porta e seguí suo figlio nell'ingresso. – Pensavi di restare stanotte, Andrew?

– È lunedí, no?

– Sí. A proposito. Sono certo che capirai che questo è un momento molto... delicato per Costanza. Per me e per lei. E io credo – anzi, so – che abbiamo bisogno di un po' di spazio. Io e Costanza. Soltanto fino alla fine del trasferimento dell'embrione e del periodo dell'attesa che seguirà.

– Stai riducendo ulteriormente? Da una volta a settimana a nisba?

– Nisba?

– Sai cosa voglio dire. *Gornisht*[8].

– Ma da dove ti esce tutto questo yiddish adesso?

– Ho cenato varie volte con il nonno. Le sere che un tempo passavo qui.

– Sto parlando di un periodo molto limitato nel tempo. Qualche settimana. Penso che renderebbe le cose piú semplici per tutti.

– Per tutti... o per te?

– È una cosa di cui ho bisogno, ora. Ne abbiamo bisogno io e Costanza.

– È piú corretto dire che ne hai bisogno tu.

– E va bene. Ne ho bisogno io. Allora, cosa mi dici?

– Perché, ho scelta?

Henry fece un sospiro. – Direi di no.

La mattina dopo, molto presto, l'embriologo telefonò a Henry. Soltanto tre degli ovuli di Costanza erano risultati

[8] Yiddish: «niente».

maturi. Due erano stati fecondati. Si erano divisi in due, tre cellule. Erano da considerarsi ancora buoni, seppure lenti. Le successive ventiquattr'ore sarebbero state cruciali.

Costanza era ancora mezzo addormentata quando sentí Henry rispondere al cellulare e poi entrare in bagno. Quando finalmente la sera prima si era alzata per cenare, aveva bevuto il suo primo vero bicchiere di vino (in realtà due, non troppo pieni) da quando aveva cominciato la cura. L'alcol, l'anestesia, gli antidolorifici, il peso di quella giornata campale: tutto aveva contribuito a farla piombare in un sonno repentino, profondo e senza sogni, dal quale però si svegliò rapidamente quando sentí Henry che parlava sottovoce.

Questo pochi istanti prima che lui entrasse in bagno. Intanto lei si era messa seduta nel letto. Una volta sentito come stavano le cose, Costanza commentò: – E quindi la situazione non è positiva.

– Direi che è nella media. I risultati sono nella media –. La voce di Henry, come anche la sua faccia, non tradivano nulla. Il suo atteggiamento in genere era molto professionale, neutro.

– Si possono quantificare? Le mie probabilità di esito favorevole?

– Non sono uno statistico, Costanza.

– E invece sí.

Henry ebbe qualche secondo di esitazione. – Trenta per cento. Venti. Qualcosa del genere. Non si può essere precisi.

– Non si può essere precisi, – ripeté lei amareggiata.

– Le tue possibilità sono molto piú alte che se avessimo dei rapporti programmati. Come ti ho detto, il primo ciclo spesso serve per raccogliere informazioni. Al prossimo giro cambieremo il protocollo. Ci sono diverse opzioni...

– Vorrei che la smettessi di parlare già da ora della prossima volta. Tutto questo è stato molto pesante per me. Stare seduta, aspettare, prepararmi fisicamente, psicologicamente...

– È il medico in me, non posso fermarlo...

– Davvero non puoi?

Henry non disse niente e la guardò corrucciato.

– Mi consideri cosí tanto una paziente ormai che non riesci nemmeno piú a prendermi la mano? Oppure forse ti ho deluso. Forse è questo il problema.

– Mi dispiace, Costanza –. Henry si sedette sul bordo del letto. – Non sei tu che hai deluso le aspettative. Se c'è qualcuno che le ha deluse, quello sono io. È il processo in sé che rischia di deludere. La sua imprevedibilità crea una situazione incresciosa.

Posò la mano su quella di lei. Costanza non si sentí confortata. Guardò verso le finestre. Ai lati degli avvolgibili ancora abbassati trapelava un alone di luce mattutina. – C'è un pensiero che non riesco a togliermi dalla testa.

Henry aspettò che Costanza continuasse.

– Ho scoperto ieri, e devo dire che sono rimasta molto sorpresa per averlo scoperto solo ieri, che anche Judith si è sottoposta alla FIVET. Per avere i ragazzi.

Henry piegò la testa di lato.

– Hilda. Me ne ha parlato en passant, per puro caso. Non ha fatto niente di male. Le è semplicemente sfuggito.

Lui annuiva lentamente.

– Non avevi mai pensato di dirmelo?

– Erano faccende personali di Judith. La sua storia.

– Una storia in cui anche tu hai fatto la tua parte. Una parte molto grossa. Andiamo, su.

Henry non disse niente.

– Mi vuoi dire perché Judith ha fatto la FIVET?

Costanza capiva benissimo che Henry avrebbe preferito non doverne parlare; ma ne avrebbero parlato eccome. Cavolo se ne avrebbero parlato.

Henry dava l'impressione di misurare le parole con maggiore attenzione del solito. – Era da un po' che stavamo cercando di avere un figlio. Da un anno. Anche piú. Non eravamo impazienti, ma piú che altro preoccupati. Forse abbiamo optato per la FIVET piú velocemente di quanto avrebbero fatto altre persone per via del lavoro che faccio, e anche per una mia certa predisposizione, per come sono io di natura. E anche Judith. Abbiamo entrambi bisogno di trovare soluzioni, risolvere i problemi.

– Ma qual era il problema di preciso? Non la sua età.

– No. Non la sua età.

Henry rifletté qualche istante prima di rispondere alla domanda di Costanza. E sembrarono strani, istanti lunghi e carichi di tensione.

– Il problema era mio.

– Il problema era tuo. In che senso?

– Nel senso piú ovvio. La conta dei miei spermatozoi non era alta. Era piuttosto bassa. Molto bassa.

– La conta dei tuoi spermatozoi non era alta. Era piuttosto bassa. Molto bassa –. Costanza ripeté le parole di Henry per capirle meglio, per impedire alla sua ansia di crescere a dismisura. – E questo me lo dici *adesso*?

– Sí, te lo dico adesso. Ora non è piú importante. Lo era allora –. Arrossí. Parlava velocissimo. – All'epoca non esisteva la ICSI. Non era possibile estrarre dello sperma sano, sottoporlo a lavaggio, e inocularlo in un ovulo maturo. Oggi invece si può.

– So benissimo cos'è la ICSI, Henry, – ribatté lei brusca.

Adesso fu Costanza a prendersi un po' di tempo per cercare di metabolizzare – e analizzare – le informazioni che Henry le aveva appena fornito. – E quindi la classica FIVET con Judith ha funzionato?

– Sí. Siamo stati fortunati.

– Ha funzionato subito?

– Due tentativi con Justin. Solo uno con Andrew. Judith era molto giovane.

– Produceva molti ovuli. Molti piú di me.

Henry annuí.

– Scusami se sento il bisogno di fare il punto della situazione. Stai dicendo che tutti e due i ragazzi sono stati concepiti tramite FIVET.

– Sí.

Henry distolse lo sguardo. Cosa significava questo gesto? – Come ho detto siamo stati fortunati.

– Capisco –. Ma non capiva del tutto. – E da allora hai piú fatto analizzare il tuo sperma? Da quando abbiamo deciso di… di sottoporci a tutto questo?

Sottoporci. Quello che intendeva dire lei era «sottopormi».

– Con la ICSI il numero degli spermatozoi diventa irrilevante. E ad ogni modo, Costanza, tu hai due ovociti fertilizzati, entrambi di dimensioni accettabili. Hai visto che il mio sperma è buono. Hai visto che quello che stiamo facendo funziona.

– Fino a questo momento.

– Ma è fino a questo momento che siamo arrivati.

La mente di Costanza era in fermento. – E i ragazzi lo sanno?

– Perché me lo chiedi?

Quella conversazione cominciava ad assomigliare a un campo minato. Ma perché? – Mi sembra che sia qualcosa che vorrebbero sapere, che dovrebbero sapere.

– Io non gliel'ho mai detto. Forse Judith.

– Ma perché?

– Non ci ho mai pensato.

– Proprio come non avevi mai pensato di dirlo a me?

– Non la metterei in questi termini.

– E come la metteresti?

– Non ne ho mai visto la necessità. L'argomento non è mai venuto fuori.

– I tuoi figli sono nati grazie alla scienza che è stato anche il lavoro di tutta la tua vita, e tu non hai mai sentito il bisogno di dirglielo?

– Esatto.

– E se io sarò cosí fortunata da rimanere incinta, portare avanti la gravidanza, partorire e crescere nostro figlio o nostra figlia, tu non glielo diresti mai?

– Penso che sia una cosa di cui dovremmo prima discutere.

– Be', direi, – disse Costanza con un moto di rabbia.

Con la sua voce da medico, calma – o era forse una voce che cercava di calmare lei? –, Henry disse: – Ma prova a vedere la cosa dal mio punto di vista, Costanza. In un anno io supervisiono centinaia di cicli di fecondazione in vitro. Un basso numero di spermatozoi non è piú considerato tra i campanelli di allarme. La nostra clinica vanta una delle percentuali di successo piú alte del Paese. Due anni fa è nato il bambino numero diecimila concepito grazie a noi. Diecimila bambini. È a questo che penso… e non alle altre cose.

Lei lo guardò. – Tu riesci sempre a trovare una soluzione razionale, non è vero?

– Una soluzione razionale?

– Tu risolvi tutte le preoccupazioni, tutte le paure possibili. Tu hai un modo per farmi apparire illogica, iperansiosa. Iperemotiva.

– Non è assolutamente mia intenzione.

– Però lo fai. Ed è anche una cosa molto maschile, tipicamente maschile. Non so quanto ti senti a tuo agio con il paradosso dei sentimenti... dei sentimenti umani. Dei miei sentimenti. E con il fatto che i sentimenti possono giungere a una loro verità, tramite canali diversi dalla tua logica. In Italia sembravi piú... be', all'epoca ovviamente non ti conoscevo cosí bene –. S'interruppe. Poi riprese: – Non sono pazza, Henry. Questi medicinali magari mi rendono piú nervosa del normale, ma non mi rendono pazza.

– Questa parola l'hai usata tu. Non io.

– Sí, sono le mie parole, i miei sentimenti, i miei dubbi e il mio corpo –. Spostò le gambe oltre il bordo del letto. – La tua embriologa ti ha detto quando avverrà il trasferimento dell'embrione?

– Domani, come previsto. Un'infermiera telefonerà per comunicare l'ora. Di solito è nel primo pomeriggio.

Aveva aspettato che passassero le prime due settimane per vedere come avrebbe reagito il suo corpo sotto stimolazione. Aveva aspettato che passasse l'ultima orribile giornata, e nottata, per vedere se gli ovuli si sarebbero fecondati. Dopo il trasferimento dell'embrione avrebbe aspettato altre due settimane per vedere se rimaneva incinta. In questo giorno che per lei era l'unico privo di attese, Costanza allontanò dalla mente la conversazione che aveva avuto con Henry, almeno per il momento. C'era qualcosa di inquietante – molte cose lo erano – e non facile da districare, ma lei si conosceva bene. Sapeva quando doveva semplicemente stroncare sul nascere un certo modo di pensare che, se assecondato, rischiava di consumarla. Sapeva che se cominciava a sezionare le risposte di Henry alle sue domande sul concepimento di Justin e Andrew e su quello che non sapevano a tale proposito e perché, quasi sicuramente poi non avrebbe pensato ad altro. Per la serenità d'animo – anzi, cosa ancora piú importante, per la serenità del suo corpo – non poteva permettere che succedesse proprio allora.

E quindi si fece la doccia, si vestí, si preparò da sola il caffè e la colazione e si mise a lavorare alla traduzione. Che sollievo perdersi nella storia di qualcun altro, nella lingua e nei ritmi di qualcun altro. Era, per lei, uno dei piú grandi piaceri della traduzione: poter sgusciare via dal suo cervello e infilarsi in quello di un'altra persona, poter pensare, pensare attivamente, ma non essere limitata dalle sue ansie e dalle sue ossessioni, dai suoi capricci mentali. Era come viaggiare, anzi meglio. Per il resto del giorno Costanza rimase felicemente altrove. Quasi dimenticò quello che lei e il suo corpo stavano passando. Quasi.

Un nuovo giorno, una nuova delusione: uno degli embrioni non si era sviluppato oltre le quattro cellule e presentava un alto grado di frammentazione. L'altro aveva raggiunto le otto cellule e presentava un grado moderato di frammentazione. Costanza doveva tornare in clinica alle due per il trasferimento di uno o di entrambi gli embrioni, a seconda di come si sarebbero sviluppati nel corso della giornata.

Alle due meno dieci Costanza si presentò in clinica. Stavolta restò seduta in silenzio, rilesse le ultime pagine della traduzione, e osservò le altre donne. Questa non era una giornata per gli uomini. Non era una giornata che prevedeva un'anestesia o un'enorme suspense. Erano lí perché avevano tutte almeno uno o due embrioni adatti al trasferimento in utero. Erano lí, perché fino a quel momento, la fecondazione in vitro stava in qualche modo funzionando. Le donne se ne stavano sedute tranquille a leggere oppure a parlare a bassa voce. Costanza si rese conto che era la prima volta che le sentiva parlare tra di loro.

Poco dopo le dissero di andare a cambiarsi, poi l'accompagnarono nella stessa sala d'attesa interna dell'altra volta, e, dopo, nella sala dove si effettuavano trasferimenti. Dopo pochi minuti arrivò un medico. Si presentò: la dottoressa Trager.

– Stavolta è tutto molto piú veloce, – disse Costanza.

– Be', oggi è anche tutto molto piú semplice –. La dottoressa Trager digitò su alcuni tasti di un computer. – Lei ha un solo embrione. Di nove cellule. Può vederlo con i suoi occhi.

Su uno schermo montato sul muro di fronte a Costanza comparve un'immagine. Sembrava un insieme di bollicine, come quelle che si formano all'estremità delle cannucce che i bambini intingono in una boccetta di sapone e glicerina. Quello era il suo embrione. Il suo embrione di nove cellule, l'unione di un suo ovulo e dello sperma di Henry, combinati e fecondati attraverso un'iniezione intracitoplasmatica degli spermatozoi e cresciuto negli ultimi tre giorni in una brodocoltura riscaldata, frutto dell'ingegno umano, qualcosa che aveva del misterioso. Del miracoloso, addirittura.

– Mi può mostrare la frammentazione?

La dottoressa Trager forse rimase sorpresa nel vedere che Costanza sapeva cosa fosse la frammentazione o che il suo embrione presentasse un certo grado di frammentazione, ma non lo diede a vedere. Trascinò il cursore sopra alcune bollicine dalla forma irregolare, che si sovrapponevano disordinatamente. – È circa del venti per cento. Non malissimo.

Non malissimo. – Sembra che l'embrione si stia spezzando.

– Può dare questa impressione, ma non sempre è un dettaglio importante. Molto spesso succede che questi embrioni poi diventano…

– Sí, lo so, bambini sani, – Costanza disse bruscamente.

La dottoressa annuí.

– Non date mai un responso negativo in questa fase?

– Be', gli embrioni palesemente inadatti non li trasferiamo proprio.

– E quelli non palesemente inadatti? Quelli ambiguamente inadatti?

La dottoressa Trager la guardò. – Signora Ansaldo, creare la vita è il nostro lavoro. Questo significa che cerchiamo di approfittare di ogni singola opportunità che abbiamo.

Adattarsi ai ritmi del divorzio dei suoi genitori era stata un'impresa gigantesca per Andrew, quando era piú piccolo. Non era solo la confusione logistica (sebbene fosse notevole: per anni gli era capitato di lasciare in una casa le cose che gli servivano nell'altra); era il fatto che ci si aspettava da lui che uscisse con disinvoltura da un mondo, da una disposizione d'animo, ed entrasse nell'altro mondo, nell'altra disposizione d'animo secondo i dettami di un calendario sul quale lui non aveva quasi mai voce in capitolo. La differenza che correva tra lo svegliarsi nei panni del figlio di Judith e in quelli del figlio di Henry era talmente grande che di solito, la prima mattina dopo un cambio di casa, indugiava nel letto cercando di ricordarsi se era una cosa positiva essere piú diretti (Judith) o meno diretti (Henry); se i suoi cambiamenti di umore, che all'inizio dell'adolescenza conobbero un picco inatteso, rischiavano di provocare una reazione (Judith, ovviamente) o di essere ignorati (ovviamente Henry); e dove era piú consigliabile mostrarsi aperti o piú autocensori riguardo certi aspetti della sua vita privata (ultimamente soprattutto Charlotte). Doveva prestare attenzione anche a dettagli minimi, come per esempio quale dei due genitori ci teneva che lui appendesse i vestiti (Judith) e quale no (Henry, di solito).

Tutto questo aveva ormai dato vita a una serie di comportamenti ai quali Andrew non doveva neanche pensare piú di tanto, fino al suo recente, e presumibilmente temporaneo, esilio nel West Side. Svegliandosi all'inizio della settimana senza la prospettiva di dover fare avanti e indietro tra Henry e Judith, tra l'Upper East e l'Upper West, Andrew fu preso da un senso di disagio che riconobbe solo dopo alcuni giorni: dovette ammettere con se stesso di sentirsi leggermente intrappolato con sua madre. (Be', a dire il vero, anche con il patrigno). Prima, quando Andrew si irritava per la natura strabordante di Henry, sapeva che dopo qualche giorno avrebbe beneficiato della curiosità e delle premure di Judith; allo stesso modo, quando aveva la sensazione che Judith cominciasse a fare un po' troppe domande, che si preoccupasse per dettagli insignificanti e che s'impicciasse dei suoi impegni scolastici e della sua vita sociale, c'era Henry, con il suo corroborante interesse per questioni di piú ampio respiro o semplicemente diverse.

Adesso c'era Judith, ogni mattina e anche ogni sera, a chiedergli come stava, e sempre come se si aspettasse una risposta negativa. Judith era quella tipologia di genitore che è contento quando c'è qualcosa che non va, le piaceva indugiare sui problemi, analizzarli sotto ogni aspetto, e trovare una soluzione. Quanto di tutto questo avesse a che fare con il fatto che era una psicologa, e quanto con il fatto che era Judith, Andrew non l'avrebbe mai saputo. Comunque lui le rispondesse non faceva alcuna differenza: lei continuava imperterrita a sondare, continuava a cercare di dissotterrare, esaminare, sezionare. Poco importava se lui le diceva di star bene: lei comunque sembrava decisa a volere che lui le dicesse di essere infelice (nonostante lei fosse tutt'altro che infelice) riguardo al suo esilio nell'Upper West Side. Ma la verità dei suoi sentimenti non era cosí semplice. Lui non era felice, eppure in un certo senso capiva la situazione, perché percepiva che Henry non aveva mai accettato che Costanza e Andrew si fossero conosciuti e fossero diventati amici prima che lui la conoscesse. Capiva perché, proprio Judith, per quanto fosse strano, l'aveva aiutato a capire. – Ricordi quando io e Charlie siamo andati a vivere insieme? – chiese a Andrew a colazione la prima mattina extra che passava da lei. – È stato quell'estate in cui vostro padre vi ha portati in Francia. Io e Charlie ne abbiamo approfittato per abituarci alla presenza l'uno dell'altra. Dopo una certa età non è facile conciliare la tua vita con la presenza di una nuova persona, anche se si tratta di qualcuno che ami come io amavo Charlie.

Era da molto che Judith non cercava di aiutare Andrew su questioni riguardanti Henry, ma a pensarci bene era chiaro che lei stava parlando anche di sé. Di sé e Charlie.

Dopo qualche attimo di riflessione, Andrew disse: – In un certo senso è un peccato non averlo saputo prima. Pensavo che Charlie si fosse trasferito con te durante la nostra assenza cosí che non potessimo in alcun modo esprimere le nostre eventuali obiezioni.

– Be', in parte è stato anche per questo –. Judith inclinò la testa indietro, e per qualche secondo osservò attentamente suo figlio. – Ma tu non hai niente da obiettare a proposito di Costanza, vero? Ho l'impressione che non sia affatto cosí, anzi.

Andrew cercò di avere un'espressione il piú possibile neutra, cosa che spesso gli risultava molto difficile con Judith. Se non ci arrivava con l'intuito, cercava di indovinare e quasi sempre ci azzeccava. Lui le aveva detto poco a proposito di Costanza, un po' per un suo innato senso di protezione e, soprattutto, perché Henry gli aveva chiesto esplicitamente di non dire a Judith che Costanza stava facendo un ciclo di FIVET. E invece doveva dirle (ripetendo, guarda caso, le stesse parole di Judith) che l'inizio della convivenza era un periodo stressante e che la coppia aveva bisogno di un po' di privacy. Henry aveva sottolineato quanto fosse difficile per una coppia affrontare i trattamenti per l'infertilità, e doversi sottoporre allo sguardo di occhi estranei durante la terapia avrebbe solo aumentato l'ansia. Judith, per quanto fosse brava a capire le persone, non aveva idea di questi particolari, ma aveva chiaramente la sensazione che Costanza e Andrew avessero diverse cose in comune.

– Tu non hai niente da obiettare a proposito di Costanza, – ripeté Judith.

– No. Mi sta simpatica.

– Justin mi ha detto che voi due vi siete conosciuti prima che lei e Henry si conoscessero.

Andrew annuí. Si chiese se un cenno con il capo potesse finire per rivelare troppo. Con la maggior parte delle persone non aveva importanza, ma sua madre non era la maggior parte delle persone.

– Sono proprio curiosa di sapere com'è andata. Come l'hai conosciuta, com'è stato che si sono messi insieme.

– Mamma, lo sai che Henry non sarebbe contento di sapere che parlo con te di queste cose, proprio come non lo saresti tu se…

– Con me e Charlie non c'era niente da nascondere. Quasi fin da subito, nel bene e nel male, siamo stati aperti, come tu ben sai.

– Non sto dicendo che ci sia qualcosa da nascondere. Sto solo dicendo che… – Cos'è che stava dicendo? Sentí un senso di calore sulle guance.

– Lei ti piace, vero? Le vuoi bene.

– Parli di Costanza.

– Sí, Andrew, parlo di Costanza.

Andrew scrollò le spalle. Quel gesto fu come il cenno del capo di poco prima. Temeva che i suoi muscoli fossero troppo indipendenti dalla sua volontà. Gli pareva quasi di sentire le valutazioni e le deduzioni di sua madre dietro quegli occhi castani, come succedeva anche, o cosí lui immaginò, quando era con i suoi pazienti, e tutto questo lo fece sentire a disagio.

– Certo che le voglio bene. E penso che sia la persona adatta a Henry.

– Ho capito –. Il tono di Judith rivelava che lei aveva capito e intuito molto di piú, di quanto decideva di dare a intendere.

Era incinta. Ne era certa.

Il seno era indolenzito e le areole avevano cambiato forma. Erano di un pigmento piú scuro, piú rossiccio, che sconfinava oltre la normale circonferenza. Un classico sintomo. L'aveva letto da qualche parte.

E aveva anche la nausea. L'idea di certi cibi le dava il voltastomaco. Il formaggio spalmabile, per esempio, che Henry aveva portato a casa insieme ai *bagel* per il brunch domenicale. La confettura di menta. Il kiwi. Solo a toccarlo, solo a sentire la peluria della buccia sotto le dita, le si chiudeva la gola.

E poi c'erano anche queste strane… vibrazioni. Non sapeva come altro chiamarle. Leggerissime fitte, degli echi interiori, come se il corpo fosse tutto preso a creare una nuova vita.

A Henry non disse niente. Non voleva fargli sapere il grado di ossessione a cui era arrivata. Aspettò che lui uscisse di casa per andare al lavoro prima di spogliarsi e di mettersi nuda davanti allo specchio, prima di prospetto, poi di profilo. Naturalmente non si vedeva nulla, ma lei doveva vedere lo stesso.

Non ricordava piú quando era stata l'ultima volta che le era piaciuto quello che vedeva nello specchio. «Il mio corpo, – pensò, – ce la può fare».

La mattina dopo era di nuovo davanti allo specchio, nuda. Il seno non era piú indolenzito. Le areole erano di nuovo rosa. Sul pane tostato spalmò la crema di formaggio e la confettura di menta, tanto per vedere che effetto le faceva. Il kiwi, però, proprio non le andava.

Henry l'aveva scorta mentre si palpava il seno, prendendolo nel palmo della mano da sotto per controllare se fosse diverso, piú pesante. Le disse: – È bene che tu sappia che a molte donne il progesterone causa sintomi simili a quelli della gravidanza. Ho visto pazienti buttarsi a capofitto in grosse delusioni.

Il progesterone, che doveva aiutare l'embrione a impiantarsi, e che lui le iniettava nella natica tutte le sere alle dieci, una puntura cosí dolorosa che dopo doveva fare degli impacchi di ghiaccio. E dunque, alla fine, erano i medicinali e non il suo corpo.

– So che l'attesa non è facile, – le disse.

– È straziante.

Un altro giorno avvertí un gorgoglio nello stomaco e ne sentí anche il rumore. Aveva consumato un pranzo molto semplice. Non si trattava di problemi di digestione. Sentiva il lavorio dell'utero. Aveva di nuovo il seno indolenzito.

Quello stesso giorno, poco prima di cena, andò in bagno per fare pipí e trovò una macchia di sangue sugli slip. Il segnale che l'impianto era avvenuto! Aveva letto anche questa cosa. Un messaggio dal profondo del corpo.

Aveva il seno indolenzito. Di nuovo ne era certa.

Certe mattine Costanza si svegliava e in quei primissimi istanti di coscienza dimenticava cos'era che stava aspettando, cosa stava succedendo nella sua vita. In quell'interstizio tra il sonno e la veglia provava un senso di liberazione che non era solamente fisico. Non si sentiva confinata nel corpo sottoposto a cure farmacologiche e al divieto di bere e di fare sforzi fisici: era libera. Libera da bisogni, dai meccanismi, dai trucchi (e dagli inganni) della carne, libera dalla carnalità, libera dall'ossessione per il suo apparato riproduttore, libera dal dover mangiare, digerire, scoreggiare, fare la cacca, avere le mestruazioni, libera dal dover fare il bagno, mettersi la crema idratante, truccarsi e struccarsi, lavarsi, tagliarsi, e pettinarsi i capelli, libera dalla puzza, libera dal profumo, libera dalle mutande, dai salvaslip, dagli assorbenti, dai reggiseni, dalle T-shirt, dalle camicie, dalle gonne, dai pantaloni, dai vestiti, dai maglioni, libera dai cappotti (Dio come odiava quei cappotti invernali pesanti), dai collant, dai calzini, dalle scarpe, dai cappelli, dalle sciarpe e dai guanti, libera dai monili, libera dal doversi soffiare il naso, passare il filo interdentale, lavarsi i denti e togliersi il cerume dalle orecchie, libera dal doversi tagliare le unghie delle mani e dei piedi, ritoccarsi le sopracciglia, radersi le ascelle, pulirsi il sedere.

Beatitudine allo stato puro. Essere libera, dimenticare.

Ma poi ricordò. Dopo alcuni secondi, o minuti: non fu facile capire quanto tempo ci avesse messo la sua mente a spiccare il volo e poi ad atterrare. Con un tonfo. Anche molto doloroso. Come se qualcosa l'avesse colpita. Sferzata. Era ancora intrappolata nel suo corpo e stava ancora aspettando.

Andrew non si faceva vedere a casa di Henry da oltre una settimana, e a un certo punto Costanza lo chiamò per chiedergli che fine avesse fatto. Gli allenamenti di nuoto, disse lui. I compiti. E poi una notte aveva dormito a Haverford, da sua cugina Sophie che frequentava lí il primo anno di università.

Il progesterone pareva aver risucchiato la riserva di pazienza di Costanza. – Si direbbe che stai accampando delle scuse, – gli disse a brutto muso.

– Sinceramente ho avuto un da fare folle.

– Non dire «sinceramente» se non sei sincero. È meglio tacere.

Ci fu un lungo silenzio all'altro capo del telefono.

– Andrew?

– Hai detto che era meglio tacere.

– Dimmi il vero motivo.

Un altro silenzio.

– Dimmelo.

Un altro silenzio, stavolta piú breve. – Henry mi ha chiesto di concedervi un po' di spazio.

– Ah.

– Ha detto che questo era un periodo complicato per voi.

«Complicato». Che parola interessante. Che parola espressivamente inespressiva. Prima il figlio che si sentiva minacciato dal padre, e adesso il padre che si sentiva minacciato dal figlio. Minacciato? Era cosí, oppure si stava semplicemente immaginando tutto? Erano le medicine a farle immaginare tutte quelle cose?

– Tuo padre sta solo cercando di essere utile, – disse Costanza, ma nemmeno lei ci credeva fino in fondo.

– Possiamo sempre vederci fuori, se vuoi, per una delle nostre passeggiate. O per un caffè. Oppure puoi venire a uno dei miei allenamenti. Ce n'è uno il lunedí dopo la scuola, dalle parti di Asphalt Green.

– Non lo so, Andrew. Forse ci conviene aspettare.

– Che cosa?

– Che tutto questo finisca. Buono o cattivo, tra circa una settimana conoscerò l'esito.

Fu la settimana piú lenta della sua vita. Se apriva un libro le si appannava la vista. I pixel del computer erano spilli che le pungevano gli occhi. Non aveva la minima voglia di cucinare. Aveva caldo, poi freddo, poi di nuovo caldo. Sentiva di avere cosí tanta energia che immaginava di smontare la cucina di Henry e ridipingerla da sola nell'arco di una mattinata (saggiamente però non lo fece); era talmente stanca che dopo colazione le veniva voglia di mettersi a letto (e saggiamente lo fece).

Per tutta la giornata Costanza cercava di tornare con il pensiero a uno stato d'animo, un modo di essere, una consapevolezza chiara e salda di quello che doveva fare in quel frangente, e cioè aspettare. Aspettare, «to wait»: era sicuramente uno dei verbi piú dolorosi della lingua inglese. E anche in italiano, con quella doppia «t», era un verbo davvero sgraziato.

Il lunedí uscí a fare una passeggiata. Era un gelido pomeriggio di gennaio, ma Costanza si sentí attratta dal parco come fosse una calamita, dalla sottile patina di neve ghiacciata che faceva assomigliare gli alberi a tanti candelabri dai bracci intricati piazzati in mezzo a un'enorme torta bianca. Si accorse che l'intensa luce invernale di New York, riflessa e amplificata dalla neve, le dava fastidio agli occhi. Si accorse di muoversi all'interno nella sua nuvola semovente di fiato che si alimentava da sola.

Per una ventina di minuti smise di pensare al suo corpo,

all'embrione, smise di pensare all'embrione dentro il suo corpo. E si mise a pensare invece a quel gruppetto di uccelli – cos'erano, passeri? – tutti presi a cercare qualcosina da mangiare. Pensò ai bulbi, sepolti sotto la neve, che nel giro di pochi mesi, con le giornate piú lunghe e l'arrivo della bella stagione, sarebbero rinati a nuova vita.

Proprio quando la mente stava per riportarla verso le sue preoccupazioni corporee, Costanza ricordò che quel pomeriggio Andrew l'aveva invitata agli allenamenti di nuoto. Era per questo che aveva sentito l'impulso di uscire e di andare verso la parte nord del parco? Asphalt Green era a nord, e anche un bel po' a est. Gli allenamenti sarebbero cominciati nel giro di mezz'ora. Avrebbe assistito a una parte degli allenamenti e dopo avrebbe fatto quattro chiacchiere con Andrew. Cosí avrebbe avuto una scusa per uscire da se stessa, e magari sarebbe riuscita a rilassarsi anche un po'.

Sentí la puzza di cloro già da mezzo isolato di distanza. Raggiunse la piscina seguendo l'olfatto. Si tolse il cappello, i guanti, la sciarpa e il cappotto e si sedette sui gradini. L'acqua brulicava di decine di nuotatori che si esercitavano con la farfalla, uno dopo l'altro, disegnando archi vigorosi con le braccia. Costanza cercò di identificare Andrew, ma vide soltanto una sorta di fotogrammi di spalle, schiene e teste coperte da cuffie aderenti di un giallo brillante. Ascoltava il rumore delle mani e dei corpi che fendevano l'acqua. L'effetto era calmante, quasi una ninna nanna. Cominciò a sentirsi leggermente stordita per via di quel rumore e del caldo umido. Chiuse gli occhi e ascoltò l'acqua che spumeggiava, l'allenatore che soffiava forte nel fischietto e urlava ordini. Quando riaprí gli occhi, vide una fila di ragazzi fermi a bordo vasca dalla parte dell'acqua alta. Ragazzi alti, magri e muscolosi dalla pelle rosea e lattescente, statue gocciolanti in costumi da bagno azzurri. Un colpo di fischietto dell'allenatore e i primi sei si tuffarono in acqua; un altro colpo di fischietto, e dentro altri sei. Andrew faceva parte del terzo gruppo. Gli occhi erano nascosti da un paio di occhialini dalle lenti fumé e, come tutti gli altri, era concentrato sulla tempistica del tuffo, quindi Costanza dedusse che probabilmente non l'aveva vista. Lei però vedeva lui, la robusta muscolatura e l'agile scioltezza dei gesti quando sollevava le braccia in sincrono con gli altri cinque nuotatori. Al fischio dell'allenatore tutti e sei si allungarono verso l'alto e disegnarono splendidi archi seguiti da precisi tonfi nell'acqua. Fecero quindi emergere le braccia e cominciarono a colpire l'acqua che s'increspava tra gli spruzzi.

Non appena Andrew e la sua squadra cominciarono la quarta vasca, Costanza avvertí una vampata di calore. L'aria, l'umidità, le medicine, i due maglioni che indossava: sicuramente erano tutte queste cose messe insieme. O fino a un certo punto? O solo in parte? Si rese conto in quel momento della concentrazione con cui stava assistendo agli allenamenti. Osservava Andrew, tutti quei ragazzi – ebbene sí –, provando una sorta di piacere. E questo la turbò. Si pentí di non essersi portata dietro una bottiglietta d'acqua; pensò che una sorsata, una sola sorsata di acqua fresca o una boccata d'aria le avrebbero schiarito la mente.

Niente di impossibile. Doveva semplicemente alzarsi e uscire di lí. Si alzò barcollando e uscí.

La mattina dopo, alle quattro, come vide controllando l'ora, era già sveglia. Le quattro potevano considerarsi già mattina? Fuori era ancora buio. Le strade erano immerse nel silenzio. Henry dormiva con un braccio piegato e infilato sotto la testa, a mo' di ala. Le quattro non erano già mattina.

Alle cinque e quarantacinque Costanza era di nuovo sveglia. Henry, nonostante sembrasse ancora addormentato, le aveva poggiato il palmo della mano sulla pancia: un gesto di protezione. Era convinta che nel sonno, in sogno, Henry stesse cercando di comunicare con il loro embrione. Forse il suo tocco, quel suo tocco da medico, gli avrebbe dato la forza di vivere; di vivere e di crescere.

Aspettò che Henry uscisse per andare al lavoro, e zoppicando si trascinò verso il bagno con la vescica piena. Aprí la confezione del test di gravidanza che la sera prima aveva infilato nella tasca dell'accappatoio e fece la pipí sul bastoncino. Poi aspettò. Tre minuti, c'era scritto. Tre minuti che non passavano piú.

Il risultato era inequivocabile. Il risultato era equivocabilissimo. C'era l'ombra di una seconda lineetta. Costanza portò il bastoncino alla luce. Poi di nuovo alla finestra. Era come rincorrere un miraggio: piú guardava meno vedeva.

Dopo dieci minuti buttò via il test. Facendo appello a una forza di volontà che la sorprese, si fece una doccia e poi si sedette a lavorare alla traduzione. E continuò oltre l'ora di pranzo. Dopodiché uscí per fare una delle sue passeggiate. Normalmente ne avrebbe approfittato per fare anche un po' di spesa per la cena, ma in quel momento il cibo era l'ultimo dei suoi pensieri. Quando Henry tornò a casa ordinarono una pizza.

– Piú ti avvicini al ventottesimo giorno piú è dura, vero? – disse Henry quando si sedettero a tavola e lui ebbe modo di guardarla bene in viso. – Ma la cosa positiva è che mancano solo due giorni.

Quel pomeriggio, tornando a casa dalla sua solita passeggiata, Costanza si fermò in una farmacia. Si era ripromessa di aspettare il risultato delle analisi: era l'unico modo per avere una certezza definitiva, come le aveva detto Henry piú di una volta. Ma poi quella farmacia le si era parata davanti e lei si era imbattuta per la prima volta in First Response Gold, una versione letteralmente dorata del normale test di gravidanza First Response. Un test di gravidanza digitale, addirittura. Cos'altro si sarebbero inventati? Un test di gravidanza parlante? Un macchinario che annunciava tramite un chip: «Signora, siamo lieti di informarla... Signora? Signorina? Come desidera essere chiamata?»

Costanza comprò una confezione di First Response Gold. Non per la prima volta, nascose il test nella tasca dell'accappatoio. Subito dopo cena lei e Henry rigovernarono la cucina e andarono a letto. Lui dormí ininterrottamente tutta la notte. Lei si svegliò di nuovo alle quattro, poi di nuovo alle cinque e qualcosa. Si alzò piano e andò in bagno, chiudendo la porta senza fare rumore. Al ventisettesimo giorno del ciclo, un test di gravidanza aveva una percentuale di accuratezza del novantacinque-novantotto per cento. E per lei questa percentuale andava piú che bene. Fece la pipí sul bastoncino e aspettò. Nel riquadro c'era l'iconina di un orologio che lampeggiava. Significava: *Porta pazienza. Sto lavorando per te. Il cuore ti batte fortissimo, hai il collo tutto sudato, ci tieni a conoscere il tuo destino e io sto cercando tracce di* HCG *nella tua urina...*

L'orologetto continuava a lampeggiare. La porta dietro di lei si aprí. Henry entrò a piedi nudi in bagno, strizzando gli occhi. Guardò il test, poi guardò Costanza. – Quanto tempo?

– Due minuti.

Henry era senza vestaglia. Tremava per il freddo.

Costanza teneva gli occhi incollati al riquadro in attesa del risultato. Henry teneva gli occhi incollati al riquadro in attesa del risultato.

L'orologio continuava a lampeggiare. L'ultimo minuto sembrò durare un'ora.

Alla fine l'orologio scomparve dal riquadro, e poi comparve una parola:

No.

No?

NO.

Lei guardò Henry, Henry guardò lei. Tra di loro ci fu come una scossa elettrica. Costanza la sentí, ma rimase paralizzata, incredula. All'inizio anche Henry sembrò paralizzato, ma poi, con grande sorpresa di Costanza, gli uscí dalla bocca un verso di sofferenza.

L'ultima volta che Andrew si era ritrovato davanti suo padre ad aspettarlo all'uscita di scuola era stato il pomeriggio in cui era morta la nonna e Henry era andato a dirglielo di persona. All'epoca Andrew era in quarta elementare e da allora erano passati otto anni. Ricordava chiaramente il momento in cui era uscito dal portone con il suo amichetto Kevin. Stavano parlando del tipo di skateboard che avrebbero voluto comprare una volta che fossero riusciti a mettere da parte i soldi necessari. Quella conversazione insulsa sarebbe rimasta per sempre cristallizzata nei ricordi di Andrew: aveva alzato gli occhi e aveva visto Henry, ma era talmente confuso per l'incongrua presenza di suo padre a scuola a quell'ora che aveva continuato a parlare con Kevin e a camminare. All'inizio non era nemmeno sicuro che Henry fosse Henry. E dopo qualche istante aveva capito che doveva essere successo qualcosa di brutto. Di molto brutto, se Henry era lí. Poi il tempo aveva cominciato a rallentare e gli era sembrato di metterci non solo qualche secondo, ma diversi minuti per raggiungere suo padre e sentire quello che aveva da dirgli.

Adesso Andrew frequentava l'ultimo anno delle superiori, e sicuramente Henry era andato a dirgli che l'ora di Leopold era suonata.

– Si tratta del nonno. È successo qualcosa, – Andrew disse divorato dall'ansia.

– È successo qualcosa a Leopold? – Henry era confuso.
– Non è successo niente a Leopold. Niente di nuovo.

– Si tratta di mamma? Di Justin? Perché non sei al lavoro?

– Non è niente di tutto questo. Volevo soltanto parlarti. Possiamo...? – Henry indicò il marciapiede davanti a loro, lontano dai compagni di scuola di Andrew.

Andrew e Henry si incamminarono verso il marciapiede.
– In realtà il motivo per cui sono venuto è Costanza.

Andrew sentí lo stomaco che gli si chiudeva. – Sta bene?

– Fisicamente sí. Ma psicologicamente... psicologicamente è piuttosto... giú. Il ciclo non ha funzionato e si sta riprendendo ora dall'effetto dei medicinali e, a dire la verità, in questo momento è alquanto irraggiungibile. Be', davvero irraggiungibile. E anche molto giú. L'ho già detto. Molto, molto giú.

Andrew notò che la pelle di Henry aveva un colorito grigiastro, quasi malaticcio, e che gli occhi, sotto le palpebre pesanti, erano stanchi e persi nel vuoto. – E tu sei venuto a dirmi tutto questo perché...

– Perché sei suo amico. E perché le vuoi bene. Avevo pensato che magari... magari saresti potuto venire a trovarla.

Andrew annuí lentamente. – Io voglio bene a Costanza e sono suo amico, eppure quando a te non andava a genio mi hai chiesto di togliermi dalle scatole. Adesso che le cose sono cambiate, adesso che lei è giú, molto, molto giú, ecco che vieni a chiedermi di tornare.

– Sí, adesso vengo a chiederti di tornare –. Henry storse la bocca, come se quelle parole avessero un sapore amaro. – Ti prego. Sta passando un periodo molto difficile... e io penso che tu... penso che le farebbe piacere vederti.

Andrew annuí di nuovo. Si accorse di questo movimento ritmico della sua testa mentre metabolizzava quello che Henry gli stava dicendo. Mentre si accorgeva fino a che punto suo padre potesse rivelarsi egoista.

– Ci penserò, – disse Andrew infine.

– Ci penserai? E cosa vorrebbe dire?

– Vuol dire che ci penserò.

– Puoi avercela con me per tutta una serie di motivi, ma ti prego di non farla pagare anche a Costanza.

Andrew rifletté qualche istante. – Se accetto, possiamo considerare finito il mio embargo? Posso andare e venire da casa come un tempo?

– Sí, sí, tutto quello che vuoi. Allora, vieni da lei? Lo faresti oggi stesso, Andy?

Andy? Le cose dovevano essersi messe davvero male per Henry se era costretto a ricorrere a quel nomignolo.

– Ci penserò, papà, – ripeté Andrew con calma.

Andrew, nell'East Side, entrò nell'atrio e vide che Joe, il portiere in servizio nei giorni feriali, era stato sostituito da Lewis: cosí c'era scritto sulla targhetta. Lewis intercettò Andrew prima che questi riuscisse a raggiungere l'ascensore.

Andrew disse che stava salendo all'appartamento 9E, cioè casa sua, e Lewis gli disse: – Ah, lei è il figlio del dottor Weissman. Quello piú piccolo. Suo padre mi ha detto che sarebbe passato. Suo fratello si chiama Jeremy, giusto.

Andrew non lo corresse. L'idea che prima o poi Justin si sarebbe sentito chiamare Jeremy dal nuovo portiere era troppo divertente.

L'appartamento era buio e silenzioso. Andrew disse: – C'è qualcuno? – Ma la domanda volò via e si disperse in mezzo a tutti quegli arredi nuovi.

Andò in cucina e aprí il frigorifero. Il frigorifero rispecchiava lo stato d'animo di Costanza. A parte alcune salse e un cartone di latte, c'era solo un pezzo di parmigiano, qualche limone e un mazzetto di odori ormai floscio.

Arrivò in fondo al corridoio. Da sotto la porta della camera di Henry trapelava una sottile striscia di luce. Andrew andò alla porta e bussò.

Costanza, se c'era, non rispose.

Bussò di nuovo e aspettò.

Finalmente si sentí un debole «Sí?»

Andrew aprí la porta. Costanza era a letto, distesa sopra le coperte, vestita dalla testa ai piedi. Aveva ancora le scarpe. Gli occhi erano rossi e velati. I capelli sparsi sul cuscino.

– Ah, Andrew, – disse con una voce bassa, piatta, lontanissima. – Non mi aspettavo di vederti.

– Ti ho lasciato un messaggio sul cellulare. Ti dicevo che sarei passato per le sette.

– Sono già le sette? – Si tirò su a sedere e guardò la sveglia, poi si lasciò cadere di nuovo sul letto. – Non ho guardato molto... il cellulare.

– Henry mi ha parlato dell'esito del ciclo. Mi dispiace.

Le tremava la mascella.

– Mio padre torna a casa presto stasera?

– Non me lo ricordo, sinceramente.

– Ti va se ordino qualcosa da mangiare, o magari hai voglia di cucinare? In ogni caso penso che tu abbia bisogno di mangiare. O almeno, io ne ho bisogno.

– La cena? – Costanza guardò di nuovo l'orologio. – Ordiniamo qualcosa.

– Ma cucinare di solito non ti fa... sentire meglio?

– Di solito, ma non stasera.

– Ti va di parlare del ciclo?

– È andato male. Cos'altro c'è da dire?

– Hai intenzione di riprovarci?

– In questo momento non riesco a pensarci, Andrew. Ho bisogno prima di tutto di tornare in me.

– E cosa ti potrebbe aiutare a tornare in te?

– Il tempo.

Rimasero in silenzio per qualche secondo.

– Sabato della settimana prossima è il mio compleanno. E anche il compleanno del nonno.

– Tuo padre parlava di una cena. Ha detto che forse sarebbe venuto anche Justin perché è il fine settimana del Presidents' Day.

– Che bel regalo di compleanno, – Andrew disse senza entusiasmo.

– Di solito cosa fai?

– Ordiniamo il cibo dal deli, naturalmente. A volte Henry si ricorda di comprare una torta.

Costanza rifletté qualche istante. – Se me la sento, magari possiamo fare qualcosa di un po' piú creativo.

– Non so se il nonno gradirebbe. Ma in fondo è anche il mio compleanno, giusto?

Non appena mise piede al mercato greco che era a pochi isolati dalla fermata di Astoria sulla Thirtieth Avenue, Costanza sentí svanire quel senso di pesantezza che l'accompagnava da settimane. Le sembrò di trovarsi in un luogo lontanissimo dalla sua solita vita. I punti di riferimento erano tutti diversi: la mole degli edifici, l'aspetto e il portamento delle persone, i profumi, le parole e, in questo caso, ogni tanto, anche l'alfabeto sulle insegne e sulle confezioni dei prodotti; ma soprattutto il cibo era diverso. C'erano vaschette con decine di tipi diversi di olive, enormi pezzi di feta simili a blocchi di neve, mazzi di profumatissimo origano essiccato, *spanakopita* dalla crosta croccante, appena uscita dal forno e strabordante di spinaci e formaggio. Uno dei corridoi vicino alla vetrina era pieno di candele votive, sapone alla lavanda o al rosmarino, *komboloi*, tazze decorate con le immagini di antiche sculture greche, e ciondoli portafortuna azzurri a forma di occhio.

Costanza ne sfiorò uno, ma poi ricordò che non credeva a quel genere di superstizioni. Anzi, ai talismani in genere non ci credeva affatto.

Costanza e Andrew riempirono il carrello quasi fino all'orlo e lasciarono lí la spesa in custodia per andare a prendere un caffè nel bar accanto.

– Questa passeggiata mi ricorda quelle che facevamo a Firenze, – disse Andrew quando furono in strada. – Chissà, forse dovremmo farle piú spesso anche qui…

– Chissà, – disse lei, ma con un tono che lasciava intendere il contrario.

– Sai, a quanto pare adesso a mio padre va di nuovo bene che io mi faccia vedere a casa sua.

– Tanto per mettere le cose in chiaro: è una cosa di cui io e lui non abbiamo mai parlato.

Continuarono a camminare in silenzio. Dopo qualche istante Andrew disse: – L'altro giorno sei venuta a vedere gli allenamenti. Perché non sei rimasta?

Costanza arrossí. – Non credevo che mi avessi vista. Non mi sentivo bene, con tutte le medicine che avevo preso. Faceva troppo caldo lí dentro...

– Capisco.

Il «capisco» faceva il paio con il «chissà» di Costanza di poco prima. Volontariamente insincero, o imperfettamente sincero.

– Sei molto elegante quando nuoti, Andrew. Sei elegante in tante cose che fai. Sei un ragazzo molto premuroso. Sei molto paziente con me, e molto attento. Un giorno sarai un meraviglioso compagno di una ragazza fortunata.

– Apprezzo le belle parole, Costanza. Ma ti sento distante. Mi parli come un'adulta distaccata.

– Spero di non essere distaccata. Ma adulta lo sono, o almeno ci provo.

– Ci provi...?

Costanza lo guardò. – Lo sai che tu e tuo padre avete in comune una certa... insistenza?

– No, non è vero. Lui è insistente. Io semplicemente, a volte, penso ad alta voce.

Costanza tirò fuori un accenno di sorriso. – Non è sempre facile avere a che fare con Henry. Lo so, ormai, per mia esperienza diretta e anche per quello che mi dici tu. Ma devi capire che lui è... che questa è la mia strada, la mia vita –. Erano intanto arrivati al caffè, fortunatamente, visto che l'atmosfera tra di loro cominciava a farsi un po' pesante. Si sedettero e ordinarono un caffè e una porzione di *baklava* a testa.

– Non abbiamo avuto modo di parlare delle tue novità.

– Be', ormai non sono piú novità. Sono convinto che la University of Pennsylvania sia la soluzione migliore per me.

La loro decisione tempestiva è stata una fortuna; anzi, mi pento un po' di aver dedicato cosí tanto tempo alle altre domande, ma mia madre e Charlie insistevano tanto.

Costanza bevve un sorso di caffè. – La mia sensazione al riguardo – e questo potrebbe dipendere dal fatto che sono cresciuta dove sono cresciuta – è che tutte queste storie attorno alla scelta del college siano un po' sproporzionate rispetto a quello che conta davvero, e cioè a come te la caverai qualunque sia la tua destinazione, e io sono certa che te la caverai egregiamente.

– Ci proverò.

Costanza si appoggiò allo schienale e gli chiese. – C'è qualche persona che ti interessa a scuola, o anche al di fuori della scuola?

– Parli di ragazze, immagino, giusto?

– Sí, parlo di ragazze.

Andrew scosse la testa.

– Charlotte si è fatta viva?

– Non l'ho piú sentita.

– Sai, a volte arriva il momento di lasciar andare. Quando ero giovane, verso la fine di quella che era stata la mia relazione piú lunga, l'uomo con cui stavo, e a cui volevo ancora molto bene, mi ha detto una cosa che non ho mai dimenticato: «Non puoi costringere un'altra persona ad amarti».

Andrew osservò attentamente la faccia di Costanza. – Immagino che ti abbia ferito il fatto che a dirtelo sia stato l'uomo che amavi.

– Enormemente. Mi è sembrato un gesto cosí privo di delicatezza da essere crudele. Ma poi ho capito che a modo suo mi aveva detto parole di saggezza.

– Non si può costringere un'altra persona ad amarti.

– No. Non si può.

Il pomeriggio prima della cena in occasione del doppio compleanno di Leopold e Andrew, Henry fu chiamato in ospedale, dove una delle sue pazienti, alla sesta settimana di gravidanza, era stata ricoverata per una complicazione. Tornò a casa verso le sei, esausto e di pessimo umore.

– Non è stata una giornata facile, – disse a Costanza togliendosi la giacca. – Forse è il caso di anticipare un po' l'ora del cocktail –. Stappò la bottiglia di vino. – Immagino che tu abbia ricevuto il mio messaggio e che la cena sia stata già ordinata.

Costanza gli parlò della sua avventura ad Astoria insieme a Andrew, e gli illustrò il menu che avevano pensato insieme.

– Voi due? Non credi che sarebbe stato piú opportuno che lo scegliessimo io e te?

– Be', è il compleanno di Andrew oltre a quello di Leopold.

– Sí, ma cosa mangia mio padre?

– Ho preparato un'insalata sostanziosa, – disse Costanza con un tono forzatamente allegro. – Ci sono diversi piatti che può provare. Sono certa che troverà qualcosa di suo gradimento.

– Magari non è troppo tardi per chiamare –. Henry prese il telefono. Costanza, offesa, uscí di corsa dalla stanza. Henry mise giú il telefono e fece per seguirla, ma si fermò quando vide che qualcuno aveva assistito alla scena.

– Abbiamo fatto una passeggiata per il Queens e Costanza è riuscita a distrarsi un po', – disse Andrew. – E comunque ho preso un sandwich con il pastrami per il nonno, tanto per andare sul sicuro.

Henry lanciò un'occhiataccia al figlio.

– Ce l'ha messa tutta per preparare questa cena. Ha cercato di fare qualcosa di creativo, di diverso. Costanza è fatta cosí.

– Non sei tu che devi dirmi come è fatta Costanza.

Henry raggiunse Costanza e le chiese scusa. – La cena non ha importanza, – le disse entrando sotto la doccia. Costanza, dal canto suo, disse: – So di essere ipersensibile in questo periodo. Non durerà in eterno. Almeno spero che non durerà in eterno.

Henry stava ancora finendo di vestirsi quando suonò il citofono, e quindi Costanza andò da sola ad accogliere Leopold alla porta.

– Leopold, – disse dopo avergli dato un bacio per guancia, – buon compleanno. Ti trovo benissimo.

– Sei molto dolce, mia cara. Una dolcissima bugiarda. La signora, – si fece da parte per lasciar passare Lorna, – è una meraviglia. Io invece sono quello che sembro: esausto.

Lorna stava davvero bene con la sua graziosa camicetta verde e i capelli neri striati d'argento raccolti in un elegante chignon. Lei e Costanza si salutarono con un abbraccio; poi Lorna, indicando un sacchetto, disse che doveva portare delle cose in cucina.

– Mi aspetti un secondo? – disse Leopold a Costanza.

Come la volta precedente, andò dritto in bagno a lavarsi le mani. Quando tornò, Costanza sentí il profumo di lavanda di una delle saponette greche che aveva comprato quel pomeriggio.

– Ho qualcosa per te, – le annunciò. – Ci sediamo?

Si diressero verso il soggiorno.

– Ma aspetta? Cosa è successo qui?

Costanza illustrò il suo progetto di rinnovamento della casa. Leopold si guardava attentamente intorno e ascoltava. – Neanche piú una traccia di Colei Che Non Voglio Nominare. E complimenti per il gusto nella scelta dei colori.

– Grazie, Leopold.

– Un segno di buon auspicio.

Costanza non gli chiese di cosa, volutamente. Ma lui glielo disse lo stesso: – So cosa significano tutti questi *ferpitzing*[9] in una casa. Quando avevo il negozio e una coppia veniva a scegliere insieme la stoffa, era un segnale ben preciso.

Una volta seduti, Leopold infilò una mano in tasca e porse a Costanza un cofanetto per gioielli in pelle bordeaux. Era vecchio e consumato sui lati.

– Tu fai un regalo a me nel giorno del tuo compleanno? Non dovrebbe essere il contrario?

– È molto piú bello dare che ricevere.

Costanza schiacciò un bottoncino d'ottone sul davanti del cofanetto; l'interno della scatola era imbottito e sul rivestimento in seta campeggiava il nome di una gioielleria viennese che non esisteva piú da tempo. Sul cuscinetto c'era un paio di orecchini pendenti, in oro antico, con piccoli smeraldi incastonati. – Appartenevano alla madre di Nina, – disse Leopold. – Li aveva affidati a una vicina, una *goy*[10]. Per uno

[9] Yiddish: «abbellimenti».
[10] Yiddish: «non ebreo».

strano colpo di fortuna queste persone sono riuscite a rintracciarci. «I gioielli sono sopravvissuti, la donna no, – diceva Nina. – Da non credere». Li indossava in occasioni speciali. Amava l'idea di poter toccare qualcosa che aveva toccato anche sua madre.

– Sono bellissimi, Leopold. Ma non dovresti metterli da parte per uno dei ragazzi? Per le loro mogli, o magari un giorno per le loro figlie?

– Secondo te vivrò cosí a lungo da conoscere le loro mogli? E perché parliamo al plurale? Non credo che Justin saprebbe cosa farsene dei gingilli della bisnonna. E l'altro, quello, si farà spezzare il cuore un'altra quindicina di volte prima di sistemarsi. No, voglio che li prenda tu.

– Non so cosa dire.

– Che ne dici di un grazie?

Costanza lo ringraziò e lo abbracciò.

– C'è anche qualcos'altro –. Leopold s'infilò una mano nel taschino della giacca e le diede un sacchetto di stoffa. – Anche questo era di Nina.

Dentro il sacchetto c'era una stella di David gialla. La stoffa era cosí sottile che in alcuni punti Costanza vedeva l'intreccio della trama, ormai quasi completamente consumato.

– Leopold. Veramente io…

– È una cosa un po' insolita, forse. Ma sai, ne ho già data una a Henry, e una ciascuno ai ragazzi. Me ne restavano due. E ora ne ho solo una.

– Ma perché a me?

– Perché stai con mio figlio, e… – Leopold s'interruppe. – Vedi, io, io e Nina siamo riusciti a mettere al mondo soltanto un figlio. Eravamo cosí… cosí mal ridotti dopo la guerra. Abbiamo dovuto ricominciare una vita da zero. C'era troppo poco tempo, troppo pochi soldi. Nina ha avuto una serie di gravidanze finite male prima di avere Henry… – Un'altra pausa. – Be', evidentemente non era destino.

Costanza toccò la stella con cautela.

– Oggi la scienza fa miracoli. Può dare una grossa mano alla natura. La ICSI è la cosa che piú mi colpisce. Iniettare lo sperma direttamente all'interno di un ovulo: è davvero pazzesco. È un vero e proprio tentativo di sconfiggere il fato –. I suoi vecchi occhi annebbiati si posarono su di lei. – E come tu forse immaginerai, a me piace l'idea di riuscire a sconfiggere il fato.

Adesso Costanza vedeva dove Leopold voleva andare a parare. – Mi pare di capire che sai tutto, Leopold.

Leopold ebbe un momento di esitazione, giusto un momento, poi annuí.

– Ma nonostante tutta la scienza, nonostante i miracoli, il fato noi non l'abbiamo battuto, giusto?

– Questa volta –. Leopold fece una breve pausa prima di riprendere. – Dovete riprovarci. Dovete riprovarci finché sarà possibile.

Qualche minuto prima delle sette, la porta di casa si aprí. – È arrivato Jeremy, – annunciò a gran voce Justin alla sala da pranzo-biblioteca dove tutti erano giú seduti. La tavola era stata di nuovo addobbata elegantemente per assecondare le aspettative di Leopold. – Spero che non abbiate già cominciato.

Leopold si allungò verso Lorna. – Che cosa ha detto?

– È Justin. Ma ha detto che è arrivato Jeremy.

– E chi è Jeremy? Un altro fidanzato?

Lorna rispose con un'alzata di spalle proprio mentre Justin entrava nella stanza e annunciava: – A quanto pare ho un nuovo nome.

Una ragazzetta smunta con un paio di jeans attillati e una fluente camicia bianca lo seguí a ruota. – Un tizio di nome Lewis l'ha appena ribattezzato, – disse.

Leopold si girò a guardarla. – Ha battezzato Justin? Che cosa?

– È solo un modo di dire, nonno –. Justin baciò il nonno in cima alla testa. – Ti presento Zoë. Lei è sempre stata Zoë, giusto?

– Giusto… Jeremy.

Justin rise. Rise anche lei.

Henry si alzò. – Chiedo scusa –. Porse la mano alla ragazza. – Non ci aspettavamo…

– Non c'è problema. Io seguo un regime macrobiotico. Prendo solo un bicchiere di vino. Se non avete sedie mi siedo per terra.

– Ce le abbiamo, le sedie, – disse Costanza. Andò a cercarne una, e anche un piatto, delle posate, un bicchiere e un tovagliolo.

– Il vino è macrobiotico? – chiese Andrew.

– Mio fratello minore, Andrew, il nutrizionista, – disse Justin continuando con le presentazioni. Poi si sedette sulla sedia libera accanto a suo nonno.

– E allora che fine ha fatto il *fagele*? – chiese Leopold con la sua solita schiettezza.

– Adesso sta con un altro *fagele*.

– Che peccato.

– Sí e no –. Justin sorrise a Zoë.

Leopold disse: – Non è un problema per me, Justin, se ti piacciono i maschi. Tanto per farti sapere che ci ho riflettuto. Il mondo oggi è piú permissivo di quando ero giovane io. Cioè, pensa a cosa avrebbe detto la mia gente, – e guardò Lorna, – vedendo uno come me con una donna come lei.

– Perché è nera, intendi?

Senza esitare Leopold disse: – Sí, è quello che intendo.

– Be', adesso io sto con Zoë.

– Capisco, – disse Leopold. Poi aggiunse: – In realtà, non lo capisco.

– Nonno, mi piacciono le femmine e anche i maschi.

– E a me piacciono i maschi e anche le femmine, – disse Zoë.

– Kismet, – disse Henry a capotavola.

– E da dove salta fuori questa parola? – disse Andrew.

– Credo che sia araba, – disse Henry. – Credo che abbia qualcosa a che fare con la volontà di Allah.

– Prima il battesimo, poi Allah, – disse Leopold. – Cos'altro mi devo aspettare?

– La cena, – disse Costanza.

L'insalata e la torta di spinaci, le foglie di vite ripiene, le olive, i formaggi greci che Costanza aveva abbinato alle pere, le mele e alla cotognata: era tutto leggero e colorato; il cibo scomparve cosí in fretta che Costanza dovette rifornire piatti e vassoi altre due volte con le generose scorte che lei e Andrew avevano comprato ad Astoria. Leopold non aprí nemmeno il panino. Zoë la macrobiotica fece una deroga alle sue regole e si fiondò sul cibo con appetito. Senza David, Justin appariva piú rilassato, molto piú se stesso. E Andrew si isolò mentalmente e si dedicò all'attenta osservazione di ciò che lo circondava, come se fotografasse con gli occhi quello che accadeva nella stanza.

A Costanza quella serata sembrò rappresentare un punto di svolta. Le traversie dell'ultimo mese confluirono in un'esperienza che ormai poteva essere archiviata definitivamente nel passato. Quello era il ciclo che aveva provato e non era andato in porto, una prova che era fallita, il fallimento con il quale, dopo un po' di tempo, avrebbe imparato a convivere. Nonostante Leopold, non sapeva ancora cosa avrebbe deciso di fare dopo. Cosa avrebbero deciso di fare dopo, lei e Henry. Ma il semplice fatto che la sua mente riuscisse a contemplare un dopo era un segnale che qualcosa si stava muovendo.

Solo quando Costanza cominciò a sparecchiare, Henry notò un particolare che Costanza aveva notato già all'inizio di quella serata: all'anulare della mano sinistra Lorna portava uno splendente anello di brillanti.

– Papà, c'è qualcosa che tu e Lorna dovete dirci?

– Mi domandavo quando me l'avresti chiesto –. Leopold prese di nuovo la mano di Lorna. – E, sí, significa esattamente quello che stai pensando. Esattamente quello che questi anelli di solito stanno a significare.

Era raggiante e rosso in viso. – Io e Lorna speriamo che siate tutti liberi la seconda sera del periodo della Pasqua ebraica, che quest'anno capita di sabato. Sabato quattro aprile.

– Sabato è il cinque, – lo corresse Lorna con dolcezza.

– Allora il cinque. Il rabbino Mendelstein verrà dopo il tramonto, ci sarà della musica. Un trio, li ho sentiti suonare al centro anziani. E – nonostante la cena di questa sera, che è stata deliziosa – ordineremo da mangiare dal solito deli. Mi piace l'idea di ordinare queste pietanze a un matrimonio invece che nel periodo di Shiva.

– Io ho già cominciato a preparare i biscotti, – disse Lorna. – Mi sto portando avanti con il lavoro.

– Il freezer è talmente pieno che abbiamo dovuto buttare via tutto il ghiaccio! – disse Leopold allegro.

– È in queste occasioni che si dice *mazel tov*? – chiese Zoë.

– Esatto, – disse Justin.

– Che peccato non avere dello champagne, – disse Costanza.

Lorna disse: – Ho messo due bottiglie di champagne in frigo quando siamo arrivati.

Andrew e Lorna andarono a prendere le bottiglie e i bicchieri. Henry fece un brindisi alla nuova coppia. Pronunciò un discorso sentito e anche un po' malinconico. (Non poté fare a meno di chiedersi: «Non dovrei essere io quello che si sposa»?)

Dopodiché, con una certa difficoltà, Leopold si alzò in piedi. – Anch'io voglio fare un brindisi. A questa mia adorabile famiglia. E anche alle splendide donne che sono qui stasera: mademoiselle Zoë e la bella Costanza –. Si girò verso Andrew. – Non preoccuparti, *boychik*, prima o poi arriverà anche il tuo momento –. E poi: – E naturalmente a Lorna, che ha riportato tanta luce nella mia vita.

Cin cin, sorsi di champagne. Leopold barcollò leggermente, poi si lasciò cadere sulla sedia.

– Papà, tutto a posto?

– Sto bene –. Ma a vederlo non sembrava proprio. La sua faccia, prima tutta rossa, adesso era costellata di goccioline di sudore. – Fa un po' caldo in questo albergo. Forse dovremmo aprire una finestra.

Tutti gli occhi erano puntati su Leopold. – Cosa c'è?

– Albergo? – disse Andrew.

– Quale albergo? – Leopold si girò verso Lorna. – Cara, mi daresti un po' di quei cosi nel piatto?

– Quali cosi, Leopold?

– I cosi che hai messo nel mio coso. Il mio contenitore. Perché adesso fa veramente caldo. Quei cosi freddi. Capito quali?

– I cubetti di ghiaccio?

– Sí, Quei cosi. *Les glaces*… no. *Les glaçons*. Da mettere nel coso.

– Da mettere nell'acqua?

Leopold annuí. Lorna cominciò a prendere due cubetti di ghiaccio con le molle che erano appese al bordo della ciotola. Con un gesto malfermo Leopold gliele tolse di mano.

Con grande concentrazione riuscí a prendere un cubetto e a lasciarlo cadere nel suo bicchiere. Fu l'unico rumore che si sentí nella sala. Il ghiaccio nel bicchiere. Ping; e poi silenzio.

– Ma che vi è preso? – chiese Leopold.

– Niente, – disse Henry con un tono di voce forzatamente calmo.

Leopold prese un secondo cubetto di ghiaccio. Stavolta mancò il bicchiere. Il cubetto scivolò sul tavolo e cadde a terra. Leopold alzò lo sguardo. – Un vecchio che sbaglia mira. Capita.

– Papà, – disse Henry. – Mi sai dire in che mese siamo?

– Be', è aprile, naturalmente. «Chestnuts in blossom», – cantò. – «Holiday tables under the trees...»[11], – Leopold si guardò attorno. – Ma dove sono gli alberi?

Henry si allontanò dalla tavola e tornò con un termometro.

– Non mi serve.

– Con tutto il rispetto, papà, sí, ti serve. Apri la bocca –. Gli mise il termometro in bocca, gli toccò la fronte e aspettò.

Passò un minuto. Nessuno parlò.

Dopo un altro minuto il termometro emise un acuto bip. Henry lo tirò fuori dalla bocca di Leopold. – Trentanove e mezzo. Dov'è il mio telefono?

La mattina dopo, con cinque ore – o anche meno – di sonno, Andrew si buttò dell'acqua fredda in faccia, si mise in tenuta da corsa e si diresse verso il parco. Fece quattro volte il giro del Reservoir, percependo a sprazzi la scintillante mattinata di febbraio, il panorama del parco e della città che ruotava lentamente, l'acqua grigia color dell'acciaio. Aveva un unico scopo: smettere di chiedersi se suo nonno stava per morire.

Leopold non era morto, perlomeno non ancora. Al pronto soccorso gli avevano dato del paracetamolo e gli avevano messo una maschera d'ossigeno, e nel giro di mezz'ora la temperatura era scesa, lui aveva smesso di sudare ed era tornato lucido. Quando arrivò il responso dei raggi al torace – un pos-

[11] «Castagni in fiore, tavole imbandite a festa sotto gli alberi», *April in Paris* (Testo di E. Y. Harburg – Musica di V. Duke; © 1932 by WC Music Corp.; Sub-editore per l'Italia: Warner Music Publishing Italy Srl), dal musical *Walk a Little Faster* (1932).

sibile focolaio di polmonite –, i medici gli misero una flebo, gli somministrarono un antibiotico e pensarono che fosse il caso di trattenerlo in ospedale. Henry, Costanza e i ragazzi tornarono a casa; Lorna decise di dormire sulla poltrona reclinabile accanto al letto di Leopold.

Verso le sette di quella mattina, Lorna aveva chiamato Henry per aggiornarlo sullo stato di salute di Leopold: aveva dormito bene, la temperatura si era stabilizzata attorno ai 37°, non c'erano piú stati episodi di delirio, si era riaddormentato e aveva dormito tranquillo. Henry aveva scritto tutte queste cose su un bigliettino che aveva lasciato in cucina e poi era tornato a letto.

Verso la fine del quarto giro, Andrew rallentò il ritmo. Adesso era piú calmo; la corsa, il fatto di aver dormito poco e di non aver mangiato a colazione erano tutti fattori che contribuivano al senso di stordimento. Si sentiva cosí stordito da credere che la ragazza con la giacca a scacchi e un berretto rosso di lana che gli andava incontro in quel momento fosse la copia spiccicata di Charlotte.

Ma non era la copia spiccicata di Charlotte. Non era una copia. Era Charlotte in persona: era tornata in città, evidentemente per il ponte, proprio come Justin. Si salutarono con un abbraccio formale e si scambiarono i convenevoli.

Andrew notò che le erano cresciuti i capelli e che aveva un nuovo piercing all'orecchio sinistro. Era magrissima, forse anche in modo allarmante, e graziosa come sempre; ma era incredibile quello che il tempo e la distanza riuscivano a fare. All'inizio gli parve quasi (quasi) di riallacciare i rapporti con una vecchia conoscenza e non con la ragazza con la quale era stato per quasi un anno.

Ma qualcosa cambiò quando le disse di Leopold. L'espressione di lei si addolcí, lo ascoltò con attenzione e poi disse: – Leopold è davvero una persona importante per te. Perderlo sarà un duro colpo.

Andrew fece appello a tutte le sue forze per non mettersi a piangere. Commuoversi davanti a Charlotte era l'ultima cosa che aveva voglia di fare. – Non sta morendo. Mi rifiuto di credere che stia morendo.

– Be', magari non adesso…

– Né mai, se dipendesse da me...

Lei gli sfiorò una spalla. Pur non volendo, quel tocco fece effetto. E Charlotte se ne accorse.

– Senti, Andrew, a me farebbe davvero piacere se riuscissimo a trovare un modo per restare amici. Ti stimo molto, come persona.

– Quando una ragazza dice una cosa del genere è la fine.

– Non nel caso di questa ragazza. Credo che essere partita per il college mi abbia insegnato che è importante tenersi care le cose migliori del passato.

– Tanti ragazzi a una cosa del genere reagirebbero con un bel vaffanculo.

– Sí, ma tu non sei tra quelli.

Andrew cominciò a tremare. Si massaggiò le braccia per riscaldarsi. – Se io sono il passato, c'è per caso un presente di cui mi vuoi parlare?

– Solo se tu mi parli del tuo.

– Non esiste ancora.

Adesso toccava a lei. – Ci siamo conosciuti all'università. Lui mi ricorda un po' te.

– Quindi ti sei lasciata alle spalle il periodo dei ragazzi cattivi.

– A quanto pare. Secondo me lui ti piacerebbe.

– Sí, certo. Come no.

Charlotte s'infilò le mani in tasca. – Stasera c'è una festa a casa sua. Secondo me dovresti venire.

– Secondo me no, Charlotte.

– Ha amici simpatici. Ci saranno anche delle ragazze...

– Per piacere.

– Non so cos'altro fare –. Poi aggiunse: – Ti mando un messaggio. È dalle otto in poi. E quando vedi tuo nonno, abbraccialo tanto da parte mia.

Tornato a casa Andrew si fece una lunga doccia calda e poi si concesse un po' di tempo nel suo diner preferito dell'East Side, dove da sempre andava a cercare rifugio da tutte le cose che lo turbavano. Ordinò un'abbondantissima porzione di uova strapazzate e una tazza di caffè.

Ripensò a tutte le volte che aveva mangiato in questo

diner e in un diner simile nel West Side; entrambi i locali avevano in comune l'elemento della fuga: fuga da un Henry dispotico, da una Judith inquisitoria e da un Justin pungente e adesso anche fuga dalla sofferenza di Leopold e – come dire? dal rifiuto? dall'assenza di amore? – di Charlotte. Che cosa strana, ma anche tipicamente newyorkese, ritrovarsi a curare le ferite in un locale pubblico, in questo particolare tipo di locale pubblico, con i sedili bisunti in similpelle, i tavoli di linoleum tutti scheggiati e il mosaico di un disegno del Partenone.

Andrew non era cosí naïf. Sapeva che Leopold era anziano e che il suo tempo era limitato, ma saperlo a livello astratto era molto diverso dall'entrare in una camera d'ospedale e vedere suo nonno in un letto, con la testa, bianca e tonda, su un cuscino, la bocca nascosta dietro una maschera per l'ossigeno, e una flebo al braccio, quasi il morso di un serpente. Nuvolette di ossigeno che sfuggivano dai lati della maschera, come minuscoli punti interrogativi trasparenti che volavano in aria e davano l'impressione che Leopold avesse scroccato di nascosto una sigaretta a qualcuno. E in effetti qualche anno addietro, prima che Nina morisse, fumare era stato il suo vizio segreto, ma adesso Leopold aveva decisamente superato quella fase. Adesso sembrava un nobile e vecchio albero che era stato abbattuto. Le ossa della faccia risaltavano, sembrava uno schizzo di quegli artisti che fanno le caricature per strada disegnando tratti netti, impietosi o riassuntivi. Il pallore del viso era spettrale. Venti ore prima Leopold cantava una canzone su Parigi e adesso dopo una nottata in ospedale era diventato l'anteprima del cadavere che sarebbe stato un giorno.

Andrew indugiò qualche istante sulla soglia, poi entrò nella stanza dove anche Lorna era in posizione orizzontale, o quasi, su un'enorme poltrona in similpelle reclinata in modo da fungere, bene o male, da letto. Quando vide Andrew, Lorna si tirò su e si stiracchiò.

– Come sta?

– *Comme ci, comme ça* –. Lorna accompagnò queste parole con un gesto della mano.

– Ci sono sviluppi da ieri sera?

Lei scosse la testa.

– E tu? Tu come stai?

– Io sto bene. Be', a dire il vero, comincio a soffrire un po' di claustrofobia –. Guardò per qualche istante Leopold. – Ma non è per lui, eh. È questo posto. Sai, io mi sono presa cura di mia madre per tantissimo tempo.

– Perché non esci a prendere una boccata d'aria fresca? Ci rimango un po' io, con lui.

Lorna si illuminò. – Vorrei comprargli… vorrei comprare per me e per lui un po' di frutta. E magari anche qualche biscotto da mangiare oggi pomeriggio con il tè –. Si girò a guardare Leopold. – A lui piacciono quelli con avena e cioccolato –. Sul punto di uscire dalla stanza Lorna disse: – Non farci caso se chiama l'infermiera e le dice che vuole tornare a casa.

Andrew si sedette sulla poltrona reclinabile di Lorna e provò le varie posizioni. Quella poltrona era di una comodità incredibile. Il cervello diceva alle mani che doveva tirare su lo schienale, ma le mani disobbedirono. Dopo pochi minuti Andrew già dormiva.

– *Boychik!*

La camicia di Andrew si staccò dalla similpelle della poltrona con il rumore di uno strappo. Andrew si guardò attorno, disorientato.

– Vieni a farmi visita e svieni. Sta' attento che la flebo la mettono anche a te, questi qui.

Leopold era seduto nel letto. Si era messo gli occhiali. Somigliava di nuovo al Leopold di prima.

– Scusami, nonno, – disse Andrew mezzo intontito. – Ieri sono andato a letto molto tardi, ricordi?

– No, non me lo ricordo. O meglio, preferisco non ricordarlo –. Leopold fece una breve pausa. – Lorna mi ha detto che credevo di trovarmi in un albergo e che mi sono messo a cantare come un Frank Sinatra stonato.

– Era una bella canzone… – disse Andrew con fare consolatorio.

– Sei proprio un *gute neshoma*.

– Mi dispiace. Questa proprio non la so.

– Cercala.

Andrew si batté una mano sulla coscia. – Mi sa tanto che ho lasciato il mio dizionario tascabile yiddish-inglese nell'altro paio di jeans.

– Significa «anima buona».

Andrew sorrise al nonno e sentí una stretta al cuore. – Ti hanno spiegato perché ti è successa questa cosa? Che è stata la febbre a far sí che il tuo cervello… non funzionasse molto bene.

– Sí, sí. È stato qualcun altro a comportarsi in quel modo Un me stesso che non conosco, un me stesso che mi fa sperare di non vivere cosí a lungo da poterlo conoscere.

– Ti prego, non dirlo.

– È la verità. Non bisogna aver paura della verità. Se la mente mi abbandona… – Con la mano Leopold fece il gesto della pistola e se la portò alla tempia.

– Ma nonno, tu non ce l'hai una pistola.

– Siamo in America. Comprare pistole è facile, come se fossero pacchetti di gomme da masticare.

Andrew rise per assecondare suo nonno.

– Sai, quando verrà il mio momento sarà tuo padre a gestire tutto. Ha un carattere molto volitivo.

– E sarebbe una novità? – Era curioso come Andrew prendesse subito l'accento cantilenante di Leopold, permeato di yiddish.

– E quindi sai anche fare le battute, – osservò Leopold.

– Nelle giuste circostanze.

– Un'altra. Ah.

Tra di loro si impose un breve iato di silenzio. – Certe volte vorrei aver preso un po' di piú da lui, – disse Andrew pensoso, – sotto questo aspetto.

– Se uno vuole comandare si arruola nell'esercito.

– Quello che voglio dire è che vorrei essere piú deciso, piú… non saprei… assertivo.

– Ma tu non sei come lui, sotto questo punto di vista.

– E anche sotto molti altri.

Leopold piegò la testa di lato. Sembrava impegnato a fare qualcosa. Impegnato a pensare. Raddrizzò gli occhiali. – Tra padri e figli, e io ne so qualcosa, non è sempre facile.

– Non so quando mai è stato facile. Almeno per me non lo è stato mai.

Tra di loro si aprí un altro silenzio. Dopo qualche istante Leopold disse: – La settimana scorsa Minnie, una delle signore del mio book club, mi ha raccontato una storiella divertente. Lo sai perché i nonni e i nipoti vanno sempre tanto d'accordo?

Andrew scosse la testa.

– Perché hanno un nemico in comune.

Andrew rise mestamente.

Leopold guardò il nipote da dietro le lenti sporche. – C'è qualcosa di preciso che ti ha buttato cosí tanto giú.

– Stamattina sono andato a correre. E ho incontrato Charlotte, per caso.

– La lettrice.

– Non legge piú, ma comunque, sí: lei.

– È tornata? – Leopold disse quasi speranzoso.

– Oh, certo. È tornata. È tornata a New York, e mentre andava dal suo nuovo ragazzo ne ha approfittato per farmi soffrire un po'. Mi ha addirittura invitato a una festa a casa di questo ragazzo.

– *Ach* –. E poi: – Secondo me dovresti andarci.

– E perché?

– Per farle vedere quanto stai bene senza di lei.

– Ma non è vero.

– Fingi.

– Credo che sia troppo tardi ormai.

– E allora falle vedere che qualcosa è cambiato.

– Da stamattina?

– Il cambiamento non è una questione di tempo. Il cambiamento è una questione di comprensione. Di illuminazione.

Andrew si mise comodo sulla poltrona. – E dove hai imparato tutte queste cose sulle ragazze?

– Quali ragazze? Prima di tua nonna ne ho avute due. Belle Levitsky, il cui padre mi odiava, e Rose Cohen, che alla fine ha preferito il mio migliore amico a me. Poi ho sposato Nina, e adesso è arrivata Lorna. Non ho tutta questa esperienza.

– Te la sei cavata.

– Merito delle donne. Che hanno controbilanciato. Hanno

fatto sí che io diventassi la migliore versione di me –. Dopo qualche secondo Leopold aggiunse: – La lettrice ti ha fatto un effetto simile?

– Sinceramente non lo so piú.

– Be', pensaci.

Andrew annuí.

– E un'altra cosa, *boychik*.

Andrew annuí di nuovo.

– Prima di andare alla festa datti almeno una bella pettinata. Anzi, ancora meglio: fatti uno shampoo.

«1040 Park Avenue, 10A, – gli scrisse Charlotte. – Dopo le 8. Vieni, dài».

Alle nove e venti di quella sera, Andrew si ritrovò all'angolo di Park Avenue e l'Ottantaseiesima. Siccome odiava il caldo, spesso si vestiva troppo leggero, e infatti adesso, mentre aspettava di capire se aveva voglia oppure no di attraversare la strada, tremava con quel suo maglioncino di cotone.

Tremò. Attraversò la strada. Continuò a tremare.

Da bravo newyorkese doc, basandosi su una veloce osservazione dell'edificio trasse qualche conclusione: risaliva a prima della guerra, giardino interno, atrio chiaramente rinnovato da pochi anni.

Evidentemente i proprietari di quella casa erano ricchi oppure avevano ereditato un sacco di soldi oppure avevano comprato anni addietro.

– Dieci A? – chiese il portiere, che a sua volta aveva tratto le sue conclusioni basandosi su una veloce osservazione.

Andrew annuí e il portiere gli indicò l'ascensore giusto. Sentí i rumori della festa prima ancora che le porte si aprissero e lui entrasse nell'ingresso. Musica, voci, risate, toni indignati che molto probabilmente erano finti o esagerati, perché dopo arrivarono ancora altre risate.

Cosa gli era saltato in testa? In circostanze normali a una festa come quella lui si sarebbe sentito fuori posto. E queste circostanze erano tutt'altro che normali. Ciononostante Andrew spinse la porta ed entrò. Oltre l'atrio si apriva un ampio soggiorno pieno di corpi. Giovani corpi; suoi coetanei. Alcuni a gruppetti che chiacchieravano, con bottiglie di birra in mano. Alcuni erano seduti su divani, anche se «adagiate» sarebbe stata una parola piú adatta per due delle ragazze. Agli occhi di Andrew la scena era incomprensibile.

Il caldo nell'appartamento era soffocante. Andrew si tolse il maglione.

– Ehi –. Alla sua sinistra c'era una ragazza magra con i capelli rossi. – Aspetta che ti aiuto –. Le diede il suo maglione; lei lo lanciò su una montagna di vestiti ammucchiati a casaccio su una panca. – Benjamin mi ha affidato anche i drink. Cosa bevi?

Avrebbe voluto dire acqua gassata, ma sapeva che non era il caso. – Sono a posto cosí.

– Oh, andiamo. È una festa –. Lo squadrò ben bene. – A guardarti si direbbe che sei un tipo da Stella Artois.

– E che tipo è un tipo da Stella Artois?

– Carino, un po' nerd. Scarpe italiane costose.

«Me le ha fatte comprare mio padre», pensò, ma non lo disse. – E tu che tipo di ragazza sei?

– Dimmelo tu.

La studiò dalla testa ai piedi. – Capelli rossi, due tatuaggi, e – fammi indovinare – un abito vintage. Anchor Steam?

– Niente male. Solo che di tatuaggi ne ho tre e questa è una birra artigianale che non conoscevo.

Fece il giro intorno a un tavolo pieno di bottiglie e bicchieri, prese una birra e in un batter d'occhio l'aprí e la mise in mano a Andrew. – Se ci tieni a sapere dov'è il terzo, vieni a cercarmi piú tardi.

Andrew bevve un sorso di birra. – Contaci.

Sollevò la bottiglia a mo' di brindisi verso la ragazza e bevve un altro sorso. Si rese conto di saper flirtare, almeno un po'. Doveva solo fingere di essere in tv.

Questa conversazione gli diede il coraggio di avvicinarsi al soggiorno. Una volta entrato, la stanza appariva ancora piú grande di quanto sembrasse da fuori. I mobili erano spogli, i materiali: pelle, marmo e vetro. A una parete era appeso un quadro astratto dall'aspetto maestoso, grosse chiazze di colori saturi. Un'altra parete era tutta ricoperta di libri.

Andrew si sforzò di non dare l'impressione di stare cercando Charlotte, anche se era cosí. Poi, rendendosi conto che era da sfigati stare impalati in mezzo a una sala dove tutti parlavano o ballavano, si avvicinò alla libreria.

I libri erano sistemati in ordine alfabetico. C'erano un sacco di volumi di storia, organizzati, a quanto sembrava, per periodo. Le sopraccoperte spesso erano foderate di plastica trasparente.

– C'è un che di maniacale, eh? – Stavolta non era una ragazza: un tipo tarchiato, occhiali tondi con la montatura d'osso, polo blu.

– Si può ben dire.

– È il padre di Benj. È un tipo molto preciso.

Benj.

– Prima ho visto una persona prendere un libro per vedere una cosa e poi rimetterlo nel posto sbagliato. E quando lui passerà, ci farà caso e lo sistemerà al posto giusto.

– Pazzesco.

– Già.

– Conosci Benj da molto tempo? – Andrew dovette trattenersi dal fare il gesto delle virgolette nel pronunciare il nome Benj.

– Dalla prima media alla Dalton. Ho cominciato lí dall'asilo.

Andrew annuí.

– Vuoi? – Il tizio sollevò la mano. Solo allora Andrew si accorse che quella che aveva tra le dita era una canna.

Andrew aveva fumato erba soltanto altre due volte in vita sua, sicuramente il minimo sindacale per un ragazzo della sua età. In entrambe le occasioni non gli era piaciuto un granché. Fece spallucce sperando che quel gesto venisse interpretato come un no.

Il tizio passò la canna. Andrew ebbe un momento di esitazione, la prese, inalò. Sentí un bruciore nei polmoni, ma cercò di non tossire. Dopo alcuni secondi lasciò uscire due fili di fumo dalle narici.

– E tu? Conosci Benj da molto tempo?

– Non l'ho mai visto in vita mia.

– Eh?

– Sono un amico di Charlotte.

– Ah.

– In realtà sono il suo ex.

– Oh. Wow.

Andrew scrollò le spalle con nonchalance. – Non c'è problema. Adesso siamo amici.

– Fantastico. Oppure dovrei dire «fantastico» con il punto interrogativo?

– Fantastico punto e basta va bene.

Il nuovo amico gli passò di nuovo la canna, e di nuovo Andrew fece un tiro. Stavolta, quando il bruciore nella bocca e nel petto passò, provò una strana euforia.

– Roba buona –. Era la cosa giusta da dire? Si sentí un imbecille.

Quando Charlotte riuscí a trovare Andrew, lui era in mezzo alla pista da ballo, che altro non era che la sala da pranzo con il tappeto arrotolato e il tavolo addossato alla parete. Lui e due ragazze stavano ballando in un cerchio un po' scomposto quando gli si avvicinò Charlotte, con un vestito corto color lilla. Un ragazzo la seguiva, a qualche passo di distanza.

Alzando la voce per sovrastare la musica, Charlotte disse: – Andrew, ti presento Ben.

Ben, non Benj.

Una mano andò incontro a quella di Andrew stringendola con un po' troppa forza. Andrew la strinse a sua volta, con una forza all'altezza di quella di Ben (o cosí sperò).

Andrew ci mise un po'a inquadrare bene il ragazzo, essendo un po' stordito dal fumo. Dopo aver guardato Ben/Benj/Benjamin, dopo averlo visto sul serio, sentí lo stomaco sottosopra, come se gli si fosse letteralmente rigirato nella pancia.

– Ehilà.

– Ehilà.

Rimasero a fissarsi per qualche secondo. Non era solo per via di Charlotte.

– Be', è una situazione piuttosto imbarazzante, – disse Benjamin. Era per via di Charlotte, eccome.

Ferma lí davanti a loro, guardandoli, prima uno e poi l'altro, fu lei la prima a dirlo: – Voi due vi somigliate un po'.

– Davvero? – dissero quasi contemporaneamente.

Benjamin era piú alto di Andrew, ma avevano una corporatura simile, magra e longilinea, lo stesso naso regolare, gli stessi capelli lunghi e setosi portati alla stessa lunghezza e un po' scarmigliati.

– Davvero, – dichiarò Charlotte. – È troppo strano.

– Allora sarà per quello –. Andrew indicò Charlotte, cercando di fare una battuta.

Ci fu un istante di disagio.

– Evidentemente, – disse Benjamin.

– Ok, è il momento di una birra, – disse Charlotte.

– Vigliacca, – disse Benjamin dopo che lei sparí.

Lui poteva dirlo. Andrew in questo frangente, non poteva permetterselo. Ma era d'accordo. La musica cambiò.

– Non so cosa dire, – disse Benjamin.

– Idem.

Ci fu una pausa. Una lunga pausa silenziosa. Che fine aveva fatto Charlotte?

La musica ricominciò. – Vieni, – disse Benjamin.

Raggiunsero gli altri in pista. Benjamin cominciò a ballare e Andrew fece lo stesso.

Ballarono uno di fronte all'altro, ognuno nel proprio spazio e seguendo il proprio ritmo. Ogni tanto uno, poi l'altro, chiudeva gli occhi, ma entrambi continuavano a sbirciare. Erano curiosi.

Doveva essere l'effetto dell'erba. Dell'erba e della birra. Dell'erba, della birra, di quella giornata e del ballo. Andrew percepiva l'effetto destabilizzante di quella stanza. Continuava a guardare, poi a non guardare, poi a guardare Benjamin, che continuava a guardare, poi a non guardare, e poi a guardare Andrew. Andarono avanti cosí per diversi minuti. Poi, di punto in bianco, Benjamin mise la mano destra sulla spalla sinistra di Andrew. «Ma che cazzo?» pensò Andrew. Ma poi si sorprese a imitare i movimenti di Benjamin. Posò la mano destra sulla spalla sinistra di Benjamin. E protrassero questo contatto corporeo, un po' ballando, un po' spingendosi o sorreggendosi, per diversi secondi.

Alzarono gli occhi e si guardarono in faccia. Il corpo di Andrew fu percorso da un brivido: partí dai piedi, poi su, nelle ginocchia fino alle palle, che gli fremettero nelle mutande, e poi su nella pancia, nel petto e nel collo. Cos'era?

Un suo momento gay? Il palmo della mano era cosí sudato che temette di lasciare l'impronta sulla camicia di Benjamin, ma non lo lasciò andare, e nemmeno Benjamin lasciò andare lui.

Dopo il brivido arrivò una sensazione che riuscí a identificare solo come una combinazione di nausea e piacere. Come se dentro avesse un guscio, ermeticamente chiuso, che improvvisamente si era aperto. *Ma cosa...?* I due continuarono per un po' a ballare e a guardarsi, a guardarsi e a ballare.

Finalmente Charlotte tornò. – Che carini, – disse, distribuendo le birre.

Andrew ballò con diverse ragazze. Divise un'altra canna. Quando finalmente ritrovò la ragazza dai capelli rossi – Allison – si sentí abbastanza coraggioso da chiederle di ballare, e poi, quando fu invitato a indovinare dove fosse il terzo tatuaggio disse: la coscia sinistra.

– Sulla destra. Adesso indovina cosa raffigura.

– Un serpente? – Era tardi. Lui era ubriaco. Lei era ubriaca.

– Una lucertola.

– Be', almeno che è un rettile l'ho indovinato.

Andrew la tirò a sé. Ballarono. Si baciarono. La stanza cominciò a girare. Tutte quelle chiazze brillanti di colore alle pareti si muovevano e si ricombinavano come pezzetti di vetro in un caleidoscopio. E a un certo punto Andrew sentí lo stomaco sottosopra. – Scusami. Ma mi sa che sto per vomitare –. Quanto piú garbatamente possibile, si liberò dall'abbraccio e corse a cercare un bagno.

Dopo si lavò le mani e la faccia e si ravviò i capelli dietro le orecchie. Non tornò alla festa, ma andò a cercare il suo maglione in mezzo alla montagna di vestiti. Forse era sepolto troppo in fondo, oppure qualcuno l'aveva preso per sbaglio, o se l'era fregato. Ma tanto a lui quel maglione non era mai piaciuto. L'aveva scelto suo padre in un costosissimo negozio parigino. Si avviò verso la porta con addosso solo la maglietta zuppa di sudore.

Quando l'aprí si trovò davanti un uomo e una donna, lui con una chiave in mano, lei con l'espressione preoccupata e l'orecchio teso. I genitori, presumibilmente. Ma non genitori qualsiasi. Andrew li riconobbe, o perlomeno uno dei due: il padre. Abbassò la testa e provò a sgusciare via.

La donna era già entrata. – Credo che andrò dritta a letto. Se entro in soggiorno mi viene un attacco isterico.

Il padre, squadrando Andrew, disse: – Aspetta, ma io ti conosco.

Andrew annuí.

– Dove ci siamo visti? Non qui.

– No.

– Sei un amico di Benjy?

– Un amico di un'amica.

– Sei il figlio di Henry.

– Lei è il padre di Benjamin.

Annuirono entrambi.

– Ci siamo incontrati a Firenze, – disse Isaac Schoenfeld. – Da Zubarelli. Il camiciaio.

Andrew annuí.

– Tu sei Andrew, il secondo.

Andrew annuí di nuovo.

– Non porti quella camicia.

– No –. Andrew guardò Schoenfeld. – Ma lei sí.

Schoenfeld abbassò gli occhi. – Sí –. E poi: – Hai intenzione di uscire al freddo vestito cosí?

– Avevo un maglione, ma non lo trovo piú.

Schoenfeld annuí. – Aspetta solo un attimo.

– Davvero, sto...

Schoenfeld alzò una mano. Quel gesto aveva la perentorietà di un ordine. Andrew rimase lí dov'era mentre Schoenfeld entrò. Tornò dopo qualche istante con un pesante cardigan grigio con i bottoni di pelle. – Metti questo.

– Ma veramente...

– Il cashmere non è di tuo gradimento? Ricordo che avevi dei gusti ben precisi in fatto di vestiti.

– È molto gentile da parte sua.

– Mettilo.

Andrew indossò il maglione. Era molto morbido.

– Tutto a posto? Sei un po' pallido.

– Troppa baldoria per me.

– Non sei un grande bevitore.

– No.

– Neanche mio figlio, a dire il vero, ma in queste occasioni si lascia trascinare.

Andrew non sapeva cosa dire. Schoenfeld sbirciò alle spalle di Andrew. – Benjy ci ha abituati a non fargli domande a proposito di queste sue feste.

«Mi sembra saggio», pensò Andrew. – Glielo restituirò domani.

– Non preoccuparti di restituirmelo. L'importante è che tu non abbia freddo. E quando arrivi a casa prendi due aspirine e mandale giú con diversi bicchieri d'acqua –. Schoenfeld parlava da medico qual era. Poi allungò la mano. Andrew la strinse e se ne andò.

Costanza era in uno stato di dormiveglia quando si rigirò nel letto e sentí qualcosa di appiccicoso tra le gambe. Si infilò un dito indagatore negli slip: ne uscí sporco di rosso. La seconda volta che le venivano le mestruazioni dopo il ciclo che non era andato a buon fine. E che flusso abbondante. Il sangue le aveva sporcato gli slip e buona parte della camicia da notte. Se ne accorse solo dopo essersi alzata dal letto, una volta raggiunto il bagno. Non perse nemmeno tempo a lavare gli slip: preferí buttarli via e ricominciare tutto daccapo. Si fece la doccia, si mise un assorbente interno, un paio di slip puliti, un paio di jeans scuri, un maglione. Alle sette del mattino era pronta per affrontare la giornata.

Ma cosa le riservava quella giornata? L'appartamento era immerso nel silenzio. Henry era a letto. La porta di Andrew era chiusa; la sera prima doveva essere rientrato molto tardi e ora evidentemente stava ancora dormendo. La porta di Justin era aperta e il letto era vuoto: era ripartito per il college, ma anche quando non c'era, era comunque lí, nei pensieri di Henry, nella mente di Andrew. Li invidiava: almeno potevano contare l'uno sull'altro. Almeno, loro potevano continuare a deludersi e a sorprendersi a vicenda; almeno, loro potevano continuare a tornare per un altro round, e dopo per un altro ancora.

E lei invece cosa aveva? Niente padre, niente figli, nessuna prospettiva di riuscire ad averne. Non aveva piú nemmeno la sua rabbia. L'aveva avuta – per giorni e giorni – dopo che le analisi del sangue avevano confermato quello a cui il test di gravidanza First Response Gold l'aveva già preparata. Quando aveva smesso di prendere il progesterone, aveva avuto l'impressione che tutto il suo corpo, tutto il suo essere, fosse un geyser di rabbia allo stato puro, gran parte della quale indirizzata contro Henry. Non ci voleva molto a farle perdere le staffe. Una sera lui era tornato a casa con una bella bottiglia di vino e, dopo aver cercato – smanacciato, dal punto di vista di Costanza – in alcuni cassetti, le aveva chiesto dov'era il cavatappi. Al che lei gli si era scagliata contro: il cavatappi era dove doveva essere, aveva sbraitato, nel secondo cassetto della dispensa, cioè dove lei stessa l'aveva trovato quando aveva cominciato a familiarizzare con quella cucina, e dove probabilmente l'aveva messo in origine Judith, la stessa Judith che era riuscita a rimanere incinta cosí facilmente grazie alla FIVET, *quella* Judith. Henry l'aveva fissata e aveva detto «Va bene», con un tono cosí calmo e pacato che le aveva fatto provare un moto di rabbia ancora piú intenso; qualcosa di cosí potente e voluttuoso che quando Henry le aveva versato un bicchiere di vino, lei l'aveva lasciato cadere e l'aveva guardato frantumarsi, godendosi addirittura lo spettacolo.

Dopo, per diverse mattine, Henry era uscito piú presto del solito per andare al lavoro ed era tornato ben oltre l'orario di cena.

Costanza era in uno stato confusionale. Un giorno telefonò all'Alitalia per prenotare un biglietto per Milano per un volo alle otto di sera e un'ora dopo chiamò, cancellò la prenotazione e si fece rimborsare. (Il periodo di grazia di ventiquattr'ore era una fortuna in simili condizioni psicologiche).

La mattina seguente mise le sue cose nella valigia grande, fermò un taxi, e andò nel suo vecchio appartamento. Si era tuffata nel mondo di Henry con troppa fretta. Adesso ne era convinta. Era venuto il momento di andarsene, di rallentare un po'. Doveva rilassarsi e recuperare le energie nel suo ambiente.

Quando il taxi rimase imbottigliato nel traffico del centro, Costanza ebbe uno scatto di nervi. Chiese al tassista di lasciarla all'angolo. Trascinò la valigia sul marciapiede e rimase ferma all'incrocio tra Park Avenue e la Sessantunesima senza sapere, finché non salí sul marciapiede, se voleva andare verso downtown o tornare da Henry.

Tornò a casa di Henry. A piedi.

Quella sera fece una bouillabaisse. Non un piatto semplice, non un piatto per una persona a pezzi come lo era lei. A metà della preparazione si guardò attorno chiedendosi come avesse fatto a sporcare tutti quei piatti, quelle ciotole e quegli utensili, e come avessero fatto quelle gocce di brodo a finire sugli sportelli, e come mai dal lavello salisse un odore di marcio cosí forte. Un attimo dopo era accoccolata sul pavimento, con le ginocchia al petto ad ascoltare le fiamme dei fornelli che soffiavano le loro esalazioni azzurrognole di gas.

Henry fu prodigo di lodi per quel piatto. Disse che era la cosa migliore che avesse mai mangiato. Gli occhi di Costanza si riempirono di gratitudine. Si sentí di nuovo in sintonia con il mondo. – Ti amo, – disse.

Lui le sorrise. Fece un respiro. Macinò dei grani di pepe nel suo piatto e riprese a mangiare.

Mentre lo guardava, l'espressione da clemente e amorevole si fece feroce. – Non mi dici che mi ami anche tu?

– Ti amo anch'io, Costanza, – disse lui con affetto.

– Ma hai bisogno di essere sollecitato.

Henry fece per parlare, ma poi ci ripensò.

– Perché hai bisogno di essere sollecitato?

– È che... credo che si possa dire che sia successo piú spesso il contrario, che sia piú tu quella che ha bisogno di...

Henry si abbassò per schivare il mestolo che volò all'altro capo della cucina, spargendo una scia di goccioline di bouillabaisse e andandosi a schiantare rumorosamente per terra. Rimase in silenzio. Costanza si alzò, andò a recuperare il mestolo, e lo mise nel lavello.

Si sedette di nuovo e lo fissò.

Henry si appoggiò allo schienale della sedia. – Cosa posso dire? Che so che hai smesso di prendere dei medicinali potenti dall'effetto devastante? Che esci da un calvario? Che il tuo comportamento, adesso, non è quello della donna che conosco, che rispetto, e, sí, che amo? È questo che vorresti sentirti dire?

– Vorrei sentirti dire «mi dispiace».
– Ok. Mi dispiace.
– Non sai nemmeno per cosa ti dispiace.
– Il ciclo? Il fatto che è fallito? Aver fatto la cosa sbagliata, o non essermi impegnato a fondo a fare quella giusta?
– Per aver messo il pepe in una minestra già perfettamente condita.

Quando Henry entrò in cucina, verso le nove, poco dopo essersi svegliato – e non era solito svegliarsi cosí tardi –, Costanza aveva formulato una domanda nella sua testa, ma, prima di rivolgergliela, aspettò che Henry avesse la sua tazza di caffè fumante tra le mani.
– Cosa succede se decido di provare con un altro ciclo?
Lei osservò lo stordimento mattutino di Henry trasformarsi in sorpresa. – Ci vuoi provare di nuovo? Davvero?
– Sí –. E dopo qualche istante aggiunse: – Davvero.
Lei stessa non conosceva le proprie intenzioni finché non pronunciò quelle parole; ma non appena le disse ne fu certa. O quasi. Era questo il bello della lingua: si poteva avere la riprova dei propri sentimenti mettendoli a confronto con le parole. In seguito sarebbe sempre stato possibile rivedere, avere ripensamenti o semplicemente tornare sui propri passi.
Lei non pensava che sarebbe tornata sui propri passi. Quest'ultimo mese aveva rafforzato la sua convinzione.
– Wow, – fece Henry. – Questo non me l'aspettavo.
– Non mi sembri felice.
– Lo sono. È solo che mi pare un po'...
– Improbabile?
Lui si trattenne dal risponderle.
– L'hai detto tu stesso, Henry, che avevo in circolo un sacco di ormoni che fanno uscire di testa. Adesso le cose sono diverse. Io mi sento diversa. E poi c'è tuo padre in ospedale... Credo di aver cominciato a rendermi conto del tempo, a preoccuparmi del tempo. Direi che è questo.
Lui annuí. Fece un lungo sospiro.
Gli disse delle mestruazioni, e gli chiese quando avrebbe potuto ricominciare.
– Be', verso la fine di marzo, direi.

– È quando mia madre vuole venire a trovarci.

– Proprio in quel periodo, sí.

– Ma io non voglio che lei lo sappia.

– E perché?

– Probabilmente non c'è bisogno di dirti che, rispetto a qui, in Italia la gente è meno aperta nei confronti dei trattamenti per l'infertilità. Ci sono ancora donne costrette ad andare in posti tipo la Croazia o la Spagna per poter rimanere incinte, e se sei gay o hai bisogno della maternità surrogata o dell'ovulo di una donatrice, te lo puoi scordare. Mia madre è per molti versi una persona moderna e razionale, ma è anche cattolica, e appartiene a una certa generazione, e semplicemente preferirei non doverle dire quello che stiamo facendo.

– Costanza, sono ben consapevole della storia dietro la punitiva Legge 40, e conosco tutti i cambiamenti che sono stati apportati negli ultimi anni. Semplicemente non mi rendevo conto che, dopo tutto il tempo che hai vissuto qui, un certo modo di vedere potesse essere cosí... cosí importante per te.

– Vivo in America da un sacco di tempo, Henry, ma mia madre no, non lo dimenticare.

– Ok, capisco.

Costanza osservò Henry per qualche istante. Era la conversazione piú rilassata che avevano da diversi giorni a questa parte.

– Se mia madre alla fine viene davvero, come faccio a spiegarle perché ho una serie di appuntamenti medici ogni mattina alle sette?

Henry tirò fuori il telefono e aprí il calendario. Contò i giorni varie volte, poi disse: – Perché non la fai venire per il ventuno? Se devi andare in clinica prima di quella settimana, sicuramente sarà solo una volta. Se dovesse proporre una data successiva, le diciamo che io ho una conferenza a Toronto. A Toronto ci sono sempre conferenze.

Andrew non faceva che indossare il maglione di Isaac Schoenfeld nonostante gli andasse grande e non fosse esattamente il suo stile. C'erano tracce del profumo di Schoenfeld, un aroma di erba mescolato a qualcosa di antisettico. Lo indossava a scuola. Lo indossava quando andava a far visita a Leopold in ospedale. Lo indossava a casa.

Casa: che di nuovo era dove Andrew decideva che fosse, e quando.

Una sera Henry si affacciò in camera di Andrew mentre faceva i compiti, e notò subito il maglione. – Te l'ha comprato tua madre?

Andrew spiegò di aver perso il maglione a una festa e che quel maglione gliel'aveva prestato, o forse regalato, il padre del ragazzo che l'aveva organizzata.

Henry sembrava perplesso.

– In realtà lo conosci. Conosci il padre. Isaac Schoenfeld.

Henry aggrottò le sopracciglia. – Questo maglione te l'ha dato Isaac? Tu hai conosciuto Benjy? E come?

Henry conosceva Benjamin? Ed era tra quelli che lo chiamavano «Benjy»?

– È... un amico di Charlotte.

– Non sapevo che tu fossi ancora amico di Charlotte.

Andrew staccò gli occhi dal monitor del computer. – Sí, sono ancora amico di Charlotte.

– E dov'era questa festa?

– A casa loro.

– Su Park Avenue? – Henry parlava lentamente, come se avesse bisogno di capire la logica di quella conversazione.

Andrew notò la confusione di suo padre. – Sí, alla festa a casa del dottor Schoenfeld. Su Park Avenue.

– E cosa ci faceva Isaac a una festa di tuoi coetanei?

– A un certo punto è rincasato.

– Ti ha chiesto di me?

– Il dottor Schoenfeld?

– Sí, Andrew. Chi altri?

– No. Perché avrebbe dovuto farlo?

Andrew aspettò una risposta da parte di Henry.

– Te l'ho già detto. Abbiamo dei trascorsi.

– Ma perché ancora pensi a lui dopo tutti questi anni? La tua è una carriera piena di successi.

Henry sospirò. – Probabilmente sono una persona che fatica a lasciarsi certe cose alle spalle.

– L'ho notato, papà.

Henry sorrise. L'atmosfera nella stanza era cambiata. – Sono passato per chiederti se volevi venire con me a trovare tuo nonno.

– Ci sono andato oggi dopo la scuola. Adesso devo finire un compito di storia.

– Domani allora.

Leopold era ricoverato in ospedale da oltre dieci giorni. Ogni volta che stavano per dimetterlo gli risaliva la febbre, e allora Henry insisteva che venissero fatti altri test, nuovi cicli di antibiotici. Non voleva che tornasse a Brooklyn finché non fosse stato sicuro... ma di cosa? Che Leopold fosse di nuovo quello di prima. Ma sarebbe mai tornato quello di prima? L'ospedale l'aveva indebolito, rimpicciolito. Per la prima volta appariva veramente, incontrovertibilmente vecchio.

Henry osservò suo padre per qualche istante dalla soglia. Leopold era seduto nel letto, con il «New York Times» sulle ginocchia aperto alla pagina dei cruciverba. Non stava male, ma nemmeno benissimo. Non proprio appisolato, ma in uno stato di dormiveglia. Aveva lo sguardo distante, velato da una cortina d'argento. Assente.

Henry non sarebbe mai stato pronto per affrontare la fine di Leopold. Non concepiva l'idea di potersi «preparare» alla cosa. Suo padre era come una quercia, una roccia. Leopold, il suo avversario in duello, il suo rivale da una vita, quello che gli aveva dato la vita, la sua struttura portante, il suo sistema di riferimento. Era sopravvissuto, come una fenice, al fuoco dell'inferno di Hitler. Un uomo del genere non poteva permettere a una polmonite di sconfiggerlo. No.

– Papà, come ti senti stasera?

Leopold alzò gli occhi verso Henry e, chiaramente, forse perché non si aspettava di vederlo, all'inizio non lo riconobbe. Questo durò solo per alcuni istanti, ma furono istanti terribili. Poi: – Ah, Henry. Ti stavo proprio pensando.

– Ah sí? – Henry si mise a sedere sulla poltrona accanto al letto di Leopold.

– Pensavo a quando sono arrivati per posta i risultati di

quel test e tu hai deciso di fare domanda alla facoltà di medicina. Io e tua madre sapevamo cosa c'era dentro quella busta, ma non l'abbiamo aperta. Te l'abbiamo messa sul tavolo della cucina perché la vedessi. L'abbiamo appoggiata allo spargisale. Te lo ricordi?

– Molto bene.

– E il punteggio era anche molto alto. Ed è stato allora che abbiamo capito che ce l'avresti fatta.

– «Abbiamo».

– Lo dici come se ci fosse qualcosa di male.

Henry prese tempo prima di rispondere. Una pausa prudente. – Non è cosí. Voi, tu e mamma, mi siete stati molto... vicini, sí, in un momento in cui io probabilmente ne avevo bisogno.

– Altro che probabilmente. Sicuramente.

L'espressione di Henry si fece piú dura. – Papà, è da quando sono nato che mi spingi a fare quello che vuoi tu. Studiare scienze. Fare medicina all'università. Specializzarmi in fecondazione assistita. Aprire un mio studio... e continuare su questa strada.

– È stato tutto cosí sbagliato?

– Ormai non saprei piú dirlo.

– Preferisco pensare che ti ho incoraggiato. Sapevo che eri un ragazzo intelligente, dotato. E inoltre, sí, cercavo vendetta, attraverso te. Non mi aspettavo che la cosa avrebbe funzionato cosí bene. Hai accettato il mio incoraggiamento e di lí hai fatto tutto da solo. È stata la piú grande gratificazione della mia vita, dopo aver visto tante morti, e aver perso cosí tante persone a cui volevo bene, vedere te che invece crei cosí tante vite. E per giunta cosí tante vite ebree. Ma ad ogni modo, tu hai creato la vita per persone che altrimenti non avrebbero potuto averla, punto. Per me questo è un traguardo che va al di là di tutto. E mi ha reso un padre molto orgoglioso. Il padre piú orgoglioso al mondo.

Henry si ammorbidí. – Be', grazie, papà. Per averlo detto.

– Ma c'è una cosa, un aspetto, di cui non sono cosí fiero, o cosí contento –. Leopold continuò senza aspettare incoraggiamenti. – Io credo che tu dovresti dirlo ai ragazzi.

– Ti prego, questo no. Non ora.

Leopold strinse le mani. – «Alla fine la verità salterà fuori»[12].

Henry fece un sospiro esagerato. – Babbo, anche Shakespeare ora?

– Erano anni che non mi chiamavi cosí. Da quando eri piccolo.

– Babbo… – ripeté Henry, come per provare di nuovo l'effetto della parola, curioso di vedere quali ricordi, quali sensazioni riusciva a evocare.

– «Saggio il padre che conosce il proprio figlio».

Henry era perplesso.

– Anche questo dal *Mercante di Venezia*. Ricordi quando imparavo tutti quei brani di Shakespeare a memoria? Quando tornavo dal lavoro, dopo tutto quel tempo alienante passato al negozio. La sera, quando leggevo, riprendevo vita.

– Non so come ce la facevi ad alzarti la mattina. Rimanevi sveglio fino a tardi.

– Mi piace l'odore dei libri. Mi sembra di sentirlo anche adesso. La carta vecchia. Aveva quello speciale odore di muffa, come le foglie di tè. Le foglie di tè chiuse in un vecchio barattolo di latta. Come mi piaceva distendermi sul divano, quello con la tela a strisce. Lino belga, tessuto di qualità. Con te che dormivi e tua madre che dormiva, o lavorava in silenzio ai ferri seduta sulla sua poltrona. Il lavoro del giorno finito, messo da parte. Un buon pasto nello stomaco. Tua madre ci teneva. E dopo, un bicchierino di *schnapps*. La luce calda sopra la mia spalla. Era in quella stanza, su quel divano, che lo sentivo in maniera piú acuta: avevo superato quello che non avrei mai pensato di… – Leopold s'interruppe. – E poi… e poi aggiungici Shakespeare. E Dostoevskij. E Hardy. Schiller. Proust. *Mein Gott*.

Henry quasi sentiva il rumore delle pagine che venivano girate; quasi vedeva un Leopold piú giovane, piú vigoroso, che sollevava la pagina tra due dita e la separava, una dopo l'altra, trasmettendo tutto questo a suo figlio: l'amore per la lettura, la fame di conoscenza, entrambi sconfinati.

[12] William Shakespeare, *Il mercante di Venezia*, trad. it. di Chiara Lombardi, Einaudi, Torino 2014.

– Non ho idea di quali scenari si potrebbero aprire se io glielo dicessi.

– Che cosa dice Costanza a proposito?

Henry abbassò gli occhi.

Leopold scrutò la faccia di suo figlio. – Le affidi il tuo seme, ma non la tua vita?

Henry osservò l'effetto di queste parole su di sé. Osservò l'effetto di Leopold su di sé. Leopold ormai vecchio, sbiadito, ancora pieno di grinta, acuto, regale. Il suo era un regno minuscolo, ma lí lui continuava a esercitare il suo potere incontrastato.

– Credo che sia la cosa giusta da fare. Credo che lo sappia anche tu che è la cosa giusta da fare.

Henry si appoggiò alllo schienale. – Questa comincia a somigliare troppo a una conversazione da letto di morte.

– Be', non lo so. Ma era da tempo che desideravo parlarti di questa cosa –. Leopold puntò i suoi occhi grigi su Henry. – Non voglio chiederti di fare una promessa. Allora sí che sarebbero parole da letto di morte. Ma voglio chiederti di riflettere. Nel cuore della notte. O una di queste mattine. In un posto tranquillo, senza distrazioni. So che hai tanti altri pensieri per la testa. Tante persone che fanno affidamento su di te, tanti pazienti. Adesso il mondo è piú aperto, Henry. Apriti anche tu.

– E se lo usassero come motivo per… – Henry s'interruppe.

– Per cosa?

– Lasciarmi perdere.

– Lasciarti perdere o perdere fiducia in te?

Henry strizzò gli occhi. – Per abbandonarmi.

– Avrebbero potuto farlo all'epoca del divorzio, no? Sarebbero potuti andare a vivere da Judith in pianta stabile. E invece hanno deciso di non farlo. Entrambi, indipendentemente l'uno dall'altro. E davanti a un giudice. Ricordi?

Leopold e la sua logica lucida e penetrante. Leopold e la sua insistenza.

Leopold e la sua autorità.

Leopold.

La sera dopo la visita di Henry, Lorna cercò di tirare su Leopold portandogli un picnic a tema francese. Due formaggi, una baguette, pere, mezza bottiglia di Sancerre per sé. E poi dei pasticcini, che non arrivarono mai a mangiare. Leopold sbocconcellava come un uccellino. Disse a Lorna che non si sentiva troppo male, ma non si sentiva nemmeno bene, fisicamente. Nel suo cuore invece sentiva un senso di sollievo. Usò queste precise parole, ma non spiegò cosa volesse dire. Si addormentò stringendole la mano.

Quella notte, alle tre, lei lo sentí chiamare. Una parola, una serie di parole, che non riuscí a capire. «Nina» poteva essere una di queste, ma poteva anche aver detto «mina» o «dita». Allungò una mano per prendere un bicchiere d'acqua e fece cadere la caraffa di plastica dal tavolino.

Mentre asciugava l'acqua, Lorna toccò il braccio di Leopold. Capí subito che aveva la febbre. Una febbre molto alta, come scoprí dopo aver chiamato l'infermiera. Di nuovo trentanove e mezzo.

L'infermiera gli somministrò dell'altro paracetamolo per fargli abbassare la febbre. Poi chiamò il medico in servizio, il quale le disse che, dal momento che Leopold stava già facendo un ciclo di antibiotici, non restava altro, in quel frangente, che monitorare la febbre e controllare i livelli di ossigeno. La mattina dopo il medico disse che gli avrebbe prescritto altre radiografie.

Piú tardi – fuori era ancora buio – Leopold chiamò di nuovo. Stavolta parlava in una lingua che non sembrava inglese. Forse era yiddish, o forse addirittura francese. Lorna non ne aveva idea. Lo sentí farfugliare, ma essendo profondamente addormentata lei stessa, non era sicura. Quella lingua pareva venire da un posto lontanissimo nel tempo e nello spazio dentro il cervello e la vita di Leopold.

Al sorgere del sole, lui emise un rantolo che la svegliò, un verso roco e soffocato che piú che dalla gola sembrava venirgli da dentro i polmoni. Lorna chiamò Henry, che si precipitò in ospedale. Parlò con il medico di turno che ordinò un'altra serie di radiografie e di analisi del sangue. Si prospettò rapidamente il quadro della situazione: la polmonite di Leopold era degenerata in uno scompenso cardiaco. Il polmone destro, danneggiato e indebolito da anni di sigarette e un inizio di enfisema, rischiava l'embolia. Gli svuotarono i polmoni, gli somministrarono dei diuretici, sostituirono gli antibiotici con altri piú potenti. Leopold, virtualmente ridotto al silenzio, o quanto meno impossibilitato a comunicare, dalla maschera dell'ossigeno, o dalla febbre alta, o ancora dall'estrema stanchezza, sembrava molto piú lontano rispetto soltanto a qualche giorno prima.

Henry non ritenne necessario far tornare Justin dal college. Non c'era modo di prevedere quanto sarebbe durato né cosa sarebbe successo.

Andrew e Henry si avvicendavano al capezzale di Leopold, facendo a turno a tenergli la mano, a farlo stare seduto, e poi a rimetterlo disteso. Leopold usò le poche energie che gli restavano per scaracchiare, sputare, rigurgitare, tossire e tornare a respirare, riaggrappandosi alla vita. Il terzo giorno questi orribili rumori scomparvero. Il silenzio di Leopold era molto piú inquietante di quanto lo fossero stati i suoi sforzi disperati, e significava proprio quello che sembrava voler dire: mentre Andrew era agli allenamenti di nuoto e Henry era uscito dalla stanza di ospedale per telefonare a Wanda, Leopold girò la testa verso la finestra e pacificamente morí.

La vita di Leopold finí nel tardo pomeriggio di un martedí. Justin tornò dal college il mercoledí sera, e il giovedí prima di pranzo Leopold era sotto terra. Henry invitò solo i familiari alla funzione; dopodiché la casa sarebbe stata aperta per ricevere tutti gli amici di Leopold che avessero voluto porgere i loro omaggi. Henry si rifiutò di usare la parola *shiva*, e tanto meno desiderava rispettarne i dettami. Non coprí gli specchi né si stracciò le vesti, anche se a Leopold non sarebbe dispiaciuto. Henry si occupò di chiamare il rabbino, organizzare il funerale, ordinare da mangiare e da bere. E alla fine ordinarono dal deli il cibo per il funerale e non per il matrimonio di Leopold.

Costanza, osservando Henry in attività – anzi, quasi in iperattività – si chiese cosa gli fosse successo. Il controllo che riusciva a esercitare su ogni singolo dettaglio, su ogni cosa, compresi i propri sentimenti, era magistrale, almeno in quel frangente. Nei giorni e nelle settimane che seguirono, lo vide chiudersi sempre piú in se stesso. Il suo sguardo diventava vacuo. Rimaneva seduto in silenzio per ore, tutto ingobbito. Il cibo non gli interessava. Costanza non la sfiorava nemmeno.

Una sera, mentre Costanza si accingeva a cucinare, Henry varcò lentamente la soglia: un orso stanco – la pelle dell'orso piú che altro. Le chiese quando sarebbe stata pronta la cena, poi andò a farsi un bagno. Henry non si faceva mai il bagno. Scomparve per un'ora, forse anche piú a lungo. L'acqua nel frattempo doveva essere diventata ghiacciata. Non lo sentí riempire di nuovo la vasca, come avrebbe fatto lei in un caso simile. Alla fine bussò alla porta e gli chiese se era tutto a posto.

– Tutto a posto? – ripeté lui, come se cercasse di capire cosa significavano quelle parole.

Lei aprí la porta ed entrò. – È per via di Leopold? È lí che sei andato, Henry?

– Andato?

– Sembri assente. E non parlo solo di stasera. Da quando tuo padre è morto. Se è il lutto posso capirlo. Certo che posso capirlo.

– Mi stai chiedendo se sono perso nel mio lutto.

– Sí, è quello che ti sto chiedendo.

La pelle di Henry, sotto l'acqua, aveva assunto un colore verdognolo. – No.

– C'entra il ciclo?

Vedendo che non le rispondeva, Costanza continuò: – Perché se hai cambiato idea me lo devi dire subito, prima che io mi prepari psicologicamente per affrontarlo. Non appena riprendo con le medicine e le ecografie, se sento che ci sono un certo numero di ovociti, io so, nonostante la volta scorsa, che la mia mente prenderà subito il volo.

– È tipico. E no, non ho cambiato idea. Neanche un po' –. Henry fece in modo che lei lo guardasse bene in faccia, negli occhi, mentre diceva queste ultime parole.

– E allora cosa c'è?

– Niente.

Quella domenica, Henry andò a Brooklyn a casa di suo padre. Costanza chiese se poteva dare una mano, ma Henry le rispose che preferiva andare da solo. In quell'appartamento lui ci era cresciuto, e ne era fuggito quando era andato al college. Tutto gli sembrava soffocante e saturo di ricordi sui quali preferiva non soffermarsi. Aveva intenzione di uscire di lí il piú in fretta possibile.

E cosí fu. Lasciò quasi tutto a Lorna, che, secondo il testamento di Leopold, recentemente rivisto, disponeva dell'appartamento vita natural durante. Dopo la sua morte doveva essere venduto e i soldi sarebbero andati nell'eredità che spettava ai ragazzi. A parte un vecchio giubbotto da marinaio che Andrew aveva chiesto per sé, un orologio che era destinato a Justin e tutta una serie di altre cosine che perfino lui, poco incline ai sentimentalismi com'era, pensava che ai suoi figli avrebbe fatto piacere avere, Henry diede i vestiti di Leopold al negozio di seconda mano della sinagoga. I libri andarono a Henry, ma Henry li lasciò dov'erano. Disse a Lorna che un giorno di quelli ci avrebbe dato un'occhiata. L'unica cosa che portò a casa da Brooklyn fu una scatola di fotografie e i candelabri d'argento che sua madre usava il venerdí sera.

Rimise a posto i candelabri nella credenza dove teneva il servizio di porcellana di Leopold. Le fotografie le aveva posate sul tavolo a ribalta della biblioteca. Per diverse settimane non le guardò nemmeno. Costanza aveva l'impressione che quella scatola vibrasse. Non capiva come Henry potesse evitare di guardarle: dopo la morte di suo padre lei non aveva fatto che contemplare le sue foto in cerca di consolazione, ma anche di risposte, del frammento di una risposta. Leopold ovviamente non si era lasciato dietro grossi enigmi. Ma lo stesso Costanza non si capacitava.

Quando finalmente una sera dopo cena Henry aprí la scatola, era già marzo inoltrato. Costanza aveva quasi finito la sua traduzione, e cominciava a entrare in ansia nell'attesa della visita di sua madre e del prossimo ciclo di FIVET. Aveva la netta sensazione che quello fosse un momento di pausa, prima che la marea la ritrascinasse nell'onda successiva. Le sarebbe piaciuto riuscire a trovare un po' di tregua in questo intervallo, e invece si sentí risucchiare dai flutti. La morte di Leopold non aiutava di certo. Il fatto che Henry si fosse ritirato in se stesso non aiutava di certo. Quello che invece era stato d'aiuto, per la prima volta dalla morte di Leopold, era stato quando Henry la cercò e le disse: – Vogliamo dare un'occhiata insieme a queste fotografie? Ti dispiace?

– Tutt'altro, – disse Costanza, sedendosi accanto a lui sul divano.

Henry aprí una bottiglia di vino e ne versò due bicchieri. Poi aprí la scatola e tirò fuori diversi album. Costanza si sorprese a ripensare alla gran quantità di foto che aveva trovato quando si preparava a imbiancare le pareti dell'appartamento di Henry. Le avevano presentato la storia della sua vita a ritroso. Invece queste foto la raccontavano nell'altra direzione. Erano accuratamente incollate in volumi dai fogli neri ormai logori, perlopiú immagini in bianco e nero con triangolini di carta gommata a tenerle ferme sulla pagina.

Gli album riguardavano soltanto Henry. Si iniziava dalle foto di un bambino sorridente, fasciato ben stretto e tenuto in braccio ben saldo da una donna dall'aria impassibile: Nina. O seduto in grembo a un uomo palesemente felice: Leopold. Henry era stato fotografato su un tappeto di pelliccia d'agnello, nudo. Era stato fotografato nella vasca del bagnetto, sul seggiolone, mentre veniva imboccato, mentre camminava tenuto per mano su un vialetto di ghiaia nel parco. C'erano feste di compleanno con minuscoli cappellini a punta, torte fatte in casa e un manipolo di ragazzini lentigginosi tra gli invitati. In diverse fotografie Henry giocava al dottore con degli strumenti che nel corso degli anni si facevano sempre piú realistici. – Leopold non era particolarmente discreto riguardo alle aspettative su di me, – disse Henry davanti alla quarta foto di lui che giocava a fare il giovane medico tirocinante. – Questo qui è un vero stetoscopio. Mio padre aveva chiesto al dottor Marx, il nostro medico di famiglia, di ordinarne uno presso un rivenditore di prodotti sanitari per regalarmelo al compleanno. Avevo nove anni. Nove!

L'Henry del presente scrutò l'Henry del passato. – Mi chiedo solo come sarebbe stato diventare medico seguendo una strada un po' piú mia.

– L'avresti fatto?

– È una domanda da un milione di dollari. Come sai sono tantissime le cose che mi interessano. Se avessi potuto fare di testa mia, chissà quali strade avrei preso. Quali sbagli – quali sbagli interessanti – avrei potuto fare.

Passarono all'album successivo. Henry al suo *bar mitzvah*. Henry a un picnic. Henry che giocava a tennis. Henry al ballo dell'ultimo anno di scuola.

– Henry, Henry, Henry, – disse Henry.

– Be', tu sei figlio unico.

– Sí, ma ci sono pochissime foto di me con altre persone, e anche di noi insieme come famiglia. O anche dei miei genitori, prima che nascessi io. Molti danno la macchina fotografica a qualcun altro. Ad amici o parenti, e noi ne avevamo un paio che erano sopravvissuti. Giusto per… ampliare il soggetto. Per variare un po'. Ma a Leopold evidentemente non interessava.

– Ti voleva bene.

– Sí…

– Sembri dubbioso.

– La cosa certa è che Leopold mi voleva bene. A modo suo e alle sue condizioni.

– Di solito non è cosí in fondo che tutti amiamo, e che tutti siamo amati?

Henry si ritirò di nuovo in se stesso. Ma non tanto per allontanarsi da Costanza quanto per starsene in un posto tutto suo. Per rintanarsi insieme all'affetto di Leopold e a tutto quello che aveva significato per lui.

– Mi ha detto che sei una bella persona, – disse Henry dopo qualche istante.

– Tra me e tuo padre c'è stato… uno scambio, – disse Costanza con una certa commozione. – Mi sarebbe piaciuto conoscerlo meglio. Ma mi sento comunque fortunata ad averlo conosciuto. Aver conosciuto lui per conoscere meglio te. Per sapere da dove vieni.

– Da dove vengo… Da dove vengo, quando ero giovane, c'era quest'uomo forte, volitivo, lucido, che aveva, o credeva di avere, tutte le risposte. Cosa avrei fatto da grande. Il livello di istruzione che mi sarebbe servito per raggiungere quello scopo. Quali sport avrei praticato. Cosa dovevo credere: «A dispetto di tutto, in questa famiglia crediamo in Dio», mi disse una volta che avevo avanzato dei dubbi su… be', semplicemente dei dubbi. Noi crediamo? Avevo scelta? Su Dio? Sulle scuole religiose, sul mangiare cibi *kosher*, sul mio *bar mitzvah*, sul frequentare le funzioni il venerdí sera e il sabato mattina per gran parte della mia infanzia e della mia adolescenza? O sul rimanere chiusi in casa per lo *shabbat*, a non fare niente? Io che non desideravo altro che uscire nel mondo, prendere una boccata d'aria, incontrare altri ragazzi. Sai che fino all'età di sedici anni mio padre mi ha fatto mettere la maglietta intima, tutto l'anno, luglio e agosto compresi? Non avevo voce in capitolo nemmeno sui miei indumenti intimi.

– È stato tutto cosí brutto?

– Certo che no. Ma ci sono state volte, tante volte, in cui mi sono sentito imprigionato dall'autorità di Leopold. Nel senso, cosa puoi mai dire a un uomo che ha passato tutto quello che ha passato lui? «Papà, questa settimana non mi va di andare alla *shul*[13]. Preferisco andare al cinema»?

Costanza prese la mano di Henry. Rimasero seduti in silenzio per qualche istante. – Si direbbe che Leopold sia stato l'esatto contrario di mio padre. Mio padre vedeva complicazioni dappertutto. La depressione di cui soffriva gli rendeva difficile prendere decisioni su qualunque cosa, compreso il fatto stesso di restare in vita.

– In realtà, alla fine una decisione l'ha presa a tale riguardo, o no?

– Be', sí, alla fine sí.

Costanza arrivò a una foto di Judith. Indossava una gonna corta e aveva tra le mani un mazzo di zinnie; era davanti al portone di casa di Leopold a Brooklyn.

– Un regalo da parte di mia madre. Era il giorno che si sono conosciute, una domenica a metà luglio. Mia madre aveva cucinato il brasato di manzo, in piena estate. I miei genitori preferivano mangiare presto, cosí mio padre aveva tutta la serata libera per leggere.

– Come andò?

– Bene, dal mio punto di vista. Judith pensò di essere risultata antipatica a Leopold. E secondo lei questa cosa non è mai cambiata per tutta la durata del nostro matrimonio.

[13] Yiddish: «sinagoga».

Costanza girò la pagina. La pagina successiva era vuota, e anche tutte le altre. – La storia finisce qui?

– Continua altrove.

Costanza si tolse dal grembo i pezzetti di carta nera e li posò ammucchiati sul tavolino davanti a loro. – Sai, è stato Leopold che mi ha aiutata a decidere di sottopormi a quest'altro ciclo.

Sulla fronte di Henry comparve una ruga. – Non sapevo che voi due aveste discusso di...

– Be', l'abbiamo fatto. Lui l'ha fatto. E anche tu e lui, ovviamente.

Henry fece un profondo respiro come se stesse per scusarsi, per spiegare.

– Ma non c'è problema. Mi è stato utile. Leopold mi ha dato la spinta che mi serviva.

– Era bravo a dare spinte, lui –. E poi: – Evidentemente le sorprese continuano, anche dopo la fine.

– Nella mia esperienza, le sorprese non finiscono mai, Henry. È come capire le cose. Un processo che va avanti praticamente per sempre.

E infine eccola: sua madre, Maria Rosaria, seduta nell'atrio di un hotel dell'Upper East Side, tutta presa nella lettura del «New York Times».

Seduta come sempre con quella sua postura perfetta d'altri tempi: busto eretto, una gamba incrociata sopra l'altra appena al di sotto del ginocchio. Indossava un elegante tailleur di tweed, una camicetta di seta color avorio, e al polso destro un grosso bracciale che era appartenuto alla nonna di Costanza. L'impermeabile era appoggiato sul bracciolo della poltrona, un paio di occhiali da lettura sulla punta del naso minuscolo. Era un'immagine familiare per Costanza che riconobbe il look da città di sua madre, il tipo di abbigliamento e il portamento che adottava quando andava a Genova o viaggiava nelle città europee. Eppure c'era qualcos'altro di diverso, qualcosa di stupefacente. Ma che cosa? I capelli. Ecco cos'era. I folti capelli grigi di sua madre avevano un nuovo taglio che la ringiovaniva di anni.

Costanza andò incontro a sua madre, che si alzò piena di energia. Si abbracciarono e Costanza le fece i complimenti per la pettinatura, le chiese com'era stato il viaggio e se voleva riposarsi un po'.

– Sono otto ore che riposo. Sono venuta qui per vedere e per fare cose. E quindi andiamo a vedere, andiamo a fare cose.

Era magra come sempre, con quelle gambe irrobustite dalle colline liguri pronte a marciare per tutta Manhattan, con i collant e le décolleté col tacco basso. Il jet lag, dichiarò, era uno stato mentale con il quale lei aveva deciso di non avere niente a che fare. Adorava la vita frenetica della città. I vestiti nelle vetrine le sembravano incantevoli. Per una volta nella vita pareva disinteressarsi completamente dei soldi. Si era procurata il suo primo bancomat ed era felicissima di poter prelevare i soldi «dal muro», come diceva lei. Non si lamentò nemmeno una volta del caldo, del freddo, della stanchezza, o per la delusione davanti a qualunque cosa Costanza le mostrasse. La sua capacità di attenzione era incredibile, e questo non fu una grande sorpresa, al contrario del suo entusiastico desiderio di provare cibi nuovi. – Non è che si può mangiare sempre pasta nella vita, – disse tutta allegra mentre, di buon'ora, si accingevano a consumare una cena a base di pietanze speziate in un ristorante vietnamita. – Secondo me se mai dovessi tornare a casa, finiresti per annoiarti delle nostre abitudini ripetitive.

«Lo vedo ora, ora lo capisco»: vedeva, capiva e apparentemente non esprimeva alcun giudizio. Possibile mai che Maria Rosaria si fosse ammorbidita in tarda età? Ogni tanto succedeva. Piú di una volta Henry aveva detto a Costanza che il Leopold che lei aveva conosciuto e ammirato non aveva nemmeno la metà della grinta del Leopold di un tempo. Certe persone, invecchiando, perdevano mordente, diventavano meno aggressive. Stava succedendo la stessa cosa anche a sua madre?

Morton non era stato cosí tollerante verso Maria Rosaria. – Giudica troppo, – aveva detto dopo il loro primo incontro. Gli ricordava le sue zie del New Jersey, quelle donne ebree dure, ipercritiche e spietate che aveva catturato in modo cosí fulminante nei suoi primi romanzi. Henry, invece, fu incredibilmente affabile. La sera dopo uscí prima dal lavoro; lui e Costanza, camminando mano nella mano, arrivarono all'hotel dove alloggiava Maria Rosaria. Rassicurò Costanza dicendole che sarebbe andato tutto bene: – Lascia fare a me.

Quando l'anziana signora li raggiunse nell'ingresso, Henry l'abbracciò con un'affettuosità strabordante. Aveva sfoderato il suo charme, che poteva essere formidabile, per tutta la durata della cena. Una volta era stato a Genova per un convegno, e ripescò tra i suoi ricordi e le sue letture (anch'essi formidabili) e cominciò a parlare del porto, dei caruggi, dei misteriosi palazzi con le facciate rivolte verso l'interno, e di via Garibaldi, quella che Rubens aveva definito «la via piú bella d'Europa, vero?»

Maria Rosaria si sciolse. – Ci sei stato cosí tanto tempo fa, e ricordi ancora un sacco di cose.

– Ricordo tutti i dipinti di Van Dyck nei musei, e quella spettacolare cattedrale a strisce bianche e nere… San Lorenzo, giusto? E il cimitero. Staglieno. Tutte quelle statue vittoriane coperte di fuliggine, poi lavata via dalla pioggia, che fa sembrare che i volti scolpiti stiano piangendo. Non ho mai visto un cimitero simile da nessun'altra parte. Si allarga per un raggio di chilometri e chilometri.

L'anziana signora aveva un sacco di altre passioni, ma nessuna superava quella per la sua terra d'origine, Genova e quel pezzo di costa ligure a est della città dove la sua famiglia viveva da sempre. – Se vieni a trovarmi, ti faccio vedere la collina che apparteneva a mio nonno, – disse Maria Rosaria a Henry. – Lí coltivava gli ulivi, la vigna. Adesso quel terreno è tutto diviso ed è stato venduto, ma ogni volta che lo guardo, lo rivedo com'era quando io ero bambina e mio nonno mi invitava a passeggiare in collina con lui e mi diceva: «Mi raccomando, tieniti sempre stretta la terra, è importante avere un pezzo di terra che sia tutto tuo».

– Una Rossella O'Hara ligure! – esclamò Henry con entusiasmo. A sua volta lui le fece un ritratto di Leopold, seppure in versione ridotta. Henry le parlò dei suoi figli e di quello che facevano. Lei gli chiese del suo lavoro e lui rispose, anche in questo caso fornendo una versione ridotta. Mentre ascoltava,

Maria Rosaria si fece silenziosa in modo preoccupante (almeno agli occhi di Costanza) e a un certo punto disse: – Devi capire che siamo un Paese ancora profondamente cattolico. Nel bene e nel male l'opinione della Chiesa ha ancora molto peso sul pensiero di persone normali come me.

Conoscendo sua madre, Costanza sapeva anche quanto era brava a parlare di certe sue caratteristiche attribuendole al Paese, e non a sé. E conoscendo Henry, Costanza sapeva quanto era difficile impedirgli di esprimere il suo pensiero sulla Chiesa e sulla sua «pesante influenza» sulla riproduzione assistita. E invece si limitò a commentare: – È per questo che è un discorso… interessante, no? Esplorare punti di vista diversi.

La tattica elusiva di Henry era un capolavoro: l'affabilità con cui formulò quella frase era degna di un Van Dyck. Mentre parlava, il cuore di Costanza si riempí d'amore per lui, per l'abilità con cui sembrava afferrare Maria Rosaria e per come riusciva a ridimensionare la sua naturale schiettezza. Forse, una vita passata nei panni di figlio di Leopold l'aveva preparato ad affrontare i genitori alfa. Comunque ci fosse riuscito, Costanza gliene fu grata, e glielo disse.

– Mi piace avere a che fare con gli ossi duri, – disse Henry. – Magari certe volte fai fatica a vederlo, ma tua madre ha un cuore grande.

Costanza faceva spesso fatica a vedere il cuore di sua madre, qualunque fosse la sua grandezza, ma stavolta era diverso. In questi primi giorni percepí la tenerezza di Maria Rosaria e anche qualcos'altro, qualcosa a cui non era abituata: la sua sensibilità. In piú di un'occasione sua madre aveva tenuto a freno la lingua o aveva addolcito uno dei suoi involontari giudizi con una battutina autoironica. Se Costanza non avesse saputo che non era cosí, avrebbe anche avuto il sospetto che Maria Rosaria stesse andando da uno psicologo. Forse, semplicemente, aveva sentito la mancanza di sua figlia e si stava godendo almeno per un po' quel mondo decisamente piú grande rispetto alle sue coordinate abituali. Dopotutto, a ottant'anni, non poteva ambire a tanti viaggi cosí grandiosi.

Maria Rosaria aveva portato a Costanza un grosso barattolo di pesto avvolto nel millebolle, una confezione di trofie, e un pezzo di parmigiano; la sua seconda sera a New York, lei e Costanza cucinarono insieme per Henry e Andrew. Il pesto in particolare, che era stato preparato da Ines, la governante di Maria Rosaria, aveva superato il viaggio senza problemi: una sola annusata e Costanza capí subito, grazie ad anni di esperienza, che il basilico era stato colto quando le foglie erano piccole e morbide, e che probabilmente i pinoli venivano da Pisa, e che l'olio era quello degli ulivi di sua madre, quelli che erano rimasti di proprietà della famiglia. Il pesto che Costanza aveva preparato per Henry e i ragazzi l'autunno precedente era stato una pallida imitazione di questo, che liberò nell'aria un aroma che aveva qualcosa della pozione magica. Mentre versava il condimento sulla pasta calda, Costanza chiuse gli occhi, inalò il vapore profumato, e immediatamente fu trasportata altrove.

Maria Rosaria la osservava. – Dunque ti piace ancora questo nostro umile aroma?

– Ma certo che mi piace, mamma. Il pesto di casa non lo batte nessuno. Si può fare anche qui. Io ci ho provato. Ma non è la stessa cosa.

– Bisogna usare il basilico di Pra'. Lo so da quando vivevo a Palermo. Neanche lí riuscivo mai a fare un pesto come si deve –. Maria Rosaria s'interruppe per qualche secondo. – Mi fa piacere vedere che le cose di casa ti sono ancora care.

– Mamma, non faccio che sognare casa. Nei miei momenti... di riflessione sai dov'è che vado?

– Alla Punta.

– Come hai fatto a indovinare?

– Perché è il posto piú speciale. Perché a te e a tuo padre piaceva andare a nuotare lí –. E poi: – Mi dispiace sapere che hai tanti momenti di tristezza.

Costanza s'irrigidí. – Ho detto momenti «di riflessione».

– Sí, ma quello che intendevi era «tristi».

Costanza aveva abbassato la guardia e sua madre le si era avventata addosso, come sempre.

Maria Rosaria cambiò direzione. – Peccato non avere le gambe buone per fare quella passeggiata. Certe volte, quando non riesco a addormentarmi, la ripercorro mentalmente. Ci sono punti che non ricordo piú tanto bene. C'è una casa abbandonata, vero? Poco dopo la chiesa di San Nicolò?

A questo punto Costanza intervenne nella conversazione. – Il comignolo è ancora tutto intero. L'ho visto l'estate scorsa. Indica il punto dove un tempo c'era la cucina. Le tegole sono come le nostre, puntini azzurri su sfondo bianco, solo bruciacchiate.

– E il tuo nome? È ancora inciso vicino alla fontanella? Tuo padre era cosí felice quel giorno quando trovammo quel pezzo di cemento fresco. All'epoca avevi sette o otto anni.

– Avevo otto anni. Stavamo andando a pranzo.

– Sí, adesso me lo ricordo. Il tuo ottavo compleanno.

Le due donne piombarono nel silenzio.

– Spero di poterci portare Henry l'anno prossimo. Potreste venire con la barca. Potremmo farci il bagno e andare a mangiare qualcosa da Drin.

– Mi piacerebbe moltissimo.

Questo balletto continuò nel corso della cena a casa di Henry: un'attenta coreografia di buone maniere e discorsi su terreni sicuri. Andrew, che si uní brevemente alla compagnia, fu ancora piú riservato del solito. Maria Rosaria gli chiese cosa avrebbe studiato al college; le risposte del ragazzo furono telegrafiche e vaghe, ma garbate. Piú tardi Andrew disse a Costanza che il modo in cui gli occhi di Maria Rosaria continuavano a spostarsi tra Henry, Costanza e lui, un due tre, come palline da flipper, gli avevano fatto venire voglia di correre a nascondersi.

– Immagina cosa significa avere addosso quegli occhi indagatori per tutta l'infanzia, l'adolescenza e anche oltre, – disse Costanza. – Non c'era possibilità di correre e nascondersi, l'unica era scappare di casa.

Dopo cena Andrew si allontanò scusandosi: aveva un compito d'inglese da finire per l'indomani.

Gli altri andarono in soggiorno per continuare a bere vino. Maria Rosaria, passando in rassegna i dorsi dei libri di Henry, fece un commento sulla vastità dei suoi interessi, almeno a giudicare dall'accidentale accumulo di libri nella sua biblioteca.

– Definendolo accidentale tu deduci, correttamente, che io non sono un vero maniaco dei libri. Ne leggo tanti, ma non tutti finiscono sui miei scaffali.

– Il padre di Costanza era uguale. Aveva tutto qui –. Maria Rosaria indicò la testa. – Io sono diversa. Conservo quasi tutti i miei libri, e di norma in buon ordine.

– Li tiene in ordine alfabetico, per stanza, – disse la figlia. – Dalla A alla F in camera da letto, dalla G alla L nel corridoio…

Maria Rosaria sorrise. – Be', io ho tempo per queste cose. Un medico ha cose piú importanti di cui occuparsi –. Si spostò alla scrivania davanti alla finestra. – Questa stanza è molto accogliente.

– Tutto questo grazie a sua figlia, – disse Henry. – L'appartamento era un po'… trascurato, prima che lei mi desse una mano a sistemarlo.

– Le è sempre piaciuto rinnovare le case. Anche da bambina –. Maria Rosaria indicò la scrivania. – È lí che lavori?

– Sí, – rispose Costanza.

– Riesci a concentrarti qui?

– Benissimo.

– Con tutte queste distrazioni? Tutte queste finestre che ti invitano a spiare?

– Le guardo quando cerco ispirazione per una parola o una frase che non mi viene.

– E immagino che tu cucini anche, mentre lavori.

In quelle parole Costanza sentí una critica che sicuramente a Henry era sfuggita. Le osservazioni di sua madre, apparentemente neutrali, nascondevano spesso delle frecciatine.

– Sí.

– Mia figlia è un'ottima cuoca, – disse Maria Rosaria a Henry.

– E io ne approfitto felicemente –. Henry si diede dei colpetti sulla pancia.

– Per cucinare bene serve tanto tempo. Cucinare bene significa essere sempre concentrati su quello che succede sui fornelli.

– Be', io personalmente la invidio, – disse Henry. – Mi rendo conto che riesco a pensare piú lucidamente quando mi allontano mentalmente da un problema per un po' e mi occupo di qualcos'altro.

Ma Maria Rosaria non demordeva. – C'è un altro modo di vederla. Non c'è bisogno che te lo dica io, ma da sempre le donne, per quanto possano essere evolute dal punto di vista intellettuale e professionale, finiscono per essere coinvolte nei doveri domestici. Lo stesso valeva per me quando il padre di Costanza era vivo, e naturalmente anche dopo, quando sono rimasta da sola e insegnavo a tempo pieno e a casa dovevo cercare di fare tutto, di essere tutto per mia figlia. Portare avanti una casa come si deve può allontanarti molto dal lavoro.

– Ma mamma, questa casa non la porto avanti io. Henry ha una governante, una donna meravigliosa che lo aiuta da anni. Io cucino perché mi piace. E passo quasi tutto il giorno alla scrivania.

– Semplicemente speravo che avessi ripreso a scrivere cose tue.

Questa era una novità per Henry. Guardò stupito Costanza, che disse: – In Italia, prima che Morton entrasse nella mia vita, ho pubblicato qualche poesia e una decina di racconti. Ma non è stato facile scrivere finché sono stata sposata con lui.

– E quindi vedi, – disse Maria Rosaria. – Sta' un po' meno dietro ai fornelli e un po' piú alla scrivania.

Anche dopo questo scambio, Costanza non riuscí a far capire a Henry quello che provava. Non era sempre cosí che succedeva con un genitore che riusciva a destabilizzare un figlio adulto con critiche e recriminazioni, per quanto sottili o velate? Quella rete era spesso nascostamente claustrofobica. – Lei vuole semplicemente che sfrutti al massimo le tue potenzialità, – disse Henry quella sera mentre si mettevano a letto. – È quello che tutti i genitori vogliono per i propri figli. Vedrai. Cioè, lo spero.

– Mia madre deve sempre sottolineare le mancanze. Se riordini una stanza, lei ti fa notare il paio di scarpe che sono rimaste in giro. Se le dai la tua ultima traduzione, lei ti fa una lista dettagliata dei tuoi errori trascurando tutto il resto. Invece di vedere che qui io vivo bene, lei va a cercare quello che non ho, quello che non sto facendo. Anche dopo tutti questi anni continua a farmi sentire *piccola*.

Comunque la situazione rimase gestibile, piú o meno, finché madre e figlia non andarono a vedere i quadri di Vermeer alla Frick Collection.

Costanza conosceva bene quei quadri. Aveva sempre pensato che il tema dominante fosse il tempo. Il tempo racchiuso in un dipinto. Il tempo espresso attraverso la luce, colto in una manica, un foglio di carta, un viso. Maria Rosaria, continuando l'argomento cominciato la sera prima, la vedeva in modo diverso. Secondo lei la tematica erano i limiti imposti alle donne. Davanti al *Concerto interrotto*, si morse il labbro per qualche secondo, poi disse: – Sinceramente: secondo te questa ragazza continuerà a studiare musica dopo che quest'uomo è entrato nella sua vita?

Questo modo di personalizzare i quadri irritò molto Costanza, e allo stesso tempo il suo gioco era sorprendentemente palese. Forse sua madre cominciava a sentire il peso degli anni.

– Direi che c'è qualcosa che ti preoccupa, mamma.

– Visto che me lo dici, be', sí, è cosí –. Maria Rosaria staccò gli occhi penetranti dal quadro e li rivolse alla figlia. – Mi pare che il medico sia un uomo attraente. E anche rispettabile.

– Sono d'accordo.

– Ma, amore mio, lo conosci da troppo poco tempo. Come puoi trasferirti a casa di un uomo in inverno, quando l'hai conosciuto solo l'estate prima?

– Quando mi sono trasferita a casa sua era autunno, mamma. Per certi versi si può dire che non lo conoscessi proprio all'epoca –. Costanza disse queste parole in tono quasi provocatorio. Con aria di trionfo.

– Peggio ancora. E questa non è la prima volta. Anche con Sarnoff ti sei buttata senza riflettere.

– Infatti.

– Ricordi quanto ti ha reso triste.

– E anche molto felice, felicissima in modo incredibile, per un po' di tempo.

– Non ti sei alzata dal letto per giorni. Me l'hai detto tu stessa.

– Questo alla fine.

– E prima ancora c'è stato il professore. E ricordi cosa è successo allora…

– In realtà no, non me lo ricordo. Ma, mamma, in tutta franchezza, chi sei tu per poterti esprimere sulle mie decisioni sentimentali? Cosa fa di te un'esperta in materia sulla scelta di un compagno duraturo?

Maria Rosaria non batté ciglio. – Ho sposato il solare studente straniero in visita di scambio che mi ha amato a distanza per dieci anni e con il quale ho vissuto dopo altri dieci bellissimi anni. L'uomo che si è tolto la vita è venuto fuori dopo. Di questo abbiamo già discusso tantissime volte.

Semplicemente non c'era possibilità di vincere con Maria Rosaria. Non c'era possibilità di discutere, di avere uno scambio alla pari. Esisteva solo il suo punto di vista. – Quando sei arrivata eri cosí attenta. E io ero piena di affetto per te. Mi sembravi cambiata.

– Ero attenta, sí. Volevo verificare con i miei occhi come stavi. Non volevo intromettermi. Non sono una stupida. So che ho le mie idee. E so, perché me l'hai fatto capire, che per te non è sempre facile starle ad ascoltare.

– E allora perché adesso mi dici tutto questo? Cosa c'è di diverso?

– Il mio volo. Parto tra due giorni –. Posò una mano su quella di Costanza. – Non pensi mai di tornare a Genova, a casa tua? Dalla tua gente, che ti vuole bene?

– I genovesi non sono la mia gente, mamma. Sono sempre stata una straniera, per via di papà.

– E quindi tu qui sei una di loro?

– È proprio questo il punto. Qui non esiste nessun «loro» di cui sentirsi parte. È questa la bellezza di New York. Dell'America.

Maria Rosaria tornò a guardare il dipinto della ragazza che sollevava gli occhi dallo spartito. – C'è anche qualcos'altro.

– Ah sí?

– Mi chiedo se ti sei accorta che il ragazzo è infatuato di te.

– Andrew? – Costanza arrossí. – Siamo semplicemente amici.

– Hai notato come ti guarda? Ti segue a tavola, ascolta tutto quello che dici? Ti osserva mentre mangi e mentre bevi?

– Mamma, Andrew è innamorato di una sua coetanea che si chiama Charlotte e che non ricambia i suoi sentimenti. È una storia triste.

Maria Rosaria fissò la figlia. – Quanti anni ho, Costanza? Qualche volta dovresti fidarti di me, di quello che vedo.

Costanza emise un lungo, lento respiro.

– E un'altra cosa ancora. Una semplice curiosità.

– Non tenerla per te, mi raccomando, – disse Costanza acida.

– Come mai sempre uomini ebrei?

Questa proprio non se l'aspettava. – Hai qualcosa contro gli ebrei?

– No. Ma mi chiedevo. Prima Sarnoff, adesso il medico.

– Probabilmente è perché mi ricordano papà. Un certo tipo di forza, di gentilezza. Di intelligenza.

– Ma tuo padre non era ebreo, e Sarnoff non era particolarmente gentile.

– Morton ha avuto i suoi momenti di gentilezza. E papà aveva dei parenti ebrei.

– Che sono morti prima che tu nascessi. Cosa significa questo? Niente.

– Per te non significa niente. Per me c'è una connessione. Sottilissima, ma c'è.

– La tua vita ha sempre ruotato attorno alla morte di tuo padre, Costanza. Dopo venticinque anni, continui a vivere nel passato.

– La verità, mamma, – Costanza disse con uno scatto d'ira, – è che la mia vita adesso ruota attorno alla vita. Il passato non c'entra piú. È rivolta al futuro.

– Ah sí? In che senso?

E cosí, per reazione e con una punta di sfida nella voce, e diversamente da come avrebbe voluto, Costanza raccontò a sua madre del primo ciclo di FIVET non andato a buon fine e del nuovo che stava per cominciare.

Non era facile ridurre Maria Rosaria al silenzio. La madre di Costanza, cosí eretta, fiera e spaventosa, addolcí il suo atteggiamento e distolse lo sguardo.

– È cosí che reagisci? Ti giri dall'altra parte?

– Sono felice per te?

– Sento un tono di domanda. So benissimo che non è quello che provi.

– A essere sincera tutto questo è molto distante da me. Questo voler immischiarsi nella biologia.

– Immischiarsi? – Costanza alzò la voce. Fortunatamente, alle undici di mattina il museo era quasi vuoto. – Quello che fanno Henry e i suoi colleghi è cambiare il destino delle loro pazienti. Gli cambiano la vita. Tu sai quante probabilità ho di concepire un figlio? Un figlio sano? E poi io amo quest'uomo! E lui ama me!

Con un tono di voce piú moderato Maria Rosaria disse: – Devo pensarci. Mi hai preso davvero di sorpresa; io pensavo che...

– Pensavi che io non volessi piú un figlio o una famiglia.

Sua madre annuí.

– È la cosa che voglio piú di tutte. Tu sei convinta che la mia vita abbia ruotato attorno alla morte di papà? Forse in parte è vero. E sai cosa riuscirebbe a far ruotare la mia vita attorno a qualcos'altro, qualcosa di piú ampio respiro? Questo. Un bambino. Un figlio. La possibilità di esprimere tutto l'amore che sento dentro, la possibilità di allontanare il mio cuore dalla sofferenza.

– Non credi che l'aspettativa di curarti dalla sofferenza sia un fardello terribile per un figlio?

Costanza si lasciò cadere su una panca. Si sentiva debole, esausta. Analizzata, giudicata, messa in discussione fino allo sfinimento.

Maria Rosaria si sedette accanto a lei.

– Erano anni che non ti parlavo in modo cosí schietto, – disse Costanza. – E anche su questo trovi da ridire, anche questo critichi. Non capisco come tu possa farlo. Non capisco... – S'interruppe e lasciò che il silenzio prendesse il sopravvento.

– Come sai ti ho avuta tardi. Ci sono cose che io capisco e che tu non puoi capire. Come cambia la vita. Quanto può risultare pesante l'esperienza, dal punto di vista fisico. Quanto tempo si perde...

Costanza aveva già sentito simili obiezioni da parte di Morton; e ora anche dalla sua stessa madre? Quale madre non desiderava che sua figlia diventasse madre? – La tua gravidanza è stata miracolosamente fortunata e anche, me ne rendo conto solo ora, probabilmente non desiderata.

– Questo non significa che poi non ti abbia voluta. È semplicemente la verità. Io non mi pento di...

– Non ti penti di avermi avuto? È questo che stavi per dire?

– Quando sono rimasta incinta, tuo padre lo conoscevo molto bene, Costanza.

– Davvero?

Il viso di sua madre s'incupí. – Be', cosí credevo, almeno. No, lo conoscevo bene davvero. All'epoca. In quel periodo, prima che si ammalasse. Perché quella tristezza che si è impossessata di tuo padre negli ultimi anni della sua vita devo considerarla una malattia. Era diventato un'altra persona. Era... – S'interruppe, poi riprese. – Lo conosci bene questo dottore? Lo credi davvero, sinceramente?

– Ti sarei grata se la smettessi di chiamarlo dottore. Sí, conosco bene Henry. Lo conosco molto bene.

– Henry è un uomo molto in gamba. Colto. Carismatico. È sveglio, ha una memoria prodigiosa: Rubens, le statue piangenti e tutte quelle cose lí. Ci sa fare con noi signore attempate, ma allo stesso tempo, a mio avviso, è anche un po' chiuso.

– E cosa te lo fa dire?

– La mia esperienza di vita. Il mio intuito.

– La tua natura sospettosa, a voler essere precisi.

– La mia è una sensazione, Costanza. Osservo la gente e penso. Ti sto semplicemente offrendo le mie impressioni senza filtri.

– E senza che nessuno te le abbia chieste.

– Ho quasi ottant'anni. Non puoi aspettarti che io cambi proprio adesso, che cominci ora a tenere a freno la lingua. E perché mai dovrei, se provo dei sentimenti cosí forti? Tu sei mia figlia...

– Mamma, i tuoi sentimenti sono giudizi. Chiamali per quello che sono, per piacere. Non accogli mai niente o nessuno senza riserve. Sei sempre circospetta, critica. Non è cosí che voglio vivere la mia vita. Voglio essere libera. Voglio aprirmi alle possibilità, a questa possibilità.

– Sei molto passionale, figlia mia.

– E tu, mamma, sei molto dura. Sei molto dura con me. Perché?

Maria Rosaria non rispose. Guardò un dipinto in fondo alla sala senza dare l'impressione di vederlo veramente. Gli occhi furono velati da una patina: ma non erano lacrime. Costanza non ricordava l'ultima volta che aveva visto Maria Rosaria piangere. Ma il fatto che gli occhi di sua madre fossero velati era comunque qualcosa degno di nota.

E improvvisamente Costanza capí. Fu come una tenda che si apriva rivelando la vista di una finestra. – Tu ce l'hai con me perché me ne sono andata, non è cosí?

Maria Rosaria non rispose.

– Non è cosí, mamma? Sei arrabbiata con me? Perché sono andata a vivere lontano? – Costanza si appoggiò allo schienale della panca. – Come ho fatto a non accorgermene prima?

Il giorno della partenza, Costanza accompagnò sua madre all'aeroporto. Pioveva forte, l'atmosfera adatta; per gran parte della corsa in taxi le due donne parlarono del tempo, delle cose che avevano visto nel corso della settimana, e di vecchie ricette di famiglia che Costanza voleva verificare di ricordare bene: argomenti privi di pericoli, terreni sicuri che non nascondevano mine pronte a esplodere.

Non appena l'aeroporto JFK cominciò a profilarsi all'orizzonte, Maria Rosaria disse: – Se davvero ami questo medico, Henry, allora dovresti sposarlo.

Costanza non si aspettava di sentire qualcosa del genere. – Ma perché me lo dici solo ora?

– Ci ho riflettuto molto. Penso che se sei davvero convinta di sottoporti a questa cura dovresti farlo sulla base dell'impegno piú saldo e profondo che un uomo e una donna possano prendere l'uno nei confronti dell'altra. Se sei sposata, chissà, magari il prossimo tentativo andrà meglio.

– Non è un atteggiamento molto razionale, mamma.

– Forse no, ma...

E cosí sua madre era ancora in grado di sorprenderla. E forse era ancora in grado di avere delle illuminazioni.

– Vuoi sposarlo?

– Sí. Vorrei.
– Sí. *Vorresti*. Capisco. E Henry?
– È stato lui a propormelo.
– E allora che problema c'è?
– Dopo Morton ho qualche riserva.
– Non esistono due matrimoni uguali, proprio come non esistono due persone uguali. E anche qui, come ben sai, parlo per esperienza.

Il taxi si fermò davanti al terminal. – Non è esatto dire che sono arrabbiata perché tu sei andata via, – disse Maria Rosaria quando il taxi accostò. – Ma a volte sono triste. Non è piacevolissimo essere tristi e soli, completamente soli, alla fine della propria vita, o comunque in vista della fine. È naturale voler stare insieme ai propri cari.

Maria Rosaria aprí la portiera. – Preferisco entrare in aeroporto da sola. Mi aspetto una visita da parte tua e di Henry quest'estate. Andremo alla Punta, tu nuoterai, e andremo a pranzare da Drin. Ma prima mi terrai aggiornata sulle novità. E mi auguro che si tratti delle novità che desideri. Me lo auguro davvero.

Costanza scese dalla macchina con sua madre. L'autista scaricò la valigia dal bagagliaio. Aveva un manico molto resistente ed era compatta proprio come lei.

– Non deve essere un matrimonio in pompa magna, Costanza. Siete entrambi adulti. Puoi fare come hai fatto con Sarnoff. Vi organizzo una cena quando venite in Italia. Ti regalo l'anello di tua nonna. Non so cosa farmene dei diamanti.

Mentre andava al municipio per il suo secondo matrimonio, Costanza non poté fare a meno di pensare al primo. Le sue gite downtown con Sarnoff erano sempre state particolarmente gioiose. «Gite» perché la legislazione dello Stato di New York prevedeva un periodo di ventiquattr'ore di attesa tra il rilascio di una licenza di matrimonio e la cerimonia stessa, anche se la cerimonia consisteva solo in una manciata di parole pronunciate da un impiegato comunale in una misera saletta accanto all'ufficio del segretario comunale, con il tappeto liso e le rose – Costanza ricordava bene questo particolare – di plastica. Sarnoff aveva preso con ironia questo periodo di attesa. Le aveva detto: – Chissà quante persone cambiano idea. Immagina che tragedia. Be', saranno ventiquattro ore che non dimenticheremo, – e aveva fatto in modo di mantenere questa promessa. Per andare downtown a risolvere la questione della licenza aveva noleggiato niente meno che una Rolls-Royce blu con tanto di chauffeur. Dopodiché l'autista li aveva aspettati in auto mentre loro pranzavano in un ristorante cinese su Mott Street il cui menu era interamente scritto in mandarino. Non avevano la piú pallida idea di cosa stessero ordinando e forse solo una vaghissima idea di cosa stessero mangiando, una volta servito il cibo. Sarnoff aveva comprato un magnum di champagne; quando il tappo era saltato dalla bottiglia gli altri clienti del ristorante avevano fatto un applauso, e Sarnoff aveva chiesto al cameriere di offrire un bicchiere a tutti i presenti. Tra gli antipasti e il primo, Sarnoff aveva regalato a Costanza una delicata collana edoardiana di topazi che aveva scelto apposta perché il topazio era simbolo di fedeltà e amore. Dopo mangiato erano tornati in macchina per andare a comprare tutto quello che Costanza desiderava o che le serviva per il viaggio a Parigi. – Non desidero niente e non mi serve niente, – aveva detto, – oltre tutto questo –. Tutto questo: quella loro avventura condivisa, il lusso di quel silenzio ermetico tra loro una volta saliti in auto; e ovviamente, soprattutto, il loro amore. Ma Morton aveva insistito: – Un cappotto, una borsa, qualcosa. Biancheria intima. Calzini. Andiamo –. E cosí tutti e due avevano comprato da Barneys dei calzini, sei paia dai colori vivaci, rosa, arancio e verde lime e, una volta tornati in macchina, li avevano indossati tra una marea di risate mentre giravano l'isola di Manhattan in lungo e in largo, sempre vicini al bordo dell'acqua, un giro strambo per una giornata stramba.

Il pomeriggio seguente la macchina era tornata a prenderli e li aspettava in strada. L'autista li aveva riaccompagnati downtown insieme a Howard, il loro testimone. Lí l'impiegato comunale aveva biascicato non piú di una cinquantina di parole accanto a quei fiori rossi di plastica, tristissimi ma a loro modo anche teneri. Nel giro di due ore erano in partenza per Parigi, dove Costanza avrebbe trascorso i dieci giorni piú belli della sua vita.

Fu sorpresa di come riuscisse a rivivere la dolcezza di quel periodo nel ricordo, nonostante tutto quello che era successo dopo. Era strano vedere come i posti, o certi percorsi, fossero in grado di trattenere i sentimenti o di riportarli in vita con sorprendente intensità. Eccola ritornare sui passi che aveva fatto tanti anni prima, e accorgersi che erano cosí reali e presenti come se fossero passati soltanto sette minuti invece di sette anni.

Tutto questo quando il suo stato d'animo e le circostanze erano molto diverse. Henry aveva dovuto chiedere a Wanda di trovargli una finestra di un'ora e mezzo di tempo tra gli appuntamenti per potersi vedere con Costanza e compilare il modulo per la licenza; dopo doveva tornare di corsa in clinica. Questo il lunedí. Dopodiché non avrebbe avuto altro tempo libero fino al giovedí, quando Wanda era riuscita ad assicurargli due ore libere durante le quali Henry e Susan, la testimone di nozze, avrebbero avuto modo di raggiungere Costanza downtown. Se l'attesa non fosse stata troppo lunga, dopo Henry avrebbe potuto mangiare con lei un piatto di minestra e un panino prima di tornare di corsa in clinica per la paziente delle tre. Questo era, nella sua interezza, il matrimonio che avevano programmato.

A Costanza non importava dei dettagli. Quello che importava fu quello che successe dopo la partenza di Maria Rosaria, dopo che lei ebbe raccontato a Henry quello che sua madre aveva detto. Mentre Henry la ascoltava, i suoi lineamenti si rilassavano in una chiara espressione di gioia. – Non pensavo. Non me l'aspettavo, – disse lui con voce strozzata. – Me lo stai dicendo perché sei d'accordo con tua madre...? – ci riprovò, e di nuovo gli si strozzò la voce in gola. Quando Costanza annuí e le salirono le lacrime agli occhi, capí che stava prendendo una buona decisione, una decisione basata sulla speranza.

L'arrivo del ciclo, seppure tutt'altro che inatteso, si aggiunse ai temi importanti della sua vita: fu puntuale, e lei iniziò la cura, con dosi di medicinali piú alte del cinquanta per cento rispetto alla volta precedente.

E quindi Costanza decise di andare a piedi dall'Upper East Side fino a Lower Manhattan per calmarsi sia a livello fisico sia psichico. Le medicine stavano già facendo effetto, turbando i suoi pensieri e chiarendoli allo stesso tempo. La chiarezza l'aiutava a essere piú concentrata sul lavoro, ma l'esperienza precedente le aveva insegnato che era una sensazione sulla quale non si poteva fare affidamento. E sapeva anche che non ci si doveva fidare nemmeno dei momenti piú bassi.

Chiunque la vedesse camminare a passo spedito su Madison Avenue con la sua semplice gonna di lana, il maglione beige e la giacca primaverile, non avrebbe mai immaginato cosa stava andando a fare quel pomeriggio. Si concesse solo un piccolo lusso quel giorno: nel Flower District si fermò a comprare dei tulipani gialli con chiazze di rosa sulla punta dei petali che, cresciuti a forza in una serra o in un campo lontano, erano arrivati a New York in aereo, trasportati in camion fino a Manhattan, ed esposti a mucchi per comodità – ma senza nulla togliere alla loro magnificenza – nel magazzino di un venditore all'ingrosso sulla Ventottesima. Costanza fu costretta a comprare i tulipani a mazzi di dieci, e per un minimo di dodici mazzi: chissà cosa pensavano i passanti vedendola quando riprese la sua scarpinata verso downtown stringendo tra le braccia centoventi tulipani gialli; un cono di carta pieno di luce come un sole.

Arrivò downtown all'una meno dieci. Henry e Susan erano già lí che l'aspettavano. Sorrisero all'unisono, e poi risero per quei fiori esagerati; Costanza ne prese una metà e li diede a Susan. Costanza e Henry si baciarono. Costanza e Susan si abbracciarono. Costanza si cambiò le scarpe direttamente per strada. Niente topazi stavolta, niente limousine, niente magnum di champagne, niente prospettiva di viaggio a Parigi, e niente calzini, solo una marea di tulipani, Henry che sorrideva, e il cuore di Costanza che batteva fortissimo.

– È perfetto, – disse ad alta voce, un po' a se stessa, un po' agli altri due.

– Sí, è vero, – disse Henry.

E insieme entrarono.

La loro cena di matrimonio fu a base di cibo giapponese take away, scelta precisa di Costanza per fare il paio con il primo pasto a casa di Henry. Come anche quella prima volta, si sedettero a terra e mangiarono con i vassoi posati sul tavolino del soggiorno. Divisero una bottiglia di vino rosso, che Costanza, per via dei medicinali che stava prendendo, bevve con moderazione, e divorarono una confezione di dolcetti ai frutti di bosco che lei aveva comprato in una pasticceria francese su Madison Avenue.

I tulipani, sistemati in vari vasi, caraffe e barattoli in giro per l'appartamento, erano un pochino mosci ma anche molto festosi.

Henry non era per natura uno che si stravaccava, ma si distese comodo sul tappeto del soggiorno, con la schiena appoggiata al divano. Disse una sola parola: – Felicità.

Le accarezzò una gamba. Lei gli sorrise.

– Ma desidero anche celebrare l'occasione come si deve, – aggiunse Henry. – Un pranzo, una festa. Voglio poter mostrare al mondo, al mio mondo, che sono un uomo davvero fortunato.

– Lo faremo piú in là. Dopo il ciclo. Magari sarà una doppia festa. Potremmo fare qualcosa alla fine dell'anno scolastico.

Un'ombra passò sul viso di Henry.

– Hai detto di oggi hai ragazzi? Li hai chiamati?

– È stato un periodo cosí frenetico…

– Oh, Henry –. Costanza si tirò su. – Justin potrebbe arrivare da un momento all'altro. Andrew potrebbe passare qui stasera stessa. Non possono entrare in casa e scoprire cosí che tutto è cambiato.

– Ma per loro cosa sarebbe cambiato? Justin non vive piú qui. In autunno Andrew parte per Filadelfia. Ormai sono proiettati, o quasi proiettati, nelle loro vite. Avevo pensato di dirglielo, avevo pensato che noi gliel'avremmo detto quando li avremmo visti. Di persona.

– Non è giusto. Ovviamente non conosco Justin tanto bene quanto conosco Andrew, ma Andrew… Andrew l'ho conosciuto…

– Prima di conoscere me –. Non fu chiaro se il tono leggero con cui Henry disse questa frase fosse un poco forzato. – E se spedissi un'e-mail a entrambi?

– Un'e-mail? Non è un gesto un tantino… distaccato?

– Be', nessuno manda piú telegrammi. Un messaggio sul cellulare, magari...

– Henry!

– Ok. Li chiamo. Domani. Stasera ho solo voglia di... – Si allungò verso di lei per baciarla.

Costanza alzò una mano. – Non possiamo. Lo sai meglio di me.

– Non possiamo baciarci? Non posso baciarti?

Lei ebbe un attimo di esitazione. – Sí, puoi baciarmi.

Per Costanza non era piú la prima volta nella sala d'attesa di Henry; aveva superato quel confine invisibile e adesso aveva una certa esperienza. Non le interessavano piú molto le altre pazienti. Le interessava solo farsi fare il prelievo di sangue, conoscere il numero e la grandezza dei suoi follicoli, e uscire di lí il piú in fretta possibile. La tensione di quella sala, che la prima volta le era sembrata tangibile, adesso era qualcosa di piú distante: non meno presente, questo no, ma meno contagiosa. Per tutto il tempo tenne gli occhiali da sole piú grandi e piú scuri che avesse.

Questo era il suo terzo appuntamento mattutino, il che significava che era a metà della prima parte del ciclo. Le dosi dei medicinali venivano aumentate ogni due giorni. Non sapeva se questo fosse un segno positivo o negativo, e aveva deciso di non chiederlo. Una cosa diversa rispetto alla volta precedente e sulla quale aveva insistito era che non fosse Henry, ma un altro medico a supervisionare la sua cura. Non voleva che Henry s'intrufolasse, come aveva fatto, nelle stanze in cui la stavano visitando. Non voleva doversi trovare faccia a faccia con la sua versione professionale o cercare di decodificare la verità dall'espressione del viso. Voleva che queste settimane fossero il piú possibile normali. Non aveva dimenticato quello che le aveva detto il dottor Sommers, il tirocinante di Henry, all'inizio del ciclo precedente: le donne con un atteggiamento piú ottimista tendevano ad avere una maggiore percentuale di successo. Aveva chiesto che fosse il dottor Sommers a supervisionare il suo ciclo di trattamenti, ma Henry le aveva detto che nel frattempo il dottor Sommers aveva lasciato la clinica. Un conflitto di personalità. Tra la sua e quella di chi? Non era difficile immaginarlo.

Susan le prese un appuntamento con la dottoressa Woo. Non era di certo il medico piú affettuoso del mondo, ma aveva l'appoggio di Henry e ormai conosceva bene il corpo di Costanza.

Costanza fece appello a tutte le sue forze per non soccombere al balletto dei suoi pensieri. Aveva imparato quanto fosse inutile cercare di calcolare le possibilità. Non c'era nient'altro da fare che resistere. E cosí fece. Lesse, meditò, si concentrò sulla respirazione. Rimase calma finché non fu in posizione orizzontale e la sonda dell'ecografia fu sul punto di rivelare quell'informazione di vitale importanza: a quel punto, nell'attesa che la dottoressa Woo gliela rivelasse, era cosí impaziente che le sembrava di non stare piú nella pelle.

Al primo appuntamento Costanza aveva nove follicoli a sinistra, sei a destra.

Al secondo: sette follicoli a sinistra, sei a destra.

E adesso, al terzo appuntamento, i follicoli erano scesi a sei a sinistra, e cinque a destra.

Avendo ormai una certa conoscenza in materia, Costanza non chiese spiegazioni. Quello che la dottoressa Woo diceva nel corso di questo appuntamento poteva essere smentito nel corso dell'appuntamento successivo. I follicoli misuravano tra i dieci e i dodici millimetri. Stavano crescendo forse un po' troppo velocemente, ed era possibile fosse per questo, come era già successo l'altra volta, che il team di Henry stava aggiungendo il ganirelix, il medicinale che inibiva l'ovulazione. Ogni sera Costanza se lo iniettava da sola; ogni giorno, a partire da questo appuntamento in poi, sarebbe dovuta tornare nella clinica di Henry. E negli intervalli avrebbe dovuto semplicemente aspettare.

Costanza non si era mai abituata a come, in quelle settimane di transizione prima che il tempo cambiasse definitivamente in meglio, gli edifici conservassero al loro interno il freddo e l'umidità. Le medicine non aiutavano. Certe volte le sembrava che, per quanti strati di vestiti si mettesse addosso, il freddo non le passasse mai; altre volte, invece, soprattutto di sera, dopo l'iniezione, le sembrava che il suo corpo prendesse fuoco. Piú di una volta si era misurata la temperatura, ma era sempre normale. Che razza di cura era quella: giocava con il corpo, e con la mente, e concedeva all'anima cinque minuti scarsi di tregua al giorno...

Stava facendo soffriggere delle verdure con l'aglio – la cucina come terapia – quando sollevò il coperchio d'acciaio inossidabile e si accorse che c'era una figura in ombra riflessa sulla superficie convessa. Si girò di scatto e vide Andrew che la fissava.

– Lo sai che non mi piace quando spunti cosí come un gatto, Andrew –. Costanza si mise una mano sul petto. – Mi hai fatto prendere davvero un colpo stavolta.

– Non volevo. È solo che mi piace vedere le persone prima che loro vedano me. Vedere chi sono in privato.

– Forse funziona quando fai le foto, ma nella vita reale rischia di essere un po'... maleducato –. Costanza tornò a concentrarsi sui fornelli. Avvertí di nuovo il suo sguardo su di lei. Si sentí come se le stesse salendo la febbre. L'effetto delle medicine, sicuramente. L'effetto delle medicine, per pietà. – Ti va di dirmi cosa hai visto, nel mio caso?

– Se vuoi.

– Te l'ho chiesto.

Dopo una breve pausa: – Una persona che custodisce un segreto.

Costanza si girò verso di lui. – Be', i tuoi occhi ti hanno tradito. Non c'è nessun segreto.

– Mio padre mi chiama e mi lascia un messaggio sul cellulare. «Ho pensato che ti avrebbe fatto piacere sapere che io e Costanza ieri siamo andati downtown. Ci siamo sposati. Festeggeremo la prossima volta che saremo tutti insieme. Ciao» –. Andrew aspettò qualche istante. – Non sono sicuro che abbia detto quel «ciao» –. S'infilò una mano in tasca, tirò fuori il telefono, e glielo allungò. – Vuoi ascoltare?

Costanza fu grata di avere le verdure da rimestare. Dopo qualche secondo disse: – Mi dispiace per come sei venuto a saperlo. Fosse dipeso da me, non avrei gestito cosí la cosa. Ma è vero che è stato tutto deciso solo qualche giorno fa.

– Il mio numero ce l'hai.

Era impossibile ignorare il suo tono. – Andrew, cosa c'è? Perché non mi dici semplicemente cosa ti preoccupa.

– Mio nonno non è morto nemmeno da un mese –. Gli si ruppe la voce. – Mi sembra una cosa… sbagliata, poco rispettosa.

L'aria si fece tagliente come un coltello. – Sei sicuro che c'entri Leopold? Sei sicuro che è per questo che stai reagendo cosí?

Andrew annuí in modo poco convincente.

– C'è un motivo, Andrew, perché io e tuo padre abbiamo deciso di sposarci cosí in fretta.

– Hai cominciato a fare un altro ciclo.

– Sí.

Andrew annuí nuovamente, ma rimase in silenzio.

Un silenzio che durò troppo a lungo.

– Non puoi sentirti dire una cosa del genere e rimanere zitto.

Lui la guardò dritto negli occhi. – Prima riuscivi a tollerare il silenzio. Stai cominciando a prendere certe caratteristiche di Henry. Nemmeno lui sopporta le pause nella conversazione. Non credevo che fossi cosí facilmente influenzabile –. Costanza posò il cucchiaio, incrociò le braccia e lo fissò mentre la cucina si riempiva del sibilo dei broccoletti che cuocevano in una pentola parzialmente coperta.

Henry non era come Andrew. Di norma non compariva furtivamente come un gatto. Arrivava a casa sempre trafelato, buttava da qualche parte le chiavi, la borsa, il cappotto. Di solito la porta si chiudeva alle sue spalle con un tonfo enfatico. Ma questa sera entrò in casa facendo meno rumore del solito e andò in cucina, dove, prima che loro vedessero lui, vide Costanza e Andrew che si fissavano, fermi l'uno di fronte all'altra, come se facessero una gara di sguardi. Costanza dava le spalle ai fornelli, da dove si sollevavano nuvolette di vapore dall'intenso aroma di aglio. Andrew teneva le mani infilate in tasca. Henry percepí immediatamente che qualcuno aveva appena detto qualcosa di imbarazzante o inopportuno. Con sua grande sorpresa si rese conto che il legame tra Andrew e Costanza – sua moglie – continuava a turbarlo. Non l'aveva capito a Firenze, e nemmeno dopo. Per quanto lui e Costanza parlassero molto, Henry sapeva che le conversazioni tra lei e Andrew erano di una qualità differente. E non soltanto le conversazioni: anche i silenzi tra di loro sembravano carichi di significato, piú grandi rispetto alla somma delle parti.

Henry interruppe questa vignetta senza parole. – Andy! – Strinse il ragazzo in un forte abbraccio. – Che ne dici della novità?

Andrew tollerò l'abbraccio di Henry senza ricambiarlo, e non si espresse a proposito della novità. Si girò verso suo padre e disse: – A quanto pare mi sono perso un sacco di cose in questi pochi giorni che ho passato nel West Side.

Costanza disse: – Ho detto a Andrew del nuovo ciclo.

Henry credette di capire il motivo della tensione che aveva percepito tra i due. – Te l'avrei detto io stesso, ma...

– Ma cosa?

– Ma io e Costanza non avevamo ancora deciso se questa volta volevamo parlarne.

– Tu non mi avevi detto niente nemmeno l'altra volta.

Henry non sapeva cosa rispondere. – Di sicuro non c'è bisogno che ti dica che tu e tuo fratello sarete sempre...

– Sembra proprio l'inizio dell'ennesima frase vuota, papà, – disse Andrew. – Lascia perdere –. E poi, non per la prima volta quando una conversazione si faceva sgradevole, Andrew semplicemente prese e uscí dalla stanza.

Il venerdí mattina, cinque minuti dopo che Henry si era seduto alla scrivania, Wanda lo chiamò all'interfono per dirgli che una certa Lorna Walker aveva chiesto di vederlo. – Non è una paziente, – aggiunse Wanda senza che ci fosse bisogno di specificarlo.

Da dopo il funerale di Leopold, Lorna e Henry si erano sentiti con regolarità, perlopiú per discutere di faccende amministrative, anche se Henry l'aveva chiamata varie volte solo per chiederle come stava: «Non molto bene», rispondeva lei invariabilmente. Non sapeva se era il caso di parlarle del suo matrimonio con Costanza, ma alla fine glielo disse, verso la fine di una breve telefonata risalente solo a qualche giorno prima; lei gli aveva fatto gli auguri e gli aveva rivelato che piú di una volta Leopold le aveva detto che sperava che lui e Costanza si sarebbero sposati, e anche al piú presto.

Di persona pareva stare bene. Era vestita in modo formale, una tenuta che non le aveva mai visto prima: gonna, giacca, e robuste scarpe nere appena lucidate. Era come se fosse venuta in città per concludere un affare, cosa che evidentemente rispondeva al vero.

Si sedette su una poltrona davanti alla scrivania alquanto imponente di Henry. – Tutto questo mi procura una grande, grandissima tristezza, – rispose quando Henry le chiese di nuovo come stava. Poi le mani che stringevano un rigido borsello nero lo aprirono e frugarono all'interno. Tirò fuori una busta sigillata.

– Sono qui per conto di Leopold.

Henry la guardò con aria interrogativa.

– Ha scritto delle lettere per te e mi ha chiesto di dartele personalmente all'inizio di ogni mese finché sarà necessario.

– Capisco –. Gli si strinse lo stomaco.

– Anche se non so come farò a sapere quando non sarà piú necessario...

– Senza saperlo, – Henry cambiò direzione. – Probabilmente sarò in grado di capirlo da solo.

Osservò Lorna che posava la lettera sulla sua scrivania muovendosi con cautela, quasi quella busta fosse fatta di vetro. – Ce ne sono tante? – chiese Henry.

– Leopold mi ha detto di non rispondere a questa domanda.

– Se questa è la tua risposta significa che ce ne sono molte altre.

Lorna stava facendo la sua parte in modo impeccabile. La faccia non rivelava niente.

– Per curiosità, mi sapresti dire quand'è che Leopold ha scritto queste lettere? È stato quando era in ospedale?

Lorna rispose esitante: – Sí.

– Ci hai dovuto pensare.

– Ho dovuto ricordarmi se era qualcosa che potevo dirti oppure no.

Henry sospirò. – Mio padre...

– Tuo padre –. Lorna si alzò con maggiore agilità rispetto a come si era seduta.

Henry rimase seduto alla scrivania, a fissare la busta. Sul dorso, con la sua grafia europea d'altri tempi, Leopold aveva scritto: «Per mio figlio Henry» come se ne avesse anche altri. Nell'angolo in basso a destra, a stampatello, in piccolo, e doppiamente sottolineata c'era la parola APRILE.

Henry rifletté se fosse il caso di lasciare la busta lí dov'era, appoggiata sulla scrivania, oppure se doveva infilarla nel cassetto. Avrebbe anche potuto buttarla. Cosa avrebbe potuto impedirglielo? Leopold? Nessuno. Niente. Era un adulto, un orfano. Era un uomo, era libero. Poteva fare quello che voleva.

Un singolo gesto: non ci voleva altro. Con un solo gesto avrebbe potuto prendere quella busta, strapparla in due e buttare tutto nel cestino. Non ci avrebbe messo piú di due, tre secondi al massimo.

Che modo magnifico di esercitare il libero arbitrio. Henry sarebbe andato avanti con la sua giornata. Avrebbe visto le sue pazienti, all'una avrebbe mangiato il suo sandwich con il tonno, una minestra; dopodiché avrebbe visto altre pazienti. Alle sette, se gli appuntamenti della giornata procedevano senza intoppi, sarebbe tornato a casa dove avrebbe trovato ad aspettarlo l'ennesima deliziosa cenetta preparata da Costanza.

Henry si prese qualche secondo per godersi la fantasticheria di cosa avrebbe potuto essere se non fosse stato quello che era, e infine aprí la busta.

Dentro c'era solo un normalissimo foglio bianco su cui Leopold aveva scritto: «Hai fatto quello che ti ho chiesto?»

Henry, sospirando, rispose ad alta voce: – No, papà, non ho detto niente ai ragazzi.

Adesso era libero di buttare via la busta, e anche il contenuto. Henry appallottolò la lettera e la lanciò all'altro capo della stanza.

«Leopold, andiamo su. Leopold, ti prego, dài».

Quella mattina l'esito dell'ecografia di Costanza era allo stesso tempo positivo e negativo: il numero dei follicoli era ulteriormente sceso raggiungendo un totale di sette (quattro a destra, tre a sinistra), ma le dimensioni (tra i quindici e i diciassette millimetri) erano «accettabili» per essere l'undicesimo giorno. C'erano buone possibilità, disse la dottoressa Woo, che Costanza avrebbe fatto l'iniezione di HCG quella sera stessa o al massimo la sera dell'indomani.

– Scommetto che sarà contenta di lasciarsi alle spalle questo primo grosso ostacolo, – disse la dottoressa Woo, – e di avere un po' di tregua dalle medicine per qualche giorno.

– Preferisco di gran lunga avere la speranza – la possibilità – che la situazione possa migliorare. Sarei disposta a prendere le medicine molto piú a lungo se pensassi che possa servire a qualcosa.

– Ma non servirebbe, – disse la dottoressa Woo molto pragmaticamente.

– Sí, me ne rendo conto.

Costanza aveva ormai imparato ad accettare la dottoressa Woo. Comunque lei non avrebbe potuto fare nulla per Costanza. Nessuno poteva fare nulla. Di nuovo si ritrovava nella terra dell'attesa, quella diabolica terra di nessuno. Se la sua vita fosse stata un diario – ecco che spuntava di nuovo Morton –, lei avrebbe saltato le pagine e sarebbe andata avanti per vedere cosa sarebbe successo. Ma la vita non era cosí. La vita era un presente simile alla carta moschicida, era un passato che cambiava continuamente forma, e un futuro che teneva le risposte sempre tormentosamente nascoste...

Costanza aveva avuto la prontezza di organizzarsi la giornata. Sarebbe andata al Museo di storia naturale a vedere le sale riservate agli insetti, in particolar modo le formiche. Aveva ricevuto un'e-mail da parte di un redattore che le parlava della possibilità di tradurre un'autobiografia di un entomologo esperto di formiche che parlava dei suoi anni di formazione, e lei voleva capire se aveva qualche affinità con la parte scientifica del lavoro.

Mentre saliva i gradini del museo, Costanza fu trasportata indietro nel tempo, molto indietro, in un periodo lontanissimo della sua vita. Questa cosa non le era mai successa con un tale sussulto a livello viscerale. Raggiunse il portone del museo da quasi quarantenne, e allo stesso tempo nei panni di una ragazzina di undici anni che camminava mano nella mano con suo padre in uno dei pochi viaggi a New York che avevano fatto insieme. Era forse l'inclinazione dei gradini, il taglio della pietra? Il timbro distintivo e il livello di rumore dell'ampio atrio dove riecheggiavano le voci di tanti bambini?

Qualunque fosse stata la causa, trent'anni si dissolsero in un momento, e lei era lí insieme ad Alan, erano insieme da soli e fissavano lo scheletro di barosauro che occupava la parte centrale di quell'enorme sala in tutta la sua improbabile mole mentre lui le diceva: «Sai, Topolina, – questo era solo uno dei tanti nomignoli con cui la chiamava, – avevo piú o meno la tua età quando sono venuto qui con mio nonno. E da allora questo posto è rimasto identico». Ricordava che suo padre a questo punto si era fatto silenzioso – anche lui forse impegnato nel suo personale viaggio a ritroso nel tempo? – e dopo un po' le aveva detto: «È stato sempre molto buono con me, mio nonno. Certe volte, quando mi sento un po' giú, penso a quanto è stato buono con me, e questo mi fa stare meglio. È un peccato che tu non l'abbia conosciuto, ed è un peccato che lui non abbia conosciuto te. Straziante».

Straziante che? Ricordava benissimo quelle parole, ma non aveva idea di cosa significassero. Era straziante che suo nonno fosse morto, che le generazioni si succedessero in modo cosí inesorabile, che suo padre fosse cosí triste? Era straziante che lei non potesse chiedergli cosa intendesse dire con straziante. Era straziante che lui si fosse ucciso: be', sí, anche questo. Questo per sempre.

Inizialmente Costanza aveva pensato di tornare a casa, dopo la visita al museo, passando per il parco, ma dopo essere stata diverse ore in piedi, era leggermente stanca e dolorante. Sentiva le ovaie gonfie e dure, e quindi decise di prendere un taxi. La corsa da un capo all'altro della città fu lenta e le diede il tempo di riflettere su quanto il suo stesso corpo le fosse diventato estraneo. Si chiese come facevano le formiche: quella mattina Costanza aveva imparato che la regina, una volta raggiunta la maturità, passava il resto della sua vita a deporre le uova. Quando le condizioni erano giuste – la giusta temperatura e il giusto grado di umidità (non troppa) dopo la pioggia, e poco vento – le formiche atte alla riproduzione lasciavano la colonia dei loro genitori e volavano verso posti lontanissimi, dove le femmine si accoppiavano con almeno uno dei maschi alati provenienti da un altro nido. Dopodiché la femmina fecondata, divenuta regina, dava vita alla propria colonia, perdeva le ali e cominciava la sua vita totalmente dedicata alla riproduzione, fecondando le uova con le cellule spermatiche che aveva conservato dall'epoca del suo volo nuziale. Poteva arrivare a vivere anche trent'anni e nel frattempo mettere al mondo milioni di figli.

Milioni di figli da un singolo schizzo di sperma! Una vita intera di fertilità! E invece ecco Costanza con i suoi follicoli tirati fuori con le pinze e i suoi ormoni pompati, che all'improvviso, nel giro di quattro minuti, sentí una fitta di dolore e una vampata di calore seguita immediatamente da una sensazione di freddo, tutte cose che le ricordavano che il suo corpo non stava procedendo per conto proprio, non generava indipendentemente le sue reazioni chimiche, ma era sotto il controllo dello studio medico del dottor Henry Weissman e soci.

Costanza sapeva che era importante non soffermarsi a pensare a quanto poco controllo avesse su quella situazione. La maggior parte del tempo era difficilissimo tenere a bada la mente riducendola a una parvenza di calma e stabilità; ora che quest'altro involontario flusso di sensazioni aveva preso ad alimentare la sua percezione della realtà, si rese conto che rischiava pericolosamente di implodere da un momento all'altro. Oppure di esplodere. Alla prossima vampata di calore temeva che sarebbe saltata sul sedile anteriore, avrebbe scansato il tassista per mettersi lei stessa al volante e raggiungere a tutta velocità la Sessantanovesima, falciando tutti i taxi gialli sul suo cammino.

Quanto le sarebbe piaciuto: la velocità, la potenza. La libertà.

Percorsi venti metri, ma nemmeno, dieci metri verso est, ebbe un'altra visione: strappava via il turbante dalla testa del tassista, gli liberava i lunghi capelli morbidi, e gli saltava addosso sul sedile posteriore del taxi.

Un problema con le medicine – un ulteriore problema con le medicine – era che le facevano vedere le cose in modo piú drammatico, piú cupo e problematico. Anche su questo Costanza sentiva di avere un controllo limitato. «Non vediamo le cose per come sono, le vediamo per come siamo noi», amava dire Morton, specialmente quando lei era di pessimo umore e in vena di critiche, e sull'orlo di una discussione con lui. (A quanto pareva, Morton aveva rubato questa citazione a lui tanto cara, originariamente talmudica, da un bigliettino di auguri, cosa che lui preferiva tenere nascosta).

Vedeva le cose per come si sentiva: sí e no. Costanza aprí la porta di casa e subito ne percepí l'atmosfera. Le stanze, sebbene fossero immerse nel silenzio, non le diedero un'impressione di pace. Sentiva la presenza di qualcosa che turbava l'atmosfera. Qualcosa, o qualcuno.

Non aveva tutti i torti. Alle quattro del pomeriggio, aveva trovato Andrew steso a letto a pancia in giú con gli avvolgibili abbassati. Indossava una vecchia T-shirt e un paio di mutande azzurre sbiadite: sembrava un misto tra un bambino troppo cresciuto e una statua caduta dal piedistallo. Lo vide e poi, un istante dopo, vide il David, il David di Donatello, che avevano guardato insieme quel giorno a Firenze. Andrew aveva qualcosa della grazia e della bellezza sinuosa e affusolata della statua, per quanto lui non l'avesse riconosciuto o non ne avesse goduto affatto. Che fase scombussolata della vita il passaggio dall'adolescenza all'età adulta. Tutto quel vigore, e quella freschezza, tutta quella pienezza a livello fisico, e allo stesso tempo il costante tentativo di sottrarsi al momento presente, per non vivere. Anche lei era stata cosí, come Andrew. Contorta, confusa, in perenne guerra con sua madre – questo già da prima che suo padre morisse – e dopo, oh, lasciamo proprio perdere; anni inghiottiti dalla confusione, dalla depressione, nel continuo sforzo di tenere il mondo a distanza per deriderlo. Adesso capiva che tutto questo era solo una manifestazione della sua paura. Come Andrew, lei si rifugiava nel letto. Nessun posto al mondo le sembrava piú sicuro e piú calmo; nessuno piú neutrale. Per forza era neutrale: non succedeva niente lí. A parte leggere.

Quello sí che succedeva. E aspettare. Cosa? Ormai l'aveva dimenticato.

Guardò Andrew e il suo cuore si aprí a lui, a quelle parti di sé che riconobbe in lui, a quegli anni persi che non avrebbe mai piú riavuto indietro, proprio come non avrebbe mai piú riavuto questo tempo, questo momento, questo giorno. Perché mai lui doveva passare un pomeriggio libero e privo di impegni di sorta disteso sul letto in uno stato di stupore? Cosa poteva mai dirgli lei per farlo ragionare?

Costanza gli sfiorò una gamba. La pelle era calda e soffice.

L'occhio sinistro di Andrew si aprí, poi si richiuse. Costanza interpretò quel gesto come un via libera per la conversazione. – Sei tornato a casa tardi stanotte.

Lui mugolò. – Dipende.

– Da cosa?

– Da cosa intendi per notte.

– Non credevo che la parola fosse aperta a diverse interpretazioni. Il periodo che va dal tramonto all'alba, di solito.

– E allora la risposta è sí, sono tornato tardi stanotte.

– E per tutto il tempo non hai dormito?

– Sono uscito a fare una passeggiata. Poi sono andato da mia madre. E poi ho camminato un altro po'.

– Hai camminato tutta la notte al freddo?

– Ogni tanto ho fatto delle pause. Una volta per prendere un tè. Un'altra una cioccolata calda. Ho visto l'alba.

– Hai fatto qualcos'altro oggi, a parte dormire?

Lui le rispose con uno sbadiglio.

– Ti va di venire a fare la spesa con me? Poi possiamo cucinare insieme. Non so tu, ma io ho bisogno di tenermi occupata.

Andrew la guardò. – Sí, è cosí che riesci a mantenere il controllo. A mantenere la calma.

– Be', io preferisco lavorare o tenermi occupata piuttosto che lasciarmi... – Costanza indicò la posizione di Andrew – ... sprofondare.

– Il mio «sprofondare» ti turba?

Costanza ci pensò. – Un pochino.

Andrew si tirò su a sedere. – Be', anch'io mi tengo occupato. Ho sviluppato alcune nuove foto.

Indicò la sua bacheca. Era tappezzata di immagini di Henry, scatti rubati mentre la sua attenzione era rivolta altrove. Mentre beveva, mentre parlava con Costanza, mentre si vestiva. Erano foto fatte da dietro porte socchiuse, schienali di sedie, dal fondo di lunghi corridoi. Decine di Henry tutti diversi, Henry clandestini, visti di sfuggita, Henry catturati furtivamente e appuntati al sughero della bacheca.

– Ti sei messo a spiare tuo padre, come prima facevi con la vicina, la lettrice.

– Sto cercando di vederlo senza filtri, di coglierlo in uno stato di inconsapevolezza. Senza che lui mi veda.

– Perché?

– L'anno scorso per storia ho fatto una ricerca sugli albori della fotografia. All'epoca di Nadar, quando la fotografia era una novità assoluta a Parigi, sai cosa pensava Balzac? Si era convinto che i corpi fossero composti di strati, e che ogni fotografia fosse in grado di rimuoverne uno.

Costanza era perplessa. – E tu staresti cercando di... strappare via tutti gli strati di tuo padre? Vederlo nella sua essenza?

– È da una vita che osservo Henry, eppure certe volte ho l'impressione che lui sia un totale mistero per me.

Costanza sospirò. – Non so cosa dire, Andrew. Ho la sensazione che tu mi stia chiedendo di spiegarti Henry.

– Veramente no. Ma è interessante che tu creda di poterlo fare.

Andrew posò i piedi a terra e afferrò i jeans. E prima di infilarli indugiò qualche secondo, come se gli facesse piacere sentire gli occhi di Costanza addosso.

Il fatto che si vestisse cambiò l'atmosfera in quella stanza. Lei provò un senso di sollievo.

– Cosa prepariamo per cena?

– Pesce, pensavo.

– Be', ci conviene comprarne un bel po'. Se te ne vai in giro per tutta la notte alla fine ti viene una fame da lupi.

Per la seconda volta quella settimana Henry tornò a casa accolto da un delizioso profumino; ma lo spettacolo che si trovò davanti era decisamente meno delizioso. Nell'atrio sentí un forte aroma di limone e zucchero. Piú forte ancora l'aroma del pesce, e piú forte di tutto l'aroma di aglio o cipolle. Henry non fu in grado di capirlo finché non arrivò alla soglia della cucina. Erano cipolle saltate in padella. Andrew era vicino al ripiano, tutto concentrato a tritare il prezzemolo. Costanza era accanto a lui che puliva gli asparagi. Lavoravano fianco a fianco, su due taglieri uguali. E da quando in qua in cucina c'erano due taglieri uguali e due coltelli ben affilati?

Costanza e Andrew davano le spalle a Henry, che rimase a osservarli per un minuto buono. Nel frattempo i due non si scambiarono nemmeno una parola. Il ritmo dei loro coltelli andava ora all'unisono, ora fuori sincrono, come due persone che correvano o camminavano insieme; ma i loro movimenti, anche quando erano fuori sincrono, in realtà non lo erano; quel modo che avevano di stare accanto, inclinati l'uno verso l'altra ma senza propriamente toccarsi, ognuno con la consapevolezza di quello che l'altro faceva in quel momento, sembrò a Henry pieno di connessioni sottaciute.

Verso la fine del suo lunghissimo minuto di osservazione, Henry cominciò a vergognarsi un po' di star fermo lí a spiare sua moglie e suo figlio. E si sentí anche sporco. Lo era. Invece di entrare in cucina, come aveva inizialmente pensato di fare, imboccò il corridoio e andò sotto la doccia per lavarsi via di dosso il peso di quella giornata.

Quando tornò, Andrew stava apparecchiando la tavola e Costanza cucinava delle verdure: le carote si erano andate ad aggiungere agli asparagi, le cipolle e il prezzemolo in un'ampia padella. C'era qualcosa di allegro nel rumore di Andrew che sistemava le posate, i bicchieri, e i piatti, e di Costanza che rimestava le verdure e spostava il coperchio su un'altra pentola.

Henry decise di considerare questo il suo ufficiale ritorno a casa e di ignorare il precedente. Fece in modo di fare un'entrata in scena energica; aveva in mano la *challah*[14] e un paio di candele che aveva preso tornando verso uptown.

Salutò Costanza con un bacio.

Andrew diede un'occhiata al pane e alle candele. E di col-

[14] Pane a forma di treccia che viene consumato durante i pasti dello *shabbat*.

po la sua espressione si fece dura. – Adesso ci siamo messi a celebrare lo *shabbos*[15]?

Shabbos: pronunciò questa parola con la tipica intonazione di Leopold.

– Sono passato davanti a un fornaio, – disse Henry scrollando le spalle. – E poi in un negozio che vendeva articoli per la casa. Avevano candele di cera d'api. Vera cera d'api. È stato tutto un insieme di cose.

Henry spacchettò le candele e le annusò con aria di approvazione.

Costanza gli chiese se voleva i candelabri di sua madre. Henry annuí. Costanza si allontanò dalla cucina.

Andrew aspettò che Costanza fosse uscita per dire: – Sai quanto sarebbe stato felice il nonno di vederti accendere le candele anche solo una volta?

– Andrew, di solito non sono gli uomini ad accendere le candele, – disse Henry. – Stavo pensando di chiederlo a Cos...

– Non dirmi che hai anche intenzione di recitare il *qiddush*[16] sul vino.

– Di solito questi rituali si fanno a tre a tre.

– Sei proprio un ipocrita, Henry.

– Ah, adesso sono Henry?

– Henry, ogni volta che ci è capitato di vedere il nonno di venerdí e lui si è messo a recitare le preghiere, la tua faccia diventava di ghiaccio. Poi lui muore e tu diventi il signor Super Ebreo.

– Non è vero.

– Sei un falso. Un impostore.

– E non credo di essere nemmeno queste cose, Andrew. Mi sento nostalgico, sto ripensando a tuo nonno. E a tua nonna. Ricordi quando facevano la *challah* in casa? – Henry indicò il pane.

Andrew non disse niente, non gli diede alcuna soddisfazione.

– Ho avuto una giornata pesante, e pensavo che questa potesse essere una bella cosa per me, per tutti noi.

[15] «Shabbat» nella pronuncia ashkenazita.

[16] Benedizione del vino durante il pasto festivo del venerdí sera per l'inizio dello *shabbat*.

– Tu disprezzi la tua religione. L'hai sempre disprezzata.

– A essere sinceri le cose sono un po' piú complicate di cosí.

– Illuminami.

Henry fece un respiro profondo, ma disse soltanto la parola «Perché?» Il resto – «perché dovrei, stronzetto che non sei altro?» o qualcosa del genere – rimase inespresso.

– Sai come ti chiamava il nonno?

– In vari modi, a quei tempi.

Costanza, tornando con i candelabri di Leopold, dalla soglia sentí Andrew che diceva: – Un ebreo che odia se stesso. Diceva che eri un ebreo che odia se stesso.

– Non me l'ha mai detto in faccia, – disse Henry pacatamente.

– Secondo te me lo sto inventando?

– Non ho detto questo. Ho detto che non ho mai sentito tuo nonno definirmi in questo modo –. Henry fece una breve pausa. – E comunque anche questa cosa è piú complicata di quanto pensi. Se vuoi parlarne con me sinceramente va bene, ma riferirmi un'osservazione del genere, con tanta disinvoltura, e davanti a... – si girò verso Costanza. – Proprio non ne capisco il motivo.

– Certe volte ti odio proprio.

– Sí, me ne sono accorto. Vorrei tanto capire perché.

– Perché sei... quello che sei. E mi ricordi... chi sei esattamente?

– Una persona, – disse Henry versandosi del vino, – che è pronta per un bel bicchiere, con o senza *qiddush*.

– Continui ad aggirare il problema. Cambi discorso e allo stesso tempo cerchi di prendere il controllo della conversazione.

– Forse è cosí –. Henry sollevò il bicchiere. – Ma scelgo comunque di bermi il mio bicchiere di vino.

– E io scelgo di andarmene.

– Di nuovo? – disse Henry sottovoce.

Qualche istante dopo il rumore della porta di casa che sbatteva li raggiunse in cucina.

Costanza guardò verso l'atrio. – Sta passando un brutto periodo, sai?

Henry bevve un sorso di vino. – Non è mica l'unico, mia cara.

– Comunque…
– Un padre dovrebbe mettere il figlio prima di ogni cosa?
Costanza lo osservò attentamente, cercando di decodificare il suo umore.
Henry bevve un altro sorso di vino. – Raccontami la tua giornata. Ti hanno chiamato?
– Non lo sai?
– Ho dovuto lasciare lo studio un po' in anticipo. È stato Kligerman a presiedere l'incontro.
– Hanno chiamato, sí. L'HCG è per stasera. Dobbiamo… tu devi… me la devi fare tu alle tre di stanotte.
Henry annuí. – Conoscevo i risultati delle analisi del sangue di stamattina.
– Niente di esaltante.
– Ma nemmeno niente di terribile.
– C'è speranza?
– C'è speranza, sí.
– Non lo dici tanto per dire?
– No.
Costanza scomparve nei suoi pensieri. – Sappiamo cosa stiamo facendo?
Henry emise un lungo sospiro d'impazienza. – Sai cosa ho notato? Certe volte, quando c'è Andrew che si comporta da… Andrew, diciamo, si direbbe che tu diventi improvvisamente… dubbiosa. Nei miei confronti. Nei nostri confronti.
Costanza si passò una mano tra i capelli lasciandola sulla nuca. – Andrew sta attraversando una fase in cui è quasi d'obbligo essere arrabbiati con i genitori. Posso mettere te in discussione, e farmi delle domande su di noi, e su questo, – si indicò la pancia, – per conto mio. Io so cosa stai pensando: quello che dico non è del tutto farina del mio sacco. Ci sono i medicinali…
– Non stavo affatto pensando a questo.
– Ma in precedenza l'hai pensato.
Henry inclinò la testa da un lato.
– Certe volte ti trovo davvero antipatico, Henry.
Henry annuí. – Be', Andrew è in buona compagnia, allora.
– Mi è chiaro che passi molto tempo a parlare con le pa-

zienti, che cerchi di calmare o gestire donne sotto l'effetto di farmaci, o comunque difficili...

– Non è che gli uomini siano una passeggiata.

– Mi prendi anche in giro?

– Sono d'accordo con te. Ho dovuto inventarmi un mio modo di comportarmi con le pazienti. Questo è vero. Posso parlartene se vuoi, ma prima potrei chiederti un piccolo favore?

– Cosa?

– Possiamo cenare? Qualunque cosa tu stia cucinando ha un profumino delizioso.

Non capitava spesso che Henry bevesse o mangiasse piú del dovuto. Non era nella sua natura. Ma quella sera bevve e mangiò tantissimo. Voleva alterare la sua mente, il suo corpo, la sua visione delle cose. Voleva portare se stesso altrove. Soprattutto avrebbe voluto silenziare Leopold, farlo andare via.

Non appena si mise a letto Henry perse i sensi, ma il suo stato d'incoscienza durò molto poco. Nel giro di un'ora era di nuovo sveglio, e la mente faceva la spola tra il ricordo dello scambio con Andrew e il momento in cui aveva aperto la busta di Leopold. Si sentiva la bocca impastata, l'intestino in subbuglio e un martello che batteva da qualche parte nella sua testa, ma niente di tutto questo riusciva a sovrastare la voce del padre morto e quella del figlio arrabbiato.

Henry si alzò dal letto a fatica e andò in bagno. La pipí gli uscí a fiotti dal corpo. Bevve un po' d'acqua, prese un antiacido, mandò giú un'aspirina. Si lasciò cadere di nuovo sul letto, con la pesantezza di un pezzo di ferro.

Non c'era il sonno ad attenderlo. Il sonno non era da nessuna parte. La consapevolezza che la sveglia era puntata alle tre di notte non faceva che renderlo ancora piú sveglio, piú vigile.

Una mente già acuita e inquieta di suo, e poi, come se non bastasse, sotto l'effetto dell'alcol: era una tortura. Ma voleva a tutti i costi reagire. Decise di andare con la mente in un posto piacevole, una località di villeggiatura. Ma qual era e dov'era questo posto? Non riusciva a pensare per un tempo sufficiente a spiagge, montagne o laghi che avessero una qualche potenza evocativa. E comunque lui preferiva le attrazioni al chiuso, no? La Tate, con quei suoi Turner fumosi. Il Musée Marmottan, con i suoi Monet...

Le celle dei monaci a San Marco: ecco. Tornò nel luogo in cui tutto era cominciato. Quelle annunciazioni belle da togliere il respiro, quelle Madonne scintillanti con le loro gote rosa e le espressioni misteriosamente meditabonde e le mani sottili e trasparenti: c'era niente di piú grazioso? Sí, qualche volta sí, qualcuno. Costanza, quel giorno. Qual era il fascino delle prime impressioni, degli incontri? Era allora, piú che in ogni altra occasione, che la vita reale somigliava ai romanzi, o ai sogni. O ancora, ai ricordi. Erano i momenti a tinte vivide e nette che venivano prima di ogni complicazione, che venivano prima della raffinatezza delle sfumature, prima della batosta della realtà e dei dettagli, quella batosta che arrivava sempre inesorabilmente. Senza queste cose la vita era insopportabile. O meglio: la vita di per sé magari era anche sopportabile – lui stesso l'aveva sopportata per anni –, ma niente di piú. A Firenze, in un vortice di sensazioni, lui si era svegliato. Era dai tempi di Judith, se mai gli era successo, che una donna non lo metteva al tappeto in questo modo. E non era strano che quell'incontro fosse stato anche uno scontro nel vero senso della parola. Non aveva visto Costanza: le era andato a finire addosso. Si era imbattuto in lei e lo scontro aveva generato un'esplosione di sbigottimento, di sorpresa, e aveva capito che nel suo mondo tutto sarebbe cambiato.

E infatti era cambiato tutto.

E ora questa donna era distesa accanto a lui, con le ovaie gonfie piene di ovociti che, nel giro di qualche ora e con l'aiuto di diecimila unità di HCG, sarebbero partiti per il loro fatidico viaggio. Dopo essere stati prelevati dal corpo di Costanza avrebbero ricevuto il suo sperma; e poi di nuovo l'attesa: l'attesa che lo sperma attecchisse, l'attesa di vedere se questa vita prendeva il volo, portandosi dietro anche la loro, di vita.

Il martello continuava a picchiare. Henry aprí un occhio che gli bruciava da morire e guardò il quadrante della sveglia. Poteva comunque chiamarsi quadrante, si chiese marginalmente, se non c'erano lancette ma solo cifre digitali? E anche dei numeri particolarmente odiosi: 00:52. Gli sembrò di essere confinato in quel letto da secoli.

In mezzo a questo vortice di pensieri, una voce dall'altro capo del materasso: – Lo so che non dormi.

– E come fai a saperlo? – le chiese con la voce arrochita.

– Da come respiri.

Henry non disse niente.

– A cosa pensi?

– A tante cose.

– Dimmene una.

– Al giorno in cui ci siamo conosciuti. A San Marco.

– Il giorno in cui mi sei venuto addosso, vorrai dire.

– Pensavo a quanto eri bella. Mi pareva di averti sognata. Pensavo che tu fossi una... una di quelle madonne che prendevano vita.

– Un'immagine di fantasia, una Galatea. Non mi sembra qualcosa di molto reale.

– Be', ogni cosa diventa reale, con il tempo.

Costanza si mise supina. – È un'idea alquanto deprimente, Henry, scusa se te lo dico.

– Reale nel senso buono. Non si può vivere in un sogno. Il sogno è fantasia. È una cartolina, mentre la vita è fatta di lettere, capitoli. Libri.

– Cos'è che ti ha fatto ripensare a quel giorno?

Henry disse di punto in bianco: – C'è una cosa che devo dirti.

E fino a quel momento non ci stava nemmeno pensando direttamente. Ma una volta dette queste parole capí che era da tanto che avrebbe voluto farlo.

– Di cosa si tratta?

– Riguarda me. E i ragazzi. Non so se... credo che dovresti saperlo... prima.

– Prima di cosa?

– Di domani.

Adesso Henry ce l'aveva davanti, di fronte. Il chiaro di luna le illuminava la pelle. Aveva gli occhi attenti, preoccupati. Anzi, premurosi. Preoccupati era una parola troppo forte.

Non voleva sapere che faccia avrebbe fatto Costanza alla fine della sua confessione. Forse era giunto alla fine di un periodo meraviglioso della sua vita, l'ultimo. Ogni cosa rischiava di dissolversi nel nulla. Con una manciata di suoni, una manciata di parole. Una manciata di frasi rischiava di mandare in fumo tutto quanto c'era di buono. E lui si sarebbe ritrovato con cosa? Meno di quello che aveva prima. Niente. Nemmeno i ragazzi, forse. Lui da solo, e poi cosa? Un appartamento rimesso a nuovo ma vuoto, una valanga di contenitori da asporto, e impulsi ed emozioni che avrebbe dovuto cercare di reprimere. O magari di sopprimere, come un vecchio cane malato.

Non aveva modo di sapere con sicurezza come sarebbe andata la conversazione, ma sapeva che doveva dirglielo. Non era solo per Leopold: era per se stesso. Il momento era giunto. Voleva solo ricordare, godersi la faccia di Costanza ancora per un po', ancora un paio di secondi soltanto.

Quanto gli piaceva la sua pelle.

– Henry? Cosa c'è? Mi stai facendo paura.

– Sei bellissima.

– Cosí hai detto.

La faccia di Costanza cominciava a tradire una certa preoccupazione. – È qualcosa che riguarda il mio corpo, qualcosa che hai saputo, qualcosa che dovrei sapere a proposito del ciclo?

La sua domanda gli fu di aiuto. – Il ciclo non c'entra, almeno non direttamente.

Henry tirò su il cuscino da sotto la testa, ma rimase disteso. Da steso sarebbe stato piú facile. La conversazione gli sarebbe sembrata piú simile al sonno, piú simile a un sogno. – I ragazzi. Andrew e Justin non sono stati concepiti con il mio sperma. Gli ovuli erano di Judith, sí, ma lo sperma era di un altro.

Quel suo bel viso, quel suo bel viso pensieroso svaní di colpo, le sue parole semplicemente lo cancellarono via. La preoccupazione lasciò il posto alla confusione. Henry sapeva che sarebbe andata cosí. Non poteva essere sorpreso piú di tanto.

– Tu sei... sterile? Mi stai dicendo che sei sterile?

– Quando i ragazzi sono stati concepiti, era stato rilevato il rischio di infertilità maschile, che nel mio caso specifico significava semplicemente un basso numero di spermatozoi. Te ne avevo già parlato. Ma tutto questo succedeva prima che venisse sviluppata la ICSI, prima che noi stessi contribuissimo al suo sviluppo. Adesso non è piú un problema, un grosso problema, in casi come il mio.

Costanza ebbe bisogno di un po' di tempo per assimilare quello che Henry le stava dicendo. – Deve essere stato molto doloroso per te.

Non aveva messo in conto la compassione di Costanza. Perché quella gli parve proprio compassione. Gli occhi gli si riempirono di lacrime. – Sí. Molto.

– I ragazzi lo sanno?

Henry scosse la testa. – Di sicuro io non gliel'ho detto.

– Ma perché non me l'hai detto prima, Henry? Nel corso dell'ultimo ciclo? O anche ieri? O un mese fa?

– Non ero sicuro che fosse… rilevante.

L'umore di Costanza cambiò in modo brusco. Si tirò su – anzi, scattò su – a sedere. – Oh, Henry, è molto rilevante. Tu mi hai raggirata, mi hai ingannata.

– Io non la vedo in questo modo. Semplicemente non ti ho rivelato alcune informazioni –. Henry cominciò a sentire una fitta al cuore, come una mano che lo stringeva e poi lo lasciava andare.

– Direi che è un tradimento della nostra fiducia.

– Costanza, questa è una cosa che mi affligge, nel profondo, da una vita. Cerca di capire come deve essere per me fare il lavoro che faccio e non essere riuscito a… – S'interruppe. – Davvero questa cosa riguarda me, non noi.

– Non so come puoi dire una cosa del genere.

– Anche tu non mi hai rivelato delle cose sul tuo conto.

– Che genere di informazioni?

– Sul fatto che scrivi. Sull'inquilino fantasma a cui avevi subaffittato il tuo appartamento.

Costanza mise le braccia conserte. – Cosa te lo fa pensare?

– Ho visto una bolletta sulla tua scrivania. Sono andato downtown a controllare.

– Che cosa?

– Avevo un sospetto. Ho dato un'occhiata in giro.

– Direi che non è affatto la stessa cosa, Henry.

– Non ho detto che lo fosse. Ho solo detto che non mi hai rivelato…

– Col tempo te ne avrei parlato. Era solo un modo per concedermi una…

– Una via d'uscita?

– Un'opzione. Questo, – e indicò lui, se stessa, – è stato un cambiamento alquanto repentino nella mia vita.

– E anche nella mia.

Non era chiaro se l'avesse sentito oppure no. Comunque si alzò, con i capelli che volavano al vento. Il suo sguardo era cambiato in modo inquietante.

– C'è qualcos'altro, qualcosa d'importante, che non mi hai mai detto. Riguardo alla fine della relazione con il professore, Stefano. A quella festa. L'incidente.

Costanza rimase immobile. – Chi te l'ha detto, questo? Mia madre?

– Certo che è stata tua madre.

– Ma perché?

– Credo che stesse cercando di…

– Avvisarti? Scoraggiarti dal fare un figlio con me? Di costruirti una vita con me?

– Credo semplicemente che per lei fosse importante che io sapessi tutto quello che dovevo sapere.

Costanza incrociò le braccia. – Be', la sua versione dei fatti di quella sera è diversa dalla mia. Avevo bevuto. E ho calcolato male le distanze dal parapetto.

– Va detto che ha specificato che questa era la tua convinzione.

– Tipico di mia madre. Ti conquista con la schiettezza e allo stesso tempo semina dubbi –. Costanza si scostò i capelli dal viso. – Non ho tentato il suicidio, Henry.

Calò il silenzio. Henry rimuginava. Costanza rimuginava.

– I miei ricordi di quella sera sono molto… annebbiati. È un discorso che richiede molto tempo, e io ho intenzione di farlo con te, ma non adesso. Adesso non è pertinente –. Costanza riprese a incalzarlo. – Devo ripetere la stessa domanda che ti ho fatto prima: che cosa stiamo facendo?

– La stessa cosa che stavamo facendo prima che ti dicessi tutto questo. La stessissima cosa.

– Ma è cambiato tutto.

– Ho deciso di non parlarti, per qualche tempo, di qualcosa che riguardava me. Adesso te l'ho detto. E ora non c'è piú niente da nascondere.

– Vorrei poterti credere.

– Riesci a metterti nei miei panni solo per qualche secondo? Tu desideri con tutte le tue forze un bambino, giusto? Un bambino tutto tuo? Be', anch'io lo desideravo... lo desidero. Sai, anche un uomo può desiderare qualcosa con tutte le sue forze. Capisci cosa vuol dire? E per anni una grande parte di me lo ha desiderato. E io sono come te. Anch'io...

– Ma cos'è che mi stai dicendo? Che non senti i ragazzi come figli tuoi?

– Una cosa non esclude l'altra. Quella era una cosa, e questa è un'altra. Ho vissuto quell'esperienza, ma ora voglio vivere quest'altra, o almeno mi piacerebbe.

– Tu tu tu.

– Voglio che viviamo questa esperienza insieme.

Lo sforzo di sviscerare questa faccenda aveva visibilmente alterato l'espressione di Costanza. – Conosci il vero padre dei ragazzi?

Henry fece una smorfia. – Donatore.

– Be', lo sai chi è? Questo donatore?

Henry ebbe un attimo di esitazione. – Sí.

La mente di Costanza correva. – Non dirmelo. Non voglio sapere. Non sono tenuta a saperlo. Non è qualcosa che conta per me. Ma per loro, per i ragazzi, conta eccome. Tantissimo. Hai intenzione di dirglielo?

Vedendo che Henry tardava a rispondere, lei disse: – Henry, devi dirglielo. Non è una domanda. E se per caso hai sentito un punto interrogativo alla fine della frase, cancellalo. Ti dico subito che non proseguirò con questo ciclo, non mi farò fare l'iniezione di HCG, il prelievo degli ovociti, niente di tutto questo, se prima non mi prometti che dirai tutto a Andrew e Justin. Devono saperlo. Andrew specialmente. Lui ha percepito che c'è qualcosa che non va, dentro di sé. E tra te e lui.

– Non è questo. L'hai detto tu stessa. Io e Andrew stiamo avendo il classico...

– Sicuramente non si può dire contro cosa sta combattendo. Per certi versi tu trattieni i tuoi sentimenti, e Andrew lo sente, lo sente da sempre, stando a quanto mi ha detto, e questa cosa lo turba. Se conosci il padre, il donatore, magari finisci per vederlo in Andrew, e magari non ti piace in base a quello che vedi di lui in Andrew, magari non ti piace... chi può dirlo cosa ti piace e cosa non ti piace.

Henry non riusciva a consentire a se stesso di riflettere sui vari strati di significato che Costanza gli stava rivelando. Sentiva di dover rimanere sulla superficie. Soltanto la superficie era navigabile per lui.

– Tra me e Andrew c'è un conflitto di personalità. È scomparso e ricomparso varie volte nel corso degli anni, da molto prima che entrassi tu in scena, Costanza. È normale.

– Come puoi parlare con tanta convinzione? Non c'è niente di scientifico in tutto questo. Non si tratta di un esperimento controllato condotto in laboratorio. Tra di voi ci sono dei conflitti, ma c'è anche quest'altra cosa. Ed è peggiorata, ha assunto proporzioni gigantesche, per il semplice fatto che è stata tenuta segreta. Andrew è un ragazzo che lotta per capire chi è, un ragazzo consapevole, profondamente consapevole, che tra lui e suo «padre» c'è qualcosa che non va.

– Ti sarei grato se non dicessi quella parola come se fosse tra virgolette. Il padre di Andrew sono io, punto e basta.

– Il padre di Andrew sei tu, punto e basta, ma vorresti avere un'esperienza diversa di paternità. Il padre di Andrew sei tu, punto e basta, e sei tu che non gli hai rivelato un'informazione fondamentale sulla sua vita. La verità della sua vita. Ma lo farai. Lo dirai a lui e a Justin. Insisto.

Henry non ricordava quando Costanza fosse tornata a letto. Ma adesso era lí, distesa accanto a lui, con lo sguardo rivolto al soffitto.

– Leopold lo sapeva, vero?

– Sí.

– Lui cosa ne pensava?

– Per lui i ragazzi sono stati un dono. Un miracolo.

– Sí, ma cosa pensava del fatto che loro non lo sapessero?

Henry esitò. – Voleva che glielo dicessi.

– E a me? Voleva che lo dicessi anche a me?

– Anche a te.

E di nuovo, mezz'ora dopo. – Ho bisogno di conoscere piú dettagli.

Lui glieli raccontò. Le spiegò che lui e Judith ci avevano provato per due anni. Le parlò dell'assurdità che il lavoro della sua vita coincidesse con il bisogno piú grande della sua vita. Con Judith provarono diversi cicli regolari di FIVET con il suo sperma, prima di rendersi conto che non funzionava. Con lo sperma di un donatore fu tutto piú facile. Entrambe le volte Judith era rimasta incinta senza problemi. Era ancora giovane. E piena di forza. Non furono gravidanze complicate. Era l'ossessione della sua vita. Il suo lavoro consisteva nel cercare di aiutare uomini come lui e ora doveva aiutare se stesso. Curare se stesso.

Costanza gli chiese se secondo lui questa esperienza aveva influito sul tipo di padre che era stato per Andrew e Justin.

– No –. Poi, con maggiore sincerità: – Non lo so. Come faccio a saperlo? Io ho vissuto solo una versione dell'esperienza, solo una storia, non l'altra.

Henry si sentí meglio dopo averglielo detto. Dopo averlo detto ad alta voce, finalmente.

Un'ora dopo:

– Non mi fido di te. Non vedo come posso fidarmi di te.

– Lo capisco. Ma non c'è nient'altro da mostrarti, nient'altro da dirti. Te l'assicuro.

– Non so cosa significano queste tue rassicurazioni.

– Significano che adesso sono nudo davanti a te. Non c'è altro. Nient'altro.

Alle tre, finalmente, suonò la sveglia. Fu un sollievo. Una liberazione.

Henry si tirò su a sedere e accese la luce. Lei aveva un aspetto orribile: occhi velati, faccia scavata, capelli bagnati di sudore.

Non voleva nemmeno immaginare il proprio aspetto in quel momento.

– Mi devi promettere che lo dirai ai ragazzi. Oggi.

– Ti do la mia parola.

Costanza guardò il sacchetto che Henry aveva portato dalla clinica, posato sulla cassettiera, il sacchetto con la siringa, la dose di HCG, il sapone disinfettante e il barattolino per lo sperma che Henry avrebbe dovuto usare di lí a trentasei ore.

– Lo prometti?

– Te lo prometto.

Possibile che lei stesse prendendo la sua decisione solo in quel momento? Lui non l'avrebbe mai saputo, come non avrebbe mai saputo se era arrivata a quella decisione perché aveva capito, oppure per disperazione, per paura, o per tutte e tre le cose messe insieme.

Costanza aveva deciso. Questo di sicuro lui lo venne a sapere.

– E allora puoi farmi l'iniezione.

Un sabato di prima mattina Henry attraversò il parco costeggiando il Reservoir. Dall'acqua si levava un vento gelido che gli graffiava le guance. E mentre camminava, si ripeteva il discorso:

«Vorrei parlarti dell'amore. Non so se adesso come adesso ti va piú di tanto di rivangare il passato, fino a vederlo, fino a sentirlo. Forse non ci riuscirai mai. Ma io me lo ricordo. Ed è un ricordo che mi accompagnerà fino alla tomba. È una cosa che mi strappa il cuore dal petto. Quando mi hai guardato e mi hai detto: "Papà, questa è una mattina molto importante". Siamo usciti insieme, io e te da soli, e ci siamo fatti una scorpacciata di pancake affogati nello sciroppo. Ricordi quel diner dove andavamo spesso, quello con il mosaico del Partenone? Ricordi Dmitri, che ti dava sempre una porzione in piú di fragole? Dalla finestra entrava il sole che illuminava il pulviscolo, una galassia di stelle diurne. Fuori si gelava. I pancake erano dolci, e cosí caldi che facevano le nuvolette di fumo. Il caffè, terribile, deliziosamente terribile. Un'altra volta: "Papà, hai notato che quando fai colazione ti siedi a un capo del tavolo e quando ceni ti siedi all'altro capo del tavolo, ma sei sempre e comunque alla stessa distanza da me?" Colpito, di nuovo. E no, non ci avevo mai fatto caso. "Papà, sei un pessimo disegnatore, ti faccio vedere io come si fa. Ti insegno io, papà". "Papà, giochiamo a Memory. A Go Fish. Giochiamo a Mario Kart". "Papà, possiamo andare a vedere le gemme e i minerali al museo dei dinosauri?" "Ehi, papà, ti va di vedere una partita di pallacanestro con me, solo noi due sul divano?" Anche "babbo" per un po', quando avevi sui cinque anni... e "Barbone", te lo ricordi? La cosa è cominciata nei fine settimana quando ero troppo pigro e mi seccava spuntarmi la barba...

«Un amore senza fine, giorno dopo giorno, che veniva da te e Justin a getto continuo, come il respiro. Era quello che mi dava la forza di aprire gli occhi la mattina. Quando ti dico che è la cosa migliore che ho fatto in vita mia, sto dicendo la verità piú vera che io abbia mai detto.

«Il mio punto di vista, quello che provavo io, è l'altra parte della storia. Ci vorrebbe la poesia, e io non sono un poeta, per riuscire a trasmettere tutto quello che sento. Non so se hai mai provato qualcosa di simile. Forse dovrai aspettare finché non diventerai padre anche tu. La terra, che gira attraverso il tempo, ti tiene ancorato con la forza di gravità e ti permette di tornare a casa ogni sera accogliendo l'amore che trovi e ricambiandolo con altrettanto amore.

«C'è però un altro aspetto –. Era il caso di dirlo, di aggiungere questo particolare? – Ti costringe a pensare alla morte. Non riesci a smettere di pensare alla morte: a quanto poco è il tempo in cui sei qui, quanto poco tempo passeremo insieme. Vedi queste fasi della vita inanellate a tutta velocità. Quando cresci tu non te ne accorgi, ma gli anni in cui sono i tuoi figli a crescere passano cosí in fretta ed è un'esperienza devastante.

«Ti voglio ancora bene, nonostante tutto, nonostante tutti i motivi che mi dai per non volertene. Ma non funziona cosí. Un amore come questo non muore mai. Sono sicuro che continuerà a vivere dopo di noi. È l'unica cosa che ci sopravvive».

Quando Henry era riuscito a dire forse solo il tre per cento di tutto questo discorso, cominciò a piangere a singhiozzi. Era seduto ai piedi del letto di Andrew nella stanza che i ragazzi dividevano nell'appartamento di Judith.

«Mi strappa il cuore dal petto...»

«Pancake affogati nello sciroppo...»

«Il Partenone...»

Riuscí in qualche modo a dire queste frasi, sebbene forse non seguendo un ordine molto coerente; e poi perse il controllo e si sciolse nel pianto.

Andrew si tirò su a sedere nel letto, mezzo intontito. – Papà, ma cosa ci fai qui? Stai male? È successo qualcosa a Costanza?

Henry scosse la testa, si asciugò il viso con la manica. Riprese il controllo di sé e si guardò intorno. Erano cinque anni, forse anche di piú, che non metteva piede in questa stanza. Il mondo parallelo dei suoi figli nel West Side era equipaggiato di tutto l'occorrente: mobili, computer, librerie. C'erano diverse foto fatte da fotografi professionisti, scatti incorniciati in bianco e nero di Judith e i ragazzi da soli, oppure Judith, i ragazzi e Charlie; Henry spiccava per la sua assenza, come se fosse morto. E poi c'erano un sacco di cose risalenti alla tarda infanzia: lavoretti fatti a scuola, modelli di motociclette e navicelle spaziali. Cosa significava il fatto che Justin fosse partito per il college lasciando le sue cose intatte a casa di Judith, mentre nell'East Side aveva eliminato ogni traccia della sua esistenza?

– Nessuno sta male.

– Mi sembri piuttosto sconvolto.

Sentiva qualcosa di solido che gli comprimeva il petto. – Tutto questo è molto difficile per me, figlio mio.

La faccia di Andrew, prima. Come per Costanza, Henry voleva osservarla, conservarla. Quando questo ragazzo cosí bello con la sua fronte alta, i suoi capelli fluenti e il suo sguardo attento sarebbe tornato a guardare Henry con fiducia o compassione? Quando avrebbe presentato di nuovo al mondo una faccia cosí inconsapevole?

«C'è una cosa che...»

«Da molti anni...»

«Probabilmente tu avrai percepito...»

Henry vide Andrew che già sprofondava nel proprio corpo e si allontanava da lui, si chiudeva in se stesso, nel tentativo di decodificare, metabolizzare, afferrare: una metamorfosi in atto. Henry non sarebbe rimasto sorpreso se a Andrew fossero spuntate le ali e se avesse spiccato il volo, o se le dita si fossero trasformate in artigli o zoccoli davanti ai suoi occhi.

Adesso la diga lasciava trapelare qualcosa. Un rumore gorgogliante. Poi delle parole. Quelle parole.

Andrew chiese a suo padre di ripeterle. Quelle parole, quell'informazione. La faccia di Andrew – e Henry non l'aveva messo in conto – tornò indietro nel tempo. Non si trasformò in un animale, in un uccello, o in un albero. Sembrava un bambino, confuso e innocente. – In pratica mi stai dicendo che tu non sei mio padre?

Possibile che provasse un senso di sollievo? Henry vide anche questo o fu una sua invenzione basata sulla preoccupazione e la paura? Era possibile? Henry era davvero cosí orribile, era davvero cosí cieco sul tipo di padre che era stato per questo ragazzo, questo giovane uomo?

– Geneticamente no, ma sotto qualunque altro punto di vista che io conosca sí. Per sempre. Finché campo.

– Però nemmeno una parte di me, nemmeno un singolo gene viene da te?

– Credo che tu conosca abbastanza bene come funziona la biologia, Andrew.

Vedeva Andrew tutto preso a pensare. Gli occhi impegnati, il cervello impegnato. – E Justin?

– Lo stesso.

– Nessun legame genetico.

– Nessuno.

– Lo stesso padre… donatore?

– Lo stesso donatore, sí.

– E sai chi è? Chi era? Chi è?

Henry annuí.

– E hai intenzione di dirmelo?

– Se proprio ti serve saperlo. Se ci tieni a saperlo.

– Sí. Voglio sapere tutto.

Henry non disse niente.

– Lo conosco?

Henry annuí.

Andrew prese aria, e la faccia cambiò completamente, come animata da una scarica elettrica. – Si tratta di Isaac Schoenfeld, non è vero?

– Cosa te lo fa dire?

– Alcune cose. Diverse cose. Una sensazione. Ho ragione?

– Sí.

– Lui e mamma erano…

– No. Si è trattato di una fecondazione in vitro.

– È per questo che non siete piú amici? Non è stato un conflitto sul lavoro, allora?

– C'è stato davvero un conflitto sul lavoro, proprio come ti ho detto. Ma forse ci saremmo impegnati di piú per risolverlo se… – Henry fece un respiro. – Credo che per le nostre vite sia stato meglio allontanarci.

– E lui lo sa?

– Sí che lo sa. Certo.

Andrew si appoggiò al cuscino. Per i troppi lavaggi la sua T-shirt aveva una serie di buchini lungo tutto il collo.

– Tutto questo mi sta incasinando il cervello di brutto, papà. Henry. Non so nemmeno come chiamarti.

– Sono sempre tuo padre. Papà. Babbo. Barbone. Te lo ricordi Barbone?

Andrew lo guardò come se gli stesse parlando in urdu. – Non so come reagire a questa informazione.

– Con il tempo lo saprai. Andrew, ci tengo che tu sappia, – gli occhi di Henry si riempirono di nuovo di lacrime, – ci tengo che tu sappia che puoi venire da me quando vuoi, possiamo parlare di tutto quello di cui hai bisogno di parlare.

Gli occhi di Andrew si fecero gelidi. – *Adesso* possiamo.

Henry non rispose subito. Poi, con dolcezza disse: – Sí, adesso possiamo.

– Avrei voluto saperlo prima. Molto prima –. Poi: – E Justin?

– Non gliel'ho ancora detto. Ma ho intenzione di farlo. Non appena lo trovo –. Henry guardò il secondo letto intatto. – Probabilmente dovrò farlo per telefono.

Di nuovo Henry si accorse che Andrew stava ragionando. Gli pareva quasi di sentire il cuore del ragazzo che batteva fortissimo. – Quello che stai facendo con Costanza, il ciclo. È una cosa che…?

– Adesso esistono nuove procedure –. Ricordò a Andrew della ICSI. Disse che la medicina riproduttiva era un mondo completamente diverso, un mondo pieno di nuove possibilità. Possibilità miracolose.

– Stai dicendo che se tu e mamma aveste cercato di concepire oggi, tu saresti il mio padre genetico?

– Con ogni probabilità, sí.

– E quindi sarei… – Andrew corrucciò la fronte. – Non sarei io. Potrei non essere io.

– Ma certo che tu sei tu. Sei lo stesso. È solo che la tua storia – una parte della tua storia – è diversa.

– La mia storia?

– Il tuo punto di partenza. Le tue origini genetiche. Solo questo.

– Non è una piccola parte, Henry.

– Preferirei che non cominciassi subito a chiamarmi Henry.

– Non è una piccola parte…

Adesso Henry era senza nome, senza appellativi. Spogliato di un'identità. Una cosa del genere era inevitabile in certa misura, anche in ampia misura, per un po' di tempo.

Gli occhi di Andrew si muovevano senza sosta. – Ho un'altra domanda, per il momento.

– Certo, dimmi.

– Costanza sa di noi, di me e Justin?

– Sí.

– Da quanto tempo lo sa?

Questo Henry non se l'aspettanza. Una complicazione. Una trappola.

Andrew insisté: – Lo sa da quando avete cominciato la FIVET, oppure da prima? Quando gliel'hai detto?

Il cuore di Henry cominciò a battere fortissimo. Come aveva fatto a non prendere in considerazione questo aspetto? Come aveva fatto a non dedicare il tempo necessario a riflettere su tutte le possibilità e le ramificazioni? Era ancora impreparato, nonostante fossero passati tanti anni. Continuando imperterrito a vivere la sua vita seppellendo questo tassello, questa storia, non avrebbe saputo come reagire se – quando – questa storia fosse venuta fuori, come stava succedendo ora.

– L'ha sempre saputo? – Andrew chiese di nuovo, con maggiore insistenza.

– Sí. Sí, l'ha sempre saputo.

Guardando la faccia di Andrew – la cupezza che si era impossessata di lui – Henry cominciò a sospettare di aver commesso un errore. Aveva mentito per proteggerlo, perché pensava cosí di migliorare la sua situazione, perché cosí, proprio in quel frangente, forse Andrew non lo avrebbe giudicato, trovandolo manchevole, deludente. Aveva avuto paura di suo figlio, di quello che suo figlio avrebbe pensato del suo modo di gestire la sua vita attuale, a tanti anni di distanza dall'evento in questione. Probabilmente avrebbe fatto meglio a dire la verità e basta. Era questo il consiglio che lui stesso dava alle sue pazienti riguardo ai loro figli. Era quello che suo padre avrebbe fatto. Leopold avrebbe detto la verità e ne avrebbe affrontato le conseguenze.

– E il bambino che avrai con lei sarà tuo geneticamente. Tuo e suo.

– Se va tutto bene, sí.

– E sarà mio fratello, oppure mia sorella?

– Nello stesso modo in cui io sono tuo padre. Sí.

– Non in quel modo, Henry. Non ci sarà niente di segreto, giusto? Perché stavolta non ci sarà niente da nascondere.

Quella mattina, l'appuntamento preoperatorio di Costanza non era nella clinica di Henry, ma in ospedale, dove il pomeriggio seguente lei sarebbe stata sottoposta al prelievo degli ovociti. Come da istruzioni, si presentò all'incrocio tra la Sessantottesima e York Avenue prima delle otto. Quella notte aveva dormito forse quattro ore – forse – e si vedeva. Aveva gli occhi rossi e infossati come due sassi nella sabbia bagnata. I capelli erano raccolti alla meglio in una coda di cavallo. Non si tolse gli occhiali scuri, nemmeno quando il medico – uno che, per fortuna, lei non aveva ancora mai visto – le fece l'ultima ecografia per confermare le dimensioni dei follicoli. Alla fine le diede una serie di istruzioni postoperatorie, e una ricetta per antibiotici e analgesici. Le chiese se aveva qualche domanda.

Era tutto uguale alla volta precedente. Solo che la volta precedente lei aveva detto di non avere domande, mentre stavolta, con il tono di voce piú rilassato che le riuscí, dopo la nottataccia, disse: – In effetti sí –. E poi, sempre senza togliersi gli occhiali scuri, disse: – È mai successo che una paziente decidesse di non voler fare il prelievo degli ovociti, anche dopo l'iniezione di HCG?

Prima di rispondere, il medico – carnagione rosea e aspetto giovanile nonostante i fili grigi tra i capelli – la guardò attentamente: – Sí, è successo.

– E ha mai capito perché succede?

– Be', a volte capita che una paziente cambi idea. In questi casi di solito magari c'è stato un conflitto all'interno della coppia. Oppure siamo noi a cambiare idea, perché è successo qualcosa di anomalo ai follicoli.

– E allora cosa fate? Rinunciate cosí?

– Se in quel lasso di tempo la coppia riesce a sanare il conflitto, – e il medico la guardò di nuovo con molta attenzione, – allora il nostro suggerimento è che nel corso di ventiquattro ore abbiano un rapporto programmato. Lo sperma deve trovarsi nelle tube di Falloppio dopo che gli ovuli vengono rilasciati, e questo succede esattamente trentasei ore dopo l'iniezione di HCG. Probabilmente la soluzione migliore è avere due rapporti all'interno di quella finestra temporale. Questo non può rappresentare ovviamente una garanzia certa. Le probabilità di riuscire a concepire dopo che è stata stimolata l'ovulazione sono piú alte di quanto sarebbero state senza la stimolazione e l'iniezione di HCG, ma non sono mai alte quanto lo sarebbero con la FIVET, ovviamente.

– Ovviamente.

– A volte capita che il rapporto sessuale non giunga a… buon esito. Sono momenti in cui il carico di pressione raggiunge livelli altissimi. In quel caso, siccome un campione di seme può essere prodotto anche indipendentemente, passiamo all'inseminazione. Nemmeno questa soluzione è ottimale, ma è meglio di niente.

– Avete a disposizione tutta questa medicina high-tech e alla fine tutto si riduce a una pipetta per l'inseminazione.

Il medico si chinò su di lei. – Tutto a posto, signora Ansaldo?

– Benissimo. È solo che sono una persona… un po' curiosa. Nella misura in cui è possibile mi piace conoscere le varie eventualità, le possibilità. Non so se lei riesce a capire, ma non è facile accettare l'idea di essere cosí privi di controllo sul proprio corpo, sul destino del proprio corpo.

– Tra due settimane saprà tutto.

– Tutto? – ripeté lei con una certa drammaticità nella voce. Poi, ricomponendosi: – Tra due settimane. Sí, certo, tra due settimane saprò tutto.

Henry le comprò dei fiori, un enorme mazzo di tulipani di un colore simile a quello dei tulipani che lei aveva comprato il giorno del matrimonio. Sperava di non aver fatto confusione con il colore. Sperava che lei avrebbe capito che il suo intento era quello di evocare amorevolmente il ricordo di quel giorno. Doveva fare qualcosa. La cosa migliore sarebbe stata trovarla già a casa dall'appuntamento di quella mattina. Le avrebbe parlato, avrebbe sondato il suo umore, i suoi pensieri. L'avrebbe abbracciata. Anche lui aveva bisogno di un gesto, di essere rassicurato. Non era stata una nottata, o mattinata, facile. Tutt'altro. Ma Costanza non era a casa, e al cellulare non rispondeva. Che fine aveva fatto? Henry non ne aveva la minima idea. Non aveva lasciato biglietti o messaggi.

Mise i tulipani in un vaso pieno d'acqua che sistemò accanto al letto. Solo che lí avevano qualcosa di troppo funereo, troppo da ospedale, e cosí li spostò sulla scrivania di Costanza. Scrisse un bigliettino: «Ho parlato con A. Sto cercando di rintracciare J. Sto facendo quello che mi hai chiesto. Ti amo. H.».

E poi tornò in clinica. Non gli venne in mente nessun altro posto dove andare, nient'altro che potesse fare.

Andrew controllò l'orario degli autobus per Annandale-on-Hudson. Arrivò a casa di Justin prima di mezzogiorno. Suonò tre volte prima che Justin andasse ad aprire. Dal modo in cui indossava i pantaloni della tuta, con i lacci penzoloni, si capiva che se li era appena infilati.

– Andrew, cosa ci fai qui? Non può essere niente di buono.

– Avevo solo bisogno di parlarti. Posso entrare?

Vedendo che Justin non si faceva da parte per farlo entrare, Andrew guardò oltre le spalle del fratello. In una rientranza in fondo all'appartamento c'era un grosso futon. David dormiva sotto un lenzuolo bordeaux.

– Sta qui tipo diciamo solo per qualche giorno.

– Tipo diciamo?

David russò rumorosamente. – Forse è il caso di parlare a bassa voce. È rimasto alzato fino a tardi a esercitarsi.

– Questo significa che sei gay, o cosa?

Justin si girò a guardare David. – O cosa.

Andarono in un caffè poco lontano. Justin ordinò una elaborata bevanda a base di espresso; Andrew invece sapeva che qualsiasi cosa piú forte dell'acqua gli avrebbe fatto vomitare l'ultimo pasto, e probabilmente anche quelli precedenti.

– Stamattina ho ricevuto una visita da papà: è venuto a trovarmi a casa di mamma. Molto presto.

– Judith deve essere stata felicissima.

– Stanotte hanno dormito nel New Jersey. Sono andati dallo zio di Charlie.

– Non controllo gli spostamenti di Judith.

– Papà mi ha rivelato qualcosa di... grosso. Enorme, direi.

– Ah? E a proposito di cosa?

– Di noi. Me e te.

– Fammi indovinare. C'entrano forse i nostri geni? La nostra origine?

Andrew sbiancò di colpo. – Tu lo sai?

Justin annuí.

– E da quando?

– Judith me l'ha detto quando andavo alle superiori, all'inizio dell'ultimo anno.

– Lo sai da due anni e non mi hai detto niente?

– Judith mi ha chiesto di non dirtelo. Ha detto che dovevi crescere un altro po'. Dovevi crescere dentro, ha detto, e lei non voleva interrompere questo processo. Credo che parlasse dall'alto della sua esperienza professionale.

– Ma non capisco. Perché tu sí e io no? Adesso io sono all'ultimo anno...

– Secondo lei mi poteva essere d'aiuto per la faccenda omo.

– Come?

– Non lo sapeva nemmeno lei. Era semplicemente una sua «intuizione».

– E secondo la sua «intuizione» non avevo bisogno anch'io di un po' d'aiuto per la mia faccenda etero?

– A quanto pare no.

Andrew si prese qualche secondo per riflettere su questo scambio. – Ma la faccenda umana, a questo punto, la faccenda della vita? Il desiderio di sapere da dove vieni, di cosa sei fatto, chi ti ha fatto? Voler capire perché, fin da quando sei nato, hai la sensazione che tuo padre in un certo senso non ti capisca davvero. Che non gli piaci.

– Immagino che questa cosa non l'avesse intuita.

Andrew si accasciò sulla sedia.

– E non è vero che non piaci a Henry, Baby B.

– E invece sí. A volte sí, ultimamente direi che ci faccio caso anche piuttosto spesso. Anche se mi è venuto a parlare, in lacrime, di quando mangiavamo i pancake nel diner e ha detto di provare un amore cosí grande per me, un amore che gli strappa il cuore dal petto.

– Ho sempre pensato che lí facessero meglio i waffle. E che Dmitri, il cameriere, era un gran fico –. Andrew fissò Justin senza dire niente e Justin cambiò tono. – Sono certo che è un sentimento che ha provato davvero in quel momento. In un raro momento privo di narcisismo.

– Sai una cosa? Adesso che ci penso quello che ha detto in realtà è che ha sentito il mio amore per lui, e che è stato questo a strappargli il cuore dal petto. Interessante che io abbia rovesciato la prospettiva.

– Sembra piú simile all'Henry che conosciamo.

– Anche se, a essere sinceri, ha detto che ci vuole tanto bene.

– «What's love got to do with it?» – cominciò a cantare Justin.

– Stai prendendo in giro lui... o me? In un momento come questo?

– «What's love but a secondhand emotion?»[17].

[17] «Cos'ha a che fare l'amore con questo?» «Cos'altro è l'amore se non un'emozione di seconda mano?», *What's Love Got To Do With It* (Testo e Musica di T. Britten – Musica di G. H. Lyle; © 1984 by WC Music Corp./BMG; Sub-editore per l'Italia: Warner Music Publishing Italy Srl/BMG Italy).

– Justin, ti prego.

– Non sono mai stato piú serio di adesso, Baby B. Una cosa che ho imparato, osservando la mater e il pater è che l'amore c'entra molto meno con queste questioni di quanto possiamo credere.

– E allora cosa?

Justin scrollò le spalle. La libertà che queste scrollate di spalle esprimevano, la bellezza di questo gesto tipico di Justin. Andrew sarebbe mai riuscito a farlo allo stesso modo?

– Henry sa che tu lo sai? – chiese Andrew.

– Judith potrebbe averglielo detto. Ma lui a me non ha mai detto niente.

– E se gliel'avesse detto… e se lui lo sa, o sospetta che tu lo possa sapere…

Andrew ebbe una serie di illuminazioni: la sua mente collegava, *vedeva*.

– Secondo te questo spiegherebbe il motivo per cui è molto piú affezionato a te che a me? Specialmente da quando hai cominciato l'università. È come se cercasse di dimostrarti qualcosa, o di trattenerti in qualche modo.

– Se davvero Henry è piú affezionato a me, e non sto dicendo che è cosí, è forse perché sa che a me non me ne frega un cazzo di niente, al contrario di te.

– A proposito di cosa?

– Di lui.

Andrew rifletté su queste parole. – Mamma ti ha detto chi è il padre?

Justin scosse la testa.

– Sei interessato a saperlo?

– Sono interessato a sapere chi è il padre? Strano uso dell'articolo determinativo, Baby B. Stiamo parlando di nostro padre, no? Da un punto di vista strettamente biochimico. Ma – onestamente – non mi importa di chi sono i geni nelle mie cellule. Mi sento piú libero se non lo so.

– Piú libero di chi?

– Di te, tanto per cominciare.

Andrew avvertí un senso di frustrazione e di stizza. – Non siamo sulla stessa barca, in fondo?

– Di quale «barca» parli?

– Della nostra famiglia, immagino.

Justin si appoggiò allo schienale della sedia. – E di quale famiglia stiamo parlando, esattamente? Quella che Judith e Henry hanno creato e poi distrutto davanti ai nostri stessi occhi? Questa sarebbe la famiglia legale, basata su un accordo di natura sociale, o forse economica, che ha origini millenarie ed è stata pensata per proteggere la proprietà privata, i patrimoni, la casata. In questo caso la risposta è un sonoro... ehm... no. La famiglia genetica? Vediamo: questa nasce allo scopo di tramandare nelle generazioni future i geni di un uomo e di una donna, presumibilmente innamorati, o che lo sono stati a un certo punto, e che vogliono unire la loro stirpe tramite la riproduzione. *Ding*: ancora no. Proviamo allora con una definizione piú allargata; come vogliamo chiamarla? La famiglia filosofica, psicologica: quella in cui due persone, di solito un uomo e una donna, almeno nei tempi antichi, ma oggi fortunatamente aperta a piú ampie possibilità, danno vita a un rapporto basato sull'onestà reciproca al fine di creare un sottogruppo sociale il cui scopo è di crescere bambini forti, dare loro un solido senso di sé e del posto che occupano sul pianeta, e amarli senza riserve o quanto meno cercando di non sfogare su di loro i propri risentimenti, il proprio egocentrismo, la dipendenza affettiva, la grettezza e l'avidità, magari cucinando ogni tanto per loro una bella cenetta fatta in casa? Ehilà? Nessun sí dal pubblico?

Justin si guardò intorno con un gesto teatrale.

– Ok, *non* siamo sulla stessa barca. Proprio per niente. Va bene cosí? – E poi, scattò qualcosa nella mente di Andrew. Fissò Justin per qualche istante. – Adesso capisco. È per questo che sei sempre cosí arrabbiato con Henry. Tu lo sapevi e ce l'avevi con lui, o comunque ti sentivi confuso ma non potevi parlarne apertamente e cosí sei diventato un grandissimo stronzo. E non solo nei suoi confronti, ma anche nei miei e in quelli di mamma e del nonno.

Justin stava per dare una delle sue risposte a raffica, ma poi vide l'espressione aperta e sofferente del fratello. Justin fece un lungo respiro, come per dare ossigeno al cervello, e forse anche al suo cuore ostinato. – Ipotesi interessante.

– Ti prego, almeno per una volta riesci a essere serio.

– No, dico davvero, – disse Justin senza alterarsi. – Probabilmente non hai tutti i torti. Probabilmente è cosí.

Rimasero seduti in silenzio.

– Mi dispiace che tutto questo ti stia facendo soffrire, Andrew, – aggiunse Justin dopo un momento. – Probabilmente sono anche invidioso, leggermente invidioso, dell'intensità dei tuoi sentimenti, del tuo... impegno. Ma, sul serio, io preferisco fare a modo mio. Il risentimento non mi rende felice, ma di sicuro sono piú felice se non do troppo peso a certe cose. Per te è piú difficile, sí, ma penso che potrebbe anche essere... non so... qualcosa di piú profondo.

Queste erano le parole piú sincere che Justin gli diceva da tantissimo tempo. Di nuovo rimasero seduti in silenzio, finché Justin non posò la mano su quella di Andrew. – Fa' quello che vuoi, Baby B, ma ti prego, non piangere.

Andrew aspettò di essere di nuovo alla stazione degli autobus. Lí, e solo lí, si concesse di scoppiare a piangere. «Cinque minuti e basta», si disse. Da cinque passò a dieci. Ma da dove veniva tutto quel liquido?

Dopo quindici minuti prese il cellulare e cercò su internet il numero di telefono del dottor Isaac Schoenfeld di Park Avenue, New York City.

Ad aprire la porta fu Benjamin. Andrew doveva sembrare sorpreso, perché Benjamin disse: – Sono venuto per il fine settimana. Avevo bisogno di una pausa dall'università –. Fece entrare Andrew e chiuse la porta. – Mio padre ha detto di dirti che arriva tra un secondo.

Andrew annuí. Rimase paralizzato lí nell'ingresso.

– Forse dovresti toglierti la giacca.

Andrew si tolse la giacca.

– C'è qualcosa che non va? Sembri stremato. Vuoi dell'acqua, un caffè, qualcos'altro? Abbiamo appena preso una macchina per il caffè.

Parole normali, domande normali. Ospitale, affabile, garbato. Andrew dovette lottare contro la scena che stava immaginando. Si vide nell'atto di gettare le braccia al collo di

Benjamin e dirgli: «Vuoi essere mio fratello? Mi aiuterai? Puoi farlo?»

– A posto cosí, grazie.

Rimasero fermi a guardarsi.

– C'è qualcosa tra mio padre e tuo padre, – disse Benjamin, – non è cosí? Vecchi screzi.

Andrew non rispose.

– E tra te e mio padre?

Andrew si sentí avvampare.

– Di qualunque cosa si tratti nessuno mi ha detto niente.

Come aveva fatto il cuore di Andrew a salirgli fino in gola?

Di nuovo rimasero lí a fissarsi. Andrew doveva rompere quel silenzio insopportabile. – Come sta Charlotte? – chiese con la voce rotta.

Le mani di Benjamin scomparvero nelle sue tasche. – È una bella domanda. Come sta Charlotte? Probabilmente non sei la persona giusta a cui dire questa cosa, o forse invece sei proprio tu la persona giusta, non lo so. Diciamo semplicemente che Charlotte ha uno stato d'animo particolare ultimamente. Forse è piú corretto dire che non è nella giusta disposizione d'animo. Non è nella giusta disposizione d'animo per portare avanti una relazione con – parole sue – «un bravo ragazzo come me».

A quanto pare non aveva del tutto rinunciato ai bravi ragazzi, pensò Andrew. – Mi dispiace –. Aveva un tale bisogno di rapporti umani che aveva cominciato a provare pena per quello che era appena diventato l'ex ragazzo della sua ex ragazza. Per la seconda volta nell'arco di tre minuti, sentí l'impulso di gettare le braccia al collo di quel ragazzo e questa volta dirgli: «Fratello, ti capisco benissimo». E magari chiedergli anche: «Fratello, e tu? mi capisci?»

Ma il senso di fratellanza su cui Andrew andava fantasticando si sarebbe fondato su cosa? Sui geni? Lui e Benjamin condividevano solo metà dei loro geni; Andrew e Justin invece tutti. Dovevano essere i geni, e a quel punto avrebbe capito. A quel punto avrebbe capito se questo sentiero alternativo poteva condurre a un mondo migliore, un mondo piú vasto.

Era lí che questa novità, questa verità, l'avrebbe condotto? A un mondo con un senso di connessione piú grande, un senso dell'amicizia piú profondo? Sarebbe stato piú profondo oppure, be', solo diverso? Un nuovo fratello, un nuovo... ma cosa era Schoenfeld per lui e lui per Schoenfeld, alla fine?

I capelli di Schoenfeld erano ben pettinati. Era sbarbato. I vestiti sembravano scelti con attenzione, ma indossati con estrema disinvoltura. Aveva anche un buon odore: sapeva di limone, o di lime. Una fragranza corroborante, agrumata, che Andrew aveva sentito anche sul maglione di Schoenfeld che quella mattina aveva indossato nuovamente.

Schoenfeld lo notò non appena lo vide. – Vedo che lo stai sfruttando.

– Sí –. La voce di Andrew era sul punto di spezzarsi.

Schoenfeld invitò Andrew nel suo studio privato, una stanza che Andrew non aveva visto in occasione della sua precedente visita in quell'appartamento. C'erano altri libri, anche questi sistemati sugli scaffali secondo un ordine meticoloso. La scrivania era rivolta alla finestra; in fondo alla stanza c'erano un divano e due poltrone, rivestiti di morbida pelle marrone. Un singolo quadro, dalle dimensioni notevoli, era appeso sopra il divano. Il soggetto sembrava una figura cicladica astratta, una di quelle donne dai fianchi larghi con la testa, priva di lineamenti a parte il naso, rivolta verso il cielo. Durante le loro visite nelle gallerie classiche del Met, Henry indicava spesso queste figure a Andrew, erano tra le sue preferite. Si pensava che avessero a che fare con la fertilità. Ovvio che Henry le trovasse interessanti. E sembrava logico che anche Schoenfeld ne fosse attratto.

Andrew osservò attentamente l'immagine. – I fianchi sono... notevoli.

– Suppongo che sia una sorta di deformazione professionale.

Andrew provò sollievo perché almeno per qualche istante l'attenzione fu sviata dall'argomento centrale di quella visita. Be', quasi sviata. – Mi ricorda quelle statuine cicladiche che si trovano al Met.

– Credo che sia quella la fonte d'ispirazione.

In qualche modo questo era meno offensivo agli occhi di Andrew dell'ossessione di Henry per le annunciazioni; meno grandioso, comunque. Schoenfeld era come Henry, ma anche molto diverso da Henry. Schoenfeld aveva il controllo della situazione mentre Henry era un maniaco del controllo. Era dispotico e allo stesso tempo premuroso, formale ma anche compassionevole. Aveva un cuore grande.

Aveva davvero un cuore grande? Ma in fondo cosa ne sapeva Andrew di lui? In realtà Andrew non aveva idea di chi fosse quell'uomo, di com'era e come non era il suo cuore. Chi era, almeno questo, l'avrebbe scoperto presto. Se solo Andrew avesse saputo da dove cominciare.

– Mi volevi parlare.

Andrew annuí.

– Tutto a posto?

Andrew scosse la testa.

Andrew fissava Schoenfeld. Schoenfeld fissava Andrew.

– In questo momento le cose sono piuttosto...

Andrew sentiva in bocca qualcosa grande come un pompelmo. Era come il cuore poco prima. Come aveva fatto a finire lí? Come aveva fatto a non accorgersene? Lui e Schoenfeld avevano lo stesso naso. Fisicamente avevano una struttura simile. Avevano entrambi le braccia lunghe. Le camicie, le maniche lunghe, in quel negozio di Firenze. Quel momento tornò improvvisamente alla memoria di Andrew in tutta la sua stranezza. All'epoca si era sentito confuso, mentre adesso era tutto semplice e ovvio.

Cosa sarebbe successo? Schoenfeld l'avrebbe abbracciato? Ci sarebbe stato finalmente qualcuno che l'avrebbe stretto forte e gli avrebbe impedito di girare vorticosamente e cadere?

– In questo momento, – provò di nuovo, – è tutto molto strano.

– Ah sí?

E poi tutto d'un fiato: – Henry me l'ha detto, finalmente. So tutto.

Non fu possibile capire se Schoenfeld se l'aspettasse oppure no. – Ah, capisco –. Poi: – Cos'è che sai?

– Vuoi sentirmi dire le parole?

Schoenfeld annuí.

– Che sei mio padre. Il mio padre biologico. Che io sono tuo figlio. Il tuo figlio biologico.

Schoenfeld lo guardò pacatamente e per qualche istante rimase in silenzio. – È cosí.

– E io non ho idea di cosa significhi.

– Sinceramente, Andrew, non lo so nemmeno io, – Schoenfeld aspettò qualche istante prima di continuare. – Credo che dovremmo scoprirlo insieme; o forse no. Sta a te.

Andrew avvampò in viso. – Non capisco. Stai dicendo che è un… mio problema?

– Sto dicendo che è una tua scelta. Sei tu che devi decidere dove andare. Avanti, per conoscerci meglio. Oppure da nessuna parte. E ci fermiamo qui.

Andrew ci pensò su qualche istante. – Avanti.

Schoenfeld annuí. – Ma, se proprio devo essere sincero, la persona che devi conoscere meglio in realtà è Henry.

– Conosco Henry.

– Ah sí? Quand'è che sei venuto a conoscenza di questa… informazione?

– Oggi. Stamattina.

– E quindi non hai riflettuto molto su quanto conosci tuo padre adesso che si è aggiunto questo tassello? Questo nuovo contesto con il quale, attraverso il quale, potresti arrivare a comprenderlo? Adesso forse potresti capire meglio, o considerare da un altro punto di vista, cosa significa trovarsi al suo posto. Cosa significa essere lui.

– A stento capisco cosa significa essere al mio posto. Cosa significa essere me.

– A piccoli passi allora.

– Faccio fatica ad accettare la segretezza. La falsità.

– Aveva i suoi motivi, ne sono certo. Vale per tutti. Siamo stati tutti complici.

– Anche tu?

– Ho accettato le sue condizioni.

– Di chi?

– Di Henry. Di Judith.

– E quali erano?

– Di non rivelare niente né a te né a tuo fratello finché non fosse stato chiaro che entrambi lo sapevate.

– Sembrerebbe che se fosse dipeso da te, ti saresti comportato in modo diverso.

– Be', non è stato difficile rispettare queste condizioni finché… finché non ti ho incontrato di nuovo… finché non ti ho rivisto… quest'estate e poi qualche mese dopo. A quel punto le cose mi sono sembrate di colpo…

Andrew lo guardò.

– Piú complicate.

Calò il silenzio.

– È tutto troppo assurdo, – disse Andrew. – Io e te ci somigliamo molto di piú di quanto ci somigliamo io e Henry.

– Sí, l'ho subito notato quando ci siamo visti in Italia. Questo non deve essere stato facile per tuo padre.

– Ma perché pensi sempre prima a lui?

– Forse perché anch'io sono un padre. Sono in un certo senso nel suo stesso posto, nella sua posizione. In questa faccenda il mio ruolo non è quello di figlio.

– Ma il figlio sono io, solo che non so di chi. E mi sento… – Andrew deglutí. – Mi sento da schifo. Mi sento… perso.

Schoenfeld rifletté per qualche istante. – Sai, Andrew, ho superato alcune esperienze decisamente… traumatiche nella mia vita. Ho visto mia sorella minore ammalarsi e lottare per anni e poi morire. Io avevo dodici anni, e pensavo… pensavo che anche io ero finito. Ma poi, con il passare del tempo, ho capito che dovevo rompere quello che era successo in pezzi piú piccoli e poi in pezzi ancora piú piccoli. E cosí piano piano sono riuscito a sopportare, a metabolizzare, molto piú di quanto mi sarei creduto capace –. Dopo qualche secondo di silenzio: – È stato cosí che mi sono comportato in molti altri episodi difficili della mia vita.

– Ma tu ci sei arrivato solo in seguito, giusto? Io sono solo all'inizio di tutta questa, di questa… faccenda assurda. È tutto troppo nuovo per me.

– È vero –. Schoenfeld pensò per qualche istante. – Ma dimmi. Come posso esserti d'aiuto?

– Non lo so. Non riesco a capirlo. Non riesco a capire niente.

Schoenfeld si appoggiò allo schienale. Posò il mento sul palmo della mano. – Cosa ne dici se stabiliamo un momento per vederci? Un orario e un giorno preciso da rispettare con regolarità.

– Uscite padre-figlio. Uscite padre biologico - figlio.

Schoenfeld rise. – Possiamo vederci una volta al mese, se vuoi.

– Per fare cosa? Guardare le partite?

– Non sono un fan dello sport.

– Nemmeno io.

– Ci faremo delle passeggiate. Oppure andremo a prendere un caffè.

Fino a quel momento Andrew non si era mai reso conto di quanto fosse letterale il senso dell'espressione «essere sopraffatti dalla stanchezza»; ora lo capí perché era cosí che si sentiva. Sentí tutta l'energia che gli usciva rapidamente dal corpo con un forte sibilo.

– Ti posso... ti posso chiedere un favore?

– Certamente.

– Posso distendermi per un po' su questo divano?

– Ma certo.

Andrew si sfilò le scarpe e si mise in posizione orizzontale. Schoenfeld si chinò su di lui e gli poggiò una mano sulla fronte, come se volesse misurargli la febbre, o semplicemente per toccarlo, per toccare quella carne. Carne della sua carne. E rimase lí, mantenendo questo contatto per diversi secondi, poi lo lasciò dormire.

Quello che dicevano sulle case disabitate era vero: nel corso del tempo l'aria sa di chiuso, quasi di morte. C'era qualcosa che andava al di là del semplice odore di spezie stantie, di tappezzerie impolverate e dell'acqua stagnante nei gabinetti: era come se nell'aria si percepisse che quei posti non erano piú importanti nella vita di nessuno. Senza cibo, senza posta, senza giornali, senza tendine aperte per lasciar entrare la luce del giorno, senza movimenti e conversazioni, un appartamento è soltanto una scatola che piano piano va in malora.

Costanza ci faceva caso ogni volta che tornava nel suo monolocale dopo lunghe pause, ma adesso le sembrò che quel monolocale contenesse anche una larga parte della sua infelicità. La sua infelicità di quando era sola, prima di conoscere Morton; la sua infelicità di quando era in coppia, quando scappava qui per poter riflettere senza interferenze esterne; la sua infelicità del periodo in cui lei e Morton si erano separati; e la sua infelicità di quando, dopo la morte di suo marito, si era ritrovata di nuovo da sola e con la necessità di fuggire da Fifth Avenue.

La sua infelicità insieme a Henry: stava per prendere il suo posto insieme a tutte le altre infelicità? Forse Costanza era andata in quell'appartamento proprio per accompagnarci la sua infelicità, per spacchettarla e guardarla con freddezza, analizzarla. E forse, con un po' di speranza e un po' di fortuna, per lasciarla lí, insieme alle sue sorelle. Oppure, forse, era venuta qui per sentire di nuovo com'era stare da soli, anche solo per alcune ore, sebbene quella fosse una finta solitudine, una messinscena; lei era venuta con il corpo, ma nello spirito, nel cuore e nella mente, era ancora invischiata – in modo profondo e ingarbugliato – con Henry.

A quest'uomo, Henry Weissman, lei aveva affidato non solo il suo cuore, ma anche tutto il suo corpo.

E chi era Henry, di preciso? Un uomo che l'affascinava, la provocava e suscitava il suo interesse. Un uomo per il quale provava compassione e attrazione. Un uomo che amava, ma del quale, al momento, non poteva fidarsi del tutto.

Allora perché aveva detto di voler proseguire e gli aveva permesso di farle quell'iniezione di HCG?

L'iniezione: probabilmente questa era l'unica domanda alla quale sarebbe stata in grado di rispondere con una certa convinzione. Sentiva che decidere di interrompere questo ciclo nel cuore della notte, sulla scia di quello che lui le aveva detto, sarebbe stata solo una conseguenza del suo stato emotivo, qualcosa di troppo impulsivo e drammatico. Dopo tutte quelle medicine, dopo tutti quegli appuntamenti, e gli interventi invasivi sul suo corpo, la speranza, la preoccupazione, poi di nuovo la speranza, di nuovo la preoccupazione, di punto in bianco decidere di non provarci piú? E, ad ogni modo, Henry aveva accettato le sue condizioni. Aveva detto che avrebbe parlato con i ragazzi. Avrebbe posto rimedio a quello che lei considerava un grave errore; ma Costanza ricordò a se stessa che questa era una faccenda tra Henry e i suoi figli. Era la loro storia, un loro problema, una loro sfida: lei non c'entrava niente.

Ma come si sarebbe sentita, quali sarebbero stati i suoi pensieri se il ciclo non fosse andato a buon fine? Era possibile che Henry le avesse descritto la ICSI a tinte piú rosee, facendole sembrare le probabilità di successo piú alte di quello che erano soltanto per il suo desiderio di avere finalmente un figlio geneticamente suo? Era possibile che Henry, conoscendo la verità sul proprio corpo, avesse messo i propri bisogni e i propri desideri prima dei suoi?

Se le cose stavano cosí allora lui era malvagio, un demonio, e lei era stata tragicamente cieca e ingenua.

Ma non poteva essere. Lei non era quella donna, e lui non era quell'uomo.

E allora forse questo: era possibile che *il suo* desiderio di diventare madre fosse cosí potente da aver fugato i suoi dubbi su Henry? Era diventata quel genere di donna che voleva un figlio a tutti i costi, anche con un uomo di cui non si fidava, un uomo totalmente inaffidabile?

Era venuta nel monolocale downtown per recuperare un po' di lucidità, ma ci aveva trovato l'esatto contrario. La solitudine, il silenzio, la polvere, non facevano che dare nuova vita alle sue ansie peggiori.

La polvere: questo era un problema che poteva risolvere subito. Si tolse il maglione, riempí un secchio di acqua, ci versò del detersivo e pulí i ripiani della sua modesta cucina. Mai sottovalutare il potere calmante delle pulizie; forse per questo era sempre nervosa negli anni del matrimonio con Morton. Lui non le permetteva di pulire. Ivan non le permetteva di cucinare. L'arredatore non le permetteva di spostare i mobili. Aveva il suo lavoro, le sue passeggiate… ma nessuno di quegli impegni riusciva a placare una mente inquieta.

I ripiani erano soltanto l'inizio. Passò al bagno, ai davanzali delle finestre. Anche se le finestre erano rimaste ben chiuse, lo straccio alla fine era comunque nero. New York riusciva a essere davvero sporca, pestilenziale in modo invasivo.

Improvvisamente si sentí stanca, spossata. Era reduce da una delle notti peggiori della sua vita, e aveva usato gli ultimi brandelli di energia per pulire un appartamento dove non viveva piú.

Nella dispensa della cucina c'era una bottiglia di vino di Borgogna. Sapeva che non doveva bere fino a prelievo avvenuto. Quel giorno aveva mangiato poco e il suo cervello era già abbastanza scombussolato, ma quella graziosa etichetta francese con il disegno di uno *château* circondato da giardini all'italiana sembrava invitarla dicendole: «Qui troverai un po' di quiete». E un po' di quiete era proprio quello di cui aveva bisogno in quel momento.

Trovò il cavatappi, sciacquò un bicchiere e si versò un'ombra di vino, un'ombra innocua. Poi prese uno straccio e un barattolo di cera per mobili e si sedette alla scrivania.

Quante ore aveva passato seduta a quella scrivania, e quanto erano state serene, o cosí le sembravano, a ripensarci. Aveva comprato quella scrivania al mercatino delle pulci di Chelsea. Il venditore le aveva detto che sembrava un mobile che era stato amato, un tavolo che aveva una sua storia. Lei si era trovata d'accordo. Era proprio per questo che l'aveva scelta. Le piaceva pensare alla vita precedente di quella scrivania. Una persona, diverse persone, si erano sedute davanti a quel pezzo di legno di noce, a pensare, a lavorare, forse anche a scrivere. Sulla sinistra il bordo era leggermente consumato, un'ammaccatura che nel corso del tempo aveva smangiato il legno, e questo l'aveva portata a dedurre che il proprietario precedente doveva essere mancino. Il primo cassetto dall'alto – lo aprí per controllare – aveva a lungo conservato un odore antichissimo, una combinazione di tabacco e lavanda. Una lieve traccia di quell'odore era ancora là.

Nel cassetto c'era un raccoglitore con ritagli di giornale e riviste riguardanti il tema della fertilità che Costanza aveva accumulato quando lei e Morton stavano cercando di concepire. Ormai risalivano a diversi anni prima. Alcuni erano ingialliti e logori. Lei li prese, e lesse i titoli:

Nuovo quadro sui rischi genetici della FIVET

Commissione U. S. A.: pugno duro sulle norme
che regolano la fecondazione assistita

Il dono della vita, e i suoi costi: con la procreazione assistita
si registra un maggior numero di parti gemellari e nascite premature

Vivere dopo i fallimenti delle cure per l'infertilità

Questo andava riconosciuto al «New York Times»: nessuno come loro sapeva scrivere titoli cosí inquietanti. Dov'erano le storie a lieto fine, quelle dei sogni che diventavano realtà, di famiglie che nascevano sconfiggendo l'infertilità e la disperazione? Dov'erano i diecimila bambini nati solo grazie alla clinica di Henry? Diecimila. Quella cifra era stata raggiunta qualche tempo prima che lui e Costanza si conoscessero. C'era stata una festa, a Central Park. Henry aveva invitato tutti i diecimila bambini, un'intera città di vite fabbricate da Henry. Si era presentato un quindici per cento, con tanto di famiglie al seguito. Molti ormai erano adulti. Alcuni erano diventati a loro volta genitori. Era una mite giornata di giugno e avevano mangiato centinaia e centinaia di hot dog e hamburger. Alla fine di quel pomeriggio Leopold aveva avuto l'onore di tagliare un nastro liberando nel cielo un enorme bouquet di palloncini rosa e azzurri. Henry aveva detto a Costanza che quello era stato uno dei giorni piú belli della sua vita.

C'era stato davvero un articolo per celebrare l'evento: il «New York Times» dopotutto non parlava solo ed esclusivamente di disgrazie. Costanza aveva dimenticato di leggerlo e aveva dimenticato di ritagliarlo. Ma eccolo, tra gli ultimi ritagli nel suo raccoglitore: «Oltre diecimila: Specialista di medicina della fertilità organizza un'insolita festa per l'anniversario».

Prima di mettersi a leggerlo, si riempí il bicchiere di vino, versandosene piú di un'ombra, e tornò alla scrivania. Gli occhi corsero alla risposta che Henry aveva dato alla domanda piú personale dell'intervistatore. Gli aveva chiesto se raggiungere quella pietra miliare lo avesse fatto sentire onnipotente, una sorta di mago della riproduzione. Henry aveva risposto:

> Oh andiamo! È ridicolo. È la natura a essere potente, io sono un semplice studioso di cose naturali. La mia scienza è uno strumento, un mezzo molto rudimentale che mira a raggiungere uno scopo importante. Ma il punto non è il mezzo. Il punto è diventare genitori, mettere su una famiglia. Quando ripenso al mio lavoro di una vita, sono onorato al pensiero di aver aiutato cosí tante coppie a mettere al mondo un figlio.

Queste non sembravano affatto le parole di un demonio.

Nel monolocale c'era un odore stantio di assenza di vita; nell'appartamento di Henry invece c'era un odore acre, come se qualcosa stesse bruciando. Costanza avvertí quell'odore nell'istante stesso in cui aprí la porta.

E, in effetti, c'era del fuoco. Nel caminetto. Un fuoco in cui bruciavano delle foto. Una gran quantità di foto che stava appestando di fumo l'aria del soggiorno con chissà quali tossine. Le foto, tutte, erano di Henry; decine di Henry che venivano consegnati all'oblio eterno, consumati nel crepitio arancione delle fiamme.

Andrew era seduto davanti al caminetto e gettava le foto tra le fiamme, una dopo l'altra, aiutandosi con delle pinze da cucina. Aveva lo sguardo cosí concentrato in quello che stava facendo che Costanza inizialmente ebbe l'impressione che fosse caduto in una sorta di trance.

– Andrew?

Lui non alzò lo sguardo, né rispose. Continuò a fissare il fuoco e a buttarci dentro altre foto. Dopo che altre tre o quattro erano cadute in quella pira disse: – In risposta alla tua domanda: ho concluso che non sono molto bravo a fare foto. Sapevo guardare le cose, ma non sapevo vederle.

Lei si fermò accanto a lui. Non l'aveva ancora visto in faccia.

– Non era questa la domanda che volevo farti, e comunque non la prima, – gli disse con dolcezza.

Lui continuava a non guardarla.

– La mia prima domanda sarebbe stata: «Tutto a posto?»

Per tutta risposta lui le mostrò gli occhi. Erano rossi e lontani.

Dopo qualche istante Costanza indicò il fuoco. – Sei sicuro di...?

– Sicurissimo.

Andrew si alzò e uscí dalla stanza. Lei lo seguí nel corridoio ed entrò con lui in camera sua.

Andrew aveva svuotato scatole su scatole di sue foto e le aveva sparse sul pavimento. Ne aveva messo da parte un mucchietto, ma un mucchio ancora piú grande, una vera e propria montagna di stampe, era apparentemente destinato alle fiamme.

– Se adesso metti via queste foto, potrai riguardarle in un secondo momento, in un diverso stato d'animo. Ti posso dare una mano, se vuoi.

– Non voglio il tuo aiuto.

Lei lo osservò per qualche istante. – Immagina di avere una conversazione con un Andrew del futuro, – insisté lei. – Immagina di dovergli spiegare perché hai buttato via tutto questo lavoro, e tutto questo tempo, tutta questa creatività. Magari potresti…

Andrew la interruppe. – E perché ti importa?

– Perché sono tua amica.

Andrew fece una risatina sprezzante. – È veramente fantastico. Una definizione completamente nuova di amicizia, basata, vediamo un po', sulla disonestà, sui segreti, e sulle omissioni. Tradimento. No, forse tradimento non è la parola giusta. Che ne dici di perfidia? Mi piace questa parola, a te no? Era sul test del SAT. Perfidia. È molto piú… pungente di slealtà, non trovi? Anche se slealtà descrive benissimo la situazione.

Costanza si sentiva stanca, esausta. – Andrew, temo di non riuscire a seguire il tuo discorso.

– Henry è venuto a trovarmi stamattina a casa di mia madre.

Lei annuí.

– Aveva un sacco di cose interessanti da dirmi.

– Lo so.

– E certo che lo sai! Tutti conoscono la verità sulle mie origini: mia madre, che è mia madre. Mio padre, che non è mio padre. Mio fratello, che mi è fratello, ma non tanto amico. Costanza, che sembrava mia amica, ma che in realtà non lo è. Già, e soprattutto la mia *amica* Costanza.

E continuò: – Ti ho parlato piú di una volta di questa sensazione che ho, la sensazione di non essere a mio agio con Henry, di non essere a mio agio con me stesso. E tu lo sapevi. Lo sapevi e non mi hai mai detto niente. Non hai mai convinto Henry a dirmelo –. La voce gli tremava per la rabbia. – Sí, tu sei mia amica. Certo, come no.

Costanza ci mise un po' a capire, a connettere. E finalmente quando ci riuscí gli disse: – Andrew, aspetta. Da dove hai preso l'idea, questo te lo devo proprio chiedere, che io ne fossi al corrente? L'ho scoperto solo ieri sera. Henry me l'ha detto per la prima volta ieri sera.

Andrew si fermò di colpo. – Henry ti ha detto solo ieri sera per la prima volta che lui non è il mio padre biologico.

– Esatto.

– Non ti credo!

– Ma è vero.

– Quando hai fatto il primo ciclo di FIVET con lui ancora non lo sapevi?

Costanza si passò una mano tra i capelli. – No, non lo sapevo. Non sapevo niente.

– Non sapevi che il suo sperma presentava «problemi a livello morfologico»?

– Questo lo sapevo, e sapevo che era qualcosa di risolvibile, ma non sapevo nient'altro.

– Non è quello che Henry ha detto a me. A me ha detto che all'epoca tu già lo sapevi. Che l'hai sempre saputo. Sempre, l'ha specificato chiaramente. Da prima della FIVET.

La vista di Costanza si annebbiò. – Ma non è la verità, Andrew.

– E quindi lui ha mentito.

– Sí, – disse lei lentamente, – a quanto pare Henry ha mentito –. Le gambe cominciarono a tremarle. Si sedette sul letto di Andrew.

Andrew si sedette accanto a lei. Per diversi secondi rimasero seduti cosí, in silenzio. Poi Andrew disse: – Perché?

– Non lo so, – rispose Costanza con una voce lontana.

Costanza guardò Andrew. Gli occhi del ragazzo diventarono rossi.

– Immagino... immagino che ci tenga tanto ad avere la tua stima e che non voglia che tu pensi che mi abbia fatto fare la FIVET tenendomi all'oscuro di quello che mi ha rivelato in una fase troppo avanzata del processo. E già è stato un colpo, un duro colpo, scoprirlo soltanto ieri sera. E adesso questo...

«Ma non c'è nient'altro da mostrarti, nient'altro da dirti».

«Sono nudo davanti a te».

– Questo mi spinge a pensare che tuo padre non lo conosco per niente bene, e forse è sempre stato cosí.

– Non è mio padre, – disse Andrew con le lacrime agli occhi.

Una lucidità devastante prese possesso della mente di Costanza. Era come se una stanza in cui regnava il disordine fosse stata finalmente rimessa a posto, dopo un trasloco, o una pulizia radicale. Solo che non era una stanza, non era una metafora. Era la sua vita, riordinata, chiarita, logicamente spiegata, in un'unica dolorosa visione. Vide finalmente quello che le mancava da anni, o forse da sempre. Vide la forma delle cose, la loro terribile somiglianza. Gli schemi ricorrenti. Prima c'era stato Morton, anzi, prima ancora c'era stato suo padre. Perché non era stato forse il suo suicidio – la profondità della sua angoscia e della sua sofferenza, le sue intenzioni nascoste – ciò che le era stato tenuto crudelmente segreto, un tradimento del suo amore nei suoi confronti, il primo amore e ancora l'amore piú profondo che avesse mai provato per un altro essere umano? Poi Stefano: tre anni di fedeltà, intimità, intesa, di *amore*, e poi, di punto in bianco, un'altra donna. *E poi* Morton, che le aveva tenuto nascosta una parte di sé, una parte del suo cuore, se non tutto, e anche della sua storia. E adesso Henry.

Cosa c'era che la attirava in questi uomini, che lei aveva amato in modo diverso, ma profondamente, e che rimanevano comunque chiusi, reticenti, fondamentalmente inconoscibili? E perché lei continuava a non vedere in tempo questi lati oscuri della personalità degli uomini che entravano nella sua vita, gli uomini che lei decideva di amare?

Le sembrò di essere sul punto di vomitare. Le sembrò di essere sul punto di svenire. Aveva voglia di ridurre in poltiglia qualcosa, o qualcuno.

Prese un'enorme boccata d'aria e la spinse nel suo corpo bombardato di ormoni, arrabbiato e dolorante, con le sue strane, terribili vampate emotive, i follicoli gonfi e stimolati pronti a rilasciare gli ovociti nel giro di un giorno, di poche ore...

Guardò Andrew. Aveva le guance rigate dalle lacrime. E in quel momento cominciò a piangere anche lei.

Andrew si girò e la cinse con un braccio. Costanza provò un senso di conforto. Emise un lungo, pesante sospiro.

In quel silenzio lei respirava, e respirava anche lui.

Poi la presa di Andrew si fece piú stretta.

Costanza si asciugò gli occhi. Cominciava a pentirsi di aver bevuto tutto quel vino. L'alcol cominciava a interferire con la sua percezione della realtà, rallentava i sensi, la confondeva. Le sembrò che Andrew, stringendo la presa, la tirasse a sé. Era cosí? Andrew la stava tirando a sé?

Il senso di conforto diminuí.

Lui poggiò la fronte contro quella di lei. E rimase cosí.

– Andrew...

Lui non rispose. Lei cercò di liberarsi. Ma lui continuava a stringerla.

– Andrew, ma cosa fai?

Rimasero seduti cosí, fronte contro fronte. Lui aveva gli occhi chiusi. Quelli di Costanza erano aperti.

– Ti tengo, – le disse infine. – Tengo duro. Ne ho bisogno.

Passò qualche istante. E poi ancora qualche altro istante. E poi... e poi Andrew alzò la testa, le sollevò il mento e le diede un bacio, sulle labbra. Suo malgrado, Costanza sentí quel bacio. Solo questo. Lo sentí, si diede il permesso di sentirlo.

Il cuore le batteva all'impazzata. E la mente correva. Ogni millimetro della sua mente le diceva: fermati, ragiona, rifletti. Ma il suo corpo – la sua anima – la pensava diversamente. Non pensava proprio. Sapeva di cosa aveva bisogno. Sapeva cosa voleva. Sapeva.

Nove mesi dopo

Di buon'ora un mattino di gennaio sulla costa ligure, in una giornata invernale talmente mite da sembrare primavera, un breve scroscio di pioggia spazzò via dal cielo ogni traccia di foschia. Le nuvole, che si addensarono velocemente, depositarono il loro acquazzone, e poi, quasi altrettanto velocemente, si dispersero oltre le colline. Da una curva della strada vicino all'invisibile confine tra le cittadine di Recco e Camogli, si apriva una vista che arrivava fino a Genova, il cui faro lampeggiava alle imbarcazioni distanti. Il mare era cosí puro e incorrotto che perfino dalla cima delle scogliere, da una panchina posizionata appositamente per osservare il litorale, si vedevano i pesci che saltavano tra gli scogli.

I panorami non avevano mai attratto Henry piú di tanto, ma davanti a questo dovette capitolare. In quasi ogni direzione, vecchie ville dalle facciate dipinte con i colori piú brillanti, annidate su ripide alture e fiancheggiate da giardini lussureggianti perfino a gennaio. Gran parte dei pendii circostanti erano terrazzati e coltivati a ulivi e vigneti, fichi e cachi, limoni, aranci, e kumquat. Ma la cosa che attirava maggiormente la sua attenzione era il mare. Aveva tante di quelle sfumature di azzurro e di verde che Henry non sarebbe riuscito nemmeno a contarle o a nominarle. I continui, quasi impercettibili, movimenti dell'acqua avevano qualcosa di ipnotico. Per diversi minuti rimase a fissare completamente assorto quell'infinito mare di flutti interrotti, ogni tanto, da un peschereccio o da un traghetto che si lasciava dietro la scia dell'elica. Il mare non era mai immobile né mai lo stesso per piú di un attimo. Guardare nell'acqua per Henry era guardare nel tempo.

Henry riuscí ad afferrare tutto fino a questo momento, ma non oltre. E cioè: si vide salire sull'aereo da New York a Berlino, e parlare a una conferenza in quella città, e ascoltare per tre giorni gli interventi di altri medici e ricercatori. Si vide poi prendere un volo da Berlino a Milano, dove aveva noleggiato una macchina. Si vide scendere da Milano alla Liguria, guidare sulla litoranea e raggiungere un vecchio albergo, un edificio enorme alla periferia di Camogli. Si vide consumare una cena solitaria in albergo e poi sprofondare in un sonno senza sogni, appesantito dai residui di jet lag ancora da smaltire, dal quale si era risvegliato tardi quella mattina. Si vide ordinare e poi consumare la colazione accanto alla finestra, si vide farsi la doccia, radersi e vestirsi, si vide chiedere all'uomo al banco della reception di indicargli una strada o un sentiero per raggiungere la cima delle colline. Quest'ultimo tratto del viaggio voleva percorrerlo a piedi, e cosí fece, orientandosi e perdendosi per ritrovarsi infine su una strada collinare che l'aveva portato dritto alla panchina sulla quale ora era seduto.

Era certo che quella era la panchina di cui Costanza gli aveva parlato, perché corrispondeva alla sua descrizione. Come oggetto, di per sé, non aveva niente di speciale. Ai lati era di ferro, le assicelle erano di legno logorato dalle intemperie. Lo schienale inclinato e la seduta consumata. La panchina era degna di nota solo per la sua posizione, in uno slargo della strada che non si poteva certo definire piazza. La panchina fissata a questo piccolo triangolo di terra in pianura, pavimentato di ardesia e piantato a cespugli e alberi, e delimitato, dalla parte che affacciava sul mare, da una ringhiera di metallo. Al di là della ringhiera il terreno non era piú pianeggiante, ma cadeva a strapiombo sul mare.

L'acqua lambiva quegli scogli da molto prima che Henry andasse lí a guardarli, e avrebbe continuato a lambirli, cambiandone continuamente la forma, anche dopo che se ne sarebbe andato, e molto dopo, quando non ci sarebbe piú stato. Questo pensiero arrivò leggero e portò con sé un senso di sollievo. Una consolazione, quasi.

Una signora anziana si sedette accanto a lui. Indossava un vestito da casa grigio e bianco e un voluminoso cardigan tutto abbottonato. Le sue gambe grosse e muscolose apparivano in contrasto con le eleganti scarpe nere. Portava due sacchetti della spesa, che poggiò sulla panchina, in mezzo a loro.

Costanza aveva descritto l'aspetto umile della panchina, e la sua straordinaria posizione, ma soprattutto gliene aveva parlato perché era proprio davanti a casa di sua madre, e ogni qual volta la casa le risultava particolarmente claustrofobica, lei andava a sedersi lí, se non se la sentiva di fare una delle sue escursioni in collina. Era venuta a sedersi lí quando era tornata da scuola con un voto tutt'altro che soddisfacente e sua madre aveva reagito in modo esagerato. Era venuta qui quando sua madre l'aveva sorpresa a baciare il suo primo ragazzo in giardino (e dopo lui l'aveva raggiunta sulla panchina per continuare da dove avevano interrotto). Ed era venuta qui il giorno in cui aveva saputo della morte di suo padre, correndo giú per le scale che sua madre aveva salito, respirando per un po' un'aria diversa da quella che respirava sua madre. Il suo respiro, la sua aria, il suo dolore.

Ripensando a questi episodi, Henry sentí una fitta fredda e dolorosa: Costanza gli aveva confidato questi suoi ricordi intimi, e poi…

E poi.

Su qualunque cosa la sua mente si concentrasse, che fosse il mare oppure altro, gli eventi di aprile e quelli successivi lo seguivano come un coltello, un coltello a serramanico che gli si era aperto di scatto in tasca e la cui lama rischiava di lacerargli la carne se lui avesse deviato troppo dalla routine: svegliarsi, mangiare, andare in bagno, farsi la doccia, lavorare, mangiare, dormire, poi svegliarsi e ricominciare daccapo tutto il ciclo. Era piú o meno cosí che era riuscito a sopportare gli ultimi nove mesi della sua vita.

Una settimana prima di partire per Berlino, gli era arrivata una lettera. Era la prima volta che riceveva notizie di Costanza dopo tutti quei mesi. Lei gli aveva scritto che l'anniversario della morte di Leopold, in primavera, si stava avvicinando, e che dalla sua esperienza con Morton aveva imparato quanto fosse importante celebrare in qualche modo queste pietre miliari. Con la distanza, aveva aggiunto, la veridicità delle parole di Leopold acquisiva un'importanza di cui solo ora lei cominciava a rendersi conto.

La lettera arrivò alla fine di dicembre. Leopold era morto i primi di marzo. Tre mesi di anticipo non erano un po' troppo presto per ricordare lo *yahrzeit*[18] di una persona scomparsa? E quel commento sulla veridicità delle parole di Leopold? Sembrava come se lei avesse cercato di comunicargli qualcosa. Ma cosa?

Henry aveva osservato quella lettera come se contenesse un indizio segreto da decodificare.

Sulla busta, Costanza aveva scritto, con una grafia chiara e curata, un indirizzo a cui inviare la risposta, l'indirizzo di sua madre a Recco, cosa che Henry aveva interpretato come un segnale. Anche se non era stata pensata come una convocazione, Henry aveva deciso di concedersi il permesso di sentirsi convocato. Si era concesso il permesso di andare in Italia e trovare da solo la panchina, e adesso... adesso cosa? Era questo il punto.

Di nuovo, per l'ennesima volta, rivisse nella memoria quella sera di aprile. Era tornato a casa dal lavoro sperando, ingenuamente – stupidamente, come avrebbe capito in seguito –, di trovare una situazione ordinaria, tranquilla, o quanto meno neutrale o sospesa. Alla fine a Costanza aveva detto la verità, e aveva fatto quello che lei gli aveva chiesto. Era andato da Andrew, e aveva parlato al telefono con Justin. Era talmente stanco e affamato che aveva addirittura sperato di trovare una di quelle sue deliziose cenette ad attenderlo in cucina. Addirittura – ancor piú ingenuamente – si era concesso di sperare che Costanza ormai fosse completamente presa dal resto del ciclo, la cui importanza doveva aver soppiantato qualunque altra cosa.

E invece aveva trovato un appartamento buio e silenzioso. Costanza non era in camera da letto. I suoi vestiti non c'erano piú. Nella biblioteca la scrivania era stata sgombrata. In cucina, sul tavolo, c'era un biglietto:

> Pensavo di conoscerti. Poi ho capito che cosí non era. Pensavo di conoscere me stessa. Adesso so che ho ancora tanto da imparare.
>
> Se cominciassi a parlare delle medicine, dell'alcol, della mia mente, del modo in cui le mie emozioni sono state scombussolate da tut-

[18] Anniversario di morte di un proprio caro, in particolare di un genitore, secondo il calendario ebraico.

to quello che ho scoperto nel cuore di quella notte brutale, cercherei di spiegare le mie motivazioni, e non posso farlo, non ora almeno.

Né posso vederti adesso, o parlarti. Devo andare via. Ti prego non venirmi a cercare. Ti prego.

Henry aveva provato il suo cellulare, poi quello di Andrew. Nessuno dei due aveva risposto. Era poi andato downtown, a casa di Costanza nell'East Village: niente. Aveva telefonato a Justin, che gli aveva detto di aver visto Andrew, che gli era parso in difficoltà, ma quella mattina Andrew era partito presto e non gli aveva detto dove sarebbe andato.

Henry era corso poi nell'Upper West Side, da Judith. Il portiere dello stabile gli aveva detto di salire. La porta dell'appartamento era aperta. Era entrato e aveva seguito l'aroma di caffè per il lungo corridoio che portava in fondo alla casa, dove aveva trovato Judith, in cucina, seduta a un tavolo tondo di legno davanti a una tazza fumante. Era immersa nella contemplazione dei tetti.

– Siediti, Henry, – gli aveva detto bevendo lentamente qualche sorso. Sembrava assaporasse quelle parole, come stava assaporando il caffè. Sí, le assaporava. Assaporava l'ordine che gli aveva impartito, quel punto a suo favore, per una volta, dopo tanti anni, il fatto di essere al corrente di quanto era successo e di poter ostentare di saperlo. Lui la conosceva ancora bene, fin troppo bene.

Eppure, a ben guardarla, la faccia di Judith appariva tutt'altro che calma. Era rigida e sconvolta: il riflesso di quella che doveva essere anche la sua espressione.

Henry si era lasciato cadere su una sedia. – Sai dove sono?

– Andrew, – aveva detto Judith, – sta qualche giorno dal suo amico Kevin.

– E Costanza?

– Non ne ho la minima idea.

Judith aveva stretto le mani attorno alla tazza, come se cercasse di convogliarne tutto il calore nei palmi. – Andrew ha deciso di passare il resto dell'anno scolastico con me. Desidera che tu lo lasci in pace mentre riflette e si schiarisce un po' le idee.

– Ma io non ho fatto niente che…

Lei aveva sollevato una mano. – Forse questa è una sorpresa

per te, Henry, ma io penso che è meglio se non ascolto quello che hai da dirmi. La verità è che tu per me ormai sei solo un ricordo, un personaggio di un capitolo precedente della mia vita, di un volume precedente. E preferisco che le cose rimangano cosí per adesso –. Dopo una breve pausa: – L'unica cosa che so è che noi, io e te, avremmo potuto comportarci meglio con i ragazzi. Avremmo dovuto parlargli, a entrambi, quando erano piú piccoli. Avremmo dovuto essere piú aperti. È stato un grave errore di valutazione. Adesso me ne rendo conto.

Henry era tornato a casa. Nella cucina fredda e avvolta nel silenzio aveva preso una sedia – di legno – e in un accesso di rabbia l'aveva fatta a pezzi, strappando via le gambe e lo schienale e spezzando la seduta fino a ridurla a due pezzi di legno dagli orli frastagliati. La sedia era in frantumi, proprio come lui. In frantumi, a pezzi, disorientato. Cosa aveva fatto per meritare una simile punizione? Aver tenuto nascoste a Costanza alcune informazioni? Non aver parlato ai suoi figli della loro vera origine? Non aver capito chi fosse – per la seconda volta nella vita – la donna alla quale aveva affidato il suo cuore?

Costanza aveva scritto di aver capito di non conoscere se stessa. Forse anche lui non conosceva se stesso?

Aveva fatto arrabbiare due persone care. Le aveva deluse e ferite. Aveva commesso degli errori – questo lo capiva benissimo –, ma meritava di essere abbandonato, di essere lasciato al buio in questo modo, di non sapere piú niente di sua moglie, del loro matrimonio, del loro futuro?

Nei mesi che erano seguiti, Henry non aveva avuto nient'altro a cui aggrapparsi. Niente. Due volte aveva atteso Andrew al varco all'uscita da scuola, ed entrambe le volte Andrew gli aveva detto che ancora non se la sentiva di rivederlo e gli aveva chiesto per piacere di andarsene. Quando Henry lo aveva supplicato di fargli sapere almeno se Costanza stava bene, Andrew gli aveva risposto di sí. E non aveva aggiunto altro.

Ritrovarsi confinato in questo limbo, un limbo senza via d'uscita, era una tortura, e questo Costanza e Andrew lo sapevano molto bene. Non aveva mai avuto la possibilità di dire a nessuno dei due «mi dispiace, ho sbagliato a raccontare la storiella che Costanza sapesse tutto fin dall'inizio a proposito dei ragazzi; e va bene, non era una storiella, ma una bugia bella e buona. Solo che ero sconvolto e avevo paura». Non aveva avuto la possibilità di dire: «come avete potuto scomparire cosí di punto in bianco dalla mia vita?» Oppure: «capisco la vostra rabbia», cosa che non era affatto vera, non ci riusciva, non riusciva a capirla appieno; ma era disposto a continuare a sforzarsi di capire, anche solo per vedere cosa si provava, se questo avrebbe cambiato il suo modo di pensare, se gli avrebbe impedito di svegliarsi nel cuore della notte, in preda alla nausea e a tremori per l'ansia e la rabbia. Non aveva avuto la possibilità di congetturare, soprattutto per il bene di Costanza, se forse non erano stati i medicinali a colorarle (a tinte fosche) i pensieri, probabilmente portandola anche a prendere la drammatica decisione di interrompere il ciclo e sparire nel nulla. «Questi ormoni sono molto potenti, – avrebbe potuto dirle, – una volta una mia paziente ha infilzato il marito con una forchetta da torta semplicemente perché lui le aveva detto che forse era un po' troppo presto per scegliere il colore della cameretta del bambino»...

Mentre faceva questi pensieri, si era reso conto che forse stava cercando di offrirle una scappatoia. Se le avesse offerto una scappatoia, lei avrebbe fatto lo stesso con lui? Era questo che cercava? Non sentirsi in colpa, non sentirsi responsabile?

Man mano che il tempo si dipanava, Henry era sempre piú disposto a riconsiderare la sua condotta per vedere cosa avrebbe potuto cambiare del modo in cui si era comportato. Era disposto ad ascoltare, a cercare di spiegare. Sí, era aperto a questa idea. Pensava di essere aperto all'idea. Voleva anche disperatamente sentire quello che Costanza aveva da dire. Ma queste cose non poteva farle da solo. Non gli restava che soffrire, ed era proprio questo che aveva fatto.

La donna seduta accanto a lui sulla panchina prese i sacchetti e se ne andò senza nemmeno degnarlo di uno sguardo. Era come se Henry fosse invisibile.

Henry continuò a guardare il mare. Quando si sorprese a contare le barche sull'acqua, si rese conto che stava semplicemente cercando di rimandare l'inevitabile. Doveva girarsi e guardare la casa, guardarla davvero. Era il passo successivo del suo viaggio, forse l'ultimo che aveva programmato con una certa sicurezza.

Si girò a guardare la salita sull'altro lato della strada. Eccola. Costanza aveva descritto anche la casa, e gli aveva mostrato delle fotografie. Ampia e quadrata, si elevava per quattro piani e aveva un tetto a padiglione e un ampio giardino. Come molte altre case della zona gli elementi decorativi erano esaltati dal colore. Conci a *trompe l'œil* di un giallo brillante delineavano gli angoli, e telai colorati sottolineavano i contorni delle finestre. Una modanatura abbellita da festoni e foglie, anch'essi dipinti, divideva il piano terra dal primo. Solo le imposte erano reali, di legno e dipinte di un verde scuro. Quelle decorazioni facevano sembrare quella casa piú un'opera di pasticceria che di architettura; la sua esuberanza appariva in contrasto con quello che Henry sapeva delle esistenze che erano state vissute lí dentro.

Al primo piano un terrazzino sporgeva sopra un atrio che circondava la porta d'ingresso. Henry sapeva che questo piano e il piano terra appartenevano a Maria Rosaria. Suo nonno aveva costruito la casa nel 1900, e poi era stata suddivisa nel corso delle generazioni seguenti. Al piano terra c'erano un salotto, una camera da letto, una sala da pranzo, e la cucina. Un'ampia scalinata di marmo portava alle camere da letto. Una si apriva sulla terrazza coperta da una tenda a righe.

In un angolo c'era uno stendino. Henry cercò di scrutarlo. Non capiva se i vestiti stesi ad asciugare fossero insolitamente piccoli, o se fosse semplicemente l'effetto della distanza. Si stropicciò gli occhi e concluse che dovevano essere calzini o mutande da adulto.

Rimase a osservare la casa per un tempo lunghissimo. Sembrava cosí pienamente abitata. Costanza gliene aveva parlato con tanta dovizia di particolari che adesso lui non poteva limitarsi a considerarla un semplice edificio. La guardò per un altro paio di minuti e poi si girò nuovamente verso il mare.

Mezz'ora dopo, sopra il canto degli uccelli, Henry sentí un debole cigolio, seguito da un sommesso rumore metallico.

Si girò di nuovo verso la casa. Non c'era nessuno al cancello e nemmeno ai piedi delle scale. Forse il rumore veniva da un altro cancello in cima alle scale che Henry da quella posizione non poteva vedere ma di cui dedusse l'esistenza.

Un cancello gemello all'altro capo della scalinata. Montato anni prima per impedire ai bambini, a Costanza stessa a suo tempo, di ruzzolare giú per quei ripidi gradini di pietra.

Henry si sforzò cosí tanto di vedere fino in fondo alla scalinata, i tre o quattro gradini che erano visibili dalla panchina, che la scena cominciò a confondersi e dovette chiudere e riaprire gli occhi. Adesso c'era qualcuno davanti al cancello. L'uomo – era un uomo – schiacciò un pulsante alla sua sinistra. Si sentí un ronzio e il cancello si aprí.

Un altro cigolio, stavolta piú forte; i vecchi cardini che giravano, il cancello che si apriva: ne uscí Andrew.

Henry strinse di nuovo gli occhi per sincerarsi che né la sua vista né il suo cervello gli stessero giocando un brutto scherzo. Ma aveva visto bene. Era Andrew, senza ombra di dubbio. Indossava pantaloncini da jogging e una felpa della University of Pennsylvania, e teneva in mano un sacchetto bianco di plastica. Un sacchetto della spazzatura. Guardò a destra e a sinistra per controllare che non arrivasse nessuna macchina a tutta birra da dietro la curva, poi attraversò la strada e si avvicinò a lui.

Con una morsa che gli stringeva il petto Henry disse: – Andrew, che cosa… che cosa ci fai tu qui?

Parlando lentamente Andrew rispose: – C'è la pausa invernale all'università. Sono qui in visita.

– La pausa invernale. Sei qui in visita –. Henry dovette immettere aria nei polmoni. – Sei venuto a trovare… Costanza?

Andrew annuí. Un gesto appena accennato. – Sono arrivato una settimana fa. Parto domani. Mi vedo con Ben in Sicilia.

– Ben?

– Schoenfeld.

– Tuo… – Henry non riuscí a dire la parola «fratello». La sua bocca si rifiutò di articolare quelle sillabe.

– Il mio amico.

Adesso fu Henry ad annuire. Quel cenno del capo era un gesto cosí neutrale, cosí poco impegnativo. Cosí aperto a qualsiasi interpretazione. Perché non l'aveva fatto piú spesso nella vita?

Annuire e respirare, come stava facendo in questo momento, per cercare di placare il battito accelerato del cuore, per schiarirsi i pensieri. – Costanza è sempre stata qui? Da aprile?

– Ha passato alcuni mesi a Firenze, nella pensione. E poi è venuta qui.

Gli occhi di Henry scattarono involontariamente verso la terrazza, sullo stendino con gli indumenti minuscoli stesi ad asciugare.

E poi il naso: si allargò per annusare l'odore che veniva dal sacchetto della spazzatura che Andrew aveva in mano. Aveva quell'odore acre e familiare – ma era mai possibile? – di pannolini sporchi. Anzi, adesso che ci pensava, l'odore era inequivocabilmente quello.

Lo stomaco gli si contrasse, come anche il resto del corpo. – C'è un bambino?

Andrew distolse lo sguardo. Arrossí.

– Ma come è possibile?

Andrew posò a terra il sacchetto della spazzatura e guardò Henry negli occhi. – Costanza mi ha chiesto di aiutarla, e io ho accettato. L'ho aiutata nello stesso modo in cui Isaac ha aiutato te e mamma tanti anni fa.

Henry costrinse la sua mente a rallentare per assorbire questa informazione. Non fu facile.

Il seme prodotto da Andrew, suo figlio, aveva fecondato Costanza, sua moglie.

Andrew, il suo non figlio; Costanza, la sua non moglie.

Improvvisamente tutto aveva senso. Un senso orribile, spaventoso. Henry non sapeva se sarebbe mai riuscito ad assimilare tutto questo. Sentí il suo cuore. Solo quello. Sentí il suo cuore.

– E il bambino sta... bene? È sano?

– Sí, è sana.

– È una bambina.

Una bambina. Una femmina. Una figlia. Ma di chi?

– E Costanza?

– Sta bene. È stanca. Le nottate... – Andrew si interruppe. Osservò attentamente suo padre per qualche istante. – E tu? Tu come stai?

– Io? – Henry sembrò quasi sorpreso che Andrew glielo chiedesse. – Direi che non sto tanto bene. Non sto affatto bene.

– Mi dispiace.

Cosa significavano queste parole? Gli dispiaceva che Henry non stesse bene? Gli dispiaceva di aver fatto tutto quello che aveva fatto? Gli dispiaceva che fossero arrivati... a questo punto?

Andrew si scostò i capelli dalla fronte. – Posso farti una domanda?

Henry annuí.

– La prima volta che ho preso in braccio la bambina, ho cercato di immaginare come deve essere stato per te la prima volta che mi hai preso in braccio. La prima volta che hai preso in braccio me o Justin.

– È stato meraviglioso, – disse Henry con un filo di voce.

– «Meraviglioso» è una parola interessante, non trovi? Comunica bellezza, ma anche qualcos'altro: stupore. La meraviglia davanti a qualcosa, per qualcosa. Ti sei mai sorpreso a pensare: «Questo è mio figlio... ma in realtà non è mio figlio. Questo che ho in braccio è carne della carne di Isaac Schoenfeld. Ha i geni di Isaac e Judith, non quelli miei e di mia moglie, ma quelli di mia moglie e i suoi»?

Henry si toccò la barba. Sapeva che doveva stare molto attento a come parlava. Adesso ogni cosa doveva essere fatta con attenzione, con molta piú attenzione. – Certo, ho avuto i miei momenti. Mentirei se dicessi che non è cosí. Ma, Andrew, devi capire che tu e Justin siete arrivati dopo un'attenta pianificazione, siete stati profondamente desiderati. Questo posso dirtelo con la coscienza piú limpida possibile. Tu e tuo fratello siete stati voluti: siete stati entrambi, senza la minima ombra di dubbio, il frutto dell'amore.

Andrew guardò il mare alle spalle di Henry. Non parlò subito.

– Il modo in cui questa bambina è venuta al mondo è stato... insolito. Questo lo riconosco. E anche se sono certo che ci sarò sempre per lei, e che farò del mio meglio per amarla, e dirle la verità su come è venuta al mondo, io credo, e Costanza è d'accordo, che è giusto che io faccia la mia vita, proprio come lei deve fare la sua.

Henry annuí di nuovo. Quel cenno del capo si stava rivelando piú essenziale di quanto avrebbe potuto credere.

– E Costanza, cosa vuole lei? Cosa ha in mente di fare, per sé e per la bambina? Ha intenzione di vivere qui, con la madre con cui fatica ad andare d'accordo? Ha chiuso con New York?

– Questo glielo devi chiedere tu.

Henry si appoggiò pesantemente contro lo schienale della panchina. – E come? Quando?

Andrew alzò lo sguardo verso la casa. Henry fece lo stesso.

– Ti ha visto seduto qui tutta la mattina.

– Adesso mi sento spiato.

– Solo osservato. E fotografato.

– Allora continui a fare foto.

Andrew annuí. – Posso fare delle pause, ma a quanto pare non riesco a smettere.

Costanza lo aveva osservato tutta la mattinata. Cosa significava? Che lei stava aspettando di parlargli, di chiedergli scusa, di costringerlo a scusarsi con lei, oppure di dirgli, o chiedergli, che cosa? Si aspettava che ricominciassero tutto da dove l'avevano interrotto nove mesi prima? Adesso che aveva la sua bambina, era disposta a riaccogliere Henry, era disposta a tornare da lui? Quella bambina che non era geneticamente sua, ma che, se fossero riusciti a trovare un modo (quale? come?) di riprendere il loro rapporto, lui avrebbe cresciuto, proprio come aveva fatto con Justin e con Andrew, anch'essi non biologicamente suoi? Be', lui non l'avrebbe cresciuta come aveva cresciuto Justin e Andrew, dal momento che non era piú quel padre, non era piú quell'uomo.

Henry si girò di nuovo a guardare il mare. Andrew fece lo stesso.

– È difficile distogliere lo sguardo, – disse Henry. – Da tutto questo azzurro.

– Anch'io appena arrivato sono rimasto seduto qui per qualche ora.

– Tra l'acqua e… – Henry si girò a guardare la casa e indicò. – È la camera di Costanza, quella con i panni stesi?

– Sí. Alla terrazza si accede dalla sua camera. È piena di sole. È il posto migliore per far asciugare i vestitini della bambina.

I vestitini della bambina. Stese al sole ad asciugare, quelle striscette bianche di stoffa sembravano segnali, o bandiere – di resa? – che sventolavano nella brezza.

Andrew seguí lo sguardo di Andrew. – Maria Rosaria ha steso i panni di Lia stamattina, anche se quando ci siamo alzati il cielo era scuro. Ha detto che conosceva il cielo, e che la pioggia sarebbe passata presto.

– Lia –. Henry si sentí percorrere da un brivido. Cominciò dai piedi e come un lampo gli arrivò fino al cuoio capelluto.

Andrew annuí. – Costanza l'ha chiamata come il nonno. Ha detto che non poteva darle il nome di suo padre perché suo padre aveva scelto la morte. Il nonno invece, nonostante tutto, ha scelto la vita, secondo lei.

Questo era un terreno cosí profondamente, cosí incredibilmente inesplorato. Henry non sapeva cosa pensare, tanto meno sapeva come comportarsi. Sua moglie aveva avuto una figlia, che era stata chiamata come suo padre, ma il cui padre biologico era suo figlio. Era sua figlia e sua nipote, entrambe le cose legalmente, ma geneticamente nessuna delle due.

Per una volta Henry si trattenne dal fare ulteriori commenti. Cos'altro poteva aggiungere che avesse una qualunque importanza? Andrew avrebbe convissuto per il resto della sua vita con quello che aveva fatto, quello che lui e Costanza avevano fatto insieme, e la sua esperienza di ciò che aveva fatto sarebbe probabilmente cambiata nel corso degli anni in modi che nessuno poteva prevedere. Henry aveva Andrew – e Justin – con cui fare i conti, proprio come Andrew adesso aveva Lia.

Dopo qualche istante Henry disse: – Voglio sperare, Andrew, che un giorno io e te potremo ritornare al punto di partenza, o andare avanti, per trovare un nuovo punto di contatto. Per tornare in contatto.

– Credo che lo stiamo già facendo, papà –. Andrew prese il sacchetto della spazzatura.

– Dove vai?

– Sto andando a buttare la spazzatura, – rispose Andrew.

– E poi vado a correre fino alla Punta –. Indicò verso l'orizzonte. – Ci sono dei sentieri con i gradini che salgono fino in cima alle colline e poi scendono di nuovo giú, passando per un ponte pedonale e un burrone con un piccolo ruscello. Arrivano fino all'acqua. Per fare il giro completo ci vogliono un paio d'ore. Questo posto è... – Si guardò attorno. – Incantato, sembra uscito da una fiaba.

A Henry le favole non erano mai piaciute molto. Gli erano sempre sembrate storie truci, di famiglie distrutte, madri morte, bambini smarriti, abbandonati, rapiti, o segnati dal fato, anche se a volte erano anche improbabilmente, assurdamente fortunati.

– Ci vediamo dopo?

Andrew alzò le spalle. – Dipende.

– Da cosa?

– Da Costanza, direi. E da te –. E poi: – Papà.

– Sí?

– Credo, – disse Andrew esitante. – Credo che lei ti voglia ancora bene.

E se ne andò. Buttò la spazzatura in un cassonetto piú giú lungo la strada, e poi si mise a correre. Una corsa in salita con passo regolare, sicuro, e apparentemente senza sforzo.

Henry si girò a guardare il mare. Quell'azzurro si imprimeva negli occhi. Voleva seguire una sola onda finché non scompariva dalla scena, oltre la collina. Verso la Punta, cosí Andrew l'aveva chiamata. Solo un'onda. E poi tutto si sarebbe rasserenato.

Henry cercò di fissare gli occhi su una singola forma, ma piú si concentrava, piú la forma gli sfuggiva. Riprovò di nuovo, poi ancora una volta.

Infine si alzò, attraversò la strada e si avvicinò al cancello.

Lí si fermò. Mentre guardava i nomi sul citofono, si sentí il ronzio del cancello che veniva aperto dall'interno.

Henry guardò oltre il cancello aperto, su per le scale. Riusciva a vedere solo fino a metà scalinata. I gradini erano vecchi e pieni di crepe. Negli angoli cresceva il muschio. Erano molto ripidi.

Provò a immaginarsi nell'atto di salire quei gradini. Immaginò di arrivare fin su e uscire di nuovo nel sole, nel giardino in cima alle scale. L'avrebbe trovata lí, piú grossa e piú tonda, certamente, dopo la gravidanza, e luminosa come succede alle neomamme. Probabilmente sarebbe apparsa anche un po' stanca per via del parto e dell'allattamento. E delle nottate. Ma, essendo Costanza, sicuramente sarebbe stata bella; anche esausta, forse, ma sempre e comunque radiosa.

Ci sarebbe stato un tavolo nel giardino, e delle sedie, un pergolato a offrire un po' d'ombra per tutto questo sole invernale?

Si sarebbero seduti a parlare? Cosa gli avrebbe detto?

Cosa le avrebbe detto?

Cosa avrebbe provato Henry, cosa avrebbe pensato, quando avrebbe guardato la bambina in faccia?

Quello che Henry aveva immaginato, quello che si aspettava, finí lí. Gli sembrava di avere il corpo completamente congelato, paralizzato, a parte il cuore. Il cuore batteva, martellava.

In quel momento sentí qualcosa. Il pianto di una bambina. Il pianto di questa bambina. Rimase fermo lí ad ascoltarlo. Avrebbe potuto ascoltarlo per l'eternità.

Ringraziamenti.

Oltre alle persone a cui questo libro è dedicato, i miei piú sentiti ringraziamenti vanno a Federica Aceto, Elisabetta Beraldo, Sarah Boxer, Stefania Calabrese, Andrea Canobbio, Andrea Chapin, Lindsey Crittenden, Michela Fierro, Steven Frank, Merona e Marty Frank, Elisabetta Piccolomini, Jane Varkell, Ellen Williams, Sally Wofford-Girand, e – naturalmente – a Ileene Smith.

Indice

p. 5 Dieci mesi prima
63 Tre mesi dopo
335 Nove mesi dopo

Stampato per conto della Casa editrice Einaudi
presso ELCOGRAF S.p.A. - Stabilimento di Cles (Tn)
nel mese di agosto 2020

C.L. 24424

Ristampa								Anno			
0	1	2	3	4	5	6		2020	2021	2022	2023